鏡子的背面

Mirror
Back

鄭家建 李建華 策畫

余岱宗 應貴勇 何君 主編

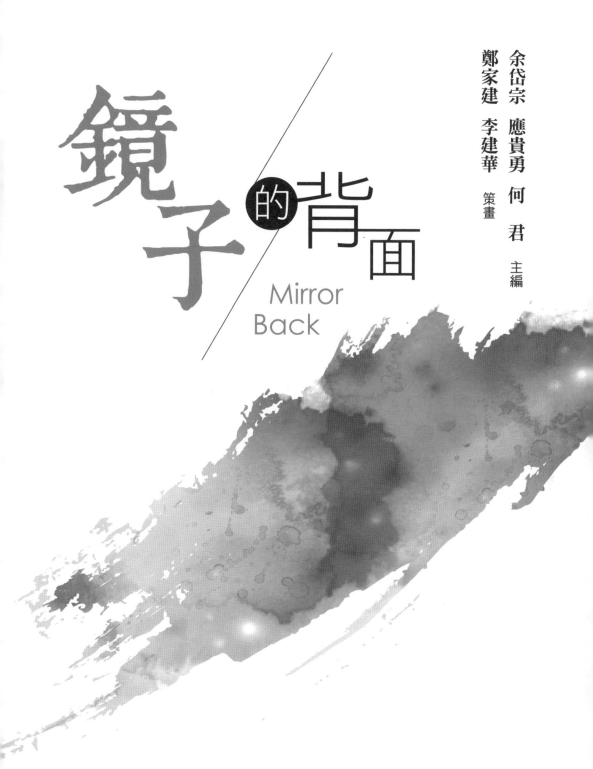

序 *Preface*

孫紹振
福建師範大學文學院教授

有著百年辦學歷史的福建師範大學，從來不乏才子。近年來，福建師範大學文學院學子們的文學創作熱情更為高漲，其中的佳作亦令人回味。師大文學院為了鼓勵學生創作，每個年度都辦一次文學創作大獎賽，獲獎的優秀作品當年就能結集出版，這在師生中造成了一個影響，那就是文學院不僅鼓勵學術研究，同樣提倡藝術創作。

在文學院學習的大學生，最基本的技能，一是能說，二是會寫。

寫的重要性，不僅僅為了提高表達力，更為了培養情趣。

大學生進入校園學習，如果單為了系統地學習知識，那是不夠的。從校門進來，再從校門出去，情趣上要起根本變化，懂得什麼是美，什麼是精緻的趣味，什麼是精緻且幽深的情趣。文學閱讀和創作，就是要讓人懂得弦外之音、象外之象，識得出婉辭，辨得出微妙，懂得弦外之音，否則只識得字面上直接的意思，哪怕字認得多，通常也被認為缺乏文學的情趣。

可見，文學素質的培養，不是單靠知識的吸收就能成就的，文學素質還包括對美的敏感、待人接物的胸懷、對外界的洞察力、言辭的委婉，乃至一語雙關的幽默感。再有，文學素質的培養，還要讓大學生懂得通過美的體察和感悟，拓寬人文視野，學會感受他人的情感和價值立場，提升自我對整個世界的感受能力——這樣的大學生就不

是單為拿學分、單為就業而接受教育，而是要成為一個懂得從各種視角觀察和感受世界的人，情感豐富且敏感的人，識得複雜幽深的諸種趣味的人，具有憐憫能力和博大胸懷的人。

很難想像，唐詩宋詞只是作為背誦的材料，而不是趣味與心靈體驗的「發送者」，很難想像，《紅樓夢》只是作為對付考試的知識性文本，而不是心靈交流的「對話者」。所以，學習文學，其特殊性就在於無法脫離情感，無法拋棄趣味，無法不裹挾著個體生命的既往體驗。

激勵在校大學生創作文藝作品，能成為作家自然是好事，但主要的目的還不是為了成名成家，而是為了培養多樣的情趣性和自如的表達力。

閱讀這些文學作品，我有一個發現，那就是學生的內心世界遠比他們的生活要來得豐富。也許，只有通過文學創作，作者才可能摸索自我的情感脈絡的軌跡和感覺變幻的痕跡；只有通過文藝作品的敘述和抒情，才能窺見自我心靈的底部各種通道，並通過記憶之網打撈上沉甸甸的往事，抒發日常生活話語的限制而無法言語的情感，突破生活的藩籬去拓展想像的版圖。

從這個角度上說，鼓勵文學創作就是改變大學生活的單向度狀態，讓大學生的精神空間獲得多維的發展。在精神的多維空間裡，文藝書寫讓學生成為主體，讓學生的稍縱即逝的感覺在審美書寫中得以鑴刻，讓學生稍顯稚嫩但不乏可愛之處的表意方式得到尊重，讓大學生活中的分分秒秒的群體生活獲得一種珍貴感。

面對這四十七篇文藝作品，我還有一個想法，那就是這個文藝作品集合體其實不僅反映在這紙上的世界，而是幾十位年輕人在這個集合體中做生動的交流。他們通過自我的審美書寫讓彼此讓書外的讀

者感受到觀念的震盪和情感的湧動，感受到他們的情感界面所發生的種種「事件」。

如此，一部文藝作品集，便是一個群體生活的動態交流的空間。

我提倡學校的生活要有「樂群」的氛圍，那麼，這部作品集的推出，不就是在創造一種「樂群」的生活嗎？

再有，這樣的作品集的面世，還是對不可逆的青春時代的記錄。我常常想，大學生生活，對於大多數人來說，是一種一次性的過程。大多數人不可能再回到年輕時代再過上一次大學生活，當一個人以懷舊的姿態「致青春」的時候，其實真正的青春已經悄悄與你告別了。所以，大學生時代寫大學生活中感受、思考過的事和情，要比「再回首」來寫大學時代來得更有意義。

如夢似幻的青春生活承載著太多的甜蜜、喜悅、迷惘、感傷、頓悟和希望，這是一個人必然要去經歷的歲月，也是一個人的一生不斷去回溯、去頻繁打量的歲月。所以，從這個意義上說，我又將《鏡子的背面》這部大學生文學創作作品集視為可供以後的歲月不斷回顧的文字記載，是各位學子在青蔥日子裡書寫下的稍嫌青澀卻彌足珍貴的個體精神成長的檔案記錄。

CONTENTS
目次

散文

詩歌

小説
Fiction

鏡子的背面

福建師範大學文學院本科 2010 級　林梅琴

> 我愛回憶那沒有遮掩的歲月，
>
> 福玻斯愛給其雕像塗上金色。
>
> 那時候男人和女人敏捷靈活，
>
> 既無憂愁，也無虛假，盡情享樂，
>
> 多情的太陽愛撫他們的脊樑，
>
> 他們就顯示高貴器官的強壯。
>
> ——夏爾‧波德賴爾

　　記不記得有一次，你驅車好幾十里前往故去親人的老家，一路上並無人同行。想不到僅是憑藉兒時的一點模糊記憶，竟然真的叫你找到了隱藏在高山遠水之外的小村，很多很多年前曾住過一段時日的，你至今都不能忘。只是遺憾你並沒像記憶中那樣，再遇見當年挑擔賣吃食的小販，那個大人們說會拐走壞小孩卻四處流浪行乞的腌臢老頭，就連村口那些被你偷摘過很多次果實的枇杷樹、楊梅樹、李樹或是山楂樹，也不知什麼時候就沒了蹤跡。甚至，你都有些聽不懂他們的鄉音，一句話要在腦子裡過一過才明白。

　　多年來走南闖北的你已經習慣在陌生世界裡如何泰然自若，自在得好像衣錦還鄉。但是不一樣啊，這裡曾叫你這麼熟悉過，他們都

已經認識過你。好幾次了，你都差點要忍不住和他們說：「我是誰誰誰啊！」

　　卻是太久沒來了，你根本不辨方向地亂走一氣，兜兜轉轉了好幾圈也沒找到親人的老宅，非常不甘心。你不放棄地找個小孩問路，臨了卻是口齒不清，完全不像身經百戰的某某公司某某經理，發現竟一直都不知道親人的名字。天啊，原來他們還有名字。小孩不打招呼地獨自蹦跳而去，加入不遠處玩牛皮筋的那一群，好像，好像很久以前，很久很久以前的一個人。你滿心失落地沿著來時的小道拾階而下，想不出下一步要幹什麼。

　　初夏的山林，風吹來時還有些薄薄的涼意，屋旁的大油桐樹逕自落著簌簌白花，一路漫成花道。你以前從來都不覺得，原來油桐花會這麼美。記不清了，是哪個午後，你和村裡的小孩在這邊爬樹，其中最美麗的一個（你一直暗暗羨慕她大大的眼睛紅臉頰，每次都有很好看的碎花小洋裙）就學天女採了一裙兜的油桐花，笑笑著往路上撒，眼睛一瞇，笑意都溢出來。你差點忍不住要爬上樹，像當年那樣搖晃著光腳丫，看看哪裡還有可以採摘的青澀果實，才不管有多酸，小口啜吸汁液，吃完用嘴巴舔舔手指，味道比你後來吃過的什麼都要好。只是你一身純白的連衣裙，今天是不可能了，而就在不遠處，小你好多歲的下一代小女孩、小男孩錯落圍成一圈，不知在幹什麼。真的好像五、六歲時的你，又或是，只有四歲？眼前的他們竟不知道，這一段經過在以後是模糊甚至沒有記憶的。同樣的，老去的人們漸漸淡忘從前的事，不管快樂或悲傷，他們不再記得從前去過的城市村落，曾經同過班的同學，一起玩過的鄰居，好得要命的死黨。就像此刻的你，遇見有著一樣經歷的小孩，你看到的，如同鏡中一般。是真的，又不是真的。

還好你不算太老。

你記得也不過是幾年前，舊屋門前的那條小路還沒有灌過水泥，牆角處有你種的好多粉紅小月季、亂長的小野花。你經常都會忘了好久，想起時才提桶水胡亂澆上。雖然也想過要把居處妝點成類似江南園林或鄉間小屋的樣子，卻總是有個原因遲遲不能行動。頂要緊的是，太多的作業今天都不能完成。就是了，某個下過雨的清晨，你睡意朦朧，一點也不想上學，惆悵地以為自己便是這世上最可憐、最無奈的那一個。你賭氣不肯帶傘，頭髮亂亂地就出了門，才穿沒幾天的布鞋走濕了大半，好像行走江湖倦了心意的遊子匆匆又匆匆，微濕的空氣真是好冷。才是七點多一些，若是冬天的話天還不大亮，路上也沒有什麼人。陰陰的，就算是早上也沉重得和黃昏一樣。走到車站前的那個菜市場，你大憋口氣快步逃開腥臭的魚攤肉鋪，完全無法接受這也是人間煙火氣的一種。什麼啊，你以為的人生是快意灑脫，和詩裡說的那樣桃李春風微涼微涼的，至於柴米油鹽醬醋茶，到底你還沒想好該是怎樣一種存在。

來不及想太多，你趕上車門關上的最後一刻跳上車，不小心驚動了臨窗坐著睡回籠覺的白領姐姐，不好意思地低頭找個角落隨便坐下，想昨天夢裡的情節。是誰說過，夢境中的靈魂遊蕩於另一段時空中，也和現實一樣，真實存在。那麼，你在夢裡又和兒時的玩伴到了山裡，涉水走過後來覆沒了的深深溪澗，摘下春天盛開的粉色桃花，風裡飄飄蕩蕩……

真是這樣的話，最近你夢中的田，叫你反覆想起的遙遠高中時代。她還是和從前一樣的白色校服襯衫打扮，標誌性的高高馬尾，一點都沒變。同樣的，辰山校區，秋雨中落葉重重的老楓樹，每次都數

不清楚的上百級樓梯，連後來拆了做跑道的舊教學樓，也還是當初的模樣。對面教學樓的破走廊上站滿了小你們幾歲的初中生，一具具長得很快的身體滿臉的青春痘。每次到那裡去時只要有人在樓梯上打鬧，你都會有地震的錯覺，害怕這棟六十年代的建築就這樣跑跑就塌掉了。

從來沒想過，大學時的某個寒假回來，真的就見煙霧中好大一聲爆破，把十幾米高的四層樓都吃掉了。都吃掉了，隔著好遠好遠，飛來的粉塵重重濃濃的，像睡裡醒不來的夢。你緊緊抓住田的手，很想很想要說什麼……卻什麼都沒說。廢墟中那些熟悉的斷壁頹垣，奇怪，怎麼會是這樣子？

同樣奇怪的還有，每次你坐車經過公園路，看那一路梧桐樹後大門緊閉的舊屋灰牆，努力回想是哪個同學住在這附近的一條小巷裡，轉角再轉角，定是個藏過秘密的小地方。一小段的飛簷影壁，陽光斜斜總也照不進的花格雕窗，還有牆頭真的會隨風搖動的野草黃花。若是下雨天，撐傘走在青石板路上，瀧濕的鞋面沾著點點泥漿，簡直要想起舊時江南的雨巷，那樣的煙雨濛濛。但事實卻是，你有次和田偶然路過，因為不識路而亂走一氣，又要避開屋簷底下四面橫挑而出晾滿內衣褲的竹竿，隨時會滴下的水珠。走來走去，終於還是困在死巷子裡不得出來。正是害羞年紀的你們扭捏著問過幾個買菜回來的阿姨，才在她們奇怪的目光下逃竄而出，大大地舒一口氣。那一帶的黛瓦粉牆，在你的印象中一直是等待拆遷的一種。什麼時候就會瞬間消失，被另一棟四四方方的高樓取而代之。真的在時間面前，沒有什麼能永遠存在下去。就像後來的你。

而你常會有蒼涼的感覺，因為一些小事心事成灰，甚至想到死

亡，想到湮滅，想到了無痕。卻從沒有想過有一天，那些曾經在乎過的，流過淚的，會悄悄在心上變了位置。怎麼你發過誓的，曾經雙手合十滿心虔誠地、向著天地、向著靈魂。卻怎麼可能呢，你終於也背叛了你自己。

真的不能夠再相信了嗎？

你和田。

某個月色滿滿的清風涼夜或是清得要滴出水的星空底下，前話都忘了，只是她問你：「我們一輩子都要這麼好？」你很認真地點點頭，以為這兩三年的友情足以耐住一切未知的時過境遷，像所有的老故事一樣，在很久很久以後，你們還一如往昔，多麼美好。

「我不會變的。」你說過。

好奇怪，剛認識田的時候，覺得她直率地近乎過分，絲毫沒有女孩子的嬌羞文靜可言。走路時一條馬尾甩蕩甩蕩的，好像要把周遭的一切都帶動起來。她真的有些太過熱情，才同桌不久，借用你的紙筆時連聲招呼也不打，還經常「參考」你的作業。甚至不經過你的同意偷看你的隨筆作業，然後發出一聲驚歎：「你的文筆好好哦！」真的不知道說什麼好。

後來也習慣了，你覺得拒絕一個人是件好難好難的事，特別是她。「今天去××玩哦，我在樓下等你。」隨即便掛了電話，她好像無所謂回答，一身著藍或粉紅準時出現，也不叫你，一個人在樓下聽著 MP3 踱步唱歌，小聲哼哼。這樣的時候，你不知道田在想什麼，你覺得她好遠好遠，也有心事，也有秘密，而你都不懂得。是真的嗎？你眼裡的世界是否真實，像鏡子的背面，你看到的，和你看不到

的。你想起很久以前看過的一部電影，男主角說：「很多東西用耳朵聽比用眼睛看好。」是這樣的嗎？感官的世界永遠只是其中一面，有時候你更相信自己的心。可是，每個用心感受世界的人，最後都要受傷。

你無法抗拒所有感情的事。

很多年前，你父母將你寄居在大姨家，只有在農忙結束後才來接你回去一趟。印象中，老家的路要爬山過橋從人家村子走過，長長的總不能到，是這世上最遠的距離了。每每你都想記住具體路線以備將來逃走，卻終於還是疲憊地趴在母親肩上睡著，無意識地留下一攤口水，醒來什麼都忘了。你大哭一場，哽咽地喘不過氣來，額頭上還滿是汗珠，才知道傷心原來是件好累好辛苦的事。

你不要想了，小手小腳地蹲著在大姨家門前看螞蟻，用指尖攔住牠們的去路。一下午，臉蛋漲得紅紅的，也不覺得無聊。怎麼，小螞蟻比你還厲害，來來去去那麼忙，卻不像你會忘了回家的路。僅是七歲的你爬上桌跪著看牆上掛著的母親少女時代的照片。小小的一幀，黑白色，樣子都模糊了。你心裡惘然又有了淚，說不出來，只是靜靜地任它流去，一時間竟不懂得怎樣表達自己的感情。第一次體會到，原來思念是這樣一回事。好難受，你很想沉沉地睡一覺，不要醒來。

在夏日的午後。

對了，六月裡是最適合睡午覺的，你吃過飯就睏得睜不開眼，根本沒聽到大姨在外間洗碗晾衣又劈柴火。只是紗簾垂地，偶爾有穿堂風來吹起波瀾，落地電扇嗡嗡地搖著頭。貪涼快睡在地上的大姨

夫，竹席上躺著的你，還有兩個大了你好多的表哥，上初中了，睡了一半騎自行車上課去。你做夢了沒有，其中有年長你近十歲的大表哥，碎碎的劉海直垂到眉毛，風吹時也會飛揚，翩翩的少年。你記得的，他愛聽那幾盒磁帶，小虎隊裡愛唱〈紅蜻蜓〉的那三個臺灣男孩，也是這個樣子。你好想也長到他那麼高，走路時踮個腳尖跳起來扯樹上的綠葉吹，或是跟著唱機搖頭晃腦，又或是，穿一身牛仔褲配夾克，可以不拉前襟的拉鍊。

可是，你好小啊，十四歲的二表哥牽你回家時，要把頭仰得高高的才看得見他夕陽裡的側臉，溫和的線條。是你還是他，出了好多汗，兩隻手心裡濕濕熱熱的，夏日長長。你只有在這時候才會不說話，想他在想什麼，下一步要踩哪塊石頭。你叫一聲二表哥，笑笑問他明天要不要上學，怎麼小貓冬天時總愛在太陽裡睡懶覺，屋簷上的燕子哪去了，還有還有，修車店的老闆家有一隻大黃狗，上次你被追過的……太陽要下山了，你走走又拉他到夕陽裡，停住腳步看地上的黑影子，發現好可怕，他長了你這麼多，趕不上了。你往前大大跨了一步，一直走到快和他並肩高，回頭笑笑看他，很開心。如跟屁蟲一樣的你，決定要走在前頭，步子邁得大大的。一直到太陽落到山那邊，雲色重了，樹影人影都看不清時，你突然又覺得好孤單，跑回去拉住他的手，牽著緊緊的。如果可以的話，多希望能和他一直在一起。

幼年時的你，那麼依戀不大說話的二表哥，就是走路散步也覺得好好玩。什麼時候，月亮升起來了，你也學他枕著手臂，想事情，想白天去過的路途中遇到採茶的叔叔阿姨，河邊好看的石頭，小鴨子在水上游，還有明天，明天你要去的一戶人家，不管怎樣，定要摘一朵石榴花的。你回頭看看二表哥，長長的睫毛覆在眼上，睡了沒有，

好睏了……

　　沒有想過，你長大的時候他是什麼樣子，是不是會一直不變等你趕上來，像那天夕陽下，你和他說過沒有？你要和他去到山的那邊，坐巴士車穿越小鎮盡頭的舊橋樑，透過車窗看河水緩流，然後右轉沿著唯一的路徑直達 A 城。即刻就到了，比你小時回家的路還要近。還沒下車，你就想好要吃什麼，去哪裡。你急急地想要長大，長成和他一般高，簡直一刻都不要等。成長卻沒有捷徑，這點你不知道。只是打算好，八、九點時大姨去買菜，到她回來前家裡都不會有人。你躲在屋裡偷穿他們的衣服褲子，一一試遍，竟沒有一件合身的。落地穿衣鏡前的小姑娘，長長水袖，一點都不像你。你沒學戲文裡說的那樣長歌低歎。也不會，只是抬抬手，發現是你。

　　你都沒聽過，人生如戲，浮生若夢。幼時聽外公說過唐傳奇中的〈枕中記〉、〈南柯一夢〉，單單是好玩。就連平日睡覺，也幾乎不做夢，即便是有，醒來也忘得光光。當你意識到睡裡有夢時，已經離開大姨家很多年。好幾次了，你在夢中走一條很長很曲折的路，什麼人也沒有，茂密叢林，殘煙落葉衰敗處好淒涼。你找了好久，終於一下遇到了父親母親、哥哥姐姐，還有大姨、大表哥。怎麼，他們卻全都不理你，好像不認識你，眼光裡全是冷漠生疏。怎麼，他們都變了。你最親愛的二表哥，你都喊不出聲音了，還是找不到他。不能再走了，你的雙腳沉重得邁不開步伐，可怕的老鼠、蟒蛇卻直追而來。

　　你尖叫著醒過來，事實上卻跌入另一層夢境中。什麼都沒了，你乘著一片羽毛降落了好久好久，一直飄過村裡綿延的小路，花都開好了，溪水清清潺潺地流啊流。你以為要回去了，等了好久，羽毛卻一路不停地往前飄，路過的柏油公路、青山大河你都不認識，一著

急，終於從夢中醒來。

二表哥，是你嗎？

此後你不斷重複這樣的夢，第一次，體味這種孤獨無助、寂寞漂泊的感覺，沒有比這更可怕了。若夢境比現實還可怕，你願意永遠保持清醒。如田所說的，人生這麼短暫，來不及看更多的風景。你也好想要一刻不停地看下去，走下去，不管是哪裡。

不管是哪裡，最後總是離開。

就算是，你堅持了好幾年給遠在北方求學的二表哥寫信通電話，卻還是會在又見到他時，感到些微生疏尷尬，好多話都不知該怎麼說，說不說？畢竟你們，都背棄了承諾各自長大。你哪裡會想到，有一天他也會戀愛結婚生孩子，過著完全和你無關的生活。可是明明，你們曾經那麼要好過。終於你停下腳步來，要走的人卻還是走了。是的，你無法抗拒光陰似水，就像你無法填補那個夕陽人影間的距離。

那之間也許是沉醉，也許你也會願意在無奈中跳入懸崖，不想生或死。對了，你不會沒偷喝過酒。總有那麼一次，你和家中的表兄妹幾個在外婆家過暑假。好熱的夏天，你們玩厭了夾竹桃花心中的小蟲子和院子裡被嚇破膽的鴨公雞母，也不敢再去糟蹋舅舅家剛結的葡萄，屋前屋後都沒得玩了。是誰想起的，外婆新釀了一缸的酒。你們一群人輕手輕腳地上了樓，小心不弄出聲，好多顆心臟跳得撲通撲通的。你們當中最大最小的哪一個，大表姐還是小表弟？是誰大膽掀開了蓋，你看我，我看你，終於有人嚐了第一口，眉頭皺得緊緊的。「好難喝！」你也試過了，發現辣辣臭臭的味道並不好，差點沒吐出

來。可是你們都好愛逞強，各自喝得臉蛋紅紅要發燒，很難受，腦袋昏昏，身子軟軟的。你好想睡覺了，像夢裡那樣睡在雲上，一直飄蕩。

在這之後，你想到了死亡，在結束，又或是停止時，在另一個時空裡，死去的人就再也不會長大，不會傷心，不會老去，什麼都不變。你每每感慨於日本人面對死亡的態度，如同櫻花飄落一般，在薄寒春日的煦煦陽光裡，風一吹，無留戀、無目的地隨緣隨分就去了。下一世，你想是門前搖曳的野草花，摯愛的親人偶然路過也不會側目，沒有感情的話，你便可以是一個人，自由自在。可是你又不敢啊，就像歌裡唱的那樣：

> 越年輕越愛想死亡的問題，
> 越想死，
> 越牽戀今生的未了。
> 你只能繼續往前走，去迷路，去尋找，去從來不想去的地方。

一路走去，曾經陪伴你的都不見了，再也找不回了。如果說你和田之間是緣分的話，你更願意相信那只是偶然，沒有她，還可以有另一個人。也許你愛的，並不是你愛的那個人。但你們還是好好，真真的好。

那時的你們都好愛玩，蹺課或是假裝生病請假，反正總有理由。田總是帶你坐那種沒有牌照的綠皮柴三機，運氣好的話，搶到靠車頭的位子，趴在欄杆上癡癡向外望著，看藍天，看綠野，看一片黃黃壓青青的油菜花。你用指尖比比遠處說：「好好看啊。」

車子顛得厲害，一向不暈車的田也有些受不了，兩隻手交換著摀住嘴巴，神情緊張一路都皺著眉頭。你向她靠靠，又挪近一些，一

隻手插進她臂彎緊緊挽住，很踏實。這下是田側了身子過來，靠在你的肩上。兩個人像漂泊在外的旅人相互扶持，長長前路沒有盡頭。在你讀過的舊小說中都過有這樣的情節，雖然只在男女之間，可是沒關係，你以為友情會比愛情還來得刻骨銘心——因為沒談過戀愛，當然不知道是怎麼一回事。

車子直開到路邊站牌才猛停下來，千詩亭、棠溪、秀莊或是魚溪洋什麼的，一望而知是個小村落。你們從車上跳下來，走到一邊理理頭髮和衣服，很有默契地相視笑笑。這一帶一定沒多少人居住，像你老家一樣，所有壯年的農民拖帶著「工」字尾碼進城打拚，過年才會回來。這時你會有一股濃濃的鄉愁，不是為自己，也不是為別人。這麼說好了，很多感覺你永遠也無法表達，甚至不懂，像對母親，對田，對二表哥，對好多人。

那就什麼也不要說，什麼也不要想。你們牽手走著，隨意聊些過去現在的事，幼稚園都在哪裡讀的，做過什麼糗事，和誰誰誰鬧掰又後來和好了……你摘把枇杷葉做扇子，隨手捲起馬尾辮成一團，流了好多汗。田偶爾也會問你累不累，還暈不暈。你搖頭又問她，有時也沉默許久不說話，想想，終於把憋了好久的心事都告訴她。

可是印象中，田卻從來沒和你說過心裡話，不知道是不是沒有。

因為這些，你會一下子失落起來。田卻驚歎一聲小跑過去，以手做簷笑笑看你，身後花枝綴得好滿好有重量。三月鄉間的桃李花開，風吹時透著脂粉氣，滿樹的粉紅色好像舊時女子的臉上害羞時的一刹那。含蓄中的暗暗透露，說一千萬句也得不到一句回答，是不是越深刻的感情越難體會？可是你也喜歡梨花白、杏花黃、五月裡簇簇落落的油桐花，又或是可以結石榴的紅色石榴花，大紅大紅的。你覺

得，愛熱鬧的田會喜歡這樣的顏色，所以你也喜歡。

記不記得有一次，你和田偶然路過街尾，正趕上人家村裡做廟會遊行回去。你們跟著看了一路，一一辨認走過的仙人是什麼名號，覺得很好玩。沒記錯的話，著白衣坐蓮臺的是觀音娘娘，一身道士服的是太上老君還是太白金星，三隻眼的二郎神……還有，好多你都不認識。九十年代出身的你們已經對古老的中華文化沒有多大瞭解，老房子都不住了，舊街巷弄越來越少，你也說不清是覆滅還是重生。對於你們這一代人來說，已經沒有太多的消逝寥落之感，因為印象中，這些東西本來就沒什麼分量。

你卻不會忘了，幼時隨二表哥在路邊攤前舔棉花糖，看小販懶懶踩著踏板，總是捨不得走。一樣的是，看人家彈棉花，小時也會跟著節拍點頭哼唱。浮浮的白色棉花，不是用來射箭的弓，黑暗的廳堂透露些微蒼白的光，寂靜中永遠也不變的節奏。永遠也不變啊，只是會消失。

還記得，你六歲那年舅父家的小姐姐患上難治的白血病，四方尋醫都沒有結果，終於還是在某個寒冷的夜晚死去了。死去了，怎麼你連她最後一面都沒有見，再見也沒有說。無論如何，你都不能相信。明明她紮著兩隻羊角辮和你一般年紀，怎麼會這麼死了呢。儘管母親告訴你，那天她和舅父一家坐車從醫院回來，小姐姐躺在擔架上靠著氧氣罩勉強呼吸，她也許是覺得難受了，小手比比要摘下來，再戴上時，漸漸就沒有了呼吸。你好幾次都試著不要呼吸，卻總是做不到。怎麼會，小姐姐她不要呼吸？

可是真的你再見不到她了，十幾年中都沒有再見到，像你從前養的一隻花貓，某一天回來就再也見不到了。你哭了好久，下定決心

要去找他們，發誓要永遠都不離開他們。便是那一年秋天，你揹著書包去找一個叫天堂的地方。印象中走了好久，你一個人從大姨家門前的那棵柚子樹出發，一路往太陽下山的地方前去，還要穿越窄巷終年潮濕的青石板路，心裡怕怕的，因為這裡經常會有老鼠出沒。好遠了，你終於到達芙蓉樹前老舊的電影院——你們小學排隊去看《媽媽再愛我一次》的地方（二〇〇七年被一場大火燒作廢墟）。你覺得已經走了好久，事實卻還是沒有出鎮。再往前，路過黃土夯成的泥牆，你就再也看不見大姨屋後高大的老榕樹，山後慢慢滑落的夕陽也不見了，你怎麼趕也追不上，急得滿頭大汗，肚子好餓，不知道是要回去還是繼續走。

要怎麼辦呢，你坐在地上想了好久，好好的一個人，一隻貓，就這樣不見了？不，他們一定是躲到哪裡去了，總有一天會讓你再遇見的。

然而在這之前你就只能等待。

是怎麼一回事，你像個小老人一樣坐在屋簷底下，看牆上的壁虎一兩隻很快爬過，消失在你不能去到的縫隙中。你當然也知道壁虎的尾巴截斷後還會再長出來，很小時就做過實驗的。只是在想，是不是生命中的片段也可以這樣？你好想忘掉一些事又不致讓記憶空白，雖然不大可能，可是比起記得，似乎要好一些。那就都忘掉好了。房間角落裡藏著沒吃完的板栗子餡月餅，只能給哥哥吃了；每天傍晚一定要看的〈櫻桃小丸子〉動畫片，也不要看了；下一次去上學，都記不得要去叫蘭蘭了；街角那邊對你很好、每次都有布偶娃娃給你的剃頭匠爺爺，你不能理他……怎麼你好捨不得，不想忘掉。那麼就這樣吧，像一隻魚就只有七秒鐘的記憶。只是你不能忘掉爸爸媽媽，天黑

了就一定要回家。

　　你覺得，時間越來越長，記憶越來越多，怕好多事情記不住。可是沒關係，年輕的時候，有的是大把的時間來揮霍，就什麼都不做，隨意浪費好了。事實確是這樣的，會玩到最後一週趕整個暑假的作業，右手寫得快要抽筋，還在心裡暗暗盤算可以拖延的時間；會和小朋友玩到太陽下山忘了回家吃飯，聽好遠處媽媽在叫你；會到處遊蕩弄得一身泥，都沒有人能認得你。十幾歲的你，看慣了教科書裡關於時間飛逝的諸多感慨，每一天都覺得玩不夠，實在體會不了度日如年。

　　直到高二下學期物理課上老師玄乎其玄地向你們講述相對論，弄得全班人一頭霧水，你才有些明白，好多時候，你以為的一切並不真實。時間不會因為你覺得快而變快；死去的人化為飛灰，你在風裡不是殘煙，就是鈣鐵鋅錫種種元素；而鏡子的背面就是水銀，沒有別的。

　　你好討厭科學。比起氮氫氧碳種種化學元素反應中和質變，你更寧願相信，上古盤古開天闢地、女媧捏土造人的浪漫傳說。你相信這一切並不妨礙你的生活，就像視聽課上無聊的國際新聞世界局勢，太遠太遠了，遠得你無法想像世界地圖按比例換算後是有多大。

　　北冥有魚，其名為鯤。鯤之大，不知其幾千里也；化而為鳥，其名為鵬。鵬之背，不知其幾千里也；怒而飛，其翼若垂天之雲……

　　這真是一首歌，風裡低低唱響，誰都聽不到。你沿著小路走，開始想要離開生活了十幾年的 A 城，去一個能看得見海的地方。藍色的水，該是一片憂鬱的胸懷不斷沸騰，想念不能再見的親人。不斷

地沸騰，心卻是涼的。

　　卻是不能。

　　在號稱 A 城風水最好的教學樓裡，你終於也想起要讀書，下了課還趕時間再看兩頁書，上講臺問數學老師昨晚難解的幾何題，甚至偷偷在便簽紙上寫下大學意向。這些你都沒有告訴田，她是不是和你一樣，也想遠走高飛，去一個沒有人認識的陌生城市，獨自漂泊？重新開始？你無從得知，和每一屆高三學子一樣，你們已經沒有太多的時間實行青春必不可少的叛逆。做不完的綜合卷，背不完也背不住的單詞，永遠也解不出的方程題，每天來來去去重複相同的程式──一個個倦怠的生命。

　　好多年前了，一個夏日的午後，陽光斜斜照進教室門前的幾寸水泥地，偶爾飄落一片葉子，帶起黑板前落定的白色粉筆灰輕輕飛揚，雪花紛紛。你也是班上還孤軍奮戰的那幾個，睏得不行了，就只好趴在課桌上枕臂而眠，沉沉睡去。卻在夢裡被考試題目一驚，醒來時手上麻麻的一片，都是鹹鹹的汗水。就算畢業工作以後，你再做這樣的夢也同樣會驚醒過來，只是覺得好好笑。一時還想不起來，今夕何夕。

　　很想給誰寫一封信，說說當時的自己──那麼委屈。你卻只能抹抹額頭上的汗，抱怨起學校一到午休期間就總是停電，小氣死了。這棟百年的破教學樓，蚊子也成了精，咬得人腿上都是包。以前的學長學姐，受的苦可真多。直到有一天你也成了過來人，和表弟表妹說起學生時代，勸他們要好好讀書，也偶然會想起這些。你覺得自己好老了。你一定都猜不到，最後會是十多年後的×××，這個樣子。

　　你差點沒哭，還是靜靜地拿起圓珠筆，依舊做起面前那份有些潮濕了的英語週報上的習題。

two drifters, off to see the world（兩個流浪的人想去看看這世界）

there's such a lot of world to see（有這樣廣闊的世界在眼前）

we're after the same rainbow's end, wait in round the bend（我們跟在同一道彩虹的尾巴，在那弧線上彼此等候）

my huckleberry friend, moon river, and me（我那可愛的老朋友，還有月亮河，還有我）

　　第一次，你覺得英語也可以是美麗的。雖然一直以來，你都好討厭英語。在鎮上讀初一時起，沒有真正學過音標的你，借助豐富的想像力用普通話、符號甚至方言，為每一個單詞注音，一路吃力地向上爬，可憐的分數卻始終拖著年段排名。雖然你每晚都在下自修後多背半個小時的單詞，很可憐地吹著科技樓廳長長空空的風，校服衣袖鼓脹得好生氣。夜裡的梔子花香，香得有些甜，明明你是要去的，像從前那樣和三兩好友踏過綠草地，邊哼歌邊把學校應季的鮮花偷偷摘去一兩朵，技術好得絕無人會發現。你要，要做一個十六、七歲的少年少女。

　　可是等等，你還是無法釋懷這次月考成績，始終徘徊在六十分左右的 English。你甚至有些懷疑自己，或許只是一個平凡得不能再平凡的小小孩，什麼都不是。怎麼會？你當初也是很容易就考上了重點高中，還以鎮上第三的成績風光了好一陣。很小時，你就打定主意將來要做個描摹寫意的國畫師，因為大姨家裡掛的那幅花鳥圖好好看。十一歲那年參加作文比賽得了一等獎，你又改變初衷要去舞文弄

墨。再後來，你覺得作家生活太寂寞，還是去做導遊到處玩好了。只是你並不明白，這些和你考不考得上重點大學有什麼關係。

不能再想了，成績單上的排名退了那麼多，你根本都不知道回去要和父母怎麼說。從來都不聽課的Ｔ，數學還比你高上幾分。努力了好久的英語，還是一點長進也沒有。而你不大搭理的語文課，卻是奇蹟般地又穩居第一。你真想很蒼涼地笑笑，像個對世界失望透了的傷心人歎一聲造化弄人，然後直接剃了三千煩惱絲，隱入空山做個小尼姑去，誰來也找不到。無論如何，你都不想面對了。當你再次提筆寫信給在北京某名牌大學讀研究生的二表哥時，都沒發現一切已經變了。什麼時候啊，落葉飛花閒愁萬種，紛紛揚揚飄飄蕩蕩地就從你的紙上消失了。你甚至都沒想過去找回它們，你的心扉小小寂寞的城，一片灰燼。

種種，你試圖逃離無法分辨的世界，丟掉不太真實的感情，去尋找一種可以證明存在的切身感受。比如：放學後去學校附近的超市閒逛，看貨架上從來不買的醬油、味精、花生油是什麼價格。經常出現在化妝品區域搞促銷的女售貨員又換了什麼髮型。你始終弄不明白她每次都和你說某某商品具備美白補水抗皺等等功效，怎麼自己還長得那麼醜。還有，你甚至想過，如果真的從超市裡偷一枝筆或一塊橡皮出去，門口的警報到底會不會響。你會不會像個小偷被人抓起來，然後關到少年監獄裡去不要讀書，就這樣被遺棄了，從此人家都拿異樣的眼光來看你。你從來沒試過又好想去試試，可就是不敢。

你佩服著大膽的田，聽她說她小時候曾在家附近的廉價商店裡偷過糖果，雖然事後被父母狠狠打了一頓，可是，那又怎麼樣呢？你以為青春便是一些瘋狂事，高歌、吶喊、追明星，又或者，談一場欲

仙欲死的戀愛……

　　對於你來說，愛情就是初中時收到隔壁班男生的一封情書，那樣天大的一件事。如果不是因為那個男生長得太醜，你一定會試試早戀，然後很小心地不要被人發現。你都想好了，要買本好看的本子記錄你們在一起的一天天，在一個西風秋意濃的黃昏後一起回家到差不多時說再見，要很浪漫地手牽手到後山柿子園那兒散步再順便摘些果子，最後離開多年居住的小鎮私奔到天涯海角去，從此都不再回來。想想，那樣簡直瘋狂極了。

　　又如同十來歲那年你在三姑家，大學快畢業的表姐很不幸運要負責帶你。印象中，她總有好多事要做，你都記得的，她早起時喝杯開水等半小時再吃飯，洗了碗，塗護手霜，編頭髮，換睡衣，看會電視又趴在書桌前寫好久的信。她的字寫得龍飛鳳舞，還對你遮遮掩掩，好無聊的你一個人在屋外跳房子，發誓再也不要來三姑家。可是有一回表姐卻什麼也不做，而且連早飯都不吃。你在外面玩膩了回來，決定要嚇她一跳，進了屋就很用力地一把拉開她頭上蒙的被子。

　　發現表姐在哭。

　　你以為大人是不會哭的，像你爸爸就從來沒哭過。你一點都不懂，怎麼失戀了她就要哭——原來愛情是一件傷心事？

　　你始終不明白，那些殉情的哥哥姐姐是為什麼，死亡不是一件很痛很痛的事嗎，他們都不怕？便是那一段時日，你和田每次從南門抄近路去中心街，走小巷，在一戶門前種滿紫紅色雞冠花的青石磚樓下，總會見到一對年輕情侶靠在欄杆邊上牽手說著悄悄話。好幾次了，也不管人家在不在意，田都拉住你要再看一眼。滿臉通紅的你壓

低聲叫「走啦，走啦！」卻清楚地明白，你的心裡是和田一樣的想法，很想上前去問問他們：「愛情是什麼？」

你都清楚地記得，高二下時的一個秋日夜晚，你膽大地一個人走平時不敢走的路燈昏暗的小道，只為了去吃僅在週四才有擺攤的大腸塞小米，雖然還不確定有沒有。你走得好快，斗篷大的秋季校服迎風飛揚飛揚的，平日常借光的那戶人家奇怪竟已熄了燈火，門前的夾竹桃樹映著月光下的黑影子好可怕，你擔心會有野貓出現。這一帶常有離家出走的野貓到處遊蕩，經常會嚇人一跳。好幾次你仔細觀察野貓，分辨牠們可能所屬的家庭，因為聽說寵物養久之後就會和主人越來越像。有時你也擔心長得像田，因為她說她是喜新厭舊的。你好多心事地往人家窗前走過，穿過小巷是八十年代做打火機後來取締了的舊工廠，圍牆裡的院子你們連白天也不敢去，你有些後悔了，覺得肚子也不是很餓，終於走走又回了頭。

不會忘了，你第一次見人接吻，和從前電視劇裡演的全不一樣，都不一樣，是真的啊。你在那家種雞冠花正應季開著小雛菊的院子前，還是平日裡見到的那對情侶，路燈底下貼得那麼近，頭臉都看不清。你也不知道自己怕什麼，竟哇的一聲大叫著跑開了。

是不是，有一種震動心靈的體會。很長的一段時間裡，你都在想，接吻到底是什麼味道，真的像當時還未婚的姐姐說的那樣，腦子裡一片空白，只覺得對方嘴唇的柔軟。啊呀呀，你連想也不敢再想了，多麼可怕的一件事。

卻是和每一代高中生一樣，你們也愛私底下咬耳朵談論這些。長得最好看的萱兒，據說初中時就開始談戀愛，從來沒斷過。坐在後排成績不大好的 K，其實一直都喜歡菲。而平時不大說話的 A，原來

每天都和大迅一起回家，然後在大榕樹下招手再見。天哪！難怪 A 會和大迅說話，上次月考後還在一起討論過問題。你甚至聽歡歡還是雲雲說過，他們從小學起就同過班，彼此的家只隔一條舊街巷，整整六年，不是青梅竹馬是什麼。有意無意地，你也和班上同學一起開他們玩笑，投注幾次帶有深意的目光。僅止於此，你也感覺到 A 開始慢慢疏遠大迅，而且更不愛說話了。一直到你們畢業，他們倆的關係似乎都沒有再好起來過。好幾次了，你都想當面和 A 說聲對不起，卻終於還是沒有。可是明明你是很想的，像從前和小夥伴吵架說再也不和你玩了，就真的好久不理人家，心裡卻後悔得要死。你常常是這樣在背離中失落，無法遇見真實。

不懂啊，你的心，連鏡子裡也沒有真相。

只是很偶然的一次，你和田在城郊外的馬路上直晃到下午，風好大，道旁的木芙蓉花都一大朵地掉下來。興致很好的田學者當時海報裡的女明星也簪花在耳鬢，夕陽裡好爛漫。你不怕死地在馬路上橫穿而過，嚇得田都來不及拉住你。那時候環城路還沒建，運貨大卡車、長途客車、小汽車等等擠了一街。一路吹著河風直殺到坂中橋，那一處左右兩邊總是擺滿了茶葉蛋、扯白糖、冰糖葫蘆之類的小小地攤，你和田每次都很會算計地各買一種，然後換著吃。

你們總是吃得很快，因為前面右轉就是煤渣跑道的大操場，有風時鼻子裡總是黑黑的。你隨便擦擦嘴臉，問田要不要去文具店、書店或是兩元店逛逛。大多數時候田都不會拒絕你，在逛完商店什麼都沒買之後，你們在附近車站後的舊街巷隨便找家便宜小吃店共吃一份拌麵、米粉，很滿足地出店門打個飽嗝。從來都不知道的是，這裡的小吃店到底幾點打烊，因為一直都沒機會在半夜十二點後還出來逛。

對於當時還十七、八歲的你們來說，十二點之後的街店完全是另一個塵世，那些夜生活糜爛和你們一般年紀卻抽煙染髮沒有讀書的哥哥姊姊，讓你每每都生出好多同情。

你很天真地問田：「他們快樂嗎？」沒想到田竟然很認同地告訴你說：「快樂啊！幹嘛不快樂。？」第一次知道田原來這樣想，你都不知道要怎麼回答她。從陵園路一路走來，你們都沒有再說話。你覷眼看看田，不知道此刻的她又在想什麼。

已經好晚了，你們夢遊一樣沿著斜斜長坡走在路上，昏昏散漫的燈光流了一地，和秋天的落葉飄蕭。你還沒打算回家，（小聲得怕人聽見一樣，告訴田前幾日誰又和你說的、不能告訴別人的小秘密。）（雖然你每次都要死要活發毒誓不會說出去。）你們且不管幾點了，看看地上沒有狗屎就隨便坐下，一聊就是好久。重點是田原來有那麼多邂逅故事，你以前竟都沒聽說過。你好奇問她後來那叔叔的兒子有沒有再每天放一朵小桃花在信箱上頭，寫情書的那個長得帥不帥、叫什麼名字。你都不想會說故事的田那天到底有多少話是真的，只是羨慕極了，兩手托腮看看遠處廣告牌上寫的什麼，不說什麼。田卻突然問你：「有喜歡的人嗎？」

一點都沒想到她會這麼問的你，愣了好久，臉紅紅的，不知要怎麼回答，只管搖頭拔兩根野草編成戒指戴在手上。她卻微微一笑，很平靜地說：「我喜歡陳。」

你嚇了好大一跳，心亂亂的。同樣不說話的田卻在橋邊停下腳步，散了髮讓風吹著，側影中看不到是什麼表情。陳是你的後桌，屬於班上不怎麼讀書卻成績很好的那幾個。平時你們都很少講話，只是每次做習題考試時他必向你借圓珠筆、橡皮擦、尺子什麼的。也和所

有的後桌一樣，總是在你舒服地享受靠背的同時，猛地抽開桌子，嚇你好大一跳。

怎麼也想不到，田會喜歡他，而且……而且還和你一樣。

你終於相信了，時間可以改變一切，甚至外貌，甚至習慣，甚至是偏愛。

即使是時過境遷，你都沒有問過田，她和陳在一起之後為什麼都沒有主動聯繫過你，畢竟你們曾經那麼要好過。是她知道了？還是她忘了？還是她從來就沒在乎過？那麼久了，你經歷過懷疑、失望、傷心甚至是愧疚，都一直無法釋懷。

很多年後，你才從友人口中隱約猜到，當年你寫給陳的那封信，他一直以為是田的。而且，她當時並沒有暗戀過陳。

怎麼說，你覺得很難受？怪她？怪自己？

這些卻都不再重要了。你只覺得——一個人，是多麼的孤獨，不願相信，就算是最親近的人，就算好得不能再好的那一個，你也斷不會和誰有著一樣的淒涼體會，即使懂得了，依舊不能識得。

像你，像你少女時代還一直深深依戀著的姐姐，你一直都以為她是只屬於你的，永遠都是你的好姐姐。不是嗎？每次家裡有什麼好吃的，只要你喜歡，姐姐都會讓給你。雖然小小的你愛哭且脾氣壞，可印象中的姐姐是從來不生氣、不皺眉頭的那一個。就算是那回你們一同到山裡摘野草莓，初春的時候，野地上開了好多紫紅色的酢漿花，你不聽命令地獨自跑去採野花，回來時毛衣頭髮上黏了好多蒼耳，渾身髒得好像野人。大你幾歲的姐姐跪在地上替你一一捻去，動

作溫柔地一點都不痛。

是了，她是你最親愛的姐姐啊，和你的亮亮、靜靜、文文都不同，你們是一起吃飯、一起睡覺、流著一樣的血，要一直一直永遠永遠地好下去。每次誰說你是撿來的，你就好生氣，因為，因為你有姐姐的。可是也有突然的這一天，她見你走進房間就很快地把手裡的筆記合上，她不和你洗澡唱潑水歌了，她甚至，有她經常上下學的那一群，不要你這隻跟屁蟲了。怎麼辦？她不是你的了。好生氣的你決定不理姐姐了，好幾天過去了，她卻一點感覺也沒有，然後你漸漸忘了，還是又黏又纏她。卻不一樣了，有一次她放學後回來在屋後的小竹林裡偷偷哭泣，被你看見了。好奇怪，你竟然沒想要過去拍拍她肩膀，像你從前因為吃不到糖果大哭時她安慰你的那樣子。一整天了，你的心迷惘著，覺得不認識她，從來都沒認識過。

姐姐早在你大一那年就披上紅蓋頭嫁人了，還是你做的伴娘。你從來沒想問也沒問過，她真的愛姐夫嗎？也有時她從夫家回來，你們還像兒時那樣睡在一張床上。（她的房間早在出嫁後就改了做雜物間。）夜裡你們也興奮地睡不著，更多的時候是你，問她過得好不好，婆婆是不是像電視裡演的那樣，有沒有小姑，還有呢還有，你聽出姐姐倦意綿綿的口氣和夜裡有規律的呼吸聲。你不再問了，睜著眼睛看黑暗中沒有顏色的書桌、檯燈、門把手，還有窗外無邊無際無數的星星，天荒地老。

睡去了。

總總，你想知道的，都沒有答案。

藍花楹

福建師範大學文學院本科 2010 級　林梅琴

親愛的，你好嗎？

窗外不斷的雨聲，我聽了一晚，想你在車上，不知睡得好不好？身上穿的衣服，還夠不夠？一個人，會不會覺得很孤單？

沒有你，我心裡好難過。

剛才媽媽打電話來，說他們在上海有事耽擱了，要明天才回來。我一個人，沒有事情做，電視也不想看。窩在床上，把燈也關了，躺了很長一段時間都不能睡著。也不知道什麼時候就下起了雨，水珠落在窗外陽臺的欄杆上，一聲一聲的分明。黑暗裡獨自想著心事，聽牆上的時鐘不斷在走著，一圈，又一圈。

最近我變得很愛哭，無緣無故地，看到一些尋常的場景也會落下淚來。

分別的事，我想過很多次了，只是不知道會是這樣，這樣地和我想過的都不同。從前一起看電影時，我每每會為一些離別的鏡頭傷感，甚或流淚，那時你就笑我，還說將來若是分開，也絕不讓我去送你。

「相逢是美好的，那就不要讓記憶裡還有離別吧。」你說。

終於你的話也成了讖語，這次分開，我沒有去送你，更沒有和你一起走。

雖然我曾經想過，有一天若是你走了，我一定會像舊時的女子那樣守在家裡，日日望著海邊，化作一塊凝望不動的石頭，死在風

25

中，永遠都不會變。也許會有一場重逢讓你來到我的身邊，讓你記住我用心等待的樣子。我要的，也只是你的一個回頭。如此而已。

我這樣篤信傳說中的故事，常常會忘記現實沉淪在幻想中構築今生與你有關的一切，不曾得到，也不曾失去。但為何我又如此失落，僅僅是因為我把曾經和你一起的日子都當作盟誓？去期待一個不能擁有的未來？那畢竟是我錯了。但是為了能留住一切，我只能像保羅克利筆下的新天使一般，面對過去，在風暴中退向未來。

至今我不能放下。

但是我放棄了。

你會不會給我寫一封信，寄一張小紙條，告訴我為什麼？

過去我們常常這樣交流。

你說你有時是不善於表達自己的，常常言不及義。好多話你便都不和我說，可能我們之間的誤會也因於此，最終成了遺憾。你記得吧，有一次我因為什麼事情和你賭氣，一整天都不願理你。你和我說話，我也不聽。後來你只好在桌上留了一封信給我，解釋整個事情的經過。我看著你的辯白，覺得好氣又好笑，但還是原諒了你。其實我又何嘗沒錯，但你總是願意這樣地遷就我。你對我這麼好。有時候，我會在書裡、本子上，發現你寫的一句話，一首詩，我就覺得很幸福。一直以來，我都喜歡這樣傳紙條的，很孩子氣的行為。我以為在這世上，始終有一個人是懂我的，即使我不說。

這就夠了。

可是我失去了。

我因為出生於感情不睦的家庭，性格孤僻，從小就習慣了一個人，有什麼心事也從來不和別人說，更沒有人能說。童年的記憶總是父母爭吵的情景，我眼裡的世界是殘缺而破碎的。我曾經想像死後的

世界，甚至嘗試過以自殺的方式來結束生命，但每次都因為自身的畏懼而放棄。那些無疑都是年少可笑的行為。人死後，真的可以忘掉一切嗎？

至少現在我還清楚地記得。

十六歲那年，我的母親改嫁給你的父親，我也因此而進入你的家庭。年少的我對於眼前的生活充滿了不安和懷疑。生父早在離婚不久之後就組建了新的家庭，帶著年長的哥哥，和一個沒有血緣關係的小弟弟。突然的變故讓我對世間人情產生了厭惡，加上媽媽的改嫁，我一度無法接受這一切。大概是一個人孤獨慣了，也會貪戀這樣的感覺，任何輕微的變化都是傷害，像一個破碎的杯子黏合後落滿的傷痕。我曾經問你為什麼要對我好，你說沒有理由，只是想。難道是因為緣分，冥冥之中我也無法拒絕你，願意接受你的一切，像你說的那樣沒有理由。一直我都渴望看到生命最純粹本真的面目，像你看到我時的樣子。

很多事我都一直放在心裡。

我剛搬來你家的那天，正是初夏時候，天氣還不是很熱。你因為什麼原因很晚才回來，到家時，已經八點多了。媽媽給你留了晚飯，聽說你吃過了，就拿了西瓜給你解渴。我一個人待在房裡收拾著行李，一邊聽你們在客廳裡寒暄，說些不著邊際的話。一開始，我好像很討厭你似的，就算收拾完東西也不願下去。

我走到陽臺吹風，在夜裡看屋外的風景。這一帶有很多舊式的老洋房，多半是清末民初時的建築，看上去很有風情。我們住的這棟在復園路上，不遠處有個外國領事館，聽說很好看的，但我還沒有去過。這裡的每間屋子前都有個小陽臺，底下是庭院，種了許多杜鵑月季木槿之類的花，牆角有棵很大的藍花楹樹，壓在圍牆邊上，落了一地的花。這間屋子前幾天就徹底清洗了一遍，換了窗簾，還在陽臺上

養了一缸小小的白蓮花，夜裡含苞立在水中。我貪涼快把窗戶前後門皆開了通風，散著發吹著，一時又想起你經過時可能要進來，就過去把門掩上了。

你的房間其實就在我的隔壁，也是一樣的大小。和一般男孩子的房間比起來，明顯是整潔多了。門口進去的牆上有一幅字畫，字跡很潦草，大概寫的是一些勵志的話。左手邊上是床，靠牆擺著桌子床頭櫃的幾樣傢俱，一把吉他，然後就是好幾張明星的放大海報。其中一張我記得很清楚的，是個美國大男孩，仰著頭嘴裡叼著一根煙，用很不羈的目光看人的。你後來告訴我說是著名的破鑼嗓 Bob Dylan，他是你很喜歡的一個音樂人。

在這之前我也曾見過你幾次，但還沒怎麼說過話，只記得你眉目清秀和你父親不是很像，大概是遺傳了你的母親。她應該是個很美的女子吧。我還隱約知道你成績很好，很愛看書，並且興趣廣泛，不是那種只會埋頭苦讀的書呆子。這一點，在我第一次見你時，就從你的言談中看出來了。

「好學生，」我想。

當時我還在讀初三，成績不好不壞，卻已經有些吃力了。對於將要到來的高中生活，可以說是充滿了畏懼，如果不是因為這樣的關係，我可能還會大膽地向你問問情況。但那時的我羞於一切主動的行為，甚至產生一些無知的古怪想法，那無疑都是可笑的。

你比我年長一歲，卻老練多了。大概覺得很有必要來和我打聲招呼，上了樓，就逕直走到我房前敲門，問我能不能進來。那是你第一次叫我的名字，我不知道該怎樣回答你。我開了門，站著看了你一眼卻沒有說話。你穿著白襯衫，一頭黑黑密密的碎髮，看起來比上次又高了一些。我不吭聲，你也有些拘謹，微笑著和我說：「你來啦。」你這樣說，好像是等了我很久似的。我卻沒有回答你，只是輕輕地點

了點頭。你又對我笑了笑。

　　門因為半張著，被風一吹關上了，很大的一聲。你很抱歉地過去開了門，還搬了椅子頂住，和我解釋晚歸的原因。「大家說著說著就忘了時間。」你說，早上你和幾個玩得很好的同學約在學校裡複習，做完作業，大家又騎車去了較遠的鼓山，順路就爬了上去，坐在山裡聊了一下午的天，結果就回來遲了。你說你事先並不知道我們今天搬來，不然說什麼也不出去了。

　　「今天一定很累吧。」你笑著說。

　　我站在窗邊聽你說著這些，手裡隨意的翻著一本書，用很簡短的話回答你的問題。你又問我熱不熱，我說還好。你說這樣的老房子住著是很涼快的，雖然看起來很破，不過不用擔心，建築本身是很堅固的。

　　「你怕不怕老鼠？如果怕，晚上千萬不要把吃的放在房間裡。」你很細心地囑咐我。

　　我以為你該出去了，你卻走到陽臺，問我喜不喜歡那缸白蓮花。我點點頭，覺得你很體貼似的，像個大哥哥。

　　你說：「我看你的名字裡有個蓮字，應該是很喜歡蓮花的吧。正好有個同學家裡種了一些，就問他要了兩株，剛移來的還沒長好，偶爾要關照一下。還有就是水缸，破了點，放在家裡很久沒用了，不過不會漏水。」你這樣說了一大通，自己也不好意思了，低頭笑了起來。我想你這樣用心，反而不好拆穿你了，只和你說我很喜歡蓮花，但我的名字並不是那樣寫的：「沒有草頭的那個連。」

　　你很不好意思地笑了笑，問我說：「很特別的名字啊，一般人都是用蓮花的蓮。是不是有什麼典故？」

　　我不知道自己名字的緣由，就和你搖搖頭說：「是我爺爺取的，我也不知道是什麼意思。」

你把我的名字含在嘴邊念了念，說很好聽，突然想起來，又給我唸了一句陸游的詩，那裡面果然有我的名字。你說小時候你爺爺教過你的，就記得這句了。

「我拿給你看。」你說完很快地回到自己的房間，找了筆記本來給我看，還和我解釋是什麼意思。我看你的字雖然寫得不是很好看，但都整齊端正。我想你應該是個很認真的人。我雖然愛看一些小說，但對於古典文學卻沒有很大興趣，也讀得很少。這首詩在課本上沒有，我以前也從來沒聽說過，但因為你那樣解釋我的名字，讓我覺得那是一個很美的詞。遇見你之後，我看到了一個不一樣的自己。分開後，這樣的我便漸漸消失了。我這樣懷念你，有時也是懷念過去的自己。

我覺得在你身上有一種力量，看不到，但感受得到。

然後你又問我還習不習慣福州的天氣，到各處玩過了沒有。我搖頭和你說還沒有。你就笑著說：「過兩天考完試了，帶你出去轉轉。」

我覺得無法拒絕你，只低著頭小聲嗯了一聲。

那天晚上我躺在床上，並沒有很快睡著，心裡亂亂的，不知該如何面對未來的生活。臨搬來之前，我都以為自己不會再對任何的人事發生感情，因為我是早已不信了的，可是新的家庭所帶來的溫暖，又讓我難以抗拒。

我走到陽臺，用手輕輕地撥弄著白蓮花的花瓣，又掬了一捧水在手上，就這樣，做著一些無聊的事。這一帶遠離鬧市區，月光照著，就像住在鄉下，四周蟲聲不斷，夜色寂寂的。路上回家的人，留下隱約一點孤單的步伐漸漸遠去。藍花楹樹的輪廓，也變成了夜的影子。我看你房裡還有燈光，從這裡望去，還隱約分辨地出書桌、椅子、衣櫥和一點放大的人影。我猜你可能還在用功，不知道是不是還

在看那本筆記，你應該是記了很久的，那麼厚。這樣的場景，讓我有一種不真實的感覺。或許世事真的只是一場不能想像的邂逅，本來毫不相干的人，因為什麼原因，總會相遇，然後發生許多故事。

第二天，我起來時家裡就只有你在，父母都出去上班了。我下樓時看你坐在沙發上看一本雜誌，低著頭很認真的樣子。聽到聲音，你抬頭和我打招呼說：「起來啦，一起出去吃飯？」

我點點頭，你有些意外地笑了。

出了門，我還是不大說話地跟在你的後面，無聊地看著街景。一般的男孩子走路都是很快的，你沒有回頭，卻一直很好地控制著速度，不緊不慢的。遇到熟人，你很親熱地和他們打招呼，有人問我是誰，你說我是你的妹妹。我常常這樣想像，如果我們不成為兄妹卻可以相遇，那該多好。

早晨的路上陽光滿地。有的人家把衣服晾在電線上，有男人的，也有女人的，風吹時微微地飄動。你說他們用一種很長的撐衣杆，或者兩段綁在一起。但我原來所在的地方都沒有人這樣做過，因為女人的衣服是不能掛在男人頭上，這樣會長不高。我看你在下面走過時毫無避諱，很想提醒你一聲，但終於沒有開口。

你問我喜歡吃什麼，有沒有忌口，我說都可以啊。你好像很為難的樣子，想了想，帶我走到一家包子店前，買了一個梅干菜肉包。你說：「每一樣都嚐一點，試試這邊的味道，好不好？」我點點頭，你就把包子掰開分了一半給我，自己吃較小的那一份。菜肉包裡有很多油，你弄了一手，很不好意思地對我笑了笑。我忍不住也笑了。

「你笑起來的時候有酒窩哦。」你說，「是不是很會喝酒？」

我搖著頭說只喝過啤酒，「不好喝，味道有點苦。」

「我也覺得不好喝，就是不知道為什麼有的人那麼喜歡喝。」

「大概喝酒可以忘記煩惱吧。」

你說你小時候去外婆家裡，和表兄妹偷喝酒醉倒在糧倉裡，後來什麼都忘了，只記得一覺醒來頭痛得要命，就再也不敢喝酒了。

我淡淡地說：「小孩子都喜歡做這樣的事吧。」

「是嗎？你也做過這樣的事嗎？」

我笑了笑沒有回答你。

「你小時候應該是很乖的吧。」你又問。

「嗯，還可以。」說完我回頭一想，倒有些不好意思地笑了。

接下來，你又問了我一大串問題。喜歡喝什麼飲料啊，愛吃什麼啊，有沒有特別討厭的東西……我都一一回答了，也順便問了一些你的喜好。

我們並肩散步說著話，漸漸地也沒有原來那麼拘謹了。你和我談起學校裡的情況，讀書的風氣、歷史，和一些有趣的老師。通過你描繪的校園風光、石徑小路、大楓樹和每年開著紅色花的三角梅，變得異常動人，以致我後來去了學校，反而覺得沒有想像中的美麗。在你眼中，總是充滿了對於人世的歡喜，你以為一切都是很好的。同樣來自單親家庭，你卻比我樂觀得多。

我想你的心一定是鮮亮赤色的。

走到一家麵館，我們進去點了粉乾和拌麵。等待之際，你看到鄰座有人在吃沙縣小吃，就和我說：「我覺得沙縣小吃很難吃哦，都是花生醬，不知道怎麼小吃會那麼有名。」你因為怕被老闆聽到，微微向前俯著身子，聲音壓得很低。我想當時我們說話的樣子，看起來一定是很親密的。

「我也不太喜歡拿花生醬去拌麵。」我笑著說。

你握著筷子抵在桌上，好像很高興我和你一樣不喜歡沙縣小吃。你微笑著，用手指在桌上玩著一些小把戲。後來我漸漸發現，不知覺中我也變得和你一樣，不喜歡吃辣、愛喝蜜水檸檬汁、討厭香

菜，看書時總扶著額頭……等等，我成了你的影子。

拌麵上桌時，你又另要了一只碗，把麵分了一半給我說：「你嚐嚐，這家的麵挺好吃的。」我看看自己的粉干，覺得吃不了那麼多，又不好意思和你說，很為難地抿著嘴看。你只好再向老闆要了一只碗，也把我的粉干撥了一半出來。吃完結帳時，我看老闆很不高興的樣子，想必是不滿意我們多用了他兩只碗。但我們心裡都有些幸災樂禍，出店門時不覺相視笑起來。

回去的路上，你讓我走在前頭，教我認路。我不時回頭看你，問對不對。

你給我介紹這些老洋房的歷史，指著遠處說：「這裡的建築都挺有特色的，要不要過去看看，前面就有個英國教堂。」

你告訴我，鴉片戰爭後，由於福州被開闢為通商口岸，倉山區一帶吸引了一大批洋人來這裡經商。辛亥革命時這裡更是成為外國人的居留區，有許多洋行、教會、領事館都建在這邊。美式的、哥特式的、維多利亞式的，風格多樣，無一不是西方文化在近代中國的反映。而本地人也因此建了許多具有西方特色的民居，以主人的喜好冠以雅號。建國以後拆了一些，有的收歸公用，有的是私人住宅稍加修繕，但基本上保留了原來的風貌。

我驚歎於你的博學，你說這都是你已故的爺爺告訴你的。他當了一輩子的老師，最會講這些故事了。

我隨你沿著小巷穿行，從公園路一路出來上了斜坡走到槐蔭裡。你問我累不累，和我坐在路旁的石頭上休息。在這寂靜的路上，聽著遠處偶爾的車聲，有一種虛無錯落之感。

這條路沒什麼人，旁邊的水泥圍牆半遮著小巷人家的門扉窗扇，幾枝花樹探了一半身子出來。路邊的藍花楹樹，高高的向著天空生長，沒有葉子，樹梢上卻開滿了藍紫色的花朵，濃得一塌糊塗。風

吹時，樹上的藍花楹輕輕飄了下來，落在頭上、衣上。這些藍色的花，在絕望中靜靜地等待愛情……我拂去一些，又向你指指。你笑著晃晃腦袋，突然說道：「完了完了。」

「怎麼了？」

「你知道嗎，藍花楹在澳洲又被稱作『畢業樹』，如果考試期間落花飄落頭頂，這個人今年就畢不了業啦。」你很認真地說。

我看著你的表情，也有些擔心起來：「那怎麼辦啊？」

你兩手交叉著，想了想，笑著安慰我說：「沒關係啦，又不是考試期間，應該就沒事的。」

「真的嗎？」

「真的。」

我還是很不放心地站起身來，走到一邊去了：「這麼好看的花，怎麼有個這麼壞的傳說。」

你笑著說：「都是人家亂說的啦，考不考得好，主要還是看實力吧。」

「這倒也是。」

路上你又問我：「哎，你信什麼教？」

我想了想說：「怎麼說呢，勉強算是一個不大虔誠的佛教徒吧。」

「為什麼是勉強呢？」你向我笑了笑說。

「我媽信，每年都要陪她去燒香的。你呢？」

「我？邪門歪教。」

我笑了起來，說：「騙人。」

你說你並沒有明確的宗教信仰，無論基督、伊斯蘭或者佛教，理論上都有不足。但你相信善的力量，以為人是應該有信仰的。

我羨慕地說：「你知道的真多。」

你很不好意思地笑了笑，說是瞎扯的，要我聽一聽就算了。

頓了一會兒，你突然說道：「剛開始我還以為你很討厭我呢。」

「是嗎？」你突然說起這些，我都不知道該怎麼回答你了。

你看著我說：「第一次見面的時候，你就一直低著頭，話也不肯說，後來的幾次，也總是沉默。」

「我都不敢和你說話。」你輕聲地說，像在自言自語。我很不好意思地微笑著低了頭。

「嗯，我只是覺得……以後就是一家人了，可以……」你有些語無倫次地解釋著說，突然笑了起來，「我也不知道要怎麼說……」

我望著你著急的表情，忍不住也對著你笑。

這樣說著話，不知不覺就已經來到了教堂門前。這是座由花崗岩砌成的仿哥特式建築，外牆青灰色，上面是木桁架的屋頂，雙層小青瓦的通風屋面。大門雖然關著，但透過柵欄，可以看到裡面荒蕪一片，像是很久沒人到過的樣子。你過去把鐵門上的一根竹竿移開，先鑽了進去，然後拿手指比比示意我。我不大肯定地看著你，不敢進去。

「進來吧，沒事的。」你向我點點頭。

我也大著膽子鑽進去了。

從外面看去，這座教堂少說也有百來年的歷史了，玻璃窗上結滿了蜘蛛網，塵埃厚厚，踩在落葉上有一種很厚實的沉重感。你一點不怕地推開虛掩著的門，和我說：「裡面什麼都沒有的。」黑暗中的穿堂真的什麼也看不到，我跟在後面，心裡不免害怕地直跳。走進教堂，眼前漸漸亮了起來，才發現這裡連椅子也沒有，只是一個空殼而已。你突然大叫一聲，轉過身做出奇怪的樣子來嚇我。我只是閉著眼睛大叫，聽到笑聲，才知道是你在嚇唬我。整個教堂裡空落落的，一時裝滿了我的聲音。

我發現你也是個很調皮的人，和我原來想的並不太一樣。到底你是一個怎樣的人呢？心理學上說，人往往是在沒有戒備的狀態下才會表現出最真實的自己，不知道是不是像現在這樣的你。

窗外的陽光透過彩繪玻璃照在地上，有風時，樹影斑斑，像是蕩在水中。你走到窗下，用腳踏著地板，揚起塵埃紛紛，然後指給我看說：「這就是丁達爾現象，灰塵飄在空中對陽光形成散射，朦朧地好像是夢一樣。」

「真好看。」

「以後你們上化學課會學的。」

我覺得你好像很厲害的樣子，一些無聊的事，被你一說，也變得有趣起來。

你告訴我這裡原來主要用於僑居福州的英國人舉行宗教活動，並不向中國人開放的。後來十年文革，教堂被挪做他用，有很多紀念物都陸續遭到破壞，如今已失落不尋了。你也是偶然才發現大門上的缺口，有時會來這裡看書，一坐就是一個下午。天晴的時候，屋頂上會飛來很多別處的白鴿，能聽到咕咕的叫聲……

你到底，也是一個寂寞的人。很久以後我才知道，你母親在你很小的時候就因病去世了。她生前對你很好，溫柔賢慧，教你認字背詩，給你做好吃的。鄰里之間，她從未和人發生過爭執。她和你父親相敬如賓，夫妻兩個從來沒紅過臉。但即便是這樣，你也知道，父母的感情在你成長的歲月中一點一點地變了，再也不是當初的樣子。

文革時，你父親被下放到農村，就住在她家裡。他們在最美好的年紀裡，相遇相知相愛，一起度過了那段不安的歲月。後來你父親回城，也一直忘不了她。兩個人終於還是在父母的反對下毅然攜手了，成就了一段不被祝福的婚姻。你爺爺一直不滿於你母親的鄉下人身分，始終不肯承認她為兒媳婦。你母親更是因此而抱憾終生，在後

來的日子裡漸漸對自己的決定產生懷疑。但這只是他們感情變質的導火線，真正的原因，恐怕只有他們彼此才知道。少年時的那份執著，最後還是耐不過蹉跎歲月，也許什麼都沒變，只是周遭的一切已不復當初，不能承載過去或未來。所以你寧願只是曾經擁有。最美好的，總是因為不能得到，你說。

分開之後，我才漸漸明白。在我們的人生際遇當中，即便可以和相愛的人面對同樣的風雨辛酸、顛沛流離，一同走過時光匆匆，可以相互牽掛，彼此繫念，但根本上，每個人永遠都只能孤獨地面對生命，面對自己的心，體會屬於自己的那份最私密的情感——那樣的孤獨。

在這世上，到底什麼才是永久的呢？

「我們總是這樣地一個人，孤獨、寂寞。」你常常和我說。

在和你相處的幾天裡，我漸漸對你有了一些瞭解，發現自己和你很像。

我越來越喜歡和你在一起的日子。

你對我很照顧，放了暑假，就經常帶著我到這座城市有名的景點觀光，或是去一些很遠的地方買好吃的，坐公車，穿越大街小巷平常人家的住處，在路邊攤上買串魚丸邊走邊吃。太陽底下，熱的風和樹影花香，到處都是你走過的痕跡。你偶爾教我說一些簡單的方言，「你好」「吃了嗎？」「幹什麼」……這一類的話，一點點畫出你生活的面目。

尚在大興土木中的古城，每天都能見到挖山運土的拖拉機來來去去，留下一地的塵土，站在街邊，會讓人有盛衰興亡之感。你說你很不認同於當今的城市發展模式，那些所謂的發展其實都只是在破壞中的重建和模仿，不能給未來留下任何有價值的東西。類比於歐美一些國家的例子，中國的城市建設其實是一個經濟、文化、政治和歷史

的博弈場，而最終的勝利者往往都是政治。這裡沒有繼承和發展，只剩了背叛，是不能長遠的。

我聽了只是愣愣的。

你說現在的城市不能給人以家的溫暖，你很怕有一天這一片的老洋房也會被拆遷重建。但是，你什麼也做不了。

有一次我們在路上看一座很老的樓房引爆，只是一瞬間，所有的屋瓦磚牆都化作塵埃，煙消雲散。誰都不知道這裡曾經發生過什麼，有過怎樣的故事。也許一切都不該有開始，因為到頭來，什麼也留不住，像我們這樣的。

你很喜歡臧克家的一句話：「人生不過是在追求幻光，但是誰若把這幻光當作幻光，誰便陷入了無邊的苦海。」不知不覺間，是否我也把你當作生命中的幻光，深陷其中，不能自拔。

和你在一起時，我會覺得你是一個很不一樣的人——雖然離我很遠。

一生中，有多少次的感情用事，都是註定了沒有結果的。面對生命，每個人都會有過這樣的茫然迷惘，但終於順其自然。都說人到中年時，想得更多的是現實的問題，我有時覺得，或許，這樣也好。

分辨夢與現實，是件很殘酷的事。

我常常這樣看你，像站在岸邊看一朵開在水中的白蓮花。

開學報到的前一天，你把樓下那輛停了很久的自行車搬出來重新洗了一遍，還到附近修車店裡換了一些零件，一個人蹲在地上弄了很久。從家裡到學校的距離並不是很遠，你平時騎自行車的話也只要十來分鐘就夠了。出發前，你拍拍後座問我會不會跳車。

我搖了搖頭，你就讓我先坐好，待我坐穩了才踩了踏板。你說你以前從來都沒載過女生的，這是第一次。你不知道為什麼突然笑起來。

「你怕不怕。」你問我說。

「不怕。」

你在前面笑笑，很穩地避過行人，和我聊昨晚剛聽到的一個故事。騎到一段斜坡，我看你很吃力的樣子，就讓你停下來一起走。我說：「是不是很重？」

你打量了我一番說：「有點兒，看起來倒不胖。」

「我骨頭重。」

說完你也笑了。

騎到一家文具店時，遇見一個你的同學鍾，遠遠地就先大聲喊你的名字，用很好奇的眼光看我。他和你打招呼，開玩笑說：「難怪今天沒見到你，原來還帶了個姑娘……」你打斷他說：「去你的，不是和你說過了，我妹啦。」我不好意思地低了頭，手裡緊緊地抓著車槓桿。

鍾在一邊哼著歌，故意在你面前裝腔作勢地說笑話。你罵他神經病，和我說不要理他。我也只是低頭笑笑。

鍾是你的好朋友，幾乎和親兄弟一樣。想必你已經和他說過家裡的事，但是他們當時的那個年紀，總是愛開一些這樣的玩笑的。

到了學校，你和鍾先去停車。我就站在門口樓梯邊上等你，隨意讀著牆上的學生守則。那個樓梯旁的石縫裡向上生出一株彎曲的木芙蓉樹，枝幹直伸到圍牆上。我踮起腳看圍牆後的一棟舊式民居，窗臺上擺著一盆盆的海棠，已經開花了。旁邊的吊蘭垂到遮雨的鐵板上，潮濕的牆壁上佈滿了綠色的青苔。果然都和你說過的一樣。

隨後鍾和你一起出來，對我笑了笑。你就給我們做介紹，說他是你的同桌兼死黨，「一個大壞蛋」。他笑著和我打招呼，又回頭罵了你一句什麼。你揮拳打他一下。我看著你們說了一些玩笑話，覺得很好玩。在你的同學面前，你又有些不一樣了，就連說話的聲音也大

了點。

　　我們一起走到前面的教學樓，一路上都是你和鍾在聊著暑假的事、籃球比賽、新來的老師，還有幾個要好同學的種種八卦。鍾一副陽光大男孩的樣子，說起話來也很直爽，還一直指手畫腳地比劃著。偶爾觸到我的目光，就很熱情地笑笑。走到樓梯口時，你和他說好再見，帶我到大廳處看分班名單。我們這一屆有七百多人，分了十四個班級。你先找到了，在人群中大聲喊我的名字，笑著和我揮揮手。

　　「十一班，教化學的是你們班主任。」你向我介紹說。然後我們找到教室。你吩咐我先拿出通知書、戶口名簿，拿了報名一個人擠到前面去辦註冊手續。門口已有幾位學生在報名，帶著各自的家長。我在窗前看著教室裡的幾個同學聚在一處，已經有了新的朋友。突然覺得，除了你，我在這座城市中竟再沒有同齡的友人。面對全新的一切，我感到無所適從。

　　你喊我過去簽名，和我說先在教室裡等著，一會兒還有班會，要發新書。臨走前你拍拍我的肩膀說：「膽子大點，等一下我就過來找你。」

　　我站在門口看你離去，心裡空空的。每一次，和你分別時我都會怕你不會再回來。在這世上，我最不願失去的就是你，我把你當作是失散多年的親人。

　　你走到轉角，回頭笑著看我，輕輕地招手，然後走了。

　　整個上午，我都處於一種不知所措的狀態中。班主任在臺上訓話，介紹學校的情況和一些規章制度，我也沒聽進去多少。前後桌的同學在小聲地聊著天，我偶爾淡淡地回答一兩句。領完書，就見你和鍾站在走廊聊著天，向我打招呼。我跑出去，問你們是什麼時候來的。

　　「早就來啦，看你發呆發了好久。」你笑著說。

　　你和鍾幫我把書用玻璃繩捆好了抱在懷裡，倒是我兩手空空的，有些過意不去。但你們都很誇張地大叫：「兩個大男生在，還要你來拿書！」

　　然後你就和鍾到車庫裡推了自行車出來，把書分成兩疊放在後座上，讓我用手扶住。幾十本書厚厚地疊在一起，讓人覺得一輩子都讀不完似的。你偶爾回頭看我一眼，笑了笑不說話，好像是怕我會跟丟了。我走在後面聽著你們說這說那，插不進話。倒是鍾偶爾來問我一句什麼，大概是怕太冷落了我。

　　走到一家遊戲廳前，你問我有沒有進去玩過。我搖搖頭。你說什麼時候也要帶我去一次。鍾就笑你不能帶壞我。你說：「她就是太乖了。」那樣的口氣，像是認識了我好多年。可是一直到畢業前，我們都沒有去過那家遊戲廳。後來附近的社區也開了幾家類似這樣的店，不過是叫電子娛樂城，已經不再使用當年那樣笨拙的老虎機了。我們和鍾去過一次，玩得很開心，卻再也沒去過。

　　鍾的家離學校還要更遠，分手後，你就和我說起一些他的事情，推著自行車一路走回去。你和鍾初中就認識了，高一同桌開始，一直是很好的朋友。他算是個少爺公子，家裡做生意的，這幾年賺了錢後在廈門、上海都買了房子。這幾年他父親生意忙，不常在家裡，正好由著他胡鬧，有什麼事也都是他起的頭。

　　你笑著告訴我，別看鍾這個樣子，卻是個沒記性的大老粗，經常會忘了帶課本要借你的看，丟三落四，有時候遲到買了麵包沒時間吃，還要由你掩護著藏在課桌下偷偷咬上一大口。「一隻糊塗蟲，一上歷史課就支著腦袋打盹。」你學著他的樣子給我看，我忍不住笑了起來。

　　「可是就這樣，他的成績還比你好一些，每次都高你幾分。」我不服氣地說：「憑什麼呀。」

「憑腦袋呀，好多事並不是通過努力就可以得到的。」你說，「你看他的頭那麼大。」

我聽了大笑起來。

後來我就拿頭大這件事來打趣鍾，他無奈地說我都是被你帶壞了。

你和鍾都不大認可苦行僧式的學習方法，但迫於學習壓力，有時也不得不做一些意義重複的卷子。你說和鍾同桌的好處就是，每次你們都約好了選擇填空這樣簡單一些的題目各做一半，然後對抄。反正你們成績很好，老師也不會看得出來。我從來都沒想過，像你們這樣的好學生，也會翹課去海邊游泳，騎一天的自行車沿著不同的方向轉圈，比賽哪一條路更快，而理由只是最簡單的「無聊死了。」年少輕狂的事，有時真的是一點目的也沒有。

你覺得人生就是為了要看更多的風景，遇見不一樣的人。一成不變的生活只會讓人變得麻木，忘了當初為什麼而出發，忘了要到哪裡去。

「現在的教育，太不行了。」你總是說。

初入高中的我，面對繁重的課業感到無所適從，經常會做作業做到很晚。你每次見我房裡還亮著燈，都會走到陽臺和我輕聲說話，問我怎麼還不睡，剩多少作業沒做，是不是有不懂的，不懂就來問你……那時高一還未文理分班，包括語數英政史地物化生在內有九門課程，單是每一刻花半小時來複習、預習就得一個晚上。我讀得很吃力，效果卻不甚佳。我覺得自己很笨，什麼都不懂。

我們陽臺欄杆只隔了一段很短的距離，你有時做完作業就直接爬過來，隔著窗臺翻我的書來畫重點。我每次都罵你說：「你不要命啦。」你總是笑著聳一聳肩膀。

遇到很難的幾何題，你比劃著說：「輔助線這條試試。」

　　我拿筆劃了，果然沒錯，又抬頭笑著看你。窗外的月光照在你的身上、臉上，青白的，單薄的，像夜裡睡時的一個夢。

　　很多時候，都是你在關照我的學習。我們的父母對這方面倒是和其他家長不同，完全抱以放任態度。當然一方面是彼此身分的尷尬，另一方面也因為我們並不是那種不讀書的小孩。有時週末在家，我母親在廚房裡忙碌，我就和你在客廳擦桌子、拖地板，一陣裝腔作勢地做衛生，然後胡亂弄完，就到附近的便利店裡買東西吃。我總愛吃那些散裝的糖果，把包在外面的彩色玻璃紙留下來，沒多久就收集了一大堆。我用毛線綁成蝴蝶結串了簾子掛在窗上，有陽光的日子一屋子都是彩虹，風吹時，像一個時刻要碎的夢。

　　後來的事，也像夢一樣，卻怎麼也醒不過來。

　　不堪回首，只因太多的事與願違。

　　曾經我以為很重要的事，現在想起來，許多都是當時年紀當時事而已。

　　你記不記得有一次月考，我突然退步很大，成績出來直落到年段的四百多名。班主任放學後留我講話，板著臉問我考那麼差，到底有沒有讀書，怎麼好意思回去見人……他當著班上同學的面說我，聲音時高時低的口氣很差，說完，又很不客氣地轉過頭去和另一個同學交代事情。

　　一直我都很用心在學習上，花了很多時間去弄懂課本上的知識點，可是一到運用時，經常會感到力不從心，要花費比別人多一倍的精力才能理清解題的思路，考試時常常會來不及作答。我想，大概是我退步太大了，影響了整個班級的排名，班主任才會這樣一臉的不高興。我聽他說完，強忍著淚水回到位子上收拾了半天的書包，見到你時，就大聲哭了出來。

　　「怎麼了？」你很著急地問。

我趴著課桌上流淚，哽咽地說不上話來。我雖然沒有很好的家庭環境，但從小到大都沒有聽過這麼重的話。

你站在我的身後拍著我的背，說：「別哭了啊，別哭了。」

我反而更大聲地哭起來，兩手握成拳頭緊緊地扣在桌上，全身顫抖著。你不知道該怎麼安慰我，只是試著問：「是考差了嗎？」

我把書包裡的試卷抓出來給你看，又伏在桌上繼續哭。你扣著我的手說沒關係，安慰我不要哭，像對待小孩子似的摸著我的頭。我漸漸平靜下來，把班主任說的話告訴你，一邊流著淚。

你聽我說完，就把考卷摔在桌上，嘴裡罵道：「怎麼會有這樣的老師，不就是考差了嗎，怎麼可以這樣說人，太過分了！」

我心裡很委屈，看你這樣護著我，就哭著說：「我也不知道會考得這麼差，我已經很努力了，可是……一到考試就不行……」

你用袖子幫我把眼淚擦了，鼓勵我說：「沒關係的，有什麼不會的，我教你，做年段第一，好不好？」

我勉強點個頭，慢慢地把眼淚收了。

你把桌上的試卷拿出來，一題一題地分析給我聽，又指出我粗心的地方，解釋一些我沒有弄懂的知識點。你還告訴我怎樣學習才是最有效的，甚至是一些投機取巧的方式。你說有段時間你和鍾比賽，同樣的題目，他有時會比你快一點完成。剛開始你以為是他比較聰明，後來他才告訴你，有的題目他也不是認真解出來的，而是猜出來的，一些不是辦法的辦法。像遇到角度的問題，他就根據題目給出的條件去畫，然後用量角器去量，雖然不是很準，但大致上能猜到答案，如此等等。

「這樣怎麼可以呢？」我說。

「這樣為什麼就不可以呢？」你歎了口氣說，「我有時覺得做這些題目真的不必太較真。每個人的天賦是不同的，不必要在不會的事

情上花太多時間。」

　　我安靜地點點頭，心情好了許多。

　　你看了看手錶，幫我收拾了書包一起回去，然後說：「反正也晚了，出去走走吧。」

　　我們出來的時候，已經過了下班的高峰期，整條馬路上就只有幾個人縮著脖子在往回走。這一天的氣溫很低，風又大，路邊的樹木被吹得嘩啦啦一陣響，落葉很快地飛下來，不斷在半空中上下飄舞著。天色灰灰的沒有雲，一戶宅院的牆頭上一株海棠開了粉紅的花，顫顫抖著。

　　「學習的事，不要想太多了。」你繼續安慰我說，「應試教育嘛，都是死的東西，掌握好考試的規律就行了。」

　　「我是怕自己太笨了。」

　　「傻瓜，愛迪生小時候還被人當作是笨蛋呢。」你說完，自己也好笑起來。

　　「會考試沒用啊，要有異於常人的本事才叫厲害呢。」

　　我認真地點點頭，心裡卻還在想著考試的事。

　　你就換了話題來逗我開心，給我說笑話聽。

　　天色暗了些，路燈映著兩人薄薄淡淡的影子。抬頭看去，街道旁的樓房裡也亮起了燈，透出橘黃溫暖的顏色，每個鐵柵欄隔斷的窗裡不斷發出滋滋的炒菜聲。你聞著香味猜測人家煮的食物，一路走去，都在品評煮飯人的廚藝。你說你爸爸的廚藝原來並不好的，剛開始的時候，連荷包蛋也煎不來，每次都要弄壞好幾個蛋。不過都是練出來的，他現在估計比店裡的廚師差不了多少，就是不肯動手罷了。他喜歡每天工作結束後回家吃妻子煮的飯菜，覺得那是最幸福的事了。

　　「哇，快跑！」走到一處垃圾桶前，你突然叫了起來，拉住我的

手就往前跑。

「怎麼啦？怎麼啦？」我一邊跑一邊大聲地問你。

你停下來告訴我剛剛垃圾桶邊有隻死老鼠，「你們女孩子不是都怕這個的嘛。」你笑著說。

我還逞強說不怕，但你要拉我回去看時，我卻怎麼也不肯走了，笑著做鬼臉給你看。這時候身旁一輛摩托車載著桶糍粑慢悠悠的開過去，一路響著喇叭，想來時候不早。我們趕緊加快了腳步，回到家裡，正好趕上媽媽在廚房裡炒最後一道菜。她問我怎麼這麼晚。

「在學校裡做了一會兒作業。」我解釋說，一邊幫她把餐具擺上桌。

媽媽好像挺不高興的樣子，要我以後早點回來，不要總是要你等我，浪費你的時間。你笑著說不會，她卻沉默了沒有回答，站在水槽前待了一會兒，突然喊我去買瓶醋回來。

你聽到了，也準備和我一起去。媽媽卻叫住了你，說是要幫忙洗菜什麼的，讓你到廚房裡來幫忙。我心裡開始有些忐忑起來，想她一定是要問我成績的事了，一路上都在擔心。

果然回來時就看到她低聲和你說話的情形，見到我時，馬上就停了下來。你好像心情很不好的樣子。我後來問你，你也只是含糊著瞞了過去。我始終不知道媽媽和你說了什麼，但總感覺，不是好的事情。

那天以後，你就經常都抽出點時間幫我補習，給我講題目。我怕會影響你的學習，但每次你都說：「順便複習嘛。」從來都沒有人像你這樣對我好過。

「上輩子欠你了。」你總是開玩笑地和我說。

如果有來生的話，我想我願意是你窗前的一株小草，長著花朵，用我渺小的生命給你一抹綠意，淡淡花香，陽光朝露，我有你的

目光。我所有的一切，都是因為你。如果沒有你，我的人生必定不是今日的樣子。至少，我不會擁有人世間最美好的回憶——有你的日子。

除了上課時間外，我一天大部分的時間都是和你待在一起。你的那些同學，後來也都和我混得很熟，街上碰到都會停下來和我聊上幾句再走。有時你和他們約好了週末在學校裡打籃球，我去了，他們就會很熱心地說要教我投籃運球。一群人玩累了，浩浩蕩蕩地殺到小賣部去買汽水喝，坐在主席臺邊上吹吹風，看天上的雲朵慢慢飄過。大家有一句沒一句地聊著過去和未來，然後一遍又一遍地唱著電視裡正流行的歌。但大多數時候我還是一個人坐在邊上看書或背單詞，偶爾抬起頭來看你們一眼。操場旁一排開綠白色小花的陰香樹，是我常坐的地方。這種樹春天的時候會結米粒大小的果子，每次你們打完球回去時，我都會在衣袖間找到好多。

你同學裡幾個長得五大三粗的，說起話來也沒個遮攔。每次他們談論到很關鍵的時候，你總會打斷他們。我聽了也只是在一邊笑個不停。回家短短的一段路程，經常就這樣吵吵鬧鬧地走完了。結果兩年下來，我的同學你沒認識幾個，你的同學倒都成了我的同學了。有時候他們出去玩，也總會順帶著捎上我。遇到我和你爭論什麼，他們也幫著瞎起哄和你對著幹，然後你就大叫一聲：「嗚呼哀哉！」

平日你在家時，只要做完了規定的作業，就找時間過來陪我讀書，或一個人靠在窗臺上看一本書，面前短短的碎髮低低垂著，簾幕重重。天氣好的時候，我們搬了椅子坐到庭院裡互相幫著背課文和單詞，一起讀一篇文章，遇到不認識的字，就翻字典來查。

快到夏天了，牆角邊上的那株藍花楹樹，一朵朵地開了滿花。

有一次，你用吉他給我彈了一首名叫「Canción del Jacarandá」的歌曲，說是阿根廷作家 Alejandro Dolina 和音樂家 María Elena Walsh

獻給一株藍花楹樹的。雖然曲子的旋律簡單，但聽起來很歡快。你還把歌詞的中文翻譯背給我聽，因為意境唯美，我特地抄在了筆記上：

> 你們都不認識我，
> 如果偶然地，你從我身邊經過，看到我，
> 要知道，我是來自很遠很遠的國度，
> 在有些國家，我的身姿可以讓詩人們妙筆生花，
> 你們也把我叫作「藍色火焰」，
> 不過我覺得，我的顏色可不像藍色，而是紫色，堇花的紫色，
> 像一首天主教的禮拜頌歌。
> 也許就是藍色與紅色的微妙平衡產生了紫色，
> 而紫色代表著對真實的愛，和愛的真實。

可是什麼是真，什麼是假，我至今不能明白。生在世上，就只能沉醉於是非真假之中，然後不斷地忘記嗎？

你說過將來要和我到美麗的澳大利亞去，在藍花楹盛開的季節，他們耶誕節的日子，聽那首 Christmas where gum trees grow。

我和你約定好的，不知道還有沒有實現的可能。

藍花楹開夠了就落下來，整個院子裡都是藍紫色的花朵，下了雨，經過的人把花踩成了泥濘。有一天，你突然隔著陽臺和我說：「喂，要不要來場行為藝術啊！」

我從椅子上站起來問你說：「什麼行為藝術？幹什麼？」

你笑笑地說：「去葬花啊。」

「啊？葬花？葬什麼？」

你指著樓下的藍花楹說：「這些花，被人踩得髒死了，下去掃一掃，不然要發黴了。」

「這麼憐香惜玉？」我笑著說，「我還以為要幹嘛。」

我們到樓下雜物間裡找了畚箕、掃帚搬到庭院，開始把落花都掃起來。地上的藍花楹已經積了厚厚的一層，底下的都有些泛黃了。我問你是不是要拿土埋了。你笑著說：「林妹妹，咱們把這些花歸到樹根底下，也是一樣。我從前聽人家說『落紅不是無情物，化作春泥更護花。』想來是不錯的，你覺得好不好？」你說著，我已經捂著肚子大笑起來。

於是我們把花都掃到樹底下，葬完了，又進去收拾了工具出來開水龍頭洗手。你邊洗手邊問我喜不喜歡《紅樓夢》。我點了點頭，還說會背整首的〈葬花吟〉。你不相信，要我背來聽聽。我就真的站在樹下背起了〈葬花吟〉，有幾處忘了的，你亂編了替我接下去。

五月裡的藍花楹樹下落花紛紛，陽光照著，有一點初夏的溫暖。

相處一年下來，我已漸漸習慣了新家庭的生活，把這裡當成是自己的家。叔叔平日裡雖然不大說話，但他的關心卻是無處不在的，有好幾次都是他走了很遠的路去買我喜歡吃的點心。我一直都沒有喊過他爸爸，但在我心裡，他早就是我的親人了。

暑假哥哥結婚，我回到原來的城市住了一段時間。很久沒再見到父親，乍然發現他老了許多，鬢邊的髮已白了大半，喝醉了，人群中獨自發著呆。這些年聽說他和再娶的妻子感情也並不好，大概是為的錢上的事，兩人還經常吵架。哥哥高中畢業後沒再讀書，到工廠做了一段時間，很快就帶了個打扮花俏的女孩子回來，花錢花得很厲害。這次結婚，也是因為女方懷孕了才辦得這樣倉促。哥哥不懂事，混了幾年也還是和剛出去時一樣，一個月打工賺的錢，能養活自己就算不錯了。我看他還是一副大男孩的樣子，卻馬上要當父親了，真的很為他感到擔心。他和繼母想必也處得不好，看情形也是要搬出去住的——留下父親一個人。

回來後父親幾次打電話來，婉轉地和我說如何對不起母親的話。
我是早已不怪他了的。

人生還有什麼事，是不能原諒的呢？

可是太晚了。

少年時的我，很想擁有神話裡才有的超能力讓一切都停下來，把整個世界變成我想像中的樣子。在現實中無法實現的夢想一旦沉入虛構的想像中，會爆發出奇異的光芒，以致難以分辨真假。

一個晴天的下午，我在屋裡正做作業，突然聽到樓下有人在喊你的名字，出去一看，原來是鍾騎自行車來找你。我伏在欄杆上和他說你不在，又問他有什麼事。鍾下車仰起脖子招我下來，說要向你借一本吉他譜。我按著他的描述，進去翻了半天沒找到，就下來讓他先等會兒。鍾也不急，便兩腳橫跨著坐在自行車後座上，前後來回移動著。他穿了件背心，本來就不長的頭髮也剪平了，赤著胳膊露出一段曬黑的痕跡，一邊笑著說：「好久不見了，一放假大家都沒影兒了。」

「還好意思說，」我踢踢他車輪說。才十幾天沒見，鍾整個人倒瘦了一圈。「跑到哪裡去了，曬成這樣？」

他聳了聳肩告訴我，這一段時間都在武夷山上跑，過著苦行僧的生活，「也沒幹什麼，就是玩唄」，鍾接下去和我說了很多發生在暑假裡的事。原來他有一個表叔在這邊的大學裡教古典文學，近期在寫一篇關於朱熹和武夷山文化的論文，這幾個月正好進山考察。鍾聽說了，也跟著他去待了幾天。他說福建這一帶研究朱熹的還不如浙江，白白浪費了很多資源，真是可惜了。

「好玩嗎？」我問他說。

「說不上好玩，整天跟著我表叔跑，他看書的時候我也看，都快成了老學究了。」

「那挺好的啊。」

然後鍾背書一樣地和我講了很多關於朱熹的事，指手畫腳地說：「也不知道我們現在讀的是什麼書，真的，最好的東西都丟掉了。一代不如一代！」

我笑著沒有說話，他也不管我，又一個人興致很好地描繪起武夷山上的風景來。

我問鍾要不要進去吹會兒風扇，他搖搖頭，一隻手在自行車坐墊上隨意敲著，漸漸安靜了下來。

兩人無聊地看著牆頭爬過的一隻貓。

「馬上就高三了。」鍾歎了口氣說。

我點頭嗯了一聲。

「你應該沒問題的吧。」我說。

很奇怪他卻搖了搖頭，撇撇嘴說：「有點不想讀了。」

我很驚訝地問他為什麼。

鍾低頭把個小石子碾進土裡，話鋒一轉，又問我有沒有水喝，這才站起來大聲地喊熱。我跑進去倒了一杯水出來，看他仰頭一陣咕嚕聲喝完，接下去說：「感覺到了瓶頸期，嗯，你懂不懂，好像什麼都沒意思，每天都不知道要幹什麼。」

我一臉茫然看他，不解地問：「怎麼會這樣想？」

「是啊是啊，讀讀書，做做作業，不是挺好的嘛。」他噓了一聲說，「很被動啊你不覺得，一直都是按著別人的期待生活著，明明不喜歡，也還是要去做。像我這樣，人家都說你家裡那麼有錢了無所謂的。可是拜託，我也是個人好不好，也有思想的好不好。」

「不想再這樣過下去了！」他最後說。

「那你想去幹什麼？」我問他。

「也沒有要幹什麼，說實話，我連自己喜歡什麼都不清楚。」他

頓一頓說，「不過一定是不喜歡這樣的生活沒錯了。」

鍾突然這樣認真地和我說起心裡話，倒讓我不知該怎麼回答好了。誠然像他這樣有家底的「富二代」，以往我都覺得是最幸福無憂到沒有資格談煩惱什麼的一群人了。但那天他說話的口氣，還有神情中透露的無奈和悲哀，卻讓我一直不能忘記。我不知道該怎麼安慰他。

他好像也不怎麼不在意我的話，繼續說道：「可能是我太浮躁了吧，一直都不能很安心地把面前的生活過下去。讀書考大學，大家都是這樣過來的，沒有什麼特別的驚喜，也不至於太平靜。我倒也不是說非要有點驚天動地的事情發生才好，順其自然就可以了。生活的波瀾壯闊大概未必是充滿戲劇性的吧。人生不就是這樣的，多少人想要還得不到呢。可是偶爾，真的會不甘心啊。看著別人熱熱鬧鬧地活著，我卻已經沒了興致。可能是性格的原因，不太想當個普通人，明明知道每個人其實都是普通的。唉，說白了還是年輕氣盛定不下來，過幾年可能會好點吧。真是——他媽的！」

鍾最後很慘然地一笑說：「好奇怪哦，怎麼會和你講了這一通，不要告訴你哥哦。」

我點點頭答應他不會，心裡卻沉重地很想和別人說一句，說一句什麼。儘管鍾的話並不代表我的想法，但至少某些方面我們都一樣。生活在這樣一個物質相對充裕的時代，沒有什麼不滿足的了。可是內心空虛，每日如行屍走肉般重複和前人一樣的命運。然後迷失方向，失去知覺。我並沒有很大的意願想要去做什麼，但，不該是這樣的吧。

太陽又偏了偏，看樣子卻是要下雨了，天上的雲朵顏色重重地積成一團。鍾看了看手錶說要走了，讓我回頭把借吉他譜的事和你說一聲。我應聲好，看他騎了自行車一路飛快地遠去了。很快地，天邊

響起了雷聲，竹竿上晾曬的幾件衣服被風吹得到處飛揚。我收了衣服進來後，大雨立刻就傾盆而下了。站在屋裡往窗外看去，整個復園路的街景一時成了線條模糊的水墨畫，顏色卻很鮮。遠處的屋簷下三三兩兩站了躲雨的人，風吹進雨來，走廊很快也濕了。

晚間新聞裡播報說有新一季的颱風在太平洋上形成，大概過兩天就會在臺灣登陸了，然後往福建東南沿海地區來，要各部門做好防洪抗汛的準備。一到夏季，颱風也多了起來。

第二天你說要送吉他譜到鍾家裡去，很久沒見到他了，你想順便和他聊會兒天。我表示也要去，換好鞋子和你一起出去。

下過雨後，氣溫低了許多，走在樹下不時有水珠滴落下來。這裡也和福州的很多地方一樣，在路邊種植榕樹，到了夏季就成為一片綠蔭。倉山區位於四面環江的南臺島上，八十年代就被國務院批准為福州市的文化居住區，滙集了大小各類院校。這裡的原住民素質也普遍偏高，很重視子女的教育。你雖然不是本地人，但也深受這邊的文化氛圍所影響。一路上，你和我說了很多過去的事，別人的，你的，還有鍾的。

鍾的父親並沒有接受過正規的學院教育，家裡也只是很普通的工人階級，但他從小就很有冒險精神，經常會想出一些出人意料的點子來。青年時代在廣東闖蕩了幾年，沒什麼成績就又回來了。安分了兩三年，和一個還算談得來的姑娘結了婚，兩個人一起經營著一家五金店。大概也是命運的眷顧，讓他趕上了改革開放的黃金時期，和一個朋友投資一筆電機生意很快就發了財，以後慢慢做大了。雖然這過程中有許多艱辛，但結局無疑是很好的。

鍾的家是一棟新式的豪華別墅，複式三層樓建築，周圍一圈低低的圍牆上爬滿了凌霄花。入了夏，開成紅色的一片。你先去按了門鈴，很快對講機裡應了一聲，鍾就出來開了門。他大概起來沒多久，

腳上趿著一雙拖鞋問我們怎麼這麼早。

「還早呢，你看看都幾點了。」你笑著說，把手裡的曲譜遞給他。「是這份吧？」

鍾接過去看了看，點頭說是，又和你互道了一下近況，把昨天和我說過的話又和你再說了一遍。你很快和他聊得火熱，不斷發出爽朗的笑聲。

第一次來鍾的家，我不禁被他們家富麗堂皇的裝修吸引住了。進門整塊地板就全是羅馬式的拼花瓷磚，牆上貼著書法壁紙。雖然是新式的房子，但基本上還是按照傳統風格擺設的，有一點商人的迷信氣息。進去就看到一整套的紅木茶几座椅很雅致地擺放在客廳裡，牆角兩邊各放了一個青花瓷瓶。當門一隻招財貓搖著手，我看了看，鍾就有些不好意思地解釋說：「都是我媽啦，土死了。」

他過去開了冰箱拿出幾瓶飲料放到桌上，翻著吉他譜問你：「喂，好不好學？」

「學著玩就還可以，要成為高手就難了。」

鍾於是很得意地說：「那就是很容易嘍。」

他走到牆角拿了吉他過來，擺正了姿勢先撥了幾下子。

你笑著和我說：「知道什麼叫囂張了吧。」

鍾也不說話，翻開吉他譜照著一首曲子先彈了起來，嘴裡不大熟練地跟著唱道：

It seems so easy.

Yeah, so doggone easy.

Oh it seems so easy.

他沒唱兩句，我們倆倒已經在一邊笑得不成樣子了。

鍾停下來說道：「就學過一個月，中間倒隔了一年，有這樣的水

準很不錯了吧。不要瞧不起人。」

「沒說你彈得不好嘛。」你聳聳肩說，「怎麼突然又想起練吉他了，這下去可沒多少時間，作業又多，還不如等考試完了再學。」

「沒啦，這兩天手癢，書也讀不進去，乾脆玩一玩再說。你知道我三分鐘熱度就好了的。」鍾遞了吉他給你說：「廢話少說，示範一下。」

你攤開手掌和他說，「你練就好了，我很久沒碰了。唔，繭都沒了。」

鍾白你一眼，又低了頭對著曲譜練歌。幾遍下來，已經聽得出有些進步了。

你幽幽地和我說：「這首歌，還是 Linda Ronstadt 唱的最經典。她這個人也可以說是一個傳奇，最先是唱鄉村音樂的，後來才迫於生計改投流行樂，八十年代還出演了音樂劇改編的 *The Pirates Of Penzance* 改編的同名電影，甚至還唱了歌劇──不過那才是她的本職啦。一個很有個性的歌手，幾乎什麼風格都試過，最厲害的是她還獲過 10 次葛萊美獎，現在快 60 了，寶刀未老！」

我認真地聽你說著這些，一邊手上跟著鍾的節奏打起拍子來。

過了幾分鐘，鍾手掌按住琴弦轉向我們說：「喂，出去玩吧，待在屋裡怪無聊的。」

你打趣他說：「還沒彈兩下子，這麼三分鐘熱度。」

鍾走過來很神秘地說：「嘿，我騎摩托車載你們去兜風怎麼樣？」他說著晃晃手裡的車鑰匙。

「你爸呢？」

「出差去了，今天就我一個人在家，不好好瘋一下對不起老天啊。」鍾勸你說。

「還是算了吧。」

「怕什麼呀，還不相信我。」鍾見你不答應，又轉而來慫恿我。

幾分鐘後，他就載了我和你在路上飛奔了。

還好並沒有什麼障礙，出了城，一時稻田、村舍、樹木不斷匆匆變換著顏色。三人車上大聲地吼著歌，唱到後來，乾脆啊哦嗯咦一陣亂叫，嘴裡眼裡都撲滿了風。大概是快來颱風的緣故，天氣陰涼，江面上泊了許多漁船在浪裡浮蕩著，節奏輕柔地像搖籃曲。鍾不覺把車速也放慢了許多，一路沿著岸邊緩行。

你在我耳後輕聲和我說，其實出來走走也挺好的。生活在城市中，就像是一個巨大的牢籠，到哪裡都是一樣的。有時站在海邊，會想要跳下去看看另一個世界是什麼樣子。那裡的人，是不是每天也忙著讀書、考試、升學、然後找工作、結婚、生孩子、老去、死去，這樣的一輩子。

「要不然還能怎樣呢？」我說。可能是天生的性格偏於安定，我一向不覺得面前的生活有什麼需要改變的地方。一切都很好了，就這樣一直不變持續下去就好了。甚至時間停住，留在這一刻，就好了。

你歎了口氣說：「不知道，總覺得這不是真正的生活。」

鍾回頭看你一眼，久久地，凝視著面前的河川唸道：「生活是一隻小船，航行在漫長的黑河。沒有槳也沒有舵……」

你搶下話來大喊：「命運貼著大的漩渦。」

接下來的路程明顯安靜了許多。我不知道是你和鍾本身心情低落的緣故，還是受了我的影響。三個人安靜不說話地看著路上的風景好久，最後進到一個小城裡。鍾回過頭道：「要不下來走走吧。」你也說好。下了車，三人走到橋邊的地上隨便坐下。這裡的風景和福州並沒有什麼不同，只是稍微落後一些，有很多人家的房子還是木質的，飛簷泥牆，窗格上有很好看的回字花紋，門前臺階上隨意地擺著破臉盆種的石蒜和月季花，與旁邊紅磚房顯得很不搭調。沿著大道走

到街上，路旁都是挑擔賣小吃的擺著地攤，有板栗、西瓜、杏仁豆腐……快到飯點了，都陸續收了攤子回去，路上只有一些行人和騎自行車的七拐八拐地提著一袋什麼東西回家。

風很大，吹得岸邊樹木都壓低了貼在水面不斷起伏，我不由地把頭髮也散了。鍾回頭來看我一眼，很讚賞地笑一笑又認真唱起歌來。大概是新學的，他唱得斷斷續續聲音不大。你坐在邊上，神色淡然地看著前方。我不覺也順著你的目光望去，只見橋對面有兩個人在很悠閒地放著風箏，一邊做著很奇怪的動作。其實風這樣大又很急，根本就飛不起來的。風箏線橫斜著拉到很遠處。

「有時候覺得，我們都是被神愚弄的人，卻一定反抗的能力也沒有。」你突然說。

鍾也停了歌聲和我一同看你，但他並沒有說話，只是撿起身邊的一塊小石子用力扔了出去。我發現我並沒有足夠的自信進入你的世界，或者說，任何人都不該有這樣的想法。少年心思，天真地以為只要努力無論什麼都是可以做到的，其實不然。許多事我也是後來才明白，可是時過境遷，一切都太晚了。

面對未來，你執著地朝向一個模糊的方向，我則是在時代的浪潮中隨波逐流。這些年來，越來越覺得自己並沒有不尋常的地方，對很多事都是無力的，也就漸漸淡了心意不再去想這些。安心做好份內的事，大概上帝賦予每個人的使命都各不相同的吧！我像是在陽光裡突然睜開了眼，反而覺得有些暗淡陰沉，只能再去睡了，不管外面世界怎樣的熱鬧。

有時你更嚮往亂世，因為那裡的追求守望都是真實而深切的，生在和平年代，反而為了生存而不再執著於靈魂。很難理解是為什麼。

但無疑人生不是完滿的，你不願羨慕過去。

有時你更想去遠方漂泊流浪，一個人。

你歎了口氣說：「還好只要一年就可以畢業了。」

鍾踢踢腳跟說：「一年後，誰知道世界又他媽的變成什麼樣子。」

我感覺快要失去了你似的，心裡很難受。

八月上旬，學校裡就開始了高三階段的備考複習。你每天早上六點多起來去上學，有時晚上要讀到十一、二點，最常說的就說：「好睏啊。」回到家裡，總是先倒在沙發上揉太陽穴，帶著一臉的疲倦。我很怕你會支撐不下去。那時候，學校裡除了周日休息外，其餘六天都安排有各科的一場小測驗，按照高考的標準，做歷年的真題卷、質檢卷或預測卷。各人的書桌上都堆滿了複習材料，有的還用紙箱裝了放在腳邊，你們走路時要很小心才能既不撞到人又不碰到書。班主任讓大家寫了心願卡貼在牆上，那些彩色的小紙片，是你們最沉重的翅膀。你同學有家住得遠的，晚上都不回家吃飯，直接在附近的速食店裡吃了就回來複習。一些被稱之為學霸的，聽說都讀到一兩點才睡覺，書包裡裝得鼓鼓的練習冊。那段時間，連後牆的黑板上都抄滿了老師佈置的難題重點。

有一天下雨我去送傘，黃昏時候，大概你們是在考試，整個樓層看去都是埋頭動筆的身影，偶爾一些放鬆的動作。走廊外簾幕重重的雨線，無聊而漫長的。我站在窗外看大榕樹落葉，快要凋謝了的大梔子花，心裡就這麼亂七八糟地想著……等了很久，終於鈴聲響了，這才有人陸續起來交卷，或有的還在緊張地皺眉思考到最後一刻。我看你交完卷子和鍾說著閒話，又看著窗外的雨，一直都沒發現我。最後還是鍾先看到了，拍你的肩膀向窗外指指，你就笑著和我招了招手，喊我稍等。

雨又下大了一些。

　　我記得從前你教我背過一闋小令，忘了是誰寫的了，但至今我仍然能夠完整地背下來：「思往事，渡江干，青眉低映越山看。共眠一舸聽秋雨，小簟輕衾各自寒。」真的世間的任何一種感情，都是不能與人分享的，無論悲哀歡喜，我們只能一個人去體會。

　　直到現在我才明白。

　　「突然就下雨了。」你這樣和我說。

　　「是啊，前面還好好的。」我想，也許是晴了太久。

　　「每天都有一大堆的卷子，好煩啊。今天早上起遲了趕到學校，天氣又悶，書一點也讀不進去。發的卷子題型都差不多，老是在做無用的功，不會的還是不會。」你有點吃力地和我說。

　　「可以不做嗎？」

　　「唉，不做上課都不知道聽什麼，老師要評講的。」你重重地歎一口氣。「快點結束就好了，就可以做自己想做的事了。」

　　你和我並肩走著，斜打進傘裡的雨很快就沾濕了衣褲鞋子。我突然覺得很無力，不知道該怎麼來安慰你，或是做點什麼讓你的心情好一點。明明這也是無用的。但是就連這些我也做不到，甚至我一點不能理解你的那些想法，不懂你用心看待的一切到底是怎樣的，為什麼會這樣地牽戀不能釋懷。事實上生活都好好的，就這樣不就好了嗎？我想著，連前面駛來一輛私家車都沒注意，還是你把我猛得拉住了。「不要命啦！」你大聲罵我，臉色都嚇白了。

　　好久了你才說：「今天幾號了？」

　　「17 吧。」

　　「一開始上學，就只記得週幾忘了日期了。」你笑著說，呆呆地看著對岸的紅燈靜靜地和我說，「去年，我還剛認識你，想不到已經過去這麼久了，時間過得還真快。」

　　你沒有再說下去，我不知道此刻你心裡想的是否和我是一件

事，第一次見面的情形，剛搬來你家的夏天晚上，還有一起在老街道裡到處亂走最後迷了路。其實我是不懂你的，甚至都不敢問你一聲是不是！也許一切不過是我的錯覺，大概就是這樣了！於是我很努力地擠出話來：「我記得，不管是一天，還是一年，甚至一輩子，我都一直記得，雖然我不知道你和我是不是一樣的……」低著頭，我感到你的傘向我這邊輕輕地靠了靠，落下幾滴晶瑩的水珠來。雨中的街道人影稀疏，天色漸暗，路上的行人每一個都這樣帶著一身的故事走在世上，朝向自己的命運行去。你說，對於旅人來說，最寂寞不過的是物是人非。

那一天你會忘掉一切不再回來。

有時我想，生命該是一個不變的過程，沒有聚散分合，永遠只是最初的樣子。我們生長於大地之上，日出而作，日落而息。不再有老去，死去。我也不會再遇見你，甚至沒有你，沒有我，沒有生命。我總是做著這些可笑、天真的假設。

雪萊詩裡這樣說：「除了變，一切都不能長久。」

這是我在你教室黑板的每日摘抄上看來的。為了讓作文寫得更有內涵一些，高三組的語文老師每天都會挑選好的素材抄給你們。

整棟高三樓建在學校的楓樹林後頭，離操場最遠，一到那邊，氣氛就變得很不一樣。就算是下課，走廊上也沒多少人，學校裡的活動更是與你們無關了。開學後新教室搬到樓上，我也就不常去找你了，偶爾過去，就看你趴在桌上補覺，不然便是解一道未完成的題目，桌上一疊的書。

寒假你把書都搬回來，和我開玩笑說：「再過幾個月就能把它們都賣了，到時候請你吃和路雪。」我笑著和你拉手指為盟，還粗略地估算了下這些書的重量。

年末的街上，很多人在家門前都掛上了大紅的燈籠，天還沒黑

就點上了。黃暈的燈光被風一吹，像整個天地都在晃動。你抬頭說：「看那邊。」

「好美。」我笑著回答你。灰白色的天空被隨意拉搭的電線鮮明地分割成許多塊，上面爬滿了藤蔓。走過之處，風吹得落葉亂飛，百葉木窗背面貼著將要掉下的舊年曆。地上都是人家大掃除扔的垃圾，花瓶、日曆本、臉盆，落滿了灰塵，成為生命最真實的寫照。陽臺上晾著的襯衣內褲，輕輕地在風裡飄搖。

一切都要結束了，我這樣想，隱隱地生出一些悲哀。

你的屋裡，四處堆著歷年的練習冊課本，床頭還扣著一本昨夜看到一半的化學書。書架上的一些閒書，很久沒翻過了，薄薄地落上一層灰。大掃除時我給你收拾房間，按科目把地上的書都碼整齊了放好，整理出一大摞的草稿紙，上面都是你的字跡。我笑著說：「一輩子寫的字都沒這一年的多。」

你聽了也只是無奈地笑笑。

書架底層有個鞋盒，沉沉地很有重量，我打開一看，原來是你小時候的照片獎狀紀念品什麼的。我好奇地跪在地上一張一張地看過去，一個人偷笑著。一旁的你聽到聲音，過來問我看什麼，眼光一低，就整個人都撲上來搶了鞋盒不讓我看。結果經不住我再三要求，終於還是答應了。

兩個人坐到床沿翻看這些舊物件，你一邊還和我做著解說，透露出很懷念的神情。幼年時的你就很優秀，鞋盒裡大半都是你參加比賽獲獎的證書，還有幾篇作文，寫得很天真。我讀著，想從前的你該是怎樣的。

然後底下才是你的照片，從周歲到上小學的都有。你說你叔叔原來是開照相館的，還在舊師大對面租了個小影樓，買了很多小孩的皇帝裝、公主裙、禮服之類的放在店裡。小時候你常到他店裡去看人

拍照，一坐就是一個上午。有個小房間，沒開窗的，牆上一卷的風景幕布給人挑。拍的時候先數一二三，所有人的表情都木木的很好笑，像吃飽了要打嗝。我說：「那你怎麼不會？」你說你都不看鏡頭的。

但其中有一張照片，是你四歲時拍的，化了妝，滿臉的胭脂還用口紅在額頭點了一顆朱砂痣，很女孩子氣。你說是被逼的，因為那時候幾乎每個小孩都拍過這樣的照片。

過了很久我還拿這件事來取笑你。

「咦，你聽。」你突然停下來和我說。冬日寂靜的下午，一段淒淒切切的胡琴聲從遠處幽幽傳來。你過去開了門，站在陽臺上凝神聽著，很久都沒有說話。那是一支纏綿淒切的曲子，風涼涼的，吹得人心冷。琴音一起，彷彿聽到命在弦上，轉過一圈又一圈，有些人還在，有些人卻再也回不來了。

你說小時候你母親抱著你說過去的事，和你講她的童年。每年看戲時節的大祠堂、小板凳，高高的戲臺上彩袖鳳冠。村裡的節日並不多，於是每一次的慶祝便都成為一個頂點，爆竹鑼鼓熱鬧沸騰，把後來的日子變成一條長長的寂寞的尾巴。春去秋來，其實人生也是這樣。

你羨慕唱戲的人行走江湖，可以去很多的地方。與其掙扎在周而復始的生活中，你寧願去流浪他鄉，像他們那樣地猜不到下一刻會是在哪裡。也許人類總是嚮往自由的，如果有來世，你想要做一隻鳥，整天地飛來飛去。

你怎麼敢說這就是你要的生活，只因你從來沒有經歷過？

難道你不會有累的時候？不會想停下來休息片刻？

快要考試了，你房裡的燈總是要到很晚才關。我很怕你會吃不消，卻不敢去打擾你。有時路過你的房前，看你埋頭讀書的背影，孤單地映著一桌的課本練習，和窗外的樹影陽光、月亮繁星，日子過得

好快。我走到陽臺偷偷看你，數一二三，想你會不會突然抬起頭來，或是在心裡默念你的名字，以為你是能夠聽到的。

一天大部分的時間，你總是待在學校裡，有時回來吃飯也是急匆匆的扒兩口飯就走，中午很少有午睡的時間。我放了學去找你，每次都要等好久你才能把手頭的題目忙完出來。你總叫我先走，下次不要等你了，但每次我都會忘了又來。

路上我給你講一些笑話，放鬆你的心情。

有一次我和你說起班上的一個同學，描述他如何把三國裡的荀或唸成了苟或而被大家取笑的事。你聽了在路上笑得前仰後合，連車子都扶不住了，還說這輩子都不會忘了這兩個字。

課業壓力重的時候，你有時讀不下書，就和我到康山裡一帶去走走散步，坐在人家門檻上聊聊天。那裡有許多西式的民居建築，砌了圍牆，但大門卻總是開著，住的也多是一些老人。有兩座房子，名叫可園和以園的，你非常喜歡，還專門借了相機拍下來。後來我在書上讀到一則軼事，說當年林徽因來福州探親時住的就是可園。比照上面的描述，可園這幾十年來居然還是風雨不變。你說這樣很好，真正的變化是不該以歷史文化作為代價的，像一些歐洲的國家，他們的建築基本上都保持著幾十年甚至上百年的風貌。我聽了也只是點頭而已。

夏天的時候這一帶都不大熱，沿著水泥路一路蜿蜒走在街道小巷間，幽幽的穿堂風吹動著樹影，帶著微涼。你在我面前站著，整個人都浴在光影中，像一點跳躍的燭火隨時要滅。在你身後，虛掩的門裡有梔子花開得白白的一朵朵，空氣裡清甜的香，洋槐樹在很認真地生長著。你指給我看，不遠處的一隻大白貓從百葉窗上一躍跳到屋頂，把青灰色的瓦片當做琴鍵來踩。我們坐在臺階上，看面前的兩三隻蝴蝶在花叢中搧動著翅膀飛上飛下，一起談論梁祝的故事。

天暗下來了，坐在陽臺欄桿上吃著葡萄，聽樓下鄰居一兩聲的家長裡短。偶爾有幾聲狗吠，和隔壁鍋碗瓢盆哐噹一陣響，又靜下來。在牆角的草叢裡，幾點幽綠的光影在慢慢移動著。你用手指向那裡說：「看，是螢火蟲啊！」

我和你笑了笑，隨意地說著從前在鄉下捉螢火蟲的事。當時我還和哥哥住在老家的舊屋裡，出門一片菜地，幾畝地外一條小河沿著村道流向城裡。夏夜裡蛙聲不斷，草叢露重處飛來飛去都是點著小燈的螢火蟲……

自然的景致是這樣美。

你告訴我要怎樣分辨雌雄，螢火蟲的種類和分佈，還有牠們發光的原理。你說，一般的螢火蟲在日落一小時後活躍在溫暖潮濕的地方，雄蟲發出二十秒交配的訊號，等待雌蟲的回應。還有孔雀開屏、蝴蝶飛舞，其實都是在尋找伴侶。

世間最美好的事，無一不是為了愛的目的。

我曾經得到過，但很快又失去了。

和母親一同去燒香時，我在佛前許下這樣的心願。如果可以的話，我願意茹素吃齋為你結一段善果，只願你的人生是幸福完滿的。在認識你以前，我從來沒有像現在這樣地相信過因緣結果。

後來你順利考上一所心儀的大學，終於把挑燈夜讀的日子告一段落，開始參加各種各樣的同學聚會，告別你們厭倦已久但真的失去了又有些不捨得高中生活。那個暑假，你經常出去玩一整天，夜裡很晚了才回來，動不動就說：「終於結束了啊！」我漸漸覺得離你越來越遠，這中間的距離，不是時間，不能丈量，卻怎麼也趕不上了。

一個清涼的早晨，我起床路過你的房間，發現敞著大門，衣服也沒換，就這樣睡成大字攤在床上。我走進去替你把窗簾拉上，幫你蓋上被子，然後伏在床頭，安靜地看著你睡覺的樣子。有那麼一刻，

我甚至想把時間停住，永遠守護在你身邊，像希臘神話裡的月亮女神塞勒涅讓心愛的恩底彌翁一直沉睡。在夜裡，輕輕親吻戀人的額頭。

天氣越來越熱，八月你就不常出去了。有時候早上起來一個人待在房裡看書，下午鍾來了就各自抱了吉他去練，很沒形象地扯開喉嚨唱歌。我放了學回來到你房裡坐坐，聽你和鍾聊著我不瞭解的一切。雖然插不上嘴，卻很滿足於這些新鮮的訊息所帶來的刺激，就算是時政局勢、體育、科普等等我不太感興趣的，也總是告訴自己可以積累素材多聽一聽也是挺好的。後來你走了，我心裡一下子空了一大塊，時不時地就覺得難受，很想找人來說句話，想想卻還是吞了回去。

高三我讀得很辛苦，巨大的課業壓力加上過重的心事，把我的生活變成了另一種。每天早上起來，都要反覆地提醒自己，你已經不在家裡了，然後獨自一人去上學，麻木地讀書做練習，腦海中卻不斷浮現初過去的點點滴滴。開心的，不開心的，都一併成為不能挽回的曾經。我也不大敢想未來，一切都太模糊了，也似乎沒有太大的可能。除了反覆虛構一些事實，把你也當作我想像中的影子，然後作繭自縛。也許是因為這樣？你像只風箏越來越遠，有一天，突然扯斷了線。

月考後不久，我收到一封你寫來的信，裡面還附了兩張你的相片。一張是你穿著迷彩服站在操場上的，整個人黑了許多，臉上卻掛著很燦爛的笑容。另一張的時間大概要晚一點，已經是秋天了，背景裡的大楓樹紅成一片，你在相片裡變成了很小的一點，顯得清瘦不少。我輕輕觸一觸你的手，你的眉眼，還有你微笑的樣子，想像著你就在我的面前，感覺幸福極了。信裡你還告訴我，你在學校裡的一切都好，交上了新的朋友。雖然新的學習模式和高中大不相同，一時還有些不習慣，但相信會很快適應的。「這裡的一切當然是全新的，很

吸引人。」你說，「剛來的時候什麼都沒有，走在街上，頓覺天地一人，心裡卻只是釋然。也許我也是個害怕面對的人，固守於自己的小角落，沒有得到也沒有失去，這樣就好……前段時間，有幾個同學要我去海邊玩，我們出了海，後來還在沙灘上露了營。第一次在這樣的風聲中入眠，那樣的寧靜，原來和聲音無關。你呢，讀書怎樣？有問題記得打電話，但也不要太拚了，身體要緊。我本來還打算『十一』回來，後來卻因為來不及訂票，整個假期就白窩在宿舍裡。偶爾也困惑，生活就是這樣的嗎？當然是我想太多了……」

我發覺並沒有太多可以和你說的事，學習生活，尋常得只要簡單的幾句話就能夠說盡了。至於情緒的起伏，那些充滿青春色彩的小哀愁、小心思，我想你是不太喜歡的。事實上每次和你說話，我都在掂量再三，想要把最好的自己展現給你，結果總是弄巧成拙，變得很不自然。我回了封信給你，只說一切都還算正常，沒有太大的問題吧大概。家裡雖然因為你的不在冷清了一些，不過生活就是這樣，有一天我也要離開的。我挑了一張最好看的照片寄給你。或許在某個時刻，你也會偶爾地想起我的吧。

習慣高三忙碌卻單調的生活並不是什麼難事。幾個月下來，我已經在老師們連續不斷的題海戰術中變得不太會想事情，只是偶爾的，突然閃過一些畫面，然後決堤一樣地想起好多好多。

次年五月，你放假回來，突然和叔叔提出要轉專業的事。這之前你也寫信來和我說過，只是當時的決定是先瞞著家裡，等手續辦完了再告訴他們。後來你覺得這樣做未免太過任性了，怎麼說也不是很妥當。於是趁勞動節放假就買了機票飛回來，和他們當面解釋清楚。

結果叔叔當然是不同意的。他罵你不切實際，一點不考慮現今的就業形勢是怎樣的。他說：「人活在世上，首先要做的就是安身立命，物質生活還沒有保障，談什麼追求理想！」

你不明白追求理想和安身立命有什麼矛盾的地方。沒有夢，又如何能夠分辨現實？談到激動處，你只是提高了嗓門反覆強調：「我已經是成年人了！可以決定自己未來的方向職業，承擔一切後果，你不可能管我一輩子。難道連一次選擇的權力也不給我？」

「你當然可以選擇自己喜歡的，可興趣不是生活的全部，你要靠興趣活一輩子，不要太理想主義了！」叔叔大聲說。

「為什麼不可以！」

「因為你還小，不知道生活的艱難。我都是為了你好！」

「我不是小孩子了！」

話到這裡，叔叔已經氣紅了臉，拿手拍著桌子說：「你不是小孩子，做的倒是小孩子的事！現在不聽話，將來後悔了別怪我沒提醒你！」

這一聲巨響，客廳裡霎時陷入了沉默。庭院裡傳來夜晚蟲鳴的聲音，一聲聲像再也不會停。媽媽一旁柔聲勸著叔叔，也拿話來開導你。透過泛黃的燈光，你的樣子顯得有些模糊。認識這麼久，我還沒見你像今天這樣地發過火。我突然覺得你很陌生，或許我本來也不太瞭解你，竟會如此地執著不肯放棄。我有點不太懂，為什麼人生是這樣的。面對世事，不能選擇自己喜歡的，不能不顧一切去做自己要做的。

當然我是錯了。生在世上，又有多少人能夠追逐理想並最終得以實現的呢？

這一場爭論的結果是這樣的：你不願再傷叔叔的心，答應他會把原來的專業好好讀下去，然後利用課餘時間再多修一門，對將來的就業也會加點分。雖然會花很多時間很辛苦，但最好的辦法也只有這樣了。

後來的幾天，家裡的氣氛異常沉重，叔叔的臉上不是很好，你

也不大說話。我本來和同學約好了要一起去學校複習功課，因為怕會出什麼事情，就推掉了沒去。

你待在家裡，像從前那樣地教我做題目，幫我畫重點。其實離考試已經沒幾天了，我很清楚自己的水準再怎麼努力也就這樣了，趕不上的。一想到這，心情就很沉重，放下筆，歎了口氣，走到床頭開了答錄機，聽 Carlos Cardel 的 Por una cabeza。

你也不管我，支著肘，托住撐住額頭看著窗外。陽光下開滿了的藍花楹，一朵朵落在地上，在絕望中靜靜地等待愛情……我伏在桌上，用手枕著腦袋，把目光凝在你側臉的輪廓上。現在的你在想什麼，是不是會和我一樣。於是我輕輕用手指碰一碰你的手臂，看你沒反應地不知道有沒有感覺到。也就是在這時候，我無意中從牆角的穿衣鏡裡瞥見媽媽抱著一盆衣物，要走不走地站在門外，也不知來了有多久。我觸電一樣地坐起來，回過頭去。她卻已經轉身下樓去了。

「怎麼了？」你問我說。

我望著門口，搖了搖頭，把嘴邊的話嚥了下去。

然後你沉默了好久，突然低低叫了一聲我的名字：「如果有一天我做了件在大部分人看來都是錯誤的事，你會支持我嗎？」

「那你自己也覺得是錯的嗎？」

「不，我自己認為是正確的，至少在做決定的時候認為是正確的。」

我想了想，說：「不知道，如果我也覺得是錯的……我想我會反對。」

你聽完笑了起來，臉上卻沒有一絲高興的模樣。

我想我大概能猜到你在想什麼了，卻不大能理解你。

後來的高考，我發揮得並不好，只考到一個很勉強的分數，讓所有人都大失所望了。可是填志願的時候，我卻偏偏選了和你一樣的

城市。做出這樣的決定，我也矛盾了很久，一來怕母親傷心，二來又很想經常見到你。思量再三，還是在第二志願上寫下了你所在城市的學校。至於結果，就只能讓命運來決定了。但不可否認的是，我在第一志願的把握上，卻實在是很小的。這一點我無法為自己開脫。作為女兒，我可以說是傷透了媽媽的心，對不起她。

最終我也嚐到了後果。

原來我眼中的世界，並不是真的。

曾經我堅信生活最本真的面目，就是我看到的樣子。微笑代表快樂，臉紅代表害羞，哭泣代表傷心……一切的表象總能很明確不變地指向某一點，像我所熟悉的課本知識一樣，A 是 A，B 是 B，單純地不會再有別的。可是隨著年歲的漸大，我開始體會現實並不如此，很多事情即使我想破了腦袋，揣度過多少遍也不能明白。這一點，在中學畢業離開家庭後感受得愈加明顯。一年的時間過去了，笨拙的我，就連周遭的同學關係也不能處理清楚。遇到困難，一味地逃避不去面對，消極對待人世的紛爭糾纏。一直躲在一個小角落裡，傻氣地活著。

這樣的我，你一定是很不喜歡的吧！

我始終無法找到一個角度去契合你的生命，跟上你的節奏走過歲月變遷，然後很安然地握住你的手體會你的心情。我只是這樣地看你，像站在岸邊看一朵開在水中的白蓮花。

有一回，我拿著一份網上的心理測試，這樣問你：「我和你的關係？」

「兄妹啊，這還用問。」你用手在我頭上敲了一記，笑著說。

「就是兄妹？還有呢？」

「沒有血緣關係的親人，不過毫不影響感情。」

「就是這樣了？」

「就是這樣了。」

「你不喜歡我了？」

你楞一楞，然後一點點地笑開來：「喜歡啊怎麼不喜歡，我小時候就很想要一個妹妹的。」

「不，我不是這個意思，你明不明白我說的喜歡是什麼？」我拚命地搖著頭，著急地說。

你也有些反應過來，慢慢變了臉色，看一看我，半天也說不出話來。然後低了頭，手裡掐著指甲，一下，又一下，最後你說，「不要再談下去了。」

「為什麼不能？」

「不能就是不能，沒有什麼為什麼？」

「什麼叫沒有什麼為什麼，你要給我一個理由。」

你大叫一聲我的名字，打斷我說：「不要任性了，你想的都是錯的！」

我看著你，心裡有很多話想說卻哽住了說不出來，只是不停地掉著眼淚。

你輕輕地按著我的肩膀，長長地歎出一口氣，任憑我用力捶打著你的胸口，卻一句話也不說。

難道原來的一切都不算了嗎？難道都是假的？難道我想的真是錯的？我突然想你或許是騙我的呢？或許是我聽錯了呢？或許你有什麼苦衷呢？或許……可是或許不會許。

這以後的幾個月裡，你都沒有來找過我，也沒有再聯繫我。一開始我沉浸在悲傷中無法自拔，一想到你，就會不分場合地落下淚來。日子變得很難熬，單調地就只剩下一件事。我也不大敢和別人說話，怕忍不住就觸動心事突然變了腔調。人家說不開心哭出來就好了。我也試過放肆痛快地好好哭過幾次，結果卻也還是一樣。後來的

幾場考試，我沒有好好準備，還在很拿手的科目上掛了。做什麼，也總是不順利的。有時站在馬路上，真想衝向車流死了算了，把一切都忘掉算了。

再見到你，已經是放寒假的時候。想不到會是這樣一個平常輕鬆的場面，沒有眼淚，也沒有過分客套的寒暄，甚至還和原來一樣，兩個人做出笑容來聊天說話，談著一些不著邊際的事情。

我變得不大愛待在家裡，有時去找同學，有時一個人在街上蕩一整天，吃飯了也不回來。那天我散步到公園路附近，遠遠地，看到鍾蹲在一家小店門前，手裡夾著根煙在抽。旁邊的臺階上豎了一塊木質招牌，寫著營業時間和聯繫方式。大概是主人家養的狗，鏈子拴在門前繞著鍾直轉。他伸手逗一逗，露出很孩子氣的笑容。一擡頭也看到我了，楞一楞，笑起來，招手喊我過去，一揚下巴說：「一個人？」我點個頭，問他在這裡幹什麼。他手指朝後一比說：「朋友的店，賣點小玩意兒，來捧個場。」我探頭往裡面看了看，倒是很簡潔的格調，牆角放了幾架子盆栽，有幾棵長春藤的葉子還爬到了櫃檯上。屋子中間是個光碟形狀疊成的架子，擺著一些很有特色的杯子摺扇一類。鍾邀我進去看看，一邊說：「和你說過沒有，我大學讀的是室內設計。第一個成品啦，怎麼樣，還過得去吧。」我吃了一驚，認真到各處去轉了轉，回頭誇他很了不起。鍾一隻手支在貨架上，斜著身子和我聊這半年來的事，有點心疼地打量著我說怎麼一下就瘦了這麼多。

我淡淡地笑了笑沒回答他。

鍾繼續說道：「最近幫我爸爸新開的公司做設計，其實是搗亂啦！跟著老前輩學一學，進步會快一些。年初大概就出來了，到時候有空過來轉轉。」他說完看一看錶，又問我你什麼時候辦簽證。

「什麼，辦什麼簽證？」我只是睜大了眼問他。

「到英國去啊，他沒和你說？」

我愣了許久，才搖頭說你並沒有告訴我。鍾聽了也只是無奈地一笑，聳了下肩膀說：「這麼神秘，大概有什麼驚喜要給你吧。」

我有些接不上話來，只是尷尬地對他笑了笑。心裡卻很奇怪地一點意外也沒有，很恍惚地，生出一股濃濃的即時感來。我想大概是這段時間夜裡太多夢了，精神不好的緣故吧。後來鍾還和我說他的學校前段時間舉辦了一個文化節，有大明星來捧場之類的。聊了幾句，他說還有事情，道聲再見，就騎了摩托車先走了。

我一個人走回家去，穿梭於攢動的人群中，彷彿面對無邊的海域迷失了方向，今生今世，都不再有可能找到一個靈魂得以安息的歸宿。難道我的一生，註定了要在顛沛流離中孤獨終老？不能擁有幸福？當黑夜降臨的時候，萬千繁星中就沒有一盞來為我點亮光明？指引方向？人的命運，真的是可以把握的嗎？失去了你，我不知該如何找尋生命的意義，用另一個藉口支持剩下的日日夜夜，積極認真地活下去。我想著，在冬日午後的陰冷中瑟縮著身子，坐在街上，把頭埋進臂彎大哭了起來。

現在想起來，年紀輕輕的我，其實還不大能夠分辨感情的虛實真假，在臆想中輕易地誇大了情緒的起伏，像個不知事的孩子，固執衝動地去追逐想要的，然後單純地以為得到了就一定是好的，一點也不考慮前因後果。豈知這樣做是盲目不理智的，真正的愛，並不只有心動就夠了。

可是面對過去，我並不覺後悔。

也許青春的美妙，就在這一瞬間的頭腦發熱吧。

後來我到教堂那邊去，半路上，又看到那棵藍花楹樹了。寒冬季節裡，樹上已經落盡了葉子，光禿禿的枝枒向著天空更高的地方生長，北風吹著，像在蒼茫的天地間佇立著一個孤獨等待的身影，踮著腳尖，遙遙望向遠方。

小說的背後

福建師範大學文學院本科 2012 級　曾聖偉

　　徐晗新買了一套房子。她打電話跟我說，靠海的，推開窗就能聞到海的鹹味，看見廣闊的藍色海面，最重要的是安靜，它是一個最適合作家寫作的環境。她盛情地邀請我去住，她說，我不收你房租，也不收你水電費，你住進來，安安心心地寫你的書就好。我聽完她說的話，手足無措，作家是個遙遠的名詞，對我來說是那麼不切實際，我連一篇寫出來的東西都沒發表過。我說，我寫出來的東西。她立馬打斷我，那不叫寫出來的東西，要叫作品，作家寫出來的東西，都要叫作品。我說我不是作家。她不做爭辯，問我，那你來不來住。我說，我要考慮一下。

　　我的確要考慮一下，我已經十幾年沒見過徐晗，自離婚以後。跑了趟老家，我把塵封已久的書稿全部搬回來，將這件事如實告訴我現在的妻子郝芳。她翻看過一些書稿後，訝異於我居然還會寫東西，她從不知道。我和徐晗離婚後，就再也沒寫過了，寫作會讓人變得瘋狂，我說。你有很好的掩飾天賦，從沒聽你提起過，她說。那不是一段愉快的回憶，我不願去想，你也不願去聽，我說，我一直一個作家夢，你是知道的。我的確知道，還總笑你白日做夢，因為沒見你寫過任何東西，現在看來是我錯了，她說。你說怎麼樣，我想徵求你的意見。事實上，我也可以瞞著郝芳過去，可能是因為徐晗提到的「作家」，勾起我無法抑制的情緒，也可能是其他一些因素，讓我坦白了一切，但我無法向郝芳表達出我的心情。你想去的話就去吧，她說。

這句話在別的女人嘴裡可能需要男人去揣摩，郝芳這裡不需要，這是她支持我的語氣，她總這樣可人。

你要不要帶點禮物給人家，總不能空手去。整理行李時，郝芳說。我不知該帶點什麼，好像帶什麼都不合適，我說。郝芳冥思苦想了很久，也沒想出帶什麼禮物好。我說，不要想了，要不就算了。她說，中國人就好這口面子，怎麼能算，況且人家還提供你很好的寫作環境。郝芳不折不撓，臨行前，她塞給我一條新買未來得及戴的項鍊。就這個吧！我實在想不出什麼東西了，她說。郝芳總不會憑空地接受別人的好意，但我果真不知送什麼，徐晗是我前妻，送什麼也不合適。

一定要送給人家，郝芳再三囑咐我。我帶上郝芳的囑咐，踏上計程車，踏上飛機，又踏上計程車，到達徐晗告訴我的地址。這裡是一個並不繁華的小鎮，小鎮的居民看起來多是漁民。徐晗開一輛車來接我，她從車上下來的那一刻，我重新認識了她，她對我來說是一個嶄新的人，腳跟到頭髮尖，全部煥然一新。我想我不該拿現在的她和過去的她作比較，但人與人的久別重逢，都是通過這種比較互相重新認識。好久不見，她說得很自然。不待我回話，她走過來把我擁抱，我在這擁抱裡感受到闊別已久的熟悉，好像過完冬的燕子再次飛回到它去年築的巢裡。

好……久不見。我顯得有些拘謹。好在她不對這個時間點多做糾纏，她打開後備箱，幫我把行李搬進去。我先帶你去房子那，再領你轉轉這個小鎮，上車前她如此說。隨你安排吧！我說。這個時間點，我找回了一絲自然。我們離婚前，她從不開車，因為我們沒錢買，她熟練地駕車的樣子，是我完全陌生的。她完全是新的了，我上了一個陌生人的車。我看著她的樣子，脫口而出，你變了。她不置可否。沒有變，分開的十幾年就瞎活了，她說。也是，我答。我們相視

一笑。這種久違的默契讓我怪異。

我忘了多久時間，我的心緒始終不在時間上，就到了房子前。是一幢西歐式的建築物，坐落在一個不繁華的漁鎮上。她問我，怎麼樣？我說很喜歡。進去看看，你會更喜歡，看來你是人變了，品味依舊，她說。我無法抑制的情緒在她話裡復生了。她帶我走進比她開車的樣子更加陌生地方，裡面的一切都是未知的，將會發生什麼更無法預知。我參觀完整幢房子，卻忘記了該怎麼描述它的語言，十幾年沒寫作，十幾年前的我還沒將描述的語言傳遞過來，但總之是適合寫作的安靜。現在，我要用僅接收到的描述語言，描述那個推開後就能看到廣闊的藍色海面的窗，它裝上了防盜網，海面被防盜網切割成一片一片。我說，徐晗，整幢房子，就這扇窗最好，最有詩意，你聽，推開窗，望見一片破碎的海。她接，在心頭上作祟成詩。我們相視一笑，從未有過的默契讓我新奇，她以前不會作詩。

我帶你轉轉這個小鎮，她說。走出這幢有新默契的房子，我們重新在車上，這會兒，我有些習慣了她開車的樣子。鎮上的居民幾乎都是漁民，她說，以前這個鎮子特別繁華，過往商人可以用無數形容，但卻是老黃曆了。「神魚」消失以後，小鎮一步一步地沒落下去，現在也沒好轉。「神魚」是什麼？我問。「神魚」是帶給小鎮財富的魚，每年魚汛，小鎮遍地黃金，所有居民都會忙碌起來，商人聚集。但六年前魚汛就不再到來，商人們無利可圖便走了，小鎮跟著不繁華。那幢房子，就是從一個離開的商人手裡買下來的。徐晗饒有興致地給我介紹小鎮的歷史，談論一些小鎮的趣事，彷彿她在小鎮誕生，見聞了小鎮的每一個時間點。她說得很興奮，我聽得也很興奮。她說，看，就是那座碼頭。她用手朝碼頭一指。繼續說，每年魚汛，捕撈歸來的漁船都停靠在此，鎮裡的老人小孩都出來幫忙，搬下一條條致富的金子，喜悅在他們臉上油然而生。但已經是老黃曆了，她感

慨。關於小鎮歷史的最後一個話題結束在晚餐的餐桌上，燭光照亮整幢房子一角，兩個吃西餐的人停止滔滔不絕，適合寫作的安靜變得別有韻味。我們難得如此投機，她說。這句話的魔力使我腦海裡的時光倒流回十幾年前，她是在說，十幾年前的我們難得如此投機。不止於此，它還讓我暫時失去了言語表達能力。早些年我們也有過這麼投機，她又說。她又說，又說，又說，又說，又說了些什麼，從哪裡開始，別有韻味的安靜覆蓋在我的耳膜上，眼前只有十幾年前的她，十幾年前的她又回到我眼前，正與她一層層重合，我似有什麼期待，更覺得落魄，歲月的印記讓層層重合步步排除，顯露在她的身上，我蘇醒，猛然地蘇醒，好像她正說些什麼，然而我並未聽清。

　　徐晗打開行李箱。我幫你整理，她說。又是如此自然。果然是個賢妻良母，我說。也變得如此自然。所以，這個房間在她打開行李箱的那一刻成了一幅畫：一間房間的剖面，一片薰黃的燈光，一個男人叼著香煙站在窗邊，一個女人半跪著整理一個行李箱。重點描繪的是一個男人和一個女人「如此自然」的表情。我看向窗外看不見的黑暗，這幅畫顯得愈加真實。好漂亮的項鍊，她驚歎。肯定是郝芳囑咐我的那一條。送給你的，我說。幫我戴上，她說。我熄掉煙，她站起來，我走過去，她走過來，在那裡面對面停住。我接過項鍊，雙手環繞到她脖子後時，她完全閉上眼。好了，時間到這裡該停住了，故事緊跟停住，思維、空間、燈光、黑暗、地球、宇宙全部都停住。作者、讀者和我都不知道接下來會發生什麼。是給她戴好項鍊呢，還是沒戴？沒戴，接下來要怎麼發展；戴了，又要怎麼發展。作者和讀者都不知道，當然，我也不知道，我已經停在了這個時間點。這個時間點是現實的時間點，不是小說的時間點，時間停住了，我停住了，作者停住了，讀者也停住了。或許有人會說我在詭辯，現實的時間點沒有停住，只是思維的時間點停住了而已。容我解釋一下，我所說的現

實的時間點就是有人所說的思維的時間點，只不過我和有人存在於兩個不同卻又相容的現實裡。現在最痛恨我的人是作者，因為時間點被暫停了，我跑了出來，他的敘述權威被打斷了。作者威逼利誘地要把我趕回去，但他錯得離譜，當下他要做的是用盡一切辦法去推動時間點。他用盡吃了一次又一次奶的力氣，根本就推不動時間點，因為他找不到把這個時間點推到下個時間點的位置在哪。他推不動，朝我發洩，他大聲罵，你滾回去，你滾回去，你他媽的給我滾回去。我知道他是在叫我滾回上個時間點去，他就能找到更多與暫停的這個時間點相平行的時間點，比如：

> 送給你的，我說。幫我戴上，她說。我熄掉煙，她站起來，我走過去，她走過來，在那裡面對面停住。我猶豫了一下，終究沒給她戴上，於是她哭，我安慰。

時間點又在這停住了，作者、讀者、我接下來都不知道該幹嘛。作者寫我在安慰，讀者看我在安慰，我確實是在安慰。安慰完之後呢？作者又要捲起袖子，在掌心啐一口唾沫，用盡一次又一次吃奶的力氣去推時間點，時間點始終停滯不前。於是，他又往後退一個時間點，找到了另外一個平行時間點，他寫道：

> 好漂亮的項鍊，她驚歎。肯定是郝芳囑咐我的那一條。送給你的，我說。幫我戴上，她說。因她的話，導致我從畫裡走出，隨著眼神前去窗外看不見的黑暗。

作者這個無能兒依舊推不動時間點，他開始沮喪，他端起桌上的黃酒，猛灌了五兩。喝酒又不長力氣，他在瞎費工夫。作者苦苦追尋的

時間點到底在哪？我也無法告訴作者，但我能告訴讀者，此時的作者是最無能的，他必須要停止寫作，他必須要尋找下個時間點的位置，更重要的是他還要尋找到達下個時間點的路線，最麻煩的是他還要確保這條路線的合理性。比如說：

> 好漂亮的項鍊，她驚歎。肯定是郝芳囑咐我的那一條。送給你的，我說。幫我戴上，她說。因她的話，我憤怒地扇了她一巴掌，並罵道，你這個賤人，休想勾引我。

「拒絕幫徐晗戴項鍊」的時間點的位置是找到了，路線也有了，但這條路線的合理性程度太低了，為什麼？因為那是個三流作者，作者說。請不要相信作者說的，他已經煩透了，也喝醉了，像條哈巴狗一樣趴在桌上。是因為作者太無能了，他只能有理有據地去推動時間點，而無法隨意地任意地創造時間點，我就可以，我是敘述者，也就是敘述，而不是小說的主人翁，我可以毫無來由地替換、增添、縮減、倒位時間點，我能告訴任何一個人他想知道的，包括讀者、作者，但是我不會告訴你們真實。現在，由我來告訴讀者下一個時間點，作者已經睡著了，小說繼續。我說，下一個時間點：在床上。

> 好漂亮的項鍊，她驚歎。肯定是郝芳囑咐我的那一條。送給你的，我說。幫我戴上，她說。我熄掉煙，她站起來，我走過去，她走過來，在那裡面對面停住。我接過項鍊，雙手環繞到她脖子後時，她完全閉上眼。這個時間點已停止。
> 下個時間點到來：我們在床上揮汗如雨，她比十幾年前更激動地扭動，我比十幾年前更激動地聳動，彷彿這十幾年就不存在過。她呻吟，我喘息，戴好的項鍊跟她乳房一個頻率抖動。薰

黃的燈光猶在，照著另一幅畫：一個房間的剖面，一片薰黃的
燈光，一個男人，一個女人，在一張床上做愛。什麼姿勢不重
要，重點要描繪男人和女人臉上逾越過什麼的表情。

我隨便創造的一個時間點，已經解決掉了那個無能的作者推不動時間
點的尷尬。項鍊的戴與不戴跟作者有關係，跟我沒關係，就像這個故
事的開頭：徐晗新買了一套房子，她打電話跟我說，靠海的，推開窗
就能聞到海的鹹味……。他只能把寫在故事最前面的語言當開頭，這
個故事的開頭就從「徐晗新買了一套房子」開始，至於什麼樣的房
子，作者就領我們參觀過了。這就是作者的開頭，我不喜歡，甚至憎
恨，因為他的一個開頭，就註定了讀者讀小說要從哪裡開始，完全是
美帝國式的霸權主義。我說，把下一個時間點作為這篇小說的開頭，
下一個時間點還在床上。

下一個時間點開始：我們做完愛放鬆地躺在床上，海風的鹹味
稀釋了淫靡的氣息，我似有聽見海浪的聲音在我腦裡起落。我
嘴裡的香煙越來越短，直到熄滅。
我對她說：你新買了一套房子，你打電話跟我說，靠海的，推
開窗就能聞到海的鹹味，看見廣闊的藍色海面，最重要的是安
靜，它是一個最適合作家寫作的環境。你盛情地邀請我去住，
你說，我不收你房租，也不收你水電費，你住進來，安安心心
地寫你的書就好。我聽完你說的話，手足無措，作家是個遙遠
的名詞，對我來說是那麼不切實際，我連一篇寫出來的東西都
沒發表過。我說，我寫出來的東西。你立馬打斷我，那不叫寫
出來的東西，要叫作品，作家寫出來的東西，都要叫作品。我
說我不是作家。你不做爭辯，問我，那你來不來住。我說，我
要考慮一下。

讀者們，如果你們有閒暇的時間，肯為我花點工夫，你們可以翻回到前幾頁，接著我的開頭，順著作者寫的情節繼續往下看，但切記要把「徐晗」和代表徐晗的「她」改成第二人稱「你」，其他的照常。但別著急，請聽我說完，你們一定要去讀，仔細地讀，讀到被停住的那個時間點時，直接跳到我創造的時間點，略過對作者是無能兒的披露。好了，時間在這裡停住，我把重新書寫這篇小說的時間交給你們，讀者們。

作者還在酣然大睡，聽從我勸告，又肯為我花點工夫的讀者們正在翻回到前面幾頁看小說。然而，我卻百無聊賴，房間裡空蕩蕩的剩我一個人，等待讀者們歸來。但幸好，那個機器一樣的傢伙，為作者、為我、為讀者打字的那個打字員還在，我從不認為他是人，作者叫他打什麼字就打什麼字，我叫他打什麼字就打什麼字，前提是我和作者只能有一個不在場的時候。我不能和作者同時在場，至於為什麼，請恕我無可奉告。現在，作者停在了一個時間點，喝完酒酣然大睡去了；我停在一個時間點，等待讀者回歸，百無聊賴了。他就解放了，脫離機器的程式。

你為什麼要騙讀者們？他寫道，向我表達他的疑惑。

我說，我什麼時候騙過讀者們，我不過告訴讀者們一個事實，作者是個無能兒，他推不動時間點時，就喝酒酣睡；而我能創造一個時間點，自由地來與去。

我說的是你讓讀者們倒回去讀小說，這就是一個陷阱。你並沒有告知他們，你創造的第一個時間點可以與作者停住的那個時間點相隔一片無盡的虛空，從未知道是否戴上項鍊到床上，中間有無盡虛空，它們可以不是連續的動作，可以隔一天，可以隔兩天，可以隔三天，但是你沒告知他們。你創造的第二個時間點又與第一個時間點相

隔一片無盡的虛空，正在做愛和做完愛也可以是不連續性的動作，比如說正在做愛的動作是六月八日的，你接的是六月九日時他們完成做愛的動作。你沒告知他們，他們會陷入死循環的邏輯，做完愛說故事，說故事說到做完愛，說故事……他寫道。

我說，我早跟他們事先聲明了，我會告訴任何一個人他想知道的，但是我不會告訴他真實；我也說了，我會創造時間點，它們可以毫無來由的連接。在我暴露我是敘述者，作者罵說三流作者那一段，我已經說了。我並沒有騙任何一個人，只是我不會告訴他真實。

你始終就是個邏輯之外的騙子，我認為。他寫道。

我說，我叫敘述，不像你是個老老實實的打字員。

我不置可否。他寫道。

我也要揭露一個事實，作者是個無能兒，你是個騙子，我是最老實的。他又寫道。

我說，老實人盡是廢話，無能兒無話可說。算了，我不和你說，我感覺到讀者們浩浩蕩蕩地回來了。

我很煩這樣子老實的傢伙，所以他只能打字，不會講故事。要是他來講故事，他就會很老實地說，這是作者叫我這麼寫的，是敘述者叫我這麼寫的，你們愛看不看，他這個蠢蛋。

讀者們回來了，他們的眼睛和我的眼睛都注視到了這裡，距離停下我的時間點 919 個字的地方。他們滿臉無聊的氣息，罵我裝神弄鬼。作者趴在桌上，他正在漸漸轉醒，直起腰打了個哈欠，讀者和作者不約而同地回到這裡。也許、可能是個巧合。作者睜開他惺忪的睡眼，看著他的小說從 2587 字，漲到 5900 字，他覺得這一覺睡得心滿意足，他完全沒看到讀者們的憤怒，讀者們責怪他把小說交到另外一個人的手中，讓他們墜入雲裡霧裡。作者正在扭動脖子，隨後站起了

身，離開久坐的椅子，他覺得除了肚子餓，一切都已經完成了。

於是，他命令打字員寫下最幾個字，接著讀者、敘述者、打字員全隨作者離開了這篇小說，回到了各自的世界，做回了各自的自己。

完稿。打字員寫道。

一隻貓的生活意見

福建師範大學文學院本科 2012 級　王斯泓

　　老實說，我對我的生活挺滿意的了。這對一隻貓來說，並不容易。打從我記事起，我眼睛觸及的範圍就沒有出過這個校園，外面是不是有專供貓行走貓行道，是不是有貓貓學校，就像這所給人類的學校一樣，是不是有貓開的小卡車……這些問題我總是在曬太陽的時候想。

　　我也不知道自己多少歲了，但是我能肯定我不年輕了。記憶裡我度過了好多好多個冬天，這是我最討厭的季節。每當冬天到了，冷風和冷雨兩面夾擊，雖然我的脂肪和毛皮很厚，但是那些傢伙的「手」就像細細的針紮進我的毛皮裡，我真恨不得我的毛再長長一點，長到地面上，厚厚實實地遮住我的輪廓。而且，這個時候那些女孩的手總是伸進口袋裡，每當我在她們宿舍樓下想討一點溫柔的撫摸和按摩時，也只能數著一雙雙冷漠的雪地靴從我身邊走過。其實這些都不算什麼，最糟糕的是，冬天裡最冷的那段日子，校園裡空蕩蕩的，我只能整天趴在女生宿舍樓下數著天亮天黑，一樓的和善的阿姨當然也走了，我沒有了美味的拌飯，只能去垃圾堆裡碰碰運氣。垃圾堆的腐爛味道一天天濃重起來，我每次都是吸一口氣拔腿就衝進去，撕開髒兮兮的塑膠袋，猛咬一口立馬往回跑。運氣差的時候會追出一隻齜牙咧嘴的狗兒，那老兄肯定也餓壞了，對我一個勁吼，得了吧，我聽不懂他們的語言，只知道他在虛張聲勢罷了，論體型論經驗我還是略勝一籌，他乾乾地費力吼幾聲之後，就躲避我的眼睛嗚嗚地逃走了。

　　最艱難的日子很快就過去了，我後來就知道，數完差不多三十次天亮，校園裡的人就又會漸漸多起來。和離開時一樣，人們拖著一個大箱子吃力地走著，有點不同的是，回來時候那箱子似乎更沉重了，我一直想知道裡面到底裝了什麼，難道是裝了很多我愛吃的魚乾？不然還能是什麼，他們離開這裡還有什麼地方可以去呢？就像我，離開了這個校園，還不知道外面的世界哪裡可以容得了我呢。嗯，他們準保是出去找吃的了。每當這時，我就乖乖地蹲坐在宿舍樓底下，一看見有人走來，我就極力溫柔可愛地叫他幾聲，極力睜大我難得一睜的小眼睛，再舔舔毛茸茸的小腳，梳理梳理胸前的白毛，這模樣連我自己都覺得迷人可愛。可惜人畢竟不是發情的小母貓，小女孩們有的直直走了進去，眼睛甚至都沒有低下來看我一眼，只剩我愣在那裡尷尬得發抖。不過還是會遇到有女孩蹲下來摸摸我敏感的頭皮，戳戳我臉頰的下垂的肉，然後回過頭對她們小夥伴說：「嘖嘖，這肥貓又瘦了。」起初我還享受著這久違的撫摸，但是一聽這話，心裡真不舒服，也許是因為「肥貓」這個稱呼，或者因為我瘦了。這些聰明的人類，總是在這種「無關緊要」的場合表現出她們真實的一面，我不信她們敢當著一個人的面叫他「肥子」，卻在我面前直呼「肥貓」，還以為我聽不懂呢，越想我心裡越不痛快，站起來搖搖尾巴，就想鑽進草叢裡去散散心。她們似乎還沒摸夠，就要追來，我放快腳步「刺溜」一下跑走了。這下好了，沒討到魚乾，還帶回了哀傷的心情。

　　人想要摸我，有時我覺得她們不是因為喜歡我，而是她們自己的需求，比如疼愛一個小嬰兒，讚美一個生命，她們從對我的撫摸中享受著她們的撫愛欲，讓人不快的是，有的人手指好像灌入了無比的動力，像一個老化淘汰的按摩機，一下一下抓撓著我的後背，弄得我渾身難受，事後還怪我愛掉毛，沾得他滿手都是。

　　從一隻有主人的小貓到一隻認誰都是主人的老貓，這對一隻貓來說，可能比人所謂命運的坎坷還要坎坷一點。我很少提起我的主人，你一定不知道她。還好有關童年的記憶，我還保留了一些。我並不是從一睜開眼就開始有記憶的，這和人類差不多，我聽說人也是四、五歲開始才有了記事的本領。我記憶的開端，是在一個黑摸摸的小盒子裡，四壁各有一個小洞，亮光從小洞透進來，那是我第一次看見光，第一次湊近小洞看見這個世界。小盒子應該是被捧在胸口，儘管這樣，還是晃得我站不穩。一個洞外黑乎乎的，我用手去勾，細細的爪鉤子纏在了一塊布上，現在我想那應該是那一件衣服，因為我第一次聞到了人類的氣味，還是複雜人類氣味中雄性的一類。沒過多久，晃動停止了，我聽到了人類的聲音，不僅有男人的，還有女人的。我輕輕喵喵叫了幾聲，這才承認了我們之間聲音頻率的不同。男人是很深情地說了一些話，然後揭開了我頭頂的盒蓋，我對這刺眼的光感到抗拒而睜不開眼睛，但是這光越來越強烈，最後向我整個侵襲而來。還好，我受到一雙溫柔的手的安撫，她緩緩把我捧起來，握著我的小胳膊，我睜開眼睛，看見她眼裡的激動和淚光。

　　後來我度過了可謂至今為止最溫馨的貓的生活。在女生宿舍樓裡，我應該是唯一的雄性動物了。我都不叫，即使有時候半夜感到莫名地寂寞和對小母貓特別的渴望，但我還是忍著，因為好像人類對我的叫聲會感到很不舒服。白天我也很安靜，我的主人非常善解人意，餓了她都會為我準備好一盆香脆的貓糧，我想玩耍的時候她總是給我撓癢，抓抓我胸口的毛，摸摸我溫熱的肚皮，再用鼻子頂一頂我的臉。她的味道我至今都記得，像是玉蘭花的香味，又像是糖果的味道，那樣可人。好日子總是讓人記性不好，那一長段時光我好像就記得這些。後來，記得是過了冬天和春天，天氣慢慢熱了起來，主人開始收拾行李，好多東西被她裝進了箱子，也有好多東西被她打包丟

棄，我看見她偷偷擦去眼角的水花，聽見她低低的啜泣，她的手上再也沒有那個男人的氣味，牆上的照片也被撕去，白花花的牆壁讓我覺得和光一樣刺眼。有一個清晨，主人蹲在我面前摸了我好久，我低頭蹭著她的腳，再翻出肚皮讓她撓撓，有一滴水打在了我胸口的白毛上，接著兩滴、三滴、四滴……

我不記得主人離開的背影是什麼樣的，那時我還在窩裡睡得正香，醒來以後還是有貓糧吃，只是移了位置——樓管阿姨的門口。那一袋貓糧吃完，我就開始吃拌飯了，雖然有些想念貓糧和主人的味道，不過拌飯也很對我胃口。

這些事情過去太久了，我可不像人那樣總是為了過去的美好黯然神傷，她們感歎童年時天真無邪，中年時感歎青春像一場華麗的冒險，年邁時又懷念中年的視力和腿腳，我倒是繼承了貓族的安於當下，舔舔爪子上殘留的魚腥味，曬曬太陽睡一覺，就是美好的生活了。

不過，現在我的生活總是缺少了陪伴，這是美中不足吧。我的前任妻子去世了，死於同樣生活在這個校園的流浪漢狗族。那個夜裡我聽到兇惡的狗叫聲此起彼伏，而我正和她鬧別扭分居在外，等我匆匆忙忙地趕到，她已經橫躺在地上吃力地完成最後幾次呼吸，我舔著她黑亮的毛髮，眼淚一滴滴打濕她胸口的毛，就像我的主人對我的分別儀式那樣。這些黑亮的毛，當初多麼令我著迷啊，她比一般的小母貓都漂亮，比我之前所有的妻子都體貼周到。她的尾巴細細的，而且很翹，總是捲成迷人的弧度，而她胸口那三角形的白毛那樣使我渴望。可是，所有這些都不復存在了，我不能再繼續說下去了……

這裡也有許多貓，但是他們都陰陽怪氣的，和他們偶遇在牆角，他們不和我打招呼，卻是示威一樣「喵」一聲，讓我離他們遠一點，不止是針對我，他們之間都是這樣。有時在垃圾場遇見，他們會

叼起一個塑膠袋就跑，好像發現了多大的寶藏一樣。我們彼此很不投緣，更別說做朋友了。這一點倒和人類的世界有點相似，他們之間不好的時候也是這樣充滿敵意，又是那麼自私小氣，但有的時候又三三兩兩那麼要好，好像彼此付出了真心，真讓人看不懂。

　　我沒有看過外面的世界，我只對這個校園熟悉。哪裡有垃圾堆，哪裡有曬太陽的草坪，哪裡是狗族的領地，哪幾個是真心對待我的女孩，哪一天阿姨的拌飯裡有蝦殼……我想我一輩子都會待在這裡，因為聽外面進來的貓說，外面的世界不怎麼樣，你留在這裡準沒錯！說得也有道理，我想我就這樣下去，享受我本來抗拒的陽光，享受在垃圾堆每一次和狗族刺激的相遇，期待下一任充滿溫情的漂亮妻子，等待下一雙有男人氣味的手的愛撫，只是，那最冷的三十次天亮要快點過去，且讓我如願以償得到美味的魚乾。

　　我對我的生活很滿意。

臘八粥

福建師範大學文學院本科 2012 級 張心怡

一

　　五月的傍晚，已經六點鐘了，天才恍恍惚惚有些要暗下來的意思。街上是面無表情的行人，開車的開車，趕路的趕路，那一股人流滙集又散開，散開又滙集，扭曲成一個奇怪的形狀，像極了如今時興的兒童轉盤。飯點到了，灶火生了，媳婦兒開了廚房的燈，丈夫開了客廳的燈，於是萬家燈火，一盞、兩盞、三盞……錯落有致地亮起來。那燈光下的人看你，你看那燈光下不真切的世界──婆婆、公公、丈夫、孩子、媳婦如魚般穿梭不止，演繹著人生的戲碼，看似大同小異，卻又迥然不同……你收了目光，仍舊面無表情，繼續趕路。

　　陸小依就是那燈光下、廚房裡的媳婦，她每天在這裡忙來忙去，感覺好像已經過了十幾二十年，就想，媳婦什麼時候能熬成婆，想啊想啊……安安就猛然大哭起來，把外面的客廳搗鼓得一陣又一陣轟隆隆巨響。於是她拿上鍋鏟衝出去，看到眼前這個孩子，還光著屁股坐在地上，淚眼婆娑地看著她，她只得深深歎氣……

　　陸小依最近老有出神的時候。比如她現在在炒菜，雖然動作嫻熟，不管是黃瓜還是茄子、肉絲還是肉片，全不費功夫，切得周周正正、妥妥帖帖，在油鍋裡炒得轟轟烈烈、有滋有味。但是，她的心思全不在上面。她的思想暫停了，她的心跳消失了，它們脫離了這個正神采飛揚擺弄菜刀和鍋鏟的肉體，在霧氣瀰漫的廚房裡，在霧的水分

子中調皮嬉戲，你一伸腿我一撐胳膊，那晶瑩的小橢圓體就伶伶俐俐地破了，滴到陸小依的臉。她抬抬眼，看著這水珠，好像瞬間活過來一樣，感到一種冰涼暢快。這悶熱的廚房好像一個用焦油煙烘成的桑拿房，與外面清爽而電視嘈雜的客廳隔成了兩個世界。

門外有鑰匙鑽孔的聲音，是丈夫高建新下班回家了。她聽到他在門廊裡換鞋，扭頭想看看接下來的動靜。那扇玻璃推拉門早已被水霧浸濕，現在望過去一片模糊，只有一些隱隱約約的晃動的影子。恍惚中她看到高建新推開門，他自然地靠著門站著，他瘦了好些，身材又高又筆挺，臉上蕩漾著盈盈的笑意，鬍茬短短的、刺刺的、像刺蝟的毛，空氣中有曖昧不清的味道，他走近、走近……直到意識到這是焦味，陸小依才迅疾伸手「啪」地一下關掉了煤氣，一切都真實了，但一切又都不真實起來。廚房裡空落落的，三十五歲的高建新在客廳裡，三十五歲的陸小依在廚房裡，三十五歲的陸小依心裡活著二十五歲的陸小依，所以她看見了二十五歲的高建新。

二

如果說二十五歲以前的女人是漫山遍野的爛漫鮮花，再怎麼普通，只消抹上一點紅，便沒有不美的道理；那麼二十五歲以後的女人就像那乾花、繡花，再怎麼粉妝玉砌、傾國傾城，也只剩下往日繁華的模糊影子，是死的、破敗的、枯萎的、一點點被腐蝕掉的美。女人的生命就是從江南小鎮到西北大漠的路途，不論是坐飛機坐火車抑或步行，逃不了的，是那越走越荒涼的宿命。

陸小依二十五歲之前，是漫山遍野的野玫瑰。她那又白又飽滿的皮膚，渾圓的手臂，挺拔的胸脯，還有那常穿的紗裙，走一下、跑一下、動一下，裙襬就不聽話地抖動起來，清脆動聽地，抖落一身青

春的味道。那青澀而又香甜的味道，是春天田野裡綠茫茫的草地，好像長到了她的身上，成了她烏黑飄逸的頭髮。也好像長到了誰的心裡，毛茸茸的、癢酥酥的——比如高建新。

那時高建新眼中的陸小依，是頂美的。瘦削臉，小鼻峰，外加一雙清炯炯的大眼睛，如出水芙蓉、天女下凡。他是文學青年，自封為「校園詩人」的他，沒日沒夜地，給這個真實的、虛構的、真實加虛構的女神，寫沒完沒了的情詩。如果他不是那麼羞怯，直到後來才將部分詩在陸小依那陸續發表，那麼網上那個十六萬字情書男也不會紅了，因為這些事，高建新早在十年前就做過了。

高建新做的還不止這些呢。他深知陸小依颳起的風的威力，絕不可能只吹亂了他一個人心裡的春水。只是寫詩這股勁太輕，心到了情意沒到，情意到了心也未必到。你別看他沉默寡言、呆呆傻傻，大智若愚這句話，看來也不像是空穴來風。果然，最後，在眾多追求者中脫穎而出的是高建新，是他，娶了陸小依。

戀愛的日子是美好的，陸小依每每想起她當初和高建新在一起的日子，就好像品味從地下挖出來的陳年紅酒，自有一份歷經年月的醇香。但畢竟是從地底下挖出來的，時日久了，那股土的黴澀味，似乎也不能避免。於是，後來陸小依竟驚奇地發現，當年，自己好像從來都不曾仔細看過他的臉。每次他出現，要嘛跟著一輛古色古香高大帥氣的自行車，要嘛就是恰好有一縷陽光，照得他臉上生出一種異常耀眼的奇異光芒。陸小依跟著他，就好像手握一束光芒，常有氣喘吁吁、頭暈目眩之感。夏天，他們坐在小樹林裡，高建新不胖但怕熱，常要冒汗，陸小依就拿紙替他拭，一邊拭，一邊聞到那汗水的腥臭，像一種野性的滋味，鑽進她的鼻孔裡。她臉一紅，鑽進月光下，鑽進

高建新的胳膊枕裡。冬天，陸小依就拿出傳家的拿手絕活，用小火耐心熬出一鍋材料豐富的臘八粥，給高建新送去。看他狼吞虎嚥地吃個精光，哪怕甜了、淡了、稠了、稀了，從沒有一句挑剔的話。只是用熱氣，溫柔地揉搓著她凍得紅通通的手。

他們就這樣走進了婚姻的殿堂。高建新追她一年，戀愛兩年，結婚兩年懷孕，生了個大胖小子，叫安安，長得跟爸爸一個模樣兒，是爺爺奶奶外公外婆的心頭肉兒。

這是一個典型的中國家庭，也是一種典型的幸福方式。人們看到他們，都紛紛說出這樣典型的話：「夫妻倆多恩愛啊」，「孩子多可愛啊」，「這家人多幸福啊」。

陸小依也典型地微笑回禮，一邊還要客氣地說：「哪裡，哪裡！」

三

飯做好了，陸小依高聲叫喚了好幾聲，高建新才慢吞吞離開電視來到飯桌前。安安卻學著他爸爸的樣子，腆著肚子，兩手後交叉，慢慢地一步一步，踱過來。陸小依看著兒子，又好氣又好笑，按捺下那聲還未出口的咒罵。

安安吃飯的時候，也在那裡瞎鬧騰，夾起一口菜，又放下，在湯裡攪來攪去，數著飯粒兒，一口、兩口……高建新似乎忍無可忍了，他把兒子趕下飯桌：「去吧，去吧，一會兒讓你媽餵你好了。」他說這話的時候，語氣平淡、神色自若，甚至沒有抬眼看一下陸小依。好像，這是她的本職工作，好像洗碗、做飯、帶孩子，是她與生俱來的職責，而他，只是好心提醒了一下。

　　她想，這實在是無法可想了。她看著他吃飯，怎麼越看越像一個老頭子，年輕時那一舉手一投足的魅力都到哪兒去了。他夾起一塊荔枝肉，左看看，右看看，還要再放回去裹一層番茄湯汁，連肉一起吸進嘴裡，才算暢快。嚼青菜的時候眉毛擰成一整股兒線，還要嫌它不夠嫩。喝湯的聲音那是「吱溜吱溜」地響，末了還要用舌尖輕輕舔舔沾在碗邊的肉末。陸小依懷著一種五味雜陳的心情看著他，她想，這實在是無法可想了。

　　唯一和年輕時相同的是，吃飯還算利索。高建新三兩下吃完了飯，就蹺起二郎腿，拿根牙籤，叼在嘴裡跟叼根煙似的，悠然自得地坐著，還不時把腿抖來抖去、搖搖晃晃的，叫陸小依看了心煩。

　　他說：「過幾天大學同學會，你去不？」

　　她說：「不去。去了也是丟人。」

　　他有些不高興了：「你老公大學教授有什麼好丟人的？」

　　她冷笑兩聲：「你什麼時候評上的教授我怎麼不知道？」

　　他有些難堪，歎口氣：「總之，我們倆至少得去一個，我那天要到外地出差，你早知道了。」

　　「反正我不去，我一個人去成什麼樣子。」說完她就收拾了碗筷，進了廚房。

　　「你這個女人，你……」高建新在背後嘀嘀咕咕，聲音高高低低、起伏不平。

　　照例又是一晚上的家務勞碌，日日如此、年年如此。結婚七

年，照理說，她早該習慣了。但是近段日子，自從二十五歲的陸小依在她心中活過來之後，她總有些憤懣不平的意味。想想以前，剛結婚的時候，高建新會幫著她一起完成這些。特別是她懷孕以後，活像個指揮千軍萬馬的司令，讓高建新是上竄下跳，忙得不可開交。可是如今，日子久了，物非人也非了，很多事情，濃了又淡了、淡了也就沒了。陸小依打掃地板的時候，越來越覺得自己像那個吸塵器，外表光鮮亮麗，內心是吐不出的委屈。

只有睡覺的時候，天黑了，燈暗了，萬籟俱寂，高建新的存在只剩下身邊那縷時斷時續的呼吸時，陸小依才能夠平心靜氣地、去感受她丈夫，一一想起，他的好來。他身材高而且壯實，有一張方方正正說不上好看或難看的臉。並且，作為大學講師，他有體面的職業和穩定的收入。逢年過節那些絡繹不絕送禮的家長，還要握著她的手，恭恭敬敬地叫她一聲「師母」。這是高建新所帶給陸小依的，陸小依還不滿意嗎？其實，無所謂滿意，也無所謂不滿意。

她困了，她想睡了⋯⋯

但實際上，她怎麼也睡不著。她想起曾在某本書上看過，夫妻倆的生活有兩個世界，客廳和臥室，意思就是旁人能看到的和旁人看不到的。那時她還不滿二十歲，看到這句話就只顧紅著臉噗哧一笑，現在想起來，卻有一種嚴肅的意味。身旁的高建新開始打呼嚕了，「嗑⋯⋯嗑⋯⋯嗑⋯⋯」，聲音並不大，但聲聲戳到陸小依的心裡。她厭惡地皺皺眉，想著兩人個的夜晚，一個悶頭打呼嚕，一個呆呆看天花板，這樣的日子，有多久了？多久他沒有碰過她？甚至有一次她對他說：「我們要個女兒吧。」他只是懶洋洋地摸她兩下便昏昏欲睡，比起新婚如膠似漆的日子，他們彼此之間，好像再也提不起興趣。

什麼時候，她在他眼前晃蕩，他視而不見；他在她眼前晃蕩，她心裡罵他犯賤；脾氣點火就著，恨不能一拍兩散；到後來乾脆省點兒力氣，懶得生氣；夜裡失眠多夢，白天恍如做夢；相互抱來抱去，就像左手抱右手；他或她的夢裡，是不是會出現一張異性面孔？

結婚七年，癢了嗎？

四

陸小依是打定主意不去同學會的，但她不是個意志堅定的女人，班長的三五個電話一通狂轟濫炸，她就妥協了，她說：「好的，告訴我具體時間和地點吧。」

她本以為，自己這樣被鄭重其事地請來，或許會受到熱烈歡迎。可是她錯了，整個同學會上，那些政府官員、銀行高層、商界精英口若懸河，誇誇其談，根本沒有她陸小依——一個小學語文老師插嘴的份兒。她孤零零地坐在酒桌的一邊，吃幾口菜，喝幾口酒水，很有些百無聊賴的味道。環顧四周，往昔的閨蜜，沒有一個出席。離婚的離婚了，沒離的正在離，老公出軌的出軌了，沒出軌的——就像她一樣，過著假模假樣的生活。她們的心思，或許與陸小依是一致的——「不去，丟不起那個人」。看來，我算有勇氣的了，陸小依苦笑著。

她剛這麼想，馬上又後悔了。因為柯以勳一屁股坐到她身旁來，大杯大杯地灌酒。她看著這個男人，想起所聞，目光中充滿了同情的味道。妻子外遇和他離了婚，還帶走了兒子，現在，他是什麼也沒有了。同是天涯淪落人，但相比之下，他可憐多了，自然也來得更有勇氣，也更應多獲些同情。

陸小依不禁低聲安慰起他來，她一邊說出溫潤暖人的話，一邊動情地回憶起大學時代的這個老同學。他叫柯以勳，幾乎所有女孩子都知道。因為他高大帥氣，面容如刀削斧砍，笑容像陽光一樣明媚；也因為他是籃球隊的主力，在場上呼嘯生風，無往不利，充滿魄力。當年的陸小依，也暗戀過他，偷看過他，也許還偷偷寫過情書……想到這些青澀往事，心中有甜蜜之感，陸小依微笑了一下。柯以勳看到陸小依的笑，以為是鼓勵，也笑了一下。

菜陸陸續續地被端上來，兩人卻是越談越歡，越談越深，碗筷也不動，只顧喝酒談心。婚姻這泥潭，同時陷進去的人，偶然遇見，難免會有一見如故、同病相憐、相見恨晚的感覺。婚姻、家庭、妻子、丈夫、子女，他們在這個似乎不太合時宜的場合，滔滔不絕地傾吐著心中的怨言與不平。陸小依或許是喝高了，她開始神志不清起來，當著一個本該是外人的人，情不自禁地一條條數落起丈夫高建新。「我們可能已經不相愛了。」說完這句話，她雙手捂面，幾乎要哭出來，柯以勳溫柔地按著她的手：「一切都會好起來的。」她看著他的眼睛，沉醉於那種清澈憂鬱的目光中。宴席似乎沒有散的意思，兩個人既然在角落裡被人忽略，就先行離去了。他們喝了很多酒，陸小依覺得體內發熱，就提議散散步。於是，他們穿越了燈火輝煌的寶龍城市廣場，穿越了整個在夜晚中休眠的群升白馬郡樓群，一路向白馬河走去。

初夏的天氣，空氣裡瀰漫著花粉和植物生長的氣息，河邊的柳樹茂盛地生長著，樹葉也在沙沙地響。遠處，一艘遊船式樣的餐廳，掛滿了霓虹彩燈，在河中閃爍，附近的空氣裡有讓人迷惑的曖昧不清的味道。兩人都喝多了，體內有一股熱浪在翻湧，忽然之間，他擁抱住了她，親吻了她。她有些猝不及防，被他抱得緊緊的。他留著放蕩

不羈的鬍茬，穿著隨意的衣裳，這種潦倒的味道和野性的氣息進入到了她的鼻子和頭髮裡，她有些眩暈，她覺得身體更加熱了，有些半推半就被他的舌頭侵入了自己的嘴裡。他熱烈地、充滿了欲望地親吻她，她有一種本能的想要拒絕他的想法，她不能、不應該，也沒有理由，在這裡，和他……但她似乎已經失去了力氣，失去了清醒的意識，她推不開他，他讓她想起了二十五歲新婚之夜的高建新，他給她帶來一種蓬勃的、新鮮的男性氣息，讓她暫時忘卻了眼下死氣沉沉的生活，暫時變成了二十五歲的濕潤的陸小依。

他們吻了很長時間，互相之間，欲望的潮水在迅速地浮起來。他的手伸進她的文胸，摸到了她的乳房，她感到乳房在膨脹，像受熱的某種東西一樣，也許，要炸開來也說不定呢。他的手像泥鰍一樣滑來滑去，帶給她的皮膚一種戰慄，但是這種戰慄很舒服，她甚至有一種衝破了某種禁忌的歡欣，陸小依瞬間從賢妻良母變成了一個瘋狂的女人，一個不清楚自己在突破什麼底線的瘋狂女人。直到手機鈴聲響起，她突然猛地驚醒過來，推開他，一個趔趄後退兩步，甚至來不及搧他一巴掌，說些振振有詞的話，就倉皇狼狽地跑走了，衣衫的扣子鬆了。

陸小依回到家，整個房子空蕩蕩的，丈夫出差，兒子在公婆家，就只剩下她一個人了。一路在計程車上，她感到體溫在逐漸降低，現在到了家裡，她甚至覺得有點冷。她抓一件外衣披上，不開電視不開燈，在漆黑一片中，呆呆地坐著。時鐘滴滴答答敲響了十二點，聲音分外刺耳……

她不知坐了多久，才想起自己該洗個澡，於是走進浴室，開了燈，在暖橙色的燈光下，解開扣子，鬆開皮帶，一件一件，脫去衣

衫。脫完了，她忽然靜止不動了，充滿好奇地盯著鏡子裡自己的胴體，從來沒有細看過，如今看到，一時心裡百轉千迴。老了，的確是老了，不是嗎？歲月，原來是這麼個玩意兒。她看著自己的皮膚鬆弛無光、褶皺叢生，身材臃腫發福，贅肉一點點爬上肚皮，乳頭由紅變暗。她忽然醒悟到，為什麼老公嫌棄自己了；她也忽然覺得，自己也開始嫌棄自己了。七年之癢，歲月之痛，她明白了，二十五歲的陸小依已經死了，而三十五歲的女人，是風中的一朵枯萎的凋零的殘花。

她忽然放聲大哭，一針見血的，不是這些日子的委屈與心結，而是今晚的頓悟。她哭得那麼熱烈，那麼爽快，以至於像是要把滿肚子的愁腸恨意一吐而出。她的哭聲驚動了方在陽臺上悠閒踱步的鄰家小貓，只聽牠驚恐地一躍，跳回老巢，卻撞翻了一瓶盆栽，劈里啪啦地掉下樓去，引來樓下氣勢洶洶的連串咒罵，此起彼伏、熱鬧非凡。

這些動靜不可謂不大，但陸小依就是旁若無人地哭啊，哭啊……好像世界只剩下了她一人，好像除此之外其他都無足輕重，好像她已一無所有。

女人啊，女人……想起高建新的話：「你這個女人。」

五

俗話說，成也蕭何，敗也蕭何。很多事情，有開始的一天，就有結束的一天。很多作家，常把日子比作白麵粉，此話不假。麵粉可做饅頭、大餅，也可做餑餑、麵條；可弄甜和鹹味，也可盡情加辣。生活不就是這樣？充滿酸甜苦辣的滋味……

半年後的陸小依，日子平淡如水，仍然每天做飯、上班、帶孩子，仍然每天和老公拌嘴，仍然是名正言順的高太太，只不過，時間

帶來的傷口，時間也自有辦法撫平，她在這平淡之中，體味出了平淡的滋味。

娘家母親打電話來，囑咐她今天是臘八，一定要煮一鍋地地道道的臘八粥。她媽媽是北京人，北京的臘八粥名揚四海，最為講究，陸小依的手藝就是她一手調教出來的，因此，她對此總是津津樂道。

「用小火，不能貪懶用大火，否則我揍你。」年紀大了，老太太越發嘮叨了，也越發潑辣了。

陸小依唯唯諾諾地應著，掛了電話，開了火，從冰箱裡一件件取出食材，收拾乾淨。米、胡蘿蔔、青菜，為不可少的三寶。此外，還有花生、紅棗、木耳、蓮子、白果、豆腐，以及各種乾豆穀物。所謂「五味調和百味香」。煮粥之前，要把油加熱，再放米炒過，隨後將炒過的米放進熱水鍋裡煮。芋頭、皇帝豆等食材，也是要先炸過，才能現出那又香又酥的味道。然後把全部食材倒入鍋中，就得靠火候的功夫。大火易熟，但難以入味，且極易過於黏稠；小火慢烹，是費時日、費心思的功夫，守著鍋邊，不時攪動幾下，看那鍋裡輕盈吐出的層層氣泡，使各種食材在漫長的時間中相互融合、熟透，色彩逐漸鮮明，才能做出一鍋芳香滿溢、味道滲入骨髓的臘八粥。

每次做臘八粥，陸小依就會想起當年……臘八粥，似乎已成了往昔美好青春歲月的象徵。可是當年的陸小依，做起粥來手忙腳亂，不是芋頭焦了就是小米炒糊了，不是水放多了就是煮太稠了。哪像今天的陸小依，嫻熟有度，一舉一動收放自如。歲月，還是有歲月的好處。不一會兒，臘八粥就燉在了灶上，芋頭是酥的，小米是香的，水是適宜的，一切都是那麼妥妥帖帖、恰到好處。

午後的陽光照進來，雖然是冬天，但這陽光似乎抬高了氣溫，照得人毛孔舒展，身上暖烘烘的。四周安謐寂靜，只有間歇睡午覺的呼嚕聲與陽臺貓兒的輕聲踱步。城市的喧囂遠遠躲在了另一邊，人們都生活在這樣寧靜明媚的陽光中。陸小依開了小火，守在旁邊，一歪身坐在靠背椅上，微微閉了眼，獨自悠閒地享受這一下午的大好時光……

小火慢烹，鍋裡撲嚕撲嚕地響，香味隱隱約約地在空氣裡醞釀。陸小依笑了，心中有一陣懶洋洋的舒坦感覺。婚姻，不也和這臘八粥一樣，需小火慢烹，需耐心守候，說到底，也是一個日久天長的功夫……

我不能悲傷地坐在你身旁

福建師範大學文學院本科 2010 級　尤雅婷

　　在我們的生命之河短暫相遇，然後離別之後的那些孑然獨立的歲月，知道人情淡薄，又奉守著「安慰捉襟見肘，唯有冷暖自知」的老生常談。但是我仍然時時懷念，過去我們毫無保留地互相關心過，以至於讓我在這個炎涼的世間的某個角落記起你的時候，還是心裡很溫暖的。

　　紀梵希，每當我想起你的時候，總是在下暴雨的夜晚，失眠的思緒把腦袋給脹得想嘔吐，總是在回想從中學時代到現在的年歲裡，有多少個暴雨的夜裡，我在被窩裡驚醒，然後爬起來給你發短信。擲地有聲的雨點好像我曾經敲擊下的每一個字符，都在字正腔圓地敘述著那個年代。寒冷的雨夜，被窩裡不管如何變換著睡姿，腳丫子都是冰冷的，現在的我，一個人，獨手撐著寒冷與孤寂，心中有著信誓旦旦的疼痛和欣悅。

　　往日的時光於現在的生命來說不過是一溜狹長而落寞的影子。每當我想起你，你坐在我的身旁，理著個小平頭，戴著個黑框眼鏡，嘴角總是上揚，我想，這是一副適合擱置在回憶裡的笑容。

　　我要抄你的作業時，你常說，只要好好地討好爺，爺高興了，什麼都好說。

　　我總是拿手裡的作業本去打你的腦袋，然後說，死不正經，你

這話說得怎麼跟地道的嫖客一樣。

我心情不好的時候，你總是嬉皮笑臉地說，來，給爺笑一個。什麼！不笑！那麼爺給你笑一個。

這時我就會被逗笑。

經常看你托了托眼鏡然後賊賊笑得很諂媚的樣子，對著我說，丫頭，幫我下去買瓶水。

——我原以為，我們就可以這麼插科打諢地過一輩子，你永遠坐在我身旁，正如我永遠坐在你身旁。

一

紀梵希是我初中的同桌，白淨俊秀的臉，戴著一副眼鏡，書生的賣相，小混混的內心。脫掉六百多度的眼鏡，依然可以在賽場上扔出完美的拋物線，然後進球。每天都是一副咧著嘴角的樣子，特別是對女生。開學第一天排座位的時候，我抱著書包坐到他旁邊，他正趴在桌上，我故意用力地拉開椅子發出聲響，他抬起頭上下打量著我，然後用一種慵懶的語調說：「你是白慕雅吧。」當時我驚訝地晃著腦袋說：「你怎麼認識我？」「我還知道你會彈鋼琴，過了十級。」他坐起來戴起眼鏡一板一眼地說，「我小學就知道你了，你參加過全縣小學生滙報演出。」「啊，這樣啊。你當時也參加？」我把書包放進抽屜裡。「我嘛，是你隔壁學校合唱隊的。」「哦，這樣啊。那麼你叫什麼名字？」「紀梵希。」

剛開始的時候還以為他是一個懶散不愛學習的學生，特別是語文課，不是在開小差就是在睡覺。當第一次半期考成績出來後，看到

他的成績，我的下巴彷彿脫臼了一樣，除了語文一科不太好，其他的都是高分。所以每次發考卷的時候，語文老師總是捧著成績冊對他說：「梵希啊，你好歹用點心在我的科目上吧，你看看慕雅，你的同桌，語文成績都是第一，你好好跟人家學學。」此時我總會得瑟地看他一眼，他就會表現出一副我懶得理你的表情。現在每當我回想起梵希的文學素養很差的時候，我總會想到這麼一件事情。那時我很喜歡看郭敬明的書，有次課間我在看郭敬明的《夢裡花落知多少》，他問我：「你在看什麼？」我說：「郭敬明的書。」然後他突然「啊」了下，問道：「你什麼時候跟他借的，對了我只跟他打過籃球，他是哪個班的？」然後我愣了一秒，就趴到桌上像發了瘋似的大笑，弄得他自己一個人在那裡莫名其妙的。後來他跟我說，原來年級有個很高大的男生叫郭敬池，他把這兩個人弄混了。

那時，我的數學成績很不好，總是一大早來抄他作業，後來到臨近考試的時候，他就不讓我抄了，他說這樣下去我成績照樣不能提高，於是他提出週日下午我們一起去學校做作業。

那天他提前來到教室，買了我最喜歡的優酪乳，他總是嘲笑我像一個沒斷奶的孩子。那天下午，我吸著優酪乳，看著紙上的各種函數圖，套用著各種公式。紀梵希很耐心地一題一題給我講解，而且還幫我歸納題型，做成錯題集。然後他伸了伸懶腰，說：「丫頭，這回要是考試有進步的話，你打算怎樣謝謝爺？」我眨了眨眼說：「請你喝杯奶茶。」「就這樣啊，太沒誠意了。」他嘟了嘟嘴說道。我咬著筆桿開玩笑說道：「難不成你要我以身相許？」他眼神頓時亮了起來，說：「如果你願意，我不介意。要嘛親爺一下也可以。」然後他突然側著臉，把臉伸到我面前，我拿起作業本毫不留情地「啪」一聲打在他臉上。

之後我們經常一起出來做作業，他給我系統地歸納數學難題，我則是把家裡的書帶出來借給他，讓他接受下文學的薰陶。一個學期下來，我們的成績都有所提高。

二

期末考試結束後，一個人悶在家裡。回想和紀梵希相處的一個學期，是很愉快的，發成績單的那天，紀梵希對我做了「V」的手勢，我笑了笑。那是一個漫長的冬天，南國的冬季雖然不飄雪，但是一遇到滂沱的大雨天，人也是被凍得一愣一愣的。除夕那一晚，我吃完年夜飯，窩在沙發上等著春節晚會。這時門鈴響了，我打開門，紀梵希穿著一件黑色的小棉襖，裡面一件白色的 T 恤，站在我家門口，看見我開門，呵氣搓著手說：「丫頭，好冷啊。」我打量了他一下，幸災樂禍地說：「活該，誰叫你穿得這麼騷包。」他抬起手，他手裡提著個塑膠袋，「丫頭，不怕冷的話就跟我一起去放煙花吧。」

我們來到社區的河邊，那時我裹得很厚很嚴實，戴著手套和毛線帽，而紀梵希一副不怕死的樣子，穿著那麼少的衣服在我眼前上躥下跳。他先是點燃兩枝仙女棒，發出好聽的「劈里啪啦」的聲音，然後揮舞著在我面前跳呀跳，「丫頭，快把手套脫了，一起來玩吧。」說著他不由我喊冷，脫掉了我的手套，然後把燃燒著的仙女棒遞到我手裡，然後對我說：「讓螢火蟲飛舞起來吧！」直到今天我都不能忘記這句話，一個奇怪的比喻，把飛舞的轉瞬即逝的煙火比作螢火蟲，看來也只有這個語文學不好的紀梵希能說得出來。

那晚我們放完煙花，在河邊坐了一會兒。那時紀梵希問我：「你年夜飯吃什麼？」我就很含糊回答道：「就是好多好多好吃的。」他看了看我，然後低下頭搓搓手說：「真是個幸福孩子。」然後我看了

看手錶，對他說：「我要回家了，不然就來不及看春節晚會。」我站起身，可能坐太久腳有點麻，一個踉蹌重心不穩，身子傾斜倒了下去，紀梵希突然抱住了我，堅實的雙臂挽住我的腰際。他趴在我的耳邊，我能感到他的鼻息，那一瞬間我突然覺得他很脆弱。我當時頭腦一片空白，只聽到他在我耳邊說：「丫頭，我今晚什麼都沒有吃，陪我去吃碗麵。」

除夕夜，街上燈火輝煌，禮炮聲此起彼伏，我們沿著寂靜的街道走了很久很久。紀梵希一直低著頭踢著腳下的石頭，這時我不耐煩地發話了：「紀梵希，到底要走到什麼時候，拜託啊，今晚是大年夜，怎麼會有人開店啊，吃什麼麵啊？」紀梵希還是一言不發，我有點著急，心裡又有點慌亂，一則是他剛才抱了我，二則我覺得他貌似發生了什麼事。我著急地拍了他一下，「喂，紀梵希，你到底怎麼了，怎麼會沒吃晚飯？今晚是除夕啊，你爸媽呢？」

像是機器娃娃突然被按下了「on」鍵，然後開始運行。紀梵希突然停了下來坐在路邊的人行橫道上，雙手捂住臉，傳出微微的抽噎聲。我一下子傻了眼，只好跑過去拍著他的肩膀說：「不哭不哭，我才說了你一句不是，你就這樣子，太沒用了吧。」此時他抬起頭，雙眼通紅，朝我吼一句：「我才沒哭呢，我怎麼會哭。」然後卻拿手背去擦眼睛。當時我則是很沒良心地看著他一直笑，我覺得一個男生在女生面前這樣子是很好笑的，然後他就把我一把拽下來坐到地上，說：「死丫頭，笑屁啊，我都快餓死了，沒力氣走路了。」然後我就坐下來，除夕夜，我倆坐在人跡罕至的大街的人行道上，他一直拽著我的手，跟我講完了他的事。

原來他爸爸是一個下崗工人，下崗之後就一直處於萎靡不振的

狀態，日日抽煙酗酒，竟然還經常出去賭博鬼混，終日遊手好閒。一賭博就沒完沒了，贏了回來就嘻嘻哈哈帶隻烤鴨，輸了則喝得爛醉如泥，然後回到家中摔打東西，有時他媽媽會說上一兩句，卻遭到他爸爸的一陣毒打。他爸爸由於賭博欠下一屁股的債，經常會有一群粗壯的中年男子上門討債。除夕那天傍晚，紀梵希在廚房幫他媽媽打下手的時候，討債的人便上門催債，拿不出錢，他們就砸東西，弄得家裡一片狼藉。他爸爸回來居然還罵他媽媽沒有用，就隨便讓人把家給砸了，他媽媽還口罵了幾句，他爸爸就動手打他媽媽，最後弄得一頓年夜飯沒吃成，他媽媽抱著他年幼的妹妹在房間裡哭，他爸爸在客廳一邊抽煙一邊罵人。紀梵希就狠狠地瞪了他爸爸一眼，然後餓著肚子摔門出去。然後他就來找到我。

那晚我們坐在人行道上，說了很多，伴隨著禮炮轟鳴的聲音，啊，過年了，我們又長大了一歲。

三

經過那件事情後，紀梵希對我產生了一種獨特的信任，有什麼心裡話都會跟我說，而我在生活中遇到什麼事也會在第一時間告訴他。他家裡家暴不斷，他開始跟他父親爭執，甚至動手。有一次，他嘴角帶著瘀青來上課，嚇了我一跳，我用手摸了摸他的嘴角，問他：「痛嗎？」他輕輕拂開我的手，不說話，低著頭拿出書，一直低著頭。我把從家裡帶來的麵包輕輕地從桌面上挪過去給他，他又輕輕把它挪回來，我很生氣地再挪去，「紀梵希，你吃不吃，不吃就不要吃了。」他轉過頭看了我一下，然後默默地把麵包塞到桌子裡。我趴在桌子上壓低聲音對他說：「紀梵希，就知道你肯定沒吃飯，快點吃吧，無論多大事你也得吃東西啊。」他抬起手，摸了摸我的腦袋，眼

裡閃著淚光，「好的，丫頭。」

　　那段時間他父親的脾氣越來越壞，他更是經常一副憤怒又沮喪的樣子，我唯一所能做的就是每天從家裡給他帶好吃的。有天他問我說，下次能不能多帶一點，他可以帶回去給他妹妹吃。

　　那時的我們，我坐在他身旁，他坐在我身旁。青蔥的年歲，鮮嫩的枝丫上綻出白色的蓓蕾。

　　週末晚上，我去琴行練琴，從琴行出來時看到紀梵希靠著路旁的一根電線桿，正朝著我揮手。我飛奔過去，雙手拍了下他的肩膀下，然後問：「你怎麼會在這裡？」他白了我一眼說：「我怎麼不可以在這裡。」「我是說，你怎麼知道我在這裡。」「知道啊，跟蹤你啊。」「什麼，紀梵希，你跟蹤我，好流氓的感覺。」紀梵希從口袋裡掏出個小盒子，在我面前晃了晃，說：「再敢罵我流氓，這個生日禮物就沒收了。」我一看到那個小盒子，就撲上去搶，「給我！」「就不給你！」「紀梵希！」「就不給！」「你不給，我就走了。」「好好好，給你，丫頭，你別走啊。」

　　那天是個滿月的夜晚，很亮很亮的路面，路燈將我們的身影拉得很長。以後的每個去琴行的夜晚，電線桿旁都會有個熟悉的身影在等待。

　　回到家中，把那個小盒子藏在抽屜裡，然後等到夜深人靜爸媽都睡了的時候，我從床上爬起來，打開燈，小心翼翼從抽屜裡拿出那個盒子。打開盒子，黑色絨布上一條帶著水鑽的項鍊，是十字架的形狀。我興奮地把它戴到脖子上，但又怕被爸媽發現，又小心翼翼摘下來，然後放回盒子裡，把盒子放到書包最裡面的一個夾層。

每天一到校門口，要做的第一件事就是拉開夾層，拿出盒子，拿出項鍊，戴起來。然後每天一到家門口第一件事就是取下項鍊，然後把它放回去，那個時候對這種機械的重複樂此不疲。

時光總是不經意地在打鬧中從平淡無奇的歲月過渡到兵荒馬亂的年歲，初三到來，面臨中考，鋪天蓋地的卷子，磁帶裡聽不完的英語聽力。家裡已經不讓我再彈琴了，我也不再去琴行。那些 CD 被鎖在一個箱子裡，那些漫畫閒書被放在抽屜。

可能唯一不變的就是坐在紀梵希的身旁，然後每天和他玩笑打鬧，樂此不疲地重複著戴項鍊、摘項鍊這件事。

四

記憶殘骸中還留著那個黃昏，應該是五月了吧，中考逼近，紀梵希的成績在飛升，老師們把他作為衝刺省中的苗子，而我的成績卻出現了可怕的下坡。每天我都是在土頭土臉的各種函數圖像裡度過的，但是成績卻不見好轉。紀梵希跟從前一樣教我做題，幫我總結錯題，可我的成績還是平平不見起色。五月的天，在我記憶裡永遠定格在那個午後，那是一場大雨過後，雲朵的陰影灑滿空無一人的教室。紀梵希站在教室門口，黃昏裡我看不清他的面龐，我喊了他，他卻沒有應我，他慢慢地走了進來，令我有一瞬間的無所適從，覺得暴風雨過後的天空下暗藏著什麼。果不其然，他直截了當地開始了那個不愉快的話題。他走過來，靜靜地在我旁邊坐下，一直不敢看我，然後慢慢吐出一句話：「學校要把保送去省中的名額給我。」我的耳膜像是被雷擊中，但一切就像預料到的一樣，我轉過臉看著他，他一字一頓地說出了那個我最怕的答案：「我答應了。」

　　窗外飛過一群白鴿，嘩啦嘩啦，翅膀的搧動聲，在最高的鐘樓頂上盤旋，只要是有夢想的鳥都想飛離低空，去往高處，當然，紀梵希也不例外。

　　果不其然，我們從這個不愉快的話題開始，由沉默僵持迅即地逼近爭吵的臨界點。於是最後我把數學提綱，一疊，都是他用紅筆耐心幫我訂正過的，一把甩到他臉上。然後我蹲在地上一直哭，不知道到底哭什麼，自己的爭氣，自己的不甘心。紀梵希走過來抱住我，卻被我一把甩開，他也被氣得紅著眼眶說：「白慕雅，不然你要怎樣，你想怎樣？」此時我知道我們之間已經到了一種不一般的關係，再也不是那種插科打諢了。我蹲在那裡一邊抹眼淚一邊吼：「你出息了，以後去省城了，是吧，我就考不上，對吧。」「白慕雅，你簡直是無理取鬧，你有沒有邏輯啊，我去省城是我的事。」「好吧，是你的事吧，」我一把扯下戴在脖子上的項鍊，生氣地「啪」的一聲拍在桌上，「還給你。」然後我收拾好書包，轉身就走。「白慕雅，你簡直是……」我轉過頭，紀梵希聲音有點發抖，他抓起那條項鍊，彷彿要捏碎，他的眼淚砸在桌面上，然後他抓起項鍊的吊墜，靠近嘴唇，吻了吻，然後轉身朝著窗外，拋出一條美麗的拋物線。

　　於是那個原本美好得適合放在記憶裡的黃昏，竟然以這樣的形態放在回憶裡——只是因了一個並不美好的場景。

　　這些過去的事情，理所當然被後來很多事情沖淡，中考的複習進入白熱化的地步。被保送後的紀梵希，再也不用來上課。我經常在上課的時候，看著旁邊空出的位置，然後發呆。那些愉快，最終因為過於短暫而在回想起來的時候變得感傷，而那些感傷，卻因為能讓人刻骨銘心而變成記憶中的快活體驗。很多年後再來看這些，一切都混

109

合成深冬時節玻璃窗上擋人視線的霜霧，模糊不清，那是語焉不詳的懷念，用手輕輕一抹開，就可以看見這些曾經叫人動容的不堪重負的事。

中考結束後，大家到學校拿畢業證書那天，我再一次見到了紀梵希。那天大家拿著相機到處合影，紀梵希徑直穿過人群，走到我面前。他雙手插在牛仔褲的口袋，對我壞壞地笑著。我像是突然記起什麼轉身就走，他追上來幾步，拉住我的手，「喂，丫頭，這麼久了，你還沒氣夠。」我甩開他的手，繼續賭氣地往前走，「白慕雅。」紀梵希上前攔住我的去路，我不耐煩地看了他一眼，「紀梵希，幹嘛啦？」他打開他的背包，掏出一顆白色的球，放在我手上，那是一顆桌球，上面寫著數字「1」，圓滾滾的厚實的感覺，握在手中，剛好大小，帶著他手上滑滑的汗，瞬間令我的心溫暖了起來。

「從哪裡來的？」我不敢抬眼看他，低著頭小聲問道。他說：「前幾天和朋友出去打桌球，不會打，就在一旁看著。走的時候看見白色的小球就突然想起你，就順手把它拿回來了。」「想到我？」我抬起頭來問他。「『1』不是你最喜歡的數字嗎？」他伸出手摸了摸我的頭，「白慕雅，你真是個驕傲的人，你驕傲的自尊有時真讓人……」他突然打住了，變換了一個口氣接著說：「就像你喜歡的『1』一樣，唯我獨尊的感覺。但是你這種驕傲有時又吸引了很多人的目光。」他別過頭，吸了吸鼻子，說道：「希望你能考上縣一中，所以就弄了個『1』的球。」

夏日燦爛的陽光瞬間變得哽咽，我透過他白色的濕棉襯衫看見他纖細的少年的鎖骨。他不自在地說：「丫頭，我走了，希望你能美夢成真，考上縣一中。」我手裡捏著球，捏出了黏濕的汗水。他走

了，少年的輪廓和線條。

五

　　漸漸地已經習慣從縣一中高樓看窗外的風景，沒有鋪橡膠的跑道，有人跑過就掀起漫天黃沙，上體育課的女生們抱怨白鞋弄髒了。我坐在窗邊，漸漸已經習慣身邊沒有了紀梵希。我的理科成績一直都高不起來，經常做題做到深夜，然後很累很累，手裡一直攢著那個 1 號球。有時面對著一張鮮紅的試卷，醜陋的分數，就任性地把球扔到地上，然後一個人在深夜的椅子上坐了良久才起身把球撿起來，打開手機的鎖屏，給紀梵希發一條短信，大致都是以「喂」或者「睡了沒？」開頭的沒營養的短信。每次總是含著眼淚說自己不順心的事情，最後都是被他逗得笑著抱著手機入睡。

　　那時，我並不能理解紀梵希，他在高手如林的省中其實壓力並不比我小，有時他為了撫慰我的情緒，陪我聊到很晚，然後第二天上課他總是用手支撐著腦袋，然後閉著眼睛聽課，只用耳朵聽課，這些都是後來才知道的。

　　高三的時候，經常會收到他的來信，每次從傳達室拿到信件，瞥到信封右下角熟悉的三個字時，興奮得一瞬間覺得眼裡有淚。當即撕開，但又怕被人看見，便一個人跑到後山花壇邊的石階上，迫不及待地讀起來，不肯放過一個標點符號。一遍又一遍，看到結尾處寫的話：「我等你的好消息。」然後眼淚就流了下來。

　　就像初中那樣，我每天把他送我的項鍊放在書包的夾層那樣，高三的時候我把他的那封信一直放在我的書包夾層，每當我堅持不下去時，我就把那封信拿出來看看。一目十行，那些爛熟於心的句子，

讀到最後一句「我等你的好消息」時，就會閉上眼睛，愴然欲泣。

二〇〇九年，高三，晚自習的某晚，對著一張試卷塗塗改改，在一百零一次把那封信從書包的夾層裡拿出來讀的時候，看到最後一句話「我等你的好消息」，便拿出剪刀，然後把這句話剪下來，貼在課桌抽屜底部的外沿──只要一低頭便可以看到的位置。從那個時候開始，當再次身陷兵荒馬亂之中，覺得再也堅持不下去的時候，只要一低頭，看到那句樸素簡單的話語，瞬間熱淚盈眶，它是那樣安之若素地躺在那裡，我注視著它，借它來安撫那些無處遁形，落水一般的憂傷。

我等你的好消息。

不得不承認，紀梵希的這句話，支撐我走完了那段艱苦的歲月。

二〇一〇年，高考倒計時只剩下單薄的個位數時，我默默地在教室裡收拾書本和那些白花花的提綱。有些同學則是洩憤一樣，把試卷提綱撕成粉碎，從四樓撒下去，白花花的細屑像雪花一樣，在陽光下格外刺眼，我望了望那些不適宜的細屑，像六月飛雪，對，六月飛雪，最後那個撕試卷提綱的同學連大專都沒考上。

那時我什麼也不多說，也不擺出多餘的表情，靜靜地給紀梵希發了條短信：「幾天後的戰場，我們一塊加油！」然後就低著頭等待螢幕再次亮起。

「我驕傲的公主，我等你的好消息。」這句話點亮了整個螢幕，也瞬間點亮了我的心情。我立刻收拾好東西，離開學校。

當晚上在家裡複習不下去的時候，我才忽然記起，我帶走了所

有的東西，卻忘記帶走課桌抽屜邊沿的那句話。那一瞬間，我彷彿失控一般慌張地從書包的夾層裡翻出那封信來，幻想著我已經把那張剪下的紙條從課桌抽抽屜邊沿撕下來帶走。但是，那封信件末尾用剪刀剪出的缺口，提醒著我它已經不在了。這個缺口彷彿一個隱喻，彷彿一切結束後，這成了我們的終點，而唯一的憑證也不在了。

那時的我總是如此的悲傷，甚至有種忐忑的絕望。

六

因為執著地相信每段感情都有保存期，所以在和紀梵希來往的歲月裡，總是小心翼翼地維持著，我總是生怕一不小心一次的道別就成了訣別。說不上我對他到底有種怎樣隱秘曖昧的感情，即使在高考之後，一切都結束之後，我始終不願意承認我是喜歡他的，我驕傲的自尊在暗地作祟。

報考的時候，紀梵希問我會去哪裡，我那時只說，無論去哪裡，我都要念中文，因為那是我的夢想。夢想，當時驕傲的我一直覺得在那時夢想是我的全部，誰都不能取代。

「我可能會去上海。」紀梵希在電話裡說道。「嗯。」我只是含糊地從喉嚨裡發出一個音節。「丫頭，你以前不是很想去上海嗎？」紀梵希問道。「嗯。現在不想去了。」「為什麼？」對呀，為什麼，我也在問自己為什麼，當時腦子也不知道想了什麼，就說了這麼一句話：「因為我喜歡的男生要待在省內讀書。」然後電話兩頭瞬間就沉默了許久，然後是紀梵希說了句：「我明白了。」然後電話就掛了。我一個人拿著話筒，瞬間覺得只能用「空蕩蕩」三個字來形容當時的場景。我蹲下來，然後眼淚流了下來。

　　其實根本就不是因為什麼喜歡的男生要待在省內唸書，是因為我高考的成績只高出一本線幾分根本就去不了上海的學校，只能在省內念。而這些，我是無法告訴紀梵希的，因為我一直想在他眼裡維持那個驕傲優秀的形象，就如同他小學第一次見到我在臺上演奏鋼琴那樣，優雅、高貴、驕傲、優秀。至於撒了那個謊之後，那個謊言就成了我們覆水難收的阻礙。

　　那個喜歡的男生，杜撰得也並非空穴來風，他是隔壁班的一個男生，跟我也有來往過。後來那個男生居然跟我上了同一個學校，這些種種巧合在紀梵希眼裡或許就成了順理成章。暑假紀梵希約我出來玩的時候說：「你說的那個男生我可能知道，我們今天還一起打過球。」然後我就不知道該說什麼，沉默了好久，他問：「他喜歡你嗎？」我笑了笑說：「你懂啥，去了省中三年，你哪知道我高中三年是怎樣度過的，多少人追我。」說這句話的時候我又撒了謊，來圓之前的謊。紀梵希點了點頭，突然揚起了聲調：「懂得，我驕傲的小丫頭這麼優秀怎麼可能沒有人追呢。對了，是不是那個男生也喜歡你？」「不確定，但是我能感覺得到。」

　　其實我跟那個男生接觸得不是很多，只是因為一次偶然的機會跟他有過交談，他也喜歡文學，有次演出之後他還誇獎我的鋼琴彈得不錯，因為他也是彈鋼琴的，我們兩個還一起去參加市裡的比賽過，四手聯彈。有時候，我躺在床上想這件事，或許高考是一個契機將我和紀梵希定格在一個合適的位置，好朋友的位置，沒有終點，也不會有結束，或許那個和我四手聯彈的那個男孩才會是我最終的真命天子，然後我就抱著這個心安理得的念頭，驕傲地進入了大學。

七

　　白慕雅是個驕傲而又容易悲傷的女生。這是進入大學之後同學對於我的評價。我的專業課成績很好，我一直很倔強地驕傲著，這種驕傲同時也傷害了一些不夠優秀的人。而同時紀梵希給我帶來的壓力從中學以來從未消滅，我盡力地掩飾著我的驚慌，同時又很容易悲傷著。所以我的驕傲的自尊驅使我馬上遠離紀梵希，因為害怕落差給自己帶來的傷悲。所以我慢慢地和那個男生走近了，尋求一種驕傲的凸顯。

　　那個跟我同校的男生叫楚天磊。一來大學我就跟他聯繫頻繁，時不時會兩個人一起出去玩。楚天磊是一個典型的文科男生，他精通歷史和文學，和我的共同的話題很多，偶爾我們會一起去琴房練琴，這樣的時光很愜意，那時我彷彿忘記了紀梵希的存在。

　　一個學期過去了，寒假回家時楚天磊經常約我出去玩，也不說其他，就說文學歷史和音樂。有一次我們一起出去還碰到了紀梵希，紀梵希什麼也沒說，看了我們一眼，打了聲招呼就走了。事後紀梵希發短信問我是不是和他在一起了。我什麼也沒想就回了句：「是的。」然後過了很久他回了句：「丫頭，總算嫁出去了，要幸福哦。」然後我就把手機關機什麼也不想倒頭就睡。

　　第二天我撥通了楚天磊的電話，一種衝動，莫名的衝動。我問他：「一個學期了，你覺得我怎麼樣？」楚天磊可能沒有睡醒就「啊」了一聲。我深吸了一口氣問道：「我們要不要在一起。」說完這句話楚天磊估計睡意已經全無了，他沉默了一下，吞吐地說道：「慕雅，你可能有些誤會。」那時我眼神空洞地望著房間裡的那個角落，然後按掉了電話。

　　驕傲和虛榮最後被摧垮，我蹲在那個角落，眼淚砸在手中緊握的 1 號白色的檯球。手機螢幕上是紀梵希的聯繫方式，我卻始終不敢按下那個撥號鍵，因為我討厭讓他看到那個悲傷落魄的白慕雅。

　　寒假就那麼渾渾噩噩地過去了。紀梵希發短信給我說，他要啟程去上海了。我盯著螢幕看了好久，眼淚潸然而下，但又不知道自己在悲傷什麼。哭過後很淡定地給他回了條：「你這蠢貨又要去危害上海人民了。」

　　等到我返校那天，我接到楚天磊的電話。他說：「慕雅，我們能不能出來見個面，有些事情我想說清楚。」那時我冷著一張臉聽他說完，然後只說了句：「好。」然後他就說：「我把見面的時間地點發給你。」我頓了頓，然後「嗯」一聲就掛斷了電話。

　　原本以為那次見面只是客套的安慰和表示歉意的會面，但是讓我震驚的是楚天磊的「非常抱歉」的背後原來背負了一個非常沉重的十字架。原來這個才華橫溢，讓我覺得志同道合的男孩有著這樣隱秘不為人知的故事。原來他並不喜歡我，他並不喜歡女孩，他是一個喜歡男孩的男孩。感謝他如此信任我告訴我如此隱秘的事情，原來他是這樣，比凡人更為艱苦卓絕地，想念著一個無法企及的人。

　　那天我和楚天磊說了很多，然後喝了很多酒，我回到宿舍一邊哭一邊摸索出手機給紀梵希打電話。那晚紀梵希陪著我說了好多話，第二天酒醒後，我又強烈地意識到自己又一次將自己的悲傷和懦弱展現在他的面前。我只記得那時紀梵希問我：「你喜歡他嗎？」我說：「不知道，但是我怎麼會這麼難過。」紀梵希就說：「搞不懂你，快去睡吧。」

八

經過楚天磊那件事情之後，我跟紀梵希好像又回到了從前插科打諢的時候。偶爾會視頻聊個天，偶爾則是一通長途電話。有時我會打趣地問他說：「怎麼大學這麼久了都不見你交個女朋友？」他總是說：「我覺得談戀愛是件麻煩的事，一個人過得多自在啊。」這時我總是奚落他：「怕是找不到吧，像你這樣的理工男，理工學院的女生那麼少。」「丫頭，你懂什麼，理工科有些女生也很漂亮，也很可愛。」「那你怎麼沒有女朋友？」「沒去追啊，只要我去追，絕對就有。」「就你那個德行！」

那個時候我一直以為紀梵希那副德行是找不到女朋友，而同時我又認為他身邊的女生都是不如我優秀的，於是我驕傲而又自信拿著各種獎項和獎學金，每每有點小成就就會在他面前得瑟。我只自私地看到了自己，完全看不到別人，覺得紀梵希到了大學後不如自己優秀，潛臺詞是他配不上我。

直到我遇到了葉寒，我的驕傲就被瞬間擊垮。葉寒他是紀梵希的同學，也在上海唸書。我第一次見到葉寒是去找紀梵希的時候，那時他們在籃球公園打籃球。那時我看見葉寒搶到球，雙手一拋，一條美麗的弧線，然後球從框裡掉下，彈在水泥地板上，一下一下，「撲通撲通」，我彷彿聽到心跳的聲音。之後我把我這種感覺跟紀梵希說了，他只是思考了一下，然後摸摸我的腦袋說：「丫頭，我幫你介紹吧。」

後來我和葉寒就開始交往起來。葉寒是那種很優秀的男生，他的家境很不錯，他個人也很優秀，他總是帶著我去參加他們家的各種酒會，很多正式場合。剛開始，我驕傲地踩著高跟像一個公主，坐在

鋼琴前彈奏。後來慢慢地、慢慢地我變得拘謹、變得不自在。葉寒討厭我有時沒大沒小地大叫大鬧，討厭我穿著棉布小 T，然後蹺著二郎腿吃著路邊的烤肉串。最讓葉寒忍受不了的是，我和紀梵希之間的感情，雖然我已經跟他解釋過無數次，我跟紀梵希只是很好的朋友關係，但是每次葉寒總是搖搖頭，然後跟我擺出一個停止的手勢，然後紅著眼眶對我吼道：「拜託，我是你男朋友，你怎麼有男朋友還跟其他男生保持那麼親密的關係？況且那個還是我的朋友。你別每次都跟我說你們只是朋友，有朋友這樣發短信的嗎？」葉寒拿過我的手機，強暴地打開，「白慕雅，你自己看看吧，什麼丫頭來丫頭去，希希哥來希希哥去的！」我一把奪過我的手機，摔在他臉上：「你憑什麼看我手機短信，你懂不懂每個人都有隱私。」「我再不看，我女朋友就被人挖牆腳了。」「什麼挖牆腳，紀梵希也是你朋友啊，你怎麼那麼說他。再說我跟他之間這麼久的感情，說了你也不會懂的，我們是互相扶持著走過那麼多年的朋友。」「是的，我搞不懂。我看你也沒搞清楚，馬上要開學了，我要去上海了，給你一點時間，想清楚。」然後葉寒就這麼走了，頭也不回。

　　那天晚上我走了好遠的路，走走停停，最後走累了在公園的石凳上坐下來，然後撥通了紀梵希的電話，一直哭一直哭，說不了一句話，我只聽到紀梵希說：「你在哪裡？我去找你。」然後我就把電話掛掉，為什麼我總是要在最悲傷的時候才會想起你，紀梵希，為什麼我總要在你面前悲傷，明明我是如此驕傲。我擦乾眼淚，跑回家中，不顧父母的追問，把自己一個人鎖在房間。夜很黑，我看了看手機，十幾個紀梵希的未接電話，眼淚就瞬間噴薄而出，但是我看著螢幕亮了又黑，黑了又亮，最後「啪嗒啪嗒」打下一句「沒事了，你快去睡吧」，然後就關機躺在床上。

九

　　葉寒也許說得沒錯，我是該自己好好想想，我和紀梵希。那天晚上我躺在床上，想了很久，我的心很痛很難過，我想我應該是很愛葉寒的，不然我就不會如此難過。既然我愛著葉寒，我就不可能既愛著葉寒又喜歡著紀梵希，所以我是不喜歡紀梵希的，所以我跟他真的只是歲月裡所積澱的友誼。所以，我跟葉寒要繼續下去，我就要戒掉一有什麼事情就跟紀梵希打電話發短信的習慣。

　　想了很久，開學後，我在學校碰到楚天磊一次，他問我現在戀愛了嗎？我說，戀愛了。他說，應該是紀梵希那個小子吧。我愣了下，說，不是的。他尷尬地看了我一眼，哦，反正幸福就好。

　　我和楚天磊分別時，還在思考他為什麼會認為我要是談戀愛了，對方一定是紀梵希，算了，我不想多想。

　　回到宿舍，我拿著手機奔到陽臺，調整好撒嬌的語調，撥通葉寒的號碼，我要跟他說，我想清楚了。

　　「嘟……」撥了好幾次都沒接通。我的心裡開始著急起來，我覺得是不是葉寒生我的氣了。不得已我撥通了紀梵希的電話。電話一頭是紀梵希淡定的聲線：「你別急，我打打看，打不通的話我就去他宿舍找他。」

　　那天晚上我傻傻地在陽臺站了很久，舍友怎樣勸我，我都不去睡，後來紀梵希打來說：「丫頭，我剛才去他宿舍找過，他不在，你要嘛先去睡吧。」「不要。」「去睡吧，丫頭。」「不……」嘩啦一聲我哭了出來，那晚紀梵希對著那個悲傷哭泣的我，又是一夜。

事情最後是這樣水落石出的。那天我在上課，突然螢幕上閃現「葉寒」的來電顯示，我欣喜地從教室的後排悄悄退出來，跑到走廊上接電話。我接起來：「喂，葉寒。」「喂。」那邊傳出了一個女生的聲音。我愣了一下，然後語氣瞬間硬了起來：「你是誰？」「你找葉寒是嗎？」那個女生莞爾一笑，「你都打了好幾通了對吧。他把電話忘在我家了。」「你是誰？」我頭腦一片空白，只是重複機械地問著這句話。可是那邊的女生不回答，只是輕輕柔柔地笑著，最後把電話掛斷，留給我無限的遐想空間。

不行，我不信，我要弄清楚，一定要弄清楚。

十

我的固執驅使著我瘋狂，我連假都沒請，就買了票，踏上去上海的動車。紀梵希在動車站接我的時候一副責備但又擔憂的神色，我一看見，就把包往他懷裡一扔然後就對他下達了命令：「帶我去你們學校。」紀梵希在一旁說：「說不定是誤會，丫頭，你完全可以讓我去問問葉寒，沒必要自己跑到上海來。」「帶我去，你聽不懂人話啊！」

後來紀梵希帶著我在他們學校找葉寒，我們去到葉寒宿舍，他舍友說他這個學期經常夜不歸宿，這時我的心一緊。就在這時候，我的手機震動了下，是一個陌生號碼發來的彩信，我心裡震了下，然後打開。

那一瞬間我奪門而出，聽不到紀梵希在後面喊我。我該怎麼去形容那張照片呢，寬大鬆軟的床，潔白的床單，葉寒和一個女生。

我瘋狂地撥著葉寒的號碼，起先是不通，後來有人接起就是之

前那個女生，她輕柔地問道：「你是誰？找葉寒什麼事情？」我發了瘋朝她吼道：「我是他女朋友，你叫他聽電話。」「他很忙。他在洗澡。」「你他媽的到底是誰，你們現在在哪裡？你叫葉寒出來跟我說話……」還未等我說完，電話就掛掉了。然後那個陌生的號碼給我發來了一串地址。

我當時像發了瘋的瘋子，又喊又叫，不顧紀梵希的阻攔，攔了一家計程車，紀梵希只好陪我一起去那個地方。如果當時我回過頭看看紀梵希，其實可以看到他眼角的淚痕。

那是一個高級公寓，我們和保安說了很久才讓我們進去，來到那個地址的樓下，我愣了一下，往後縮了一下，我全身開始發抖。紀梵希牽起我的手，眼神很堅定地說：「既然選擇面對，就要勇敢地面對。」電梯裡我們誰也沒說話，來到那扇門前，我敲了敲門。果然開門的是個熟悉的身影，只包著一條白色浴巾，而裡面客廳裡坐著一個女生。葉寒看到我，下意識地想關門，我當時也不知道該做什麼，頭腦一片空白。只是後來葉寒的一聲慘叫把我拉回現實中，紀梵希撲上去給了他一拳，這時葉寒彷彿被激怒了，也狠狠地往紀梵希肚子上踹了一腳，於是兩個人廝打在一起。最後兩個總算在我的勸架下停止了下來，紀梵希指著葉寒說：「從今天起咱們兄弟沒得做了，你居然這樣對慕雅。從今天起你別再碰她一根手指頭。」葉寒擦了擦嘴角邊的血跡，說：「兄弟？如果你有當我兄弟的話就不會跟我搶慕雅，我跟慕雅有今天就是因為你。」葉寒一說完，我就上去狠狠地搧了一巴掌：「你還有理了，關紀梵希什麼事。梵希，我們走。」

那天我根本沒想到我居然能不掉一滴眼淚地把紀梵希從那裡拉走。那晚，紀梵希陪我在上海的街頭走了很久，紀梵希說了句：「丫

頭，你要是想哭，我的肩膀給你靠。」本來沒有任何眼淚的，但他的那句話就像一個開關，我的堅強瞬間瓦解，我蹲在地上哭得直不起腰。這時紀梵希從身後環住我的腰抱住我，說：「你能不能別這樣，我好難受。」後來我只感覺我一邊哭，紀梵希在我背後小聲地抽噎。

後來紀梵希騎著電動車帶我在上海的街道上狂奔，午夜的上海，繁華得看不出悲傷，無論是誰的悲傷與這些鏡花水月的繁華一對比，就顯得卑微，大上海帶著某種大時代的節奏，不管個人的喜怒哀樂，將每個人的故事都碾進時代的齒輪裡，這就是我喜歡的上海。最後我們來到了外灘，我們倆肩並肩坐下。

那時我已經哭到沒有眼淚了，我把彩信裡的那張照片拿給紀梵希看，紀梵希看了一眼說：「咦，那女的還不錯。」然後我就把手機甩過去：「喂，紀梵希，你朋友都被人甩了，你還有心情開那種玩笑。」紀梵希先是嬉皮笑臉了一下，然後突然間安靜了下來，表情變得十分嚴肅，他眼裡閃爍著江邊繁華的燈光。他說：「白慕雅，你知道嗎，你是個驕傲優秀的女生，在我眼裡百分之九十的男生都配不上你。」然後我「啊」了下。他說：「其實你和葉寒不適合，他也是個驕傲的人。」我看了看江水，說：「梵希，我很愛他，從第一眼看到他的時候。而且我相信他心裡還是愛著我的，他只是一時想不開，他不是說了，就是因為他不能理解我們之間才變成這樣的。」紀梵希突然很生氣地說：「白慕雅，你他媽就是個白癡，男人一旦出軌了就是出軌了，無論他以前多麼愛你，你怎樣都無法挽回了。再說可能根本就不是因為我跟你走太近，這件事只不過是他可以順當出軌的一個契機。」「紀梵希，他是愛我的，你不懂。」「是的，我不懂，但我知道，至少他現在已經不愛了。」他說完後，用力地呼了口氣。然後我抹了抹眼淚說：「不說這些了。」然後我看見紀梵希的手緊緊攥著，我便

問：「你手裡握的是什麼？」他聽我這麼一問就馬上要把手裡的東西收起來，但他來不及了，我掰開了他的手掌，就在那一瞬間我哭了。

十一

曾經在那些年歲，我在紀梵希身上巧取豪奪著他的耐性，對他任性，對他哭泣，甚至只是賭氣，因為他能上省中，我上不了就朝他撒潑，把項鍊還給他。但我不知道的是，後來在我轉身離開的瞬間，他就跑到樓下的草叢裡，低著頭，找了很久才找到的。那些流年裡，我一次又一次朝他發脾氣，考驗著他的脾氣，只是因為固執的我，驕傲的我，一直堅信著紀梵希是不喜歡我的，因為他為了省中離開了我。從那時我要表現出的優秀和驕傲其實都是做給紀梵希看的，原來我的內心是如此自卑，這麼多年我要優秀，要找優秀的男朋友都是我覺得在初三那年我的驕傲輸了紀梵希一次，但我卻不知道，其實無論我怎樣，優秀與否，原來他是這麼喜歡我的。可是如今我卻不知該如何面對這樣的感情。

那晚紀梵希重新把項鍊戴回我的脖子，那時我一直哭，紀梵希也是。我剛想張開口說些什麼，紀梵希一把按住我的嘴，說：「不要說什麼，就這樣靜靜地坐著吧。」

然後那晚我就一直靠在紀梵希的肩膀上，直到欣賞完黃浦江上的日出。朝陽的光輝打在我們的臉上。我問紀梵希：「我還會遇到喜歡我的人。」「一定會的。」「紀梵希，這裡很美，讓我想到有部關於上海的電視劇，女主角發現深愛的男人要和其他姑娘訂婚，她就當著他的面從一座橋上跳下去，後來他們又在一起了。」紀梵希警惕地看了我一眼說：「你該不會要問我那座橋在哪裡？我跟你說那只是拍電視劇的。」我笑了笑說：「如果我從那裡跳下去，你說葉寒會不會

重新回到我身邊？」「不會，」紀梵希又好氣又好笑地打了我一下，「到時候肯定是我去幫你收屍。」

那個時候朝陽很美，我站在外灘答應紀梵希，我要重新開始，那時我笑了，紀梵希從口袋裡拿出手機拍下一張我的照片，迎著朝陽的臉。

然後我們就一起去了動車站，進站前我還問了他一句：「你說葉寒還喜歡著我嗎？」然後我看見紀梵希的眉頭皺了一下，然後說：「好好照顧自己吧。」

我知道我在傷害他，當時在經歷了感情挫折後，又得知他對我的感情，我無法確定他會不會是我的下一個，所以我才用到這個愚蠢方法，我當時以為真正愛你的人就是在你一次次刺激和傷害下還愛你的人，但我不知道這樣也就會永遠失去了他。

十二

總是在不經意的時候會記起，一些類似場景下的故人。一段失敗的戀情，給我帶來更大的自卑感，開始否定自己，我的生活變得很混沌。每當我想起這世界上還有一個紀梵希的時候，我總能得到安慰。可是那次從上海回來，紀梵希就越來越少主動聯繫我了，而我也總是在生活裡撐到不能再撐下去的時候再給他撥通電話。他變得越來越忙，每次總是講幾句就說有事，往往我重點都沒說到，他就要去忙了。我對他這樣的態度越來越不滿，有時經常他一說到，我現在有事忙，等會兒再給你打電話，我總是生氣地把電話掛掉，然後任性地關機。在不斷自我否認中，人漸漸地被消磨得空虛，總想重新拾起那種驕傲，可現實的利刃總是一次次地刺傷我，這時我只能依靠紀梵希，

希望他能給我帶來歡樂，就像在早些年的歲月裡。可是每次跟他聊天，我似乎把生活中的所有怨恨和悲傷通通往他身上發洩開來，很多時候都是開心地開始一個話題，然後很不愉快地結束。

直到有天晚上，所有的悲傷和怨恨就像流水突然被截流，那些原本應該就流走的水，突然嘩啦啦地回到了原地。

那晚，我因為學校裡的一些不愉快的事情打電話給紀梵希，那晚紀梵希可能在忙，然後他掛掉我的電話，發了條短信過來說：「在忙。」這句話像是觸動了我某根神經，我當時真的只是想找個人說說話，很寂寞很難受，於是我又撥了一遍他的號碼，他又掛掉。這是我內心的怒火已經燒到喉嚨了，我發了瘋似的機械重複一直按著撥號鍵，一次又一次地被掛斷，最後一句人工女生甜美的語調說著一句殘忍的話：「您撥打的電話已關機。」

那時，我整個人靈魂像是被抽空一樣，他，不是別人，是紀梵希，全世界最不可能這樣對我的人居然這樣。我坐在樓梯口淚如雨下。那時我很想找人講話，只是講講話而已，我居然撥通了葉寒的號碼。

寂寞，有時會讓人卑微得低到塵埃裡去，這就是俗人所說的「犯賤」。我撥通葉寒的號碼，他接起來，冷冰冰的聲調問我什麼事，然後我就號啕大哭，就把最近所有的不順心的事情沒頭緒地講著，葉寒在一頭一句話都沒有說，讓我覺得自己像一個瘋子對著空話筒講話，所以在講的過程中我總是一遍又一遍對著他喊道：「你到底有沒有在聽？」他總是在一頭冷冷地「嗯」一聲，最後我一直在哭的時候，葉寒冷冷地講一句：「你怎麼不去找紀梵希？難道他也厭煩你了？」那句話就像銳利的冰鋒插進我心裡，又冷又痛。我哭著喊著：「你胡

說，我恨你。」之後又沒頭緒地說：「我好難受啊，真想回家。」最後則是喊著：「活著這麼難受，我真想去死。」那晚只是因為不良情緒疊加起來的情緒不正常的宣洩，我進入一種癲狂的狀態，偏偏電話的一頭不是紀梵希，是葉寒。他最後冷冷地說了句：「那麼想死，你幹嘛不去死呢？」而偏偏就是那句話，我把它聽了進去。

　　你。幹。嘛。不。去。死。呢。

十三

　　掛掉葉寒的電話，我滿臉淚痕，和著灰塵，一道道黑，我再次撥通了紀梵希的號碼。

　　「您撥打的電話已關機。」試了不下幾十次，都是如此。那時我站在樓梯口，眼前一片漆黑的夜色像一塊正在朝我撲過來的黑色巨石，把我壓得喘不過氣來。我把身子往欄杆處靠了靠，往下望了下，深淵，漩渦，黑色，我突然覺得我再也不想看到明天太陽的升起。但是我還是很冷靜地回到宿舍，爬上床，抓了一把安眠藥，就吞了下去。我只想一直睡一直睡，用黑暗和睡眠來躲避現實的蒼涼。

　　我覺得明天的太陽再也不會升起，也不想讓它升起，我情願躲在黑暗裡沉淪。我只是害怕一切就像被說中一樣，會失去最後的支柱。那時我覺得老天對我不公平，我覺得希望就像娼妓，當你對它付出真感情後，它就會微笑地跟你說這不過是場金錢和欲望的交易。當從前的愛人對你說出關於死亡的話語，哪怕你不愛他了，你也會因此心生絕望。當你絕望的時候，你的精神支柱給予你拒絕與你講話的姿態，雖然可能他真的有他的無奈，可你也會主觀地認為你的世界要塌了，所以才會一時想不開地要自我摧毀。

　　可當我再次醒來的時候，我的視線所觸及的是一片純色的白，白得讓人會滲出虛汗。我睜開眼睛看見紀梵希無力地坐在床頭，打著瞌睡，我起身環顧四周，才意識到這裡是醫院，我才意識到原來在那晚瘋狂掩埋了理智的時候，我做了一件極為愚蠢的事情。我用自己冰冷的手推了推紀梵希，他醒了過來，他慢慢地看了我一眼，我突然覺得他的眼光好陌生，像是看一個不熟悉的人。我突然覺得很害怕握住了他的手，輕輕地喚了聲：「梵希。」這時他才慢慢地吐出一句：「你醒了，我去喊醫生。」那時我害怕極了，拉住他的手：「你別走，別這樣，別不跟我說話。」紀梵希慢慢地轉過來，眼裡含著淚水，他的動作很慢，但我總覺得為什麼我注意不到，不去閃躲，他給了我一巴掌，很不情願又猶豫的一巴掌，但我卻沒有躲開。接著他含著眼淚指著我：「白慕雅，你知道你這叫什麼嗎？自殺知不知道！你怎麼這麼沒頭腦啊，為了那樣一個男人值得嗎？」我不知道該如何去辯解，我根本就不是因為葉寒的原因，只是在那一瞬間對世界的絕望，我一直搖頭試圖讓紀梵希懂得我的心情，而這次紀梵希卻像發了瘋一樣朝著我吼著：「白慕雅，你怎麼可以那麼自私，你想過你這是一種不負責任的舉動嗎？你知道你昏迷了多久嗎？你知道多少人為你擔心嗎？你太驕傲太自私了，你的任性，你的無理取鬧，總有一天，所有你愛的愛你的人都會被你傷得遍體鱗傷，然後離你遠去。」我從未看見紀梵希這樣過，即使從前吵過多少次，我也從未見過他這樣。我怕極了，拚命搖頭，掉著眼淚，我試圖緊緊抓住他的手，但是他一次又一次地惡狠狠地抽開了。「梵希，你聽我說，我真的不是為了……」「我不管你為了什麼，我只知道你這樣做是不對的。」

　　過了一會兒，他慢慢地冷靜下來，坐在我床邊，眼睛放空一直盯著白色的床單。突然他抬起眼對我說：「能不能答應我以後再也不

要做這種事情，好好活下去。你答應我，我就答應你一件事情。」我看了看，他的眼眶是紅的，我本來是要點頭妥協的，但是看他先向我低頭，任性的種子又發芽了，我說：「幹嘛要答應，你就能保證我要求的事你能做得到？」「白慕雅，你可不可以先別管那麼多，我說答應你，我就一定能做得到。」「紀梵希，我的要求你肯定做不到。」「白慕雅，我真不明白，這時候你還在耍性子，你不答應，我走了。」紀梵希一臉怒色，站了起來，我趕緊拉住他，說：「我答應。」然後我看見他的眼淚瞬間流了下來。

他在床邊繼續坐下來，開始削一個蘋果。那時我的心裡覺得好空好空，突然像是被什麼擊中，我拉住他的手，說：「你不是說只要我答應你好好活下去，你就答應我一件事情。」「嗯。對的。」紀梵希點點頭。我緊緊抓著他，問：「是不是無論什麼你都會答應？」「嗯。」我望著窗外流下了眼淚，一字一頓：「我們在一起吧。」然後我轉過頭看著他，他的眼淚已經抑制不住了。然後他慢慢地抽出他的手，非常慢，但每一下慢慢抽離都像利刃在我心上磨刀，最後他慢慢地說：「我已經有女朋友了，對不起。」這句話最終化成那把刀的利刃刺向我的左心房。然後他背對著我繼續說：「就是在你離開上海後的事，就是你在動車站說的那句話，我覺得我不能再堅持了，白慕雅，這麼多年的傷口我必須早點給它上藥，不然這一輩子都癒合不了了。我想你現在一定恨透我了，所以如果你不想看見我的話，我可以走。」說完他推開門，頭也不回地走了。

十四

人都說歲月是賊，一晃他就偷了我的時光。

大三。我已經習慣了一個人。

「慕雅，有你的信。」我剛從圖書館回來，舍友就朝我喊道。「我的信？」我接過信封，狐疑的樣子，這年頭誰還會給我寫信。當我看到信封右下角的落款的時候，熟悉三個字。時間彷彿從大三回到高三，我激動得眼淚都掉了下來。

打開信封，裡面是熟悉的字，開頭寫著：「丫頭，最近好嗎？」然後我就摀住了嘴巴，試圖不讓自己哭出聲音。然後我像以前一樣找了一個地方，讀起那封信：「……從我小學第一次看你在臺上彈鋼琴的時候就開始喜歡你，後來居然讓我坐到了你的身旁。但是你真的太驕傲，驕傲得我有時都不敢太靠近你。當你把項鍊還給我的時候，我被你驕傲的自尊心傷得莫名其妙，可是最後喜歡你的情愫又在心裡佔了上風，於是就跑到草叢堆裡把它撿回來，然後想哪天你想要了再給你。後來你遇上楚天磊，看到你們四手聯彈，我默默地把我的吉他給藏起來，然後心裡在想我的吉他始終不能和你的鋼琴合奏，我的牛仔褲根本配不上你的晚禮服。後來你哭著來跟我說楚天磊拒絕你的時候，我心裡也默默地跟著你難受了很久，那時你不是一直問我為什麼不去找女朋友，不是沒有機會，只是我當時一直放心不下你。後來你跟我說你喜歡葉寒，我難受了很久，但是那時我爸爸欠下了一筆鉅款，催債的每天都上門打砸，那時候我覺得葉寒比我更有資格做你的男朋友，所以把你交給他，我很放心。有時候我會恨你，恨你的驕傲，恨你的自私，直到你離開上海的時候說的那句話，我覺得這是對我的一種殘忍，明知道我對你的感情，但是你的驕傲卻把你矜持地包裹起來，把愛留給別人，悲傷永遠留給我。悲傷的時候把我當作棉花糖吃一吃，當作調味。即使我多麼愛你，我也不能再經受得住你轟轟烈烈的驕傲了，或許我只是一個平凡的人，承受不住文學色彩裡的悲傷，所以我就找了一個極為平凡的女生，她沒你漂亮，沒你優秀，但

是她不會讓我如此揪心和難過。慕雅，我的平庸配不上你骨子裡的傲氣，再也不會有人像我這樣愛你了，我也不要像這樣愛你了。慕雅，我希望你能幸福，我等你的好消息。」看到最後一句，我哭了，比三年前哭得更慘。

「我等你的好消息。」雷同的句子，物是人非的感覺。

那晚我坐在燈下，寫著回信，有人跑到我宿舍說：「慕雅，這是你去年文創的獎狀，對了，今年的文創加油哦！」然後我笑了笑在信上寫道：「謝謝你，那個坐在我身旁從未悲傷的你，容忍著那個驕傲又悲傷的我。那個坐在你身旁從未快樂的我，一直用我的驕傲和悲傷傷害著你，從來沒有給你帶來過快樂。其實我當初根本不明白，原來不能坐在你身邊才是我最大的悲傷。我希望你能幸福，梵希，我不能，也不要悲傷地坐在你身旁了，你有你幸福的權利。」

然後我側過頭對舍友說：「今年文創的題目就叫〈我不能悲傷地坐在你身旁〉。」

檯燈下，是真正開心的微笑。

三生緣起

福建師範大學文學院研究生　樊文岑

三生石上定三生的姻緣，而我們註定與幸福擦肩而過。

我總是做著一個夢，夢的開始是那麼美，我看見你身著白衣，儒雅地笑著對我說，小丫頭，還淘氣呢，就快成新娘了。而我彷彿看見在五月初九，我們成親的那一日，一場猝不及防的人禍讓我們來不及品嚐幸福就走上了奈何橋。孟婆說，喝下吧，忘記這一世的恩怨情仇，換來世的重生。你淡定地看了我一眼，就喝下了那麼大的一碗，彷彿在品著你最愛的烏龍茶。而我卻只能愣在原地，呆呆地看著你，看著你喝完後對孟婆說，她那一碗我也喝了。孟婆來不及阻止你，你已一擺白袖，遮面，一飲而盡。我伸出雙手卻抓不住你，你在我淚簾的隔障中模糊消散，直至孟婆歎息一聲：「都是癡人啊，你也去吧。」不知誰推了我一把，我就在恍惚中轉世了。

一

我沒有喝孟婆湯，所以我承載著對你所有的記憶。第一世，我生於貧苦人家，我的出生並沒有給這個家庭帶來一絲歡喜，即使我是一個標緻的女娃，但在父親的眼裡還不如一間茅屋的份量。儘管從小到大我長年累月地勞作，但這絲毫不能磨損我嫩滑的皮膚、嬌媚的容顏，卻讓我增添了幾分健美。整日的辛勞同樣不能磨滅我對你的思念和疑惑。因為我的憂思反而使我少女的容顏顯現出一種特別的美。終

於有一天，一個宦官，他叫璟，是我後來殺的第一個人，他對我貧苦可憐的父親說，皇帝要娶我。我知道了，並沒有任何怨恨，父親只是一個老實的農戶，而且他覺得這是一種天大的福氣，能把我賣一個這麼好的價錢，他很滿足。而對我而言，在我沒找到你之前，嫁給皇帝比嫁給任何人都好，這樣也許我才有能力找到你。於是我坦然地穿上了這一世從未穿過的華衣，冷傲地在鄉人的仰視中，坐上那輛寬大的四輪馬車，然後在顛簸中走向我這一世的宿命。

其實普通的老百姓只要能夠活下去，僅僅是活下去，他們並不理會誰是皇帝。因為不管誰是皇帝，只要能夠讓他們有一絲存活的機會，他們就會膜拜下跪。而要娶我的這位皇帝，是被後世說成罄竹難書的秦始皇。他見到我的時候，只是淺笑了一下，招手讓我上前，讓我解開我編了好久的辮子。他前傾著身聞了聞我的頭髮，突然大笑一聲說，就憑你的頭髮，也值得蓋一座宮殿給你。我聽後，只是很乖地微笑，擺出最嬌羞的姿態。我明白只有讓這個不再年輕的男人迷戀上我，我才有機會找到你，而我，一定要找到你。

然後，我成功了，這個男人他迷失在我混著少女和成熟女子之間的體香中。這個企圖長生不老的男人不僅需要在青春女子的肉體上打滾來證明他仍然年輕，更需要有一個女人能夠像母親或是姐姐一樣安慰著他，使他回味童年的幻想。這一點，有著跨世記憶的我很清楚，所以我恰好成了他心中這樣的一個女人，無論在身體還是心理上都不可缺少的一個女人。他給我蓋了整山的宮殿，取名叫「阿房宮」，而我則成了臣子口中的那個阿房女。

我一直在找你，憑著記憶找你，我只能問，只能問，因為畫一幅男人的畫像對我而言是可能致命的毒藥。所以我叫來了璟，他現在

會溫柔地看著我，他很恭敬地說，是，娘娘，我會照您說的去找。但整整一年過去了，毫無結果。直到那一天，這一世最高貴最霸氣的男人很得意地對我說，我最棒的兒子得勝歸朝了。在無比喧鬧的宴會中，我看見了你，眾人的焦點。難怪我一直找不到你，原來這一世的你變了模樣，但是我還是一眼就認出了你。你依舊儒雅溫柔，彷彿殺敵無數的是另外一個人，而不是你，扶蘇長公子，那個令無數男人尊崇和無數女人愛慕的人。

你談笑風生，卻不看我一眼，想必在外征戰的你也聽說了你偉大的父親對我的癡迷。看著你對著其他人溫柔地微笑，突然我就覺得心痛了起來，忘了怎麼喚回你的記憶，忘了怎麼去追問你當初連喝兩碗孟婆湯的理由，我忘了世界，忘了自己，直到璟在我身邊輕聲說道，任何人都不能背叛皇帝。我一驚，瞪了璟一眼，即向皇帝告病，緩緩地走回阿房宮，心中湧起的委屈和悲憤全都拋給了那個緊跟著我的璟。第二天，我招來了璟，我說，現在我還不想讓任何人知道我的秘密。璟被人拖走的時候，一句話也沒有對我說，只是用眼睛掃向我時帶著一抹悲涼卻又憐憫的神色。直到我那一刻才發現璟的眼睛很美，一種陰陽相濟的美。也是在那一刻，我才發現我對璟的依戀，但我仍然眼睜睜地看著璟在我可怕的命令下被亂棍打死。也許，死亡是我們最好的解脫。

接下去的三年，我在奉承皇帝的同時，用了無數的方法接近你，幻想你會有一天記起我，而你，只是漠視。終於有一天，我醉了，哭著想抱住你，而你，厭惡地推開了我，轉身而去。你和你高貴的父親說，你要去遠方帶兵。皇帝很是不捨，但你的堅持深深刺激了我，於是我開始在你父親面前說你的壞話，這一世，我開始絕望。

133

皇帝年紀越來越大，你卻依舊不理我。我難過的時候，一個叫趙高的宦官經常會弄出一些小把戲逗我開心。趙高說，娘娘，您是世上最美的女子，奴家願意為您做任何事情。而我，只是輕笑了一聲，說：「好啊，那你把扶蘇給我弄來，我要他。」趙高先是愣了一下，然後很認真地對我說：「娘娘，你是認真的嗎？」我不語，只是一下又一下地撕著玫瑰花瓣。

後來，我才知道，趙高真的做了。他知道想要得到扶蘇最好的辦法是不讓他當皇帝。不知從什麼時候起，皇帝開始數落扶蘇的點點滴滴了。我有些慌了神，想要詢問趙高的時候，趙高已經忙到腳不點地。當我到他的屋子的時候，他頂著疲憊的身影說：「娘娘，大事快成了，我累了，讓我休息會兒吧。」於是我幫他蓋上棉被，說：「好的，謝謝你！」我開始禮佛，這一世，癡念無望。

我的癡念讓你得不到這一世最寶貴的位置，你是帶著對我的怨恨進入奈何橋的吧。你的自殺讓我這一世的努力化為烏有，我以為我會瘋了，但我沒有。趙高很擔心我，派人二十四小時看著我，其實我很想笑著對他說，我還有兩世的機會，只是我已不會笑了。

終於，一代蓋世英雄西楚霸王來了，宮人四處逃散給了我機會，我在漫天的火焰中飛舞，在趙高的嘶喊中去尋求新的輪迴。只是，下一世，我不會再這樣傷害你了，而你，請一定要認出我。

二

「那一年，長安城連日陰雨，人們說這預示著上天將賜予大唐一個美麗絕倫的公主。當唐軍將士大勝突厥的喜訊傳來，公主終於降生在朝堂之上。這奇異的經歷使高宗皇帝李治認定女兒的降世為天下帶

來了好運，當場賜名太平公主。而武則天則深信多年前因權力鬥爭而被自己扼殺在襁褓中的女兒又回來了。」由此，第二世的我開始了瑰麗而坎坷的一生。

這一世，我是這個世界上最高貴的皇族女子。這一次，我早早地遇到了你，不是因為皇族的權力，而是因為親情。你是我最小的哥哥，我偉大母親的第四個兒子旦。所以我已經知道了，這一世，上天給了我足夠的時間去喚醒你，但又殘忍地劃下一條無法逾越的鴻溝，我們之間永遠有著最近也最遠的距離。

母親是我所見過的女子中最不可思議的一位，我無法用言語來形容我對這個女人的感情。我知道，母親的政治抱負讓所有的李姓男子汗顏的時候，也讓他們感到深入骨髓的恐懼。而我懦弱的父親和幾位年輕的兄長在與她一次次的抗爭和交鋒中逐漸失去抵抗的意志和能力。而你，我親愛的旦哥哥，只是靜靜地站在你的宮院裡吹簫彈琴，養花養草，還養了一群美麗的鴿子，彷彿怡然自得。但我知道，這僅僅是你的表面。很明顯，我們偉大的母親也很清楚地瞭解這一點。母親的力量越來越強大了，我的父皇開始逃避這個讓他又愛又怕又恨又敬的女人。母親需要的是一個奉她為帝的孩子，而你們，李姓的男子都不肯接受。所以母親越發疼愛我了，在她殺了大哥，貶了二哥，嚇了三哥，又軟禁了你之後。而我只是依附在母親身邊，像所有乖巧的女兒一樣，我在演戲，為了你，我唯有用母親對我獨有的感情來獲取一切，包括財富或是權力，這些其實對我而言並不重要，但只有得到這些我才可以救你。

小的時候，我就對你特別好，好到讓其他幾個哥哥妒忌。我總會微笑地對你說：「旦哥哥，我喜歡你，你以後不要娶別人好不好？」

但你總是輕輕一笑，說我是個還沒長大的傻孩子。後來，你在父皇的旨意下成親了，娶的是誰我不想知道，但是漫天的紅豔撕開了我十四年來壓抑的情感。於是我不管不顧地偷跑出宮，遊蕩在熱鬧又冷寂的長安街上。當我走入了這條我早已響往卻從未到過的繁華街市時，我遇見了他，這一世我的第一任丈夫薛紹。

人們都以為我不知道我遇見的薛紹他已經有一個深愛的妻子，但我是大唐最高貴的太平公主，那些無處不在的線人讓我能夠清楚地瞭解身處大唐的每一個人，自然包括薛紹，那個我選擇的男人。母親說你有這個權力。我說是的，這是我可以得到的。於是我的任性殺死了我丈夫的髮妻。薛紹是恨我的，但我無所謂，我會在畫眉的時候淺淺微笑著對他說，如果你乖乖地聽話，你們全家會活得很好。看著鏡中他英俊的臉變得極度扭曲，我哈哈大笑了起來。終於有一天薛紹解開髮帶，衝著我惡狠狠地說，你是一個瘋子。然後他得到了最徹底的解脫，我乾淨俐落地給了他一劍，儘管那個時候我有了他的孩子。看著他帶著一抹嘲諷的笑重重倒下去的時候，我突然想到第一次學劍是旦你教我的，那個時候我八歲，而你已是時常身著一襲白衣的俊朗少年。

你已經很久沒有理我了，你洞悉著現世的一切，卻永遠不能知曉我的瘋狂為何而來，你只是認為我和母親一樣，為一己私利而放縱無忌。我的公主府常常徹夜歡歌，處處纏綿，外面的百姓都知道了太平公主的美麗和放蕩。初夏的一個黃昏，母親傳召了我，當我一步步地走上白玉階梯的時候，你恰好經過，而你不和我說話，只是看了我一眼。那一眼包含著痛惜以及一絲厭惡。我則媚笑著對你說：「哥哥，你還是那麼好看。」你終於開口：「太平，我為你感到羞恥。」

　　我知道你早就對我失望，但我仍要苦苦護著你，即使用我的聲譽和我的高貴去換取你的平安，即使讓我游走於武三思之流的懷抱。只是當聽到「羞恥」兩個字的時候，我晃了晃身子，然後立刻又站直了。我說：「哥哥，你保重。」

　　從此之後，我不再刻意接近你。我只是默默地為你安排一切。我希望你能得到你上世失去的東西。而我，則默默地幻想下一世的幸福。

　　多少年後，母親死了，三哥也死了，在韋后的淫威下人人自危。我聯合眾人發動了政變，為了你，我逼迫殤帝李重茂下旨讓位，而你卻堅決不肯即位，直至隆基和大臣劉幽求等人的一再請求，你才在承天門即位為帝。我這一世的心願算是完成了一半，所以當你派三郎賜予我三尺白綾時，我還是微笑了，這一世，我先離開了。但願下一世，可以順利地喚醒你，那是我最後的機會。在眾人的跪拜中，我看見我的魂魄飄離了大明宮，我看見了你的白髮和淚水。我親吻了你的臉頰向你告別，你好像看見了我，蒼老的眼睛中飄過了一絲燭火。

三

　　西元二〇〇五年，在世人的矚目下，在教堂的歌聲中，終於我和你結成夫婦。儘管你已是七旬老者，而我年僅二十五歲。當我身穿最聖潔的新娘裝緩緩走在紅地毯上，走向你的時候，無數的鎂光燈閃耀，我知道，那些媒體要開始大肆渲染我是怎樣用青春去借助你的名望，騙取你的財富。他們都以為我是個狡黠的女人，他們很好奇我是怎樣哄騙一個遲暮卻睿智的老人的。世間人多，猜想亦多。而我，只是微笑地用手挽著你，挽著這遲來三世的幸福。

　　西元一九八○年，經過漫長的等待，我就要迎來第三次輪迴。孟婆說：「孩子，喝下這碗湯再上路吧。」我只是微笑地搖了搖頭，然後堅決地踏上轉世之路。就在我離開的那一 那，聽到孟婆一聲追問：「得到就一定幸福嗎？」

　　這一世，我出生在一個沿海的小鎮上，父母都是醫生，在這樣的氛圍下，在我十八歲那年，順利成為國外一所著名醫學院的學生。在到達學校的第一天，就聽說有一位醫學界的權威被邀在我校的入學典禮上致辭，就在那個時候，我知道，你來了。聽著你幽默而深刻的演講，看著你幾乎全白的頭髮，還有深深的皺紋，我心裡有一塊地方被小蟲撕咬。我知道，今生的你將是我最後的追尋。

　　我依然沒有辦法接近你，我們的距離太遙遠了。所以接下來，我只有廢寢忘食地攻讀醫書，積極地配合老師參加各項醫學實驗。轉眼兩年過去了，許多優秀的醫學教授願意收我為弟子。但我知道，我要跟著你，永遠永遠。不知道是怎樣的意志讓我堅持到了最後一場考試，你親自主持，問的那些難題，連在場的很多醫學界前輩都覺得匪夷所思。而我，到最後自然也無力招架。當你要轉身的那一刻，我的雙手在顫抖。幸好，老天爺沒有那麼絕情，終於你還是回過頭來，慈愛地說：「嗯，孺子可教也。」於是我成為你近十年來唯一的女弟子。

　　終於，我可以天天在你身邊了。也許是你老了，所以特別需要溫暖。很多人都主動去關心你，願意來為你當助手甚至做護工的人數不勝數。但你卻很清楚地知道，那樣的關心下面藏著怎樣的人性。你的眼神還是那麼敏銳，可是你常常很迷惑地望著我年輕的臉，你似乎看不透我心底最深的欲望。有欲望的人就有弱點，你難以找到我的弱點是因為它就植根於你，而那因愛而生成的欲望在悠悠歲月中已化成

一種獨特的念想，俗世飄來的氣息很難滲透這樣安詳而深邃的渴求。於是有一天，你忍不住問我：「你不想要什麼嗎？」我說：「我有想要的，其實你知道。」說話的時候我很堅定地看著你的眼睛，而你只是搖了搖頭，歎了口氣，並不多說什麼了。

又一年過去了，你又問我想要什麼，我說我說過了，你拍拍我的腦袋說：「傻孩子。」第三年，我決定不等你問了，在你七十歲壽辰到來的那天，我穿著古裝為你唱了一首〈我只在乎你〉。我輕輕地吟唱這最初的夢想和最深的眷戀。你似乎想起了什麼，一時激動拉住了我的手。我很高興，我以為你終於記起了我們的故事。但事實上，你沒有。

我不放棄，我堅持一步一步地走近你，走進你的心。而年邁卻又多情的你似乎對我這個年輕的學生毫無辦法。沒有男人能夠抵禦一個才貌雙全的年輕女子長期不求回報的愛戀之火，人類與生俱來的本質欲求就連最睿智的男子也無法抗衡。你在心底也渴望著青春的活力吧。我難過的是你一直想不起來前塵往事，而你的白髮越來越多了。可我還是把最美的笑容展現給你，而從不提那個前世的故事。直至那一天，一輛白色的跑車將我送出一個美麗的拋物線，那時的我以為這一世我的宿命終結了。但幸好，我活了下來，只是失去很多。你嚇壞了，那個時候你才發現你已經依賴我了，從衣食住行到打理事務。一天，二○○五年一個陰霾的日子，我的生命卻充滿陽光，你終於說要娶我了。我要幸福地走向你，雖然白紗裙之下的一條腿是鋼筋做成的假肢。

新婚之夜，我只是抱著你，對你說，現在，我要和你說一個故事，我們的故事。你輕輕撫過我的長髮，然後靠著枕頭上安靜地聽著

我說話，我緩緩地述說著那些也許令人匪夷所思的往事，而你就在我一夜的絮叨中沉沉睡去，永遠地睡著了。

　　得到還是永遠地失去，我已然沒有機會知道了，這一世，我完成了自己認定的宿命，卻忘記問你選擇忘記的原因。或許這些問題從來就不該執著。下一世，我們無緣再見了。記憶即將消散前，我又聽見孟婆的聲音：「愛不滅，希望不滅。」

菊花殤

福建師範大學文學院研究生　黃永茂

引子

　　一陣濃霧飄過，黏貼老厝屋簷上的蜘蛛網頓時掛滿了泛白的小水滴，微風碾過，欲滴不滴……

　　坐在籐椅上的奶奶再一次給我講起從外祖母那聽來的故事，一聲長歎完，用手絹兒擦去眼角的淚珠，然後閉上眼睛睡去了。

一

　　那年的冬天來得比以往的時候更早一些，雨從冬至就一直下到臘月二十七似乎還沒有要停的意思，讓人期盼的幾縷陽光也是偶爾蹦出來照個面就消失了。

　　村子到處都是濕漉漉的，快過年了也顯示不出一絲喜慶的氣氛，倒多了幾分荒涼。

　　十四歲的菊花望著幼小的兩個弟妹，早已泣不成聲了，淩亂的頭髮下鑲嵌著一張黑乎乎的臉，在單薄瘦小的身軀的映襯下，頭倒變得有點大，在昏黃的燭光下，兩個眸子卻比以往顯得更加明淨透亮。手中抱的妹妹妮子早已經睡去了，坐在矮凳子上的弟弟順子捲起褲管還在玩弄地上坑坑窪窪的水，時不時還發出咯咯咯的笑聲。

　　恍惚的燭火在雨聲中向外搖擺著，早已濕透的土牆傾斜著，此

時變得更加得危險，從屋頂的漏縫中跳進的雨點摩擦火焰時的聲音比門外的雨聲還來得大。

馮媽輕輕地推開門，望著這家子，歎了幾聲說：「菊花，該睡了，不要想太多，明天一大早還要趕路呢。」

「嗯，嬸，我這就去睡，您也去早點休息吧。」菊花擦了擦眼淚，叫順子先出去洗洗腳，將妹妹輕輕地放在床上。

被子沒有一床是完好無損的，於是菊花就把幾床疊在一起，上面還蓋著兩件衣服，就這樣合著過了幾個冬。

菊花拉著馮媽的手哭泣著說：「要是有爹娘在那該有多好啊，哪怕是一個也好。這樣子順子妮子也就不用分開了，東寄一個西寄一個，他們還小，什麼事都不懂，以後要看別人的臉色，吃不能吃到飽，穿也不能穿到暖。嬸，我怕呀！」

「孩子不用怕，嬸會好好照顧順子的，你就放心地走吧。」馮媽說。

菊花說：「可我最放心不下的是妮子，妮子連吃飯還要人叫。」

馮媽說：「要不你把妮子也放在我這裡吧。」

「不行，順子已經讓您操不少心了，」菊花搖搖頭說：「何況您年紀也大了，家裡情況大家都知道，要是妮子也麻煩您，那您以後的日子怎麼過呀？」

馮媽倒是不在乎地說：「有我吃的，就不會讓兩個孩子餓著。」

「雖然放在您那裡我比較放心，還是讓她去姨媽家吧，我已經打

過招呼了。」菊花搖搖頭說：「要是順子長大了也好，他準能照顧妮子。而且我會經常回來的，聽說那邊很有錢，僕人都有好幾十個，連貓呀狗呀吃的都是乾飯。如果我三五天回來一次，每次帶些回來，他們也就能過得好點，到時身子骨也會更好的，也就不會三天兩頭生病了。」

馮媽說：「哪能這樣子呀。你到了吳家，嘴要甜點見面要和人家打招呼，要和人家好好處，有些什麼事不要斤斤計較。對長輩老人要孝順點，要好好照顧少爺。」

菊花說點點頭應道：「我知道。」

菊花把頭緊緊地貼在吳媽的臉上，仔細地再看一眼眼前這位熟悉而又陌生的老人。

菊花說：「嬸，您聽，您聽聽。烏鴉又叫了。」

馮媽聽了聽說：「沒有呀，哪有烏鴉的叫聲。」

菊花說：「有，您再聽聽。」

馮媽歎了歎說：「烏鴉是索命鬼派來的，是來報信的，不知道又是誰要走了。這人活著，有時還不如死了算了，上天堂還活得快活些。這人要是老了，活著就是受苦呀。」

菊花說：「嬸，您不會的。您會長命百歲的，順子長大了，會讓您過上好日子的，這孩子會好好地孝順您的。」

馮媽哭著說：「我知道，我知道。」

菊花說：「我記得那時爹娘走的前一晚也是烏鴉亂叫，還在屋頂

上飛來飛去，沒想到第二天就走了。」

馮媽說：「那是你爹娘沒有福氣，日子過得苦呀，不得已丟下你們三人就走了。他們肯定在天上保佑著你們。」

菊花哽咽著說：「嬸，要是明天我不去會怎樣呢？」

馮媽被嚇了一跳說：「孩子，這話不要亂說，人家明天可就來接了，你要是不去，誰去呀？人家是大戶人家，要面子，怎麼說都是不會應許的。再說了，你要是不去，下次哪能找得到這麼好的人家。咱們家窮，命不好，人家能看上你，已經是你的福氣，我們還能嫌人家什麼？」

「我不去真的不行嗎？」

「你是我看著長大的，你就是我的心頭肉，你還小，才十四歲，我也捨不得呀。但是女兒長大了早晚總是要嫁的，再說你去了是享福不是去受罪，這不是很好嗎？」

一陣風吹過，把繫在窗戶上擋風的破衣吹得呼呼直響，從門下灌進的風把蠟燭吹滅了，原本沒有溫度的房子變得更冷。菊花整個身子在顫抖著，緊緊地抓住馮媽的手。

菊花說：「我就是放心不下順子妮子，要是只有我一人，我肯定會去的。」

「不去你也得去，你已經收了人家的聘禮了。」馮媽說。

菊花反過來說：「那我把它退了，不就可以了嗎？」

「可你已經把它都分給鄉親了，」馮媽搖搖頭說：「總不能再一

家一家地收回吧，你又沒有錢去買新的，你拿什麼退給人家呀？」

菊花起身去把蠟燭點亮，拉了把小凳子剛好把臉靠在馮媽放在腿上的手上說：「過得好不好，我沒有想過，只要順子妮子過得好，我再苦再累也是值得的，也會從夢裡笑醒的。要是他們過得比現在還不如，即使給我金山銀山我死也不去。嬸，我帶著他們去真的不行嗎？」

馮媽搖搖頭說：「人家都說了，不能帶，只能你一人去。」

菊花看著自己最後的一點希望也被毀滅了，連哭也哭不出了，只好呆呆地凝視著那扇好像飄來飄去的門。

菊花說：「那我再好好想想吧……」

一個微弱哭泣的聲音從被窩裡傳出來，菊花站了起來那哭聲就停了。菊花掀開被子，發現妮子正緊閉著眼睛熟睡著。可能是這幾天一直陪著姐哭連做夢也在傷心著。

菊花幫順子和妮子重新蓋好被子轉身要離開，順子突然開口說：「姐，你就高高興興地去吧，你去了我們不會調皮的，會好好聽話的，我們不惹禍。要是你不放心妮子，你就把我們都留在家裡，我會煮飯的，我還會種地，我會照顧妹妹的。」

望著躺在床上的順子，早已瘦得不像樣，菊花心裡那個酸呀，乾涸已久的眼淚還是流了出來。

他是家裡唯一的男丁，未來還指望他能把家裡那點香火傳承下去。順子年幼懂事，從來都不惹禍，也從來沒被菊花打過。菊花下地時，他總會帶著一把小鋤頭跟在菊花後面。菊花煮飯他爭著生火，菊

花說一他不敢說二，他也從來沒有對菊花說個不字，不是他不敢說也不是不想說，是因為他知道他不能說，他自己不能再淘氣了，自己和別人不一樣，姐姐苦呀。

菊花說：「順子乖，趕緊睡啊，姐知道。」

菊花轉過身來，坐在角落裡的馮媽早已離去。菊花於是就上床躺著，淹沒在這短暫寂靜而又漫長洶湧的夜。

轎子來了，迎親隊裡的人個個都是穿著大紅衣，個個臉上顯示出一派喜慶的樣子，走在最前面的是兩個高舉著「迎親」二字的牌匾，緊接著是打鑼鼓的吹號子的，再則是扛彩禮的，一擔接著一擔扛進這間破敗的屋子，原本矮小凌亂不堪的屋子頓時被塞得滿滿的，有好一些要放在外面。跳過這些人，菊花看到坐在高頭大馬上的新郎穿著狀元服，胸前戴著大紅花，面帶微笑，神采飛揚，俊俏而又儒雅，目光炯炯有神，臉色紅潤，正忙著向鄉親們行禮問好。菊花自己也不敢相信自己的眼睛，哪怕是做夢，也沒有夢到過這麼標緻的新郎。新郎後面帶著迎親的轎子，轎前還別著兩朵大紅花，四個健壯有力的小夥子扛著跟在後面。旁邊的媒婆滿臉都是胭脂豔粉，拿著一把扇子左搖右擺，衝著旁邊看熱鬧的不停地招手不停地笑著。隊伍後面還跟著好大一群人，有家丁有奴婢，很是壯觀。

菊花回過神來，發現自己還沒有梳妝打扮，自己的頭髮還是凌亂不堪，黑色上衣和藍色的褲子還有袖子還殘留著昨天蘸到的米湯和碰到鍋邊的痕跡，上面的幾個補丁變得很刺眼，好像今天她自己只是一個來看熱鬧的人而已。菊花急了，一時不知道要怎麼辦，事先沒有人教過她呀。她想到了馮媽，馮媽一定有辦法的，可是菊花在人群中怎麼找也找不到她，叫也沒有應，一時急得直冒汗、團團轉。

　　媒婆後面跟著兩個丫頭，一個拿著鳳冠霞帔，一個捧著梳妝盒，三人朝著菊花走來。媒婆把她牽進了屋子，關上了門。

　　等菊花再出來的時候，已經著裝整齊，蓋上了頭巾，只有後面披著長長的頭髮，在丫鬟和媒婆的牽引下朝轎子走去。鞭炮聲隆隆，比春雷動聽許多。她透過紅布還可以看到順子帶著妮子在一旁使勁地拍手。可到了轎前菊花停住了，自己抓下了紅巾，旁邊的人呆住了，一時從嘈雜中靜了下來。菊花跑到馬前對新郎官說：

　　「真的不能帶上順子和妮子嗎？我捨不得他們，就讓他們和我一起走吧。」

　　新郎官躊躇了會兒說：「好，只要你高興，就帶上吧，什麼事我都聽你的。以後我們兩個一起養他們，好嗎？」

　　菊花聽了之後臉上泛起了紅暈，剛剛打上的白粉都紛紛地灑落在胸前。新郎官跳下馬接過紅帕替她蓋上，牽著菊花的手送進了轎子。菊花覺得這雙手握著自己的時候很有力，反而自己一點兒也感覺不了疼痛。當丫鬟放下轎簾時，菊花覺得自己周圍頓時沒有了聲音，自己眼前黑乎乎的一大片，沒有一點白光，伸出手摸四周，腳踏不著地，整個身體彷彿動了起來，在黑暗中漂移著，可四周都是空空的，不著邊際，就使勁地叫，也沒有人回應她一聲。菊花掙扎會兒，好像隱隱約約地聽到馮媽的聲音，在叫自己醒醒，可菊花覺得自己不是在睡覺呀，自己怎麼醒呀？接著自己覺得好冷，整個人不由自主地旋轉起來，菊花覺得頭好暈呀，不知不覺地失去了知覺……

　　菊花微微地睜開了雙眼，看見馮媽正站在床邊。

　　「閨女呀，你終於醒啦？」馮媽說。

菊花問道：「嬤，你怎麼在這呀？」

馮媽說：「我給你送米來，煮點飯，吃飽好趕路。」

菊花揉了揉眼睛，發現自己滿身大汗，枕頭巾濕了一大半。這條枕頭巾是菊花娘當年嫁給爹時爺爺奶奶給買的唯一禮物，也是爹娘唯一的遺物。

馮媽說：「孩子，你剛才可嚇死我這老太婆了，手擺腳踢著，把床板都弄得嘛嘛響，究竟發生了什麼事呀？」

菊花清醒了很多，爬起來呆呆地坐在床上說：「我夢見我坐進了花轎就把我自己弄丟了。」

「沒事的，你呀想多了，人家可是個斯斯文文的讀書人，是懂得道理的，不會虧待你的。只是年紀小了點，說先把你養著，過兩年再圓房。我還聽說吳家的老太太信佛，一心向善，沒有殺過生，一直吃素，對下人又好，你過去了肯定也會對你不薄的。」馮媽微微一笑說：「菊花呀，越想越亂，你就不要再想了，該怎樣就怎樣，想多了人會累的。」

菊花嗯了一聲穿好衣服就起床了，起了火，馮媽在一旁幫忙著。

灶堆裡的火苗一躍一躍的，偶爾有火燒到竹節的聲響伴著彈出來到處亂飛的火星，整間房子都被照得通紅。牆上掛的地上放著的，哪一件不是菊花親手放的，親手洗過的，但此時菊花覺得一切是那麼的陌生，一切都不是自己的，一切近在咫尺，卻又離自己那麼遙遠。

菊花沉浸在這間煙霧繚繞的小屋中，馮媽的咳嗽聲一點都沒有進入自己的聽覺範圍之內，眼前模糊了，白茫茫的，頭腦一片空白，

呆呆地坐著。

「菊花，火滅了，菊花，菊花……」馮媽連叫了幾聲，菊花才緩過神來，一個勁地往灶裡添柴，馮媽看了直搖頭說：「菊花呀，你去把妹妹弟弟叫上來，好好地吃一頓團圓飯，天亮就上路了，三個人也就要三個地方咯，哎……」

馮媽早就回家去了，一桌三個人靜靜地坐著，沒有人先動筷子。

「姐，你多吃點，吃飽了才有力氣趕路。」順子安慰著菊花。

「嗯，姐姐，你多吃點。」妮子看菊花沒說話，也趕緊勸勸姐。

「來，順子妮子，我們都吃啊。這幾年來也沒有讓你們吃過一頓好飯，姐欠你們太多了，是姐對不住你們，姐對不住爹娘，來多吃點啊。」菊花邊說邊給順子妮子夾菜，米是馮媽今早帶來的，山藥和肥肉是昨天吃剩的。

「順子你跟著嬸，以後要好好聽嬸的話你要乖點，有事要幫著做。從小嬸看著我們長大，一直照顧著我們，就像我們的爹娘一樣。你以後搬去和她住，要孝敬她老人家知道嗎？她老了，不容易呀，我們家欠人家一份恩情，姐這輩子註定無法還了，你替我們家還，還不了，下輩子姐來還，委屈你了。」菊花說：「妮子，待會兒姨媽回來接你走，姨媽家不比自己家，姨媽家教嚴厲，你去了做任何事都要小心，不要惹出什麼話來，姐好不容易求她收留了你，要是出什麼亂子會被她趕出來的，要乖啊。」

順子妮子坐在菊花的身邊，趴在桌上，嘴巴直接含著碗邊，拿著筷子不停地往口裡送飯，淚沿著臉頰，流進了碗裡，隨著飯吞進了

肚裡。

菊花接著吩咐道：「姐一有空就會回來看你們的，姐要是有機會就會把你們接到身邊。姐不在身邊時，不要任性，不要調皮。見到人要打招呼，有什麼事要主動去做，不要讓人催。來，順子妮子乖，吃飯，多吃點。」

十年前的今天，菊花的爹要出門收破爛，賺些錢回家好過年。可爺爺怕爹把錢藏起來不讓他知道，就死活都不給，心中積怨已久的爹一怒之下就喝農藥死了。菊花的爹是爺爺外地偷偷買回來的，可爺爺並不把爹當兒子看，讓爹吃飽了就不管穿暖的，管爹穿暖的就不管爹吃飽的，對爹管教十分嚴厲，爹臨死前幾天，還被又打又罵，罵爹沒出息，沒志氣。

二十歲那年給爹娶了一房媳婦，三年過去了，那女人還沒有生孩子，爺爺奶奶就把人家給趕出家門。菊花五歲時爺爺奶奶又給這個爹續上了一房，也就是菊花的娘。菊花是娘改嫁時帶來的。娘腿有點瘸，可爺爺奶奶起初是不嫌的，說娘屁股大，是生孩子的料。娘到這裡來，爺爺奶奶就天天讓她吃樹根什麼的，菊花經常躲在門後看，那碗裡黑乎乎的，味道難聞極了，可娘一碗一碗地喝下去，時間久了，娘可能也是怕了，碗一碰到嘴就吐。爺爺奶奶不僅不同情娘，反而毒打娘一頓，說喝了會快點生孩子。

兩年後娘終於生下了順子，可爺爺奶奶還不滿足，要娘趁著這個運氣趕緊生第二個。娘也很急，她知道要是自己生了，爺爺奶奶就會對她滿意一些就不挨打了，可肚子就是不爭氣，一天一天過去了，也不見有什麼變化，於是爺爺奶奶就天天趕著娘下地幹活去，有什麼好吃的老倆口關起門來自己吃，從來不會叫上任何人，要是菊花的娘

煮粥稠了一點，就使勁地罵，一家子只會吃，不會做，要老的養少的，吃多了也不會生，那不是白白吃掉。

爹是一個大孝子，很怕爺爺，每當爺爺罵娘時，爹總是急在心裡，嘴上不敢吭一聲。後來娘儘管懷孕了，爺爺奶奶還是不近人情，娘分娩的那一天還叫娘下田挖地，娘說肚子痛走不了了，奶奶就用木棍把人趕了出來，娘只好忍痛拖著步子扛著鋤頭下地去。當娘到地裡時，已經是痛得站不住回不來了。妮子就是娘在地裡生的，是爹用鐮刀割斷了臍帶先抱了回來，才帶著人拿門板去抬娘回來的。

那夜，爹哭了，娘哭了，菊花也哭了。爺爺奶奶怪妮子是個女的，連正眼也不瞅一下。如今妮子已經七歲了，長得十分瘦小。

爹死了，娘跟著瘋了，就連菊花也不認識了，天天抱著一個稻草人兒哄著。爺爺奶奶把娘趕出了家門，不讓娘踏進大門一步，並對菊花吩咐說她不是菊花的娘，也不許菊花叫她娘。

瘋了的娘，哪裡也不去，夜夜就守在大門口，不吵不鬧，見爺爺奶奶來了就跑，爺爺奶奶走了，就回來蹲在大門口。就這樣日出而息，日落而守，不知道她白天睡哪兒，吃得又是什麼。有人問為什麼要在這呢，菊花的娘只會發笑口裡只有一句沒有變過的話，孩他爹就要回來了。就這樣風雨無阻過了三個月，有一天早上，菊花的娘躺在了大門口沒有離去，沒有了呼吸。

爹娘走了，菊花知道這世上沒有人會再疼愛他們姐弟三人。菊花在心底暗暗發誓，一定不會讓順子和妮子受凍挨餓的，不會也不允許別人欺負他們。

菊花九歲那年爺爺死了，菊花沒有哭。十歲那年奶奶患病也死

了，菊花沒有流過一滴淚。於是菊花自己帶著順子妮子生活，她沒有一個親人了，只有三人相依為命。十一歲那年，妮子病了，菊花不知所措，最年長的她哭了。同年，也就是順子八歲那年，因沒錢送順子進學堂，菊花哭了，順子說沒事，妮子會笑了。十二歲那年，三間瓦房塌了，只剩下了一間，姐弟三人都哭了。菊花十三歲那年，鄰居馮叔死了，菊花哭了，順子靜靜地坐著流淚，妮子安慰菊花和順子說不要哭了。菊花十四歲，順子十一歲了，妮子也七歲了，三天前有人來說媒，說三十里外的吳家相中菊花，要菊花做童養媳，三天後就要過門了，除了不能帶著弟弟妹妹去，什麼條件都可以答應。菊花哭了一天，流了兩天的淚。順子流了兩天的淚，哭了一天。妮子哭了三天，已經失聲了。

二

天還是亮了，雨卻停了。

鄰里鄉親來了，戴著斗笠，披著蓑衣，站在院裡，沒人進屋，沒人吭聲，沒人叫，沒人笑。

迎親的來了，沒有吹號子的，沒有打鼓敲鑼的，沒有紅豔的花轎，沒有媒婆，沒有新郎官，沒有奴婢丫鬟，只有一男一女兩個中年人和一匹頭上綁著紅花的騾子。

馮媽看見吳家的人來了，趕緊迎進了屋子。兩人掃了掃身上殘留的雨滴，撿了條牢固點的板凳坐了下來。

那男的問：「都準備好了嗎？」

馮媽回答說：「快好了，待會兒小孩送走就可以上路。」

那女的對馮媽抱怨道：「這麼偏僻的地方不好找呀，要不是上次親自來過一次，準不知要往哪個方向走。」

馮媽面帶歉意地說：「可不是嗎，最近又一直下雨，讓你們一大早就要趕路，真是太辛苦你們了。」

那女的接著說道：「老太太昨晚就吩咐我和老鄭五更就得上路了，說是路不好走，早點去早點回，一定要在天黑之前把菊花送進門。我們做下人的，哪敢耽誤，要是錯過了，那就不好交代了。」

馮媽問說：「你們也餓了吧，我先煮點東西熱熱身子。」

「不用了，我們也不是很餓。我們身上都帶著乾糧呢，給我們一碗開水就行了。」那女的說。

馮媽熱情地說：「那哪行呀，要是不招待好，外面傳出去還以為我們不會招待客人呢。你們就坐著吧，吃飽了也好趕路。菊花這孩子這幾天很少吃東西，也讓她吃點。」

那女的看著馮媽卷起袖子要轉出去煮，忙起身拉住說：「您真的不用客氣，我們還飽著肚子呢。」

老鄭看著這兩個女人拉拉扯扯，不耐煩地說：「我說吳媽也就不要客氣了，人家好意招待咱們，你就不要瞎攪和了。下點酒菜，這麼冷的天喝幾杯，暖和暖和，待會兒我們也好趕路，您說是吧大姐？」

馮媽忙說：「那是那是，這位兄弟說得有理。」馮媽說完就出去了。

看見馮媽離開後，吳媽就對老鄭說道：「你還挺不客氣的啊，誰

叫你早上不多吃點。」

老鄭摸了摸額頭，呵呵一笑回答說：「昨晚老爺叫我在大廳守了半夜才讓我先回房歇著，回來的時候看見猴子他們正在玩，就和他們玩了幾把才窩著。今早起晚了點，你又一直趕著，那會我不是還沒吃嗎。」

吳媽幸災樂禍地說：「活該，你呀自作自受。我這裡還有乾糧，你先湊合著吃點吧。」

老鄭不好意思地回答說：「不用不用，咱們上路還得吃呢，留著吧。她不是去煮了嗎？我還是可以等的。」

一直蜷縮在牆角裡的菊花看見他們進來不哭了，擦乾了淚水，走到他們面前說：「辛苦你們了。我們什麼時候走？」

吳媽立即回答說：「沒事，辛苦也是應該的。我們待會就走，你還有什麼交代的沒有？」

菊花說：「我想問一下為什麼只有你們兩個人來呢，其他的人呢？」

老鄭回答說：「我們兩個來已經很多了，要不是我去求老爺不忍心吳媽一人上路，就只有吳媽一人來了，你還嫌少呀。」

吳媽對老鄭使了個眼色趕緊解釋說：「我們來的時候府上正忙著呢，正在張羅著，抽不出人手來。這兵荒馬亂的時代，我呀就是怕在路上遇到強盜什麼之類的，所以路上多一個人剛好可以互相照應嘛。這也是老太太的意思，叫我們一路上要好好照顧你。」

菊花小聲地問道：「今天不是要來迎娶嗎，怎麼不見花轎不見新郎官呢？」

老鄭臉色忽然變得難看起來。

吳媽一時也不知怎麼回答，頓了頓說：「呃……那個……是這樣子的，那個……當時我們不是已經說好了嗎，因為我們的小少爺還小嘛，我們太太是說先把你帶回去，把你當作童養媳，等小少爺書讀完了，那時你們也都長大了就馬上給你圓房。現在就不大操大辦，就用普普通通的方式先把你帶進門，以後再給你們辦個風風光光的婚禮。再說了，吳家是個有名望的家族，這事也不會隨便，即使你同意，我們老爺也不會同意的呀，你就放心吧。」

老鄭也忙應和著說：「那是那是，這你就放心吧。」

吳媽看著菊花好像還有疑慮，就回過頭對老鄭說：「我們來的時候，老爺不是讓我們給菊花捎幾個銀元嗎，你就快點拿出來給她吧。」

老鄭猶豫了會兒，很不情願地從懷裡掏了出來，手把它們合在一起輕輕一搓，發出清脆悅耳的聲音，煞是好聽。

吳媽接過來一看往桌子一拍，手指著老鄭氣憤地說：「拿出來。快點。」

老鄭頓時站了起來，本來長長的脖子條件反射一下馬上就縮了回去，本來嬉皮笑臉一瞬間變得通紅。手顫抖著慢慢地再伸進心窩裡掏了大半天，眼看吳媽巴掌要扇過去就趕緊拿了一塊銀元出來。

吳媽還是狠狠地看著老鄭說：「繼續，乾脆點。」

老鄭速度更慢地再掏出了一塊來，顫抖著站在一邊說：「不是昨晚手氣背了點嘛。想從菊花這裡先借點，回去再拿給她嘛。吳媽，菊花，我……」

吳媽聽他這麼一說冷淡地說：「呵呵，你還真會打算盤啊，我也急用，要不你借我幾塊？你要借你有對菊花說過嗎？」

老鄭坐了下去，拿著大碗的水咕隆咕隆地大口地喝著，不敢再吭半聲了。

吳媽對菊花說：「這是老爺讓我們拿給你的，先給你弟弟妹妹安家用，你拿去吧。剛才老鄭也不是故意的，他是想給你留點，讓你以後在吳家的日子更好過點，你到家的時候就不要亂說了。」

菊花雙手捧過銀元，點了點頭，哭不出聲來。把在一旁的順子妮子緊緊地摟在懷裡，頭緊緊地靠在一起，抽噎著。

傷心了好一會兒，菊花幫順子妮子擦乾了眼淚，拿出手裡的錢對他們說：「姐快要走了，這裡是五塊銀元，順子你拿兩塊去，記得交給嬤，讓她替你保管著。妮子你也拿兩塊去，交給姨媽。你們都記住，不要丟了，也不要自己藏著，你們就對大人們說，這是姐交代的，其他的等姐回來再拿給他們。」

順子妮子兩人接了過去，放在手心緊緊地握著，裡面還有菊花的手溫。他們知道，這錢是姐的，是姐自己賣給吳家的錢。

菊花拿著另外一塊說：「這一塊是用來還債的，當年爺爺奶奶死的時候買的棺材錢還沒有還給人家。順子，你等姐走後，帶上嬤，把錢還了。剩下的你就給馮媽買點吃的，這幾年來，她待我們就像自己

的孫子女，好吃的自己捨不得吃留給了我們。你們要記得馮媽，以後你們長大了，不管生活過得怎樣，都要好好照顧她。」

順子妮子點了點頭。站在菊花身後的吳媽也流出了眼淚，一滴一滴的順著臉頰流到了嘴邊，流不盡，擦不乾。

馮媽回來了，捧進來三碗點心，叫菊花招呼兩位客人，自己牽著順子妮子出去了。

吳媽拿起筷子要吃，看老鄭還呆呆地坐在那裡，一動也不動，只捧著個空碗，傻傻地盯著。

「怎麼不吃了，你不是很餓嗎？」吳媽問。

「呵呵，我喝水喝飽了。」老鄭呵呵地回答。

吳媽不耐煩地說：「要就趕緊吃，待會兒連口糧都沒你的份。我們不告訴老爺行了吧，趕緊吃，吃完了好上路。」

「好！」老鄭回答了一聲，連忙動起了筷子。

午時到了，再不走，真的天黑時就趕不到吳家。

姨媽還沒有來。菊花急了。

吳媽老鄭在一旁催趕著。

順子妮子哭喊著，拉著不讓菊花走。

馮媽站在一旁，默默無語。

菊花說：「我打扮打扮，換件衣服，我不甘心就這樣就走了。馮

媽您幫我下，你們都出去吧。」

菊花自己知道，這輩子就這樣了，自己這輩子也就當一回新娘，雖然是去做童養媳，但她就是要給自己打扮漂亮一點。但這並不是她的本意，她只是想拖延時間，她想讓妹妹走在前頭，這樣她才能安心走。

時間沒有因菊花的悲傷而停留，姨媽也沒有在菊花的期盼中到來。

菊花出來了，頭戴鳳冠，蓋著紅頭巾，肩帶霞帔，身著禮服，在馮媽的牽引下出來了，一步一步地向庭外的驟子走去。

順子大聲叫著：「姐，姐，你就放心走吧，家裡有我呢，我和妮子會守著這個家，我們等你回來。」順子不敢跑過去把菊花拉住，因為他知道姐姐這是去和別人過更好的日子，要是自己拉住了姐姐，姐姐就要和自己一起窮下去。這樣，姐姐也就不會幸福了。

妮子嗚嗚地哭著，雖然菊花看不見，但這聲音菊花是不會忘記的，多少個日日夜夜是菊花哄妮子睡覺的，多少個日夜菊花被這哭聲吵醒。

菊花要上驟子了，朋友鄰里們望著她，默不作聲。

馮媽拉著菊花的手說：「閨女，好好照顧自己，你放心地走吧。」

順子朝著菊花喊道：「姐，我長大了。」

菊花揪下了頭蓋，撲通一聲跪在了地上，磕了幾個響頭，說：

「這些年來，謝謝大家了，是大家把我們仨養大的。這份恩情菊花不會忘記的，要是哪一天菊花能還上，菊花一定不會忘的。菊花走了以後，弟弟妹妹麻煩大家照看了。謝謝大家了！」

菊花說完爬上了騾子，老鄭牽著騾子，一步一步往村外走去。

久違的陽光灑在這片滄桑的土地上，一切顯得那麼刺眼，菊花被縮小的背影在和坑裡的倒影說再見。一排排整齊的腳印深深地烙在泥裡面，像是九月裡的菊花在凋謝時也不忘低眸一笑。

菊花回頭一直看著，看著鄉親們在那招手呢。看著順子妮子好像長大了，順子抱著妮子，妮子雙手抱著順子的頭。看著馮媽，馮媽好像老了，正在擦淚水呢。看著那間老屋子，屋子上的瓦片在陽光的照射下一閃一閃的發著光，嫋嫋升起的水汽像是在把思念慢慢地揮發，顯得有點亂，有點模糊。

菊花好想叫吳媽慢點兒走，但是她沒有叫出口。

路上閃過的一草一木，像是失去的歲月，遠去的聲鐘，沒有了餘音，沒有了印跡……

三

吳老太太靜靜地坐著，旁邊一大群人守著，寂靜得讓人背後直發涼。

「春兒，你出去看看，吳媽怎麼還沒有回來？」吳老太太兩眼無光，機械地問一直待在她身邊的丫頭。

「是，老太太，我這就去。」春兒應了一聲，走了出去。這已經

是第幾次了，春兒也記不清楚了。自從早上老太太醒來之後就一直使喚她往外瞧去，走得春兒的腳都有點兒酸，但這一切她忍了，她不忍心去打破一個老人彌留之際的幻想。

春兒離開後老太太繼續問：「少爺哪去了？我那寶貝孫子呢，我一整天都沒有見到他了，這孩子。不會是我這老太婆的糖不好吃就不來了吧。柳兒你去把他叫過來，就說奶奶想他了。」

柳兒沒有回聲，回頭看著一屋子的人希望大家能幫她出點主意，可是大家還是低著頭，默不吭聲。柳兒急了，拉了拉忠叔的衣襟，希望忠叔能給自己一點主意，可忠叔就是沒有反應，柳兒越拉，忠叔的頭越往下垂。

「柳兒，怎麼了。你就趕緊去吧。」老太太一再催促著柳兒，說完了就用手頂著頭，瞇上了眼睛。

柳兒看到老太太睡著了，暗自慶幸。沒想到自己還沒有慶幸完老太太就睜開了眼睛，而且又睜得大大，厲聲喝道：「柳兒，你這丫頭究竟是怎麼回事，還不去？」

柳兒嚇得雙腿直發抖說：「老太太，不是我不去，是少爺今天不在家。老爺早上不是帶他去姑爺家了嗎，您不是還要他在那多住幾天嗎？」

老太太聽了之後犯疑道：「呃，忠叔呀，真的嗎？我怎麼不記得呢？」

忠叔已經快五十歲，在吳家待了將近快三十年了，乾咳了幾聲對老太太說：「呵呵，是，老爺今早一大早就帶少爺去了，小少爺還

說回來時要給您帶您喜歡的冰糖，您還誇少爺懂事了。」

老太太說：「你們怎麼不提醒我呀。我也是老糊塗了，我怎麼就讓他去呢，一個小孩子家怎敢上路，他才幾歲呀。」

柳兒說：「老太太，您就不要擔心，是老爺帶他去的。」

「那就好，那就好。」老太太放心地說。

春兒急急忙忙跑進來對老太太說：「老太太，回來了。」

老太太哈哈的笑著說：「少爺回來了？我剛還惦記著他呢。」

春兒傻眼了，不知道老太太說哪回事。

柳兒趕緊把話接了過去說：「是吳媽他們回來了。」

春兒也跟著說：「是吳媽回來了，帶著一個小女孩呢。看，他們到門口了。」

老太太說：「趕緊叫他們進來，終於回來了，已經去了兩天了，可急死我這老太婆了。」

春兒說：「他們是早上去的，是一天，不是兩天。」

老太太不高興地說：「我知道呀，我剛不是說一天嗎，哪有說兩天，是你們年輕人耳朵不好使，你們呀……」

老太太還沒有說完，吳媽帶著菊花進來了。菊花緊緊地跟在吳媽的後面，顯得有點生分。

吳媽說：「我們回來了。菊花，這是老太太，以後你就叫奶奶。

來給奶奶磕頭。」

菊花對著老太太磕了一個響頭喊了聲：「奶奶。」

老太太樂得合不攏嘴，連忙站起來把菊花牽起來，一邊吩咐柳兒趕緊去拿紅包，一邊拉著菊花的小手一個勁地撫摸著說：「孩子，一路辛苦了吧。來讓奶奶仔細地看看。」

「這孩子長得俊呀，以後有奶奶疼。」老太太仔細地端詳了一會兒說：「穿著這身衣服真像我當年嫁進吳家的樣子。」

菊花一直盯著老太太看，覺得她很像一個人，但究竟像誰，自己又說不清楚，有點像馮媽，可馮媽頭髮又沒有她那麼黑，臉上皺紋比她多很多。有點像以前死去的奶奶，可她比奶奶慈祥多了，奶奶不會這麼疼她的。又有點像娘，但娘從來沒有像她這樣子笑過。

老太太拉著菊花的手久久不放。吳媽勸說：「老太太，菊花還沒有吃晚飯呢，趕了大半天的路也餓壞了這娃。我先帶她下去吃點東西，待會兒再把她帶過來?」

「嗯，我把這事忘了。春兒你吩咐廚房給菊花煮點好吃的，不許你們虧待菊花。」老太太恍然大悟地說，「柳兒，你去找幾件新的漂亮的乾淨的衣服給菊花換上。吳媽呀，吃完後你就把她帶回房間去，不用帶過來了，今天我也累了我去睡了。」

吳媽應了一聲帶著菊花退了出去。

老太太問忠叔說：「少爺呢？」

忠叔一怔，呵呵地回答說：「老爺帶著小少爺去……」

老太太說：「姑爺家了，還會帶糖回來，是吧？」

忠叔回答道：「嗯嗯嗯。」

滿桌的魚肉讓菊花眼花繚亂，沒見過這樣的場面，就連那次三鋪路的老地主麻子娶他的第四個小妾也沒有這麼張羅。

吳媽給菊花添了一小碗飯，對菊花吩咐道：「菊花，這就是到家了，你慢慢就會熟悉的。趕緊吃吧，吃得飽一點，趕路累了吧，來先喝點清湯。」

菊花看著這麼一小碗飯，還不及家裡的小半碗呢，心裡在打量著到底要吃幾碗才能把肚子填滿。她想對吳媽說給自己換個大的，吃起來也習慣些，但自己還來不及開口吳媽就把清湯遞了過來，笑眯眯地對著自己，讓菊花變得不好意思開口，於是就拿起筷子把飯一口接著一口往嘴裡趕，一小碗的湯一口就把它喝了個精光。

菊花吃著吃著就變慢了，一股淚從眼角邊垂了下來。

吳媽見狀忙問：「孩子，是不是這飯不好吃，不好吃就說，我叫老羅再下去煮。在這裡沒人敢欺負你的，要是委屈了，你就儘管和我說啊。」

菊花用袖子擦了擦眼淚說：「沒有，這飯挺好吃的。長這麼大我還沒有吃過這麼好吃的。」

吳媽不解地問：「那你哭什麼呀。」

菊花說：「沒事。」

吳媽笑著說：「那就好，來，多吃點。你這麼瘦弱，更應該好好

吃。」吳媽一說完，就把整盤的魚端到菊花面前，一個勁地往菊花碗裡夾菜，剛剛快吃完的飯碗現在又滿滿的。

菊花拿著筷子，吳媽的話一句也沒注意到，她呆呆地想著，姨媽來了沒有，妮子不知道有沒有和姨媽乖乖走了，不知道他們兩個晚上吃什麼，不知道能不能吃得飽？

菊花想著想著好像又回到從前的日子，那時爹娘都還在，那次是麻子娶正房老婆時候，按照農村的慣例，十里八村的人都要在前三天趕過去幫忙。那時爹和娘也剛結婚三天，爹理應帶著娘回娘家宴請娘家的親朋好友，可是娘是轉嫁過來的，所以爺爺就不准他們回去，也說沒有這個必要了，於是就叫爹去麻子家幫忙去了。第三天，新娘過門了，叫家裡一個人去坐坐，意思是讓大夥去看看他有一個賢慧漂亮的妻子，也是請大家去證明一下，以後他就是她的男人，她是他的女人了，順便犒勞大夥，慶祝一番。

那天爺爺起得特別早，他走進爹的房間對爹說：「今天你就不要去了，我去。你在家待著，還有一點馬鈴薯沒有種完，你帶著她去了。中午麻子要是來請客讓你娘去，早上的稀飯還放在灶裡幫你們熱著，你們趕緊起床吃完去把它種了。」爺爺一說完就出去了。

躲在爹娘中間的小菊花問：「爹，爺爺不是怕冷嗎？今天咋就不怕了？」

爹緊緊地把菊花夾在懷裡說：「因為今天變暖和了。」

菊花不解地問爹：「可我感覺今天更冷呀，您看窗外，今天連陽光都沒有，昨天還大著呢。」

「你這小孩子，昨晚你一直踢被子，把冷風灌進被窩裡，當然感覺冷了。」爹抓了抓被子說：「你這小東西要是再踢，我就把你抓到外面去凍成冰人再讓你回來。」

菊花笑個不停鑽到被窩裡面說：「我知道爹最疼我，爹捨不得菊花，爹不會把菊花趕出去的，娘您說是吧？」

娘笑著不回答。

中午奶奶去了，家裡只剩三人了。

爹問菊花：「菊花，你想吃什麼，說，爹給你做去。」

菊花想了很久說：「我想吃山藥和大肥肉。」

爹二話沒說就拿著鋤頭和畚箕出去了，半個時辰後帶回了十來根的山藥和小半斤的五花肉。

爹回來後叫娘趕緊生火去，說今天要讓菊花和娘吃個飽，並說以後要是分家了，就天天給自己和娘煮飯，要讓自己和娘過上好日子。

爹在忙活著，山藥在前面大鼎煮著，那水開的聲音很好聽，咕隆咕隆。肉很早就放在後鼎，還放了些薑和紅酒下去，和著水蒸氣出來的香味讓菊花有點饞了。

爹一直用溫柔的口吻對娘喊道：「火燒旺一點，再旺一點，好就這樣。」

調皮的小菊花拿著一大把松枝往灶裡扔，轟了一聲，就沒有了。爹用嚴厲的眼光盯了一下小菊花，跑過去把小菊花抓住，用大而

粗的手掌在菊花的小屁股上輕輕地拍了兩下問：

「你這小搗蛋鬼，下次還敢不？」

菊花咯咯咯地笑個不停說：「我餓了，火旺一點，那肉就可以早熟一點，菊花就不會餓扁了。」

爹鬆開了雙手說：「快好了，等等，山藥的水快乾了啊。菊花乖，等會，等會就有好吃的啊。」

爹沒騙菊花，過三、五分鐘真的煮好了。菊花吃著那山藥香得都吞不下去，咬著那肥肉，很香有點像牛肉的味道，嫩而不膩。娘小口小口地吃著。爹沒吃，靜靜地看著她們娘倆吃，還一直往娘碗裡夾肉。

菊花說：「爹，您不公平，您最疼娘了，您不疼菊花。」

爹不慍不惱地說：「你要是長大了，自然也就有人會夾肉給你吃嘍。」

那一次吃了很久，爹才一個人下地去，對娘說：「外面冷，你在家裡看著菊花，我很快就回來。」

後來菊花才知道每次有紅白喜事爺爺總會叫爹先去幫忙，等到有好吃的那一天就叫爹留在家裡或者下地幹活，自己和奶奶去，也從來不讓菊花和娘去。

那天爹買肉的事還是讓爺爺知道了，爺爺很生氣，問爹錢哪裡來的，還有沒有。爹說是攢的已經沒了，爺爺就打了爹，但爹沒哭。

那晚爹偷偷地告訴娘說床底下有個縫隙，裡面還有一些錢，用

塑膠袋裹著，是留給自己和娘的。菊花那時還沒有睡著，聽到爹告訴娘的話，但自己從來沒有告訴過爺爺奶奶。她知道要是爺爺奶奶知道了一定會拿走的，爹還會被爺爺打，爹要是知道了以後就不會疼菊花了。

爹一直沒有騙他們娘倆，但是最終爹還是失信了，拋下了自己和娘不管。

那縫隙裡的錢，娘在世時一直沒動，菊花拿了兩次，一次是妮子病了，病得不輕，菊花沒有辦法不得已拿了錢去請大夫和買藥。還有一次是昨天，菊花要走了，叫順子去買半斤肥肉，自己去挖點山藥，就像爹當年煮給自己吃的那樣，祭拜一下爹娘。

吳媽看著菊花傻傻地愣著，安慰她說：「孩子，快吃吧。不要想太多，這人呀，一想多了就容易老呀。你要是老了，可就不好看了，女孩子嘛，應該多笑笑，這樣才會惹大家喜歡的。這菜冷了，我叫他們熱一下。」

菊花回過神來說：「沒事，我在家吃習慣了，這樣挺好的。」

吳媽笑著說：「這哪行呀，你看冷了，油都看見浮在湯上面，要是喝了，不生病才怪。你就在這坐會兒，我去去就來。」

菊花不想麻煩吳媽，忙說道：「吳媽，真的不用。」

吳媽任憑菊花怎麼說不必，還是捧著菜出去了。

四

夜深了，早就掌燈了，菊花總覺得偌大的吳府籠罩在一片黑暗

之中。總覺得有點奇怪，寒冷的冬天竟然讓人悶得緩不過氣來。

菊花的房間被安排在後院最靠後排的那三間房的中間那一間。

菊花卸了衣服換上柳兒剛送來的便衣，乖乖地坐在房間內，低著頭，晃著雙腿。

吳媽捧了些糕點進來，對菊花說：「菊花呀，早點休息吧，今天累了吧？好好睡一覺，要是有什麼事你就叫我，我的房間在右邊，左邊的這一間是一個短工的，他回家過年去了。」

菊花應了一聲，吳媽出去了輕輕地合上門。

看著菱形的糕點，有黃色的，有白色的，還有黑色的，菊花嚥了嚥口水，還是忍不住咬了一口，感覺和以前曾經吃過一回的那個叫饅頭的差不多，但比饅頭香，口感更脆點，而且表面還撒有黑芝麻，是用大米磨粉做成的。菊花一口氣就把整碗的糕點吃得一點不剩，當吃到最後一口時，怎麼也吞不下去了，更糟的是還不停地打嗝。菊花連忙去倒水，可水早已經被她喝完了，於是就提著水壺要去打水去。

菊花一打開就看到了吳媽，吳媽正來回地踱步著，好像是在想什麼似的。

「吳……吳媽，您在……在幹啥……呢？」菊花一說話打嗝就打得更嚴重。

「沒有呢，我這不是剛好要回房嘛。對了，你這是要去哪呢？」吳媽吞吞吐吐地說。

菊花不利索地回答：「我……我想去……去打……開水。」

吳媽說：「那我來吧，這種事怎麼能讓你去做呢，再說你剛到這裡，對這裡又不熟悉，等會要是迷路了可不好找。」

菊花看著門外陰森森的就說：「那好吧，那您小心啊，路黑。」

吳媽回答說：「知道，你回房吧。」

吳媽接過水壺趕緊走了。

吳媽提著水壺慢跑了回來，看見菊花還在門外站著，就趕緊把她拉回房說：「外面冷，你趕緊進來吧，小心受寒了。」

菊花跟著進去說：「吳媽，沒事的。」

「趕緊喝吧，以後慢點吃。」吳媽倒了一杯水遞給菊花說：「吳家吃的很多，就怕你吃不完，沒人跟你搶。」吳媽邊說邊給菊花拍了拍脊背。

菊花喝了幾口，打嗝終於停住了，那感覺真是舒服。

菊花拉著吳媽的手說：「吳媽，還早著呢，不如陪我聊聊天好嗎？」

「你不累呀？」

「不累，以前在家的時候，白天下地幹活，晚上給弟弟妹妹洗衣服，有時還要煮豬菜，沒到三更都不能睡覺。」

「咳，比我小的時候還要苦。我十四那年進了吳府，一直侍候老太太，雖然做了一輩子的女僕還是值的，老太太一直對我們很好，從來沒有虧待過我們。」

169

「今天來的時候怎麼沒有見到老爺呀？」

「老爺這幾天身體不大好，而且這幾天正忙著。」

「吳家不是家丁挺多的，老爺還要親自忙呀？」

「瞧你說的，最忙的就是老爺了，老爺從大年初一忙到除夕晚，從天亮忙到半夜。老爺交際廣，沒事的時候經常到朋友家去走走。而且吳家家產有那麼多，農忙時老爺會下鄉去看看佃農們的收成怎樣，要是收成好的話，老爺就按照當初和佃農們定下的契約多少去收租，不會多要一毫一釐。要是碰上壞收成，老爺不但會少收或者不收，還會把地留著下一年讓他們繼續種。有時還會自己出錢幫大家買種子，不會讓大夥拖過芒種的。年初的時候，老爺還買了兩頭牛犢子，說牛就輪著養，農忙時就讓這兩頭牛輪著給大家下地犁田，等長大了，就把牠們宰了，再把牛肉送回來就可以了，牛買的時候是幾斤，宰的時候就送幾斤回來，剩的讓大夥分了。」

「這不是吃大虧嗎，那吳府怎麼還這麼有錢呀？」

「老爺這人待人隨和，樂善好施，十里八村的人大家都敬仰他呢。佃農們拿了吳家這麼多好處當然也就過意不去了。一到什麼節日或是吳府有什麼大事，就紛紛地往吳家送東西，有雞有鴨還有豬肉什麼的。吳府糧菜一年四季天天都有人供應著，所以就不用到外面去買了。」

「那吳府人也挺多的，總要工錢吧？」

「吳府不僅地多，而且還有店面呢，總共有幾間，我也不知道，可能只有老爺和管家知道吧。」

「那太太呢？」

「太太身子骨虛了點，整天在房裡繡花，不怎麼出戶。」

「我今天見過了奶奶，奶奶臉色怎麼那麼蒼白呀？」

「你說老太太呀，老太太今天有點累了，而且這幾天受寒，所以有點不舒服。」

「我看奶奶挺隨和的，您說呢？」

「老太太信佛，從來都不在意大苦大悲。而且老太太一直吃素，已經有十來年了。」

「那奶奶會不會疼我呀？」

「你這丫頭，你奶奶不疼你疼誰呀。連我們這些下人老太太都放在心上，何況奶奶只有應明這麼一個孫……」

吳媽說著說著，不自覺的眼角多了點淚珠，在油燈的照耀下閃閃發亮，而且臉帶悲哀，剛好被菊花看見了，菊花不解地說：「吳媽，您怎麼了，怎麼哭了？」

吳媽連忙擦去淚水說：「啊？什麼？」

「您怎麼哭了？」

「沒有呀？我哪裡哭了？」

「您看，眼睛裡還有淚水呢。」

「我呀，是剛才我一想到老太太對我們下人這麼好，從來都不亂

指使和打罵下人，我呀也就忍不住流淚了。」

「哦，原來是這樣的。你剛才說應明，是不是少爺呀？」

吳媽點了點頭說：「少爺今年十六歲了。」

「那今天為什麼沒有見到他人呢？」

「少爺在外面讀書，今年學校讓孩子們回家過年晚了點，還沒有回來，老爺說明天就會到家了。」

「那少爺為什麼要讓我做他的童養媳呢？」

「這是老太太的意思，老太太要為少爺找一個聰明能幹的，不怕吃苦的，最好是窮人的女兒。」

「少爺條件這麼優秀，跟他門當戶對的人也很多呀，而我只是一個什麼都不懂的丫頭呀。」

「老太太說那些女孩子嬌生慣養，什麼事情都不會做，整天只會撒嬌。在家裡一直讓人寵著，脾氣又壞又臭。老太太是怕他們欺負少爺，所以就選擇了你。」

「可我好像還是有點想不通呀？」

「那是因為你還小。等你長大了就會知道了。」

「那少爺自己知道嗎？」

「知道，上次少爺回來的時候，老太太就和他說了。少爺說一切聽從老太太的安排，但有一點，就是對方要孝順，其他的就沒有什麼要求。」

「那少爺好不好呀，是不是也和別人一樣喜歡耍公子哥脾氣？」

「怎麼，怕我們少爺對你不好呀？你就放一百個寬心吧，少爺對人那更是沒得說了。少爺是我看著長大的，這孩子我瞭解。一出生就是老太太帶的，我呀時不時就抱著他玩，少爺的第一條尿布還是我幫他換的。那時少爺剛出生就從太太房間裡抱出來，老太太高興得不得了，就抱著搖呀搖，沒搖幾下，就把老太太尿了一身。老太太就叫我趕緊幫少爺換上，包好才接了過去。少爺剛學會走路的那會，成天圍著我轉，我看著還來不及呢。少爺慢慢地長大了，成天跟在我屁股後面，我在洗衣服的時候，他會去找一小顆石頭兒，扔在水裡，把我弄得滿身都是水，然後跑到老太太那裡說我掉進了水裡，害得老太太氣喘吁吁地帶著幾個人跑過來。少爺十歲那年，老爺就把他送到外面去讀書，所以從那以後就很少看到少爺，我去過少爺的學校兩次，每次少爺在別人的面前總是叫我姑媽，還從自己口袋裡拿錢，叫我坐車回來，不讓我走路。回來的時候都會給老太太買糖，每次總有我一份。他說，他是太太生的，是老太太和大夥看著長大的。」

吳媽說完了，再次哭出聲來，菊花趕緊拿著手絹幫吳媽擦乾。

菊花高興地說：「吳媽，您哭什麼呀，明天少爺就回來了，您就可以見到他了，說不定還給您買糖呢。」

吳媽哭著說：「一想到少爺，我這心裡就難過呀，少爺他⋯⋯他⋯⋯」

菊花覺得吳媽好像要說什麼，又好像對自己隱瞞什麼，就問吳媽說：「少爺什麼呀，您倒是說呀，您這不是要急死人？」

吳媽停了會兒說：「少爺他年紀小就這麼懂事，我們家的二狗子

和他比差遠了，二狗子今年十四歲就知道賭錢喝酒了，咳⋯⋯」

菊花聽了原來是這麼回事也就放心了。

窗子沒有關好，一陣冷風吹過，菊花和吳媽都冷得跳起來。吳媽趕緊起身去把窗戶關好。

菊花躺在床上，叫吳媽說：「吳媽，您上來躺會兒，床上暖和。」

「不要了。我也累了，我要回去睡覺了，你也早點睡。」吳媽推辭說：「明天你還是不要出去了，在房裡待著。再說少爺還沒有回家，外面又冷，飯我會給你送到房裡的。」

菊花應了一聲，看著吳媽走後把燈吹熄了，隱隱約約聽到鞭炮聲，但這一切都好像與菊花無關。

五

天未亮，吳府的燈依然亮著，門外的光線透過縫隙照了進來，直撲在地上。風呼呼地吹著，把燈籠牽著直晃，使得縫隙裡的光線時遠時近，此時的菊花就像一隻貓逗著只拖著細長尾巴的老鼠在玩，等它牠走遠了，就把牠抓回來再放走。

天亮前是最冷的，可今天也冷得太不像話了，屋後傳來劈里啪啦的響聲，那是被冷風掃過和被嚴寒凍的竹尾折時爆破的響聲。

菊花雖然躺在床上，厚厚的新棉被把整個人嚴嚴實實地裹著，連眼睛都不敢露出來，但菊花還是覺得腳下總有那麼一股冷氣往頭上躥，冷得她在被裡直打哆嗦。

這不打哆嗦還不要緊，一打哆嗦菊花覺得肚子裡怎麼空蕩蕩的，餓的感覺還越來越強烈，可能是昨晚吃得太飽了，所以餓的感覺更明顯。菊花後悔了，誰叫自己昨晚把糕點全吃完了，哪怕剩半塊也好，起碼可以熬到天亮。

菊花邊在責怪自己一時貪吃，邊盼著天快點亮。忽然菊花想起了昨晚吳媽交代自己不用親自出去打飯，早飯打好了會送到房間來。但菊花仔細一想，有錢人家人那麼多，所以每個人都要吃上早飯肯定是一件麻煩事，說不定等每個人吃完飯都快到晌午了，那會兒應該快煮午飯了。而且吳媽又是一個大忙人，要侍候好老太太才可能給自己送飯來，要是吳媽一忙起來就把自己的早餐給忘了，自己還不餓得快半死。

菊花又躺了一會兒，心想還是自己去灶間找找吧，要是還沒有煮好，哪怕吃上一口冷飯也比在這活活挨餓強呀。於是她就跳下床來，趕緊穿好衣服，但衣服貼在身上冷得讓她直發抖。

這條路菊花好像還有點印象，可能昨晚吳媽送自己回來的時候沒有太注意，其實灶間離自己房間很近，一直往前走向右拐過三個彎就到了。

灶間裡的燈是亮著的，裡面只有一個老漢坐在矮凳上打瞌睡呢。灶裡的火很旺，把灶間照亮了一大半，那盞燈卻像奄奄一息一般。兩三個灶上的大鼎都在煮東西，裡面沸水的聲音叮咚響。飄起來的水汽在灶間瀰漫，像是春天野地裡的霧，只是這裡暖了點。灶間的中間是用凳子和木板搭成的架子，上面放著一些菜和連夜送來的肉，旁邊還放著好幾個簍筐，上面都用白布蓋著。周邊的牆壁上掛了好幾把菜刀和七八塊砧板。

　　菊花記得灶間旁邊的那一間是昨晚自己吃飯的地方，兩間中間有一道門可以通過。菊花踏進了灶間，可能是腳步聲太大把老漢給吵醒了。

　　老漢突然開口問：「幹什麼的？」

　　菊花被嚇了一跳說：「呵呵，我是進來找點吃的。」

　　「你是怎麼進來的，出去出去！你以為這裡是外面街上賣面的小攤呀，出去！」

　　菊花看著老漢很凶的樣子，膽怯地說：「冷飯也可以，我真的是餓了。」

　　「沒有就是沒有，你再不走我可要叫人把你趕出去了，快點出去。」

　　菊花細想了一下，自己昨晚天快黑的時候才進吳家的，只有吳媽老鄭和老太太身邊的幾個人見到自己，別人見都沒有見過，也難怪一大早就要來討吃的不給。菊花笑著說：「大叔，我是新來的。」

　　老漢抬頭看了看說：「我怎麼沒有見過呀。」

　　「昨天才到。」

　　「但這也還沒有到開飯的時間呀，飯還沒有熟。再說了這規矩你應該知道吧，這灶間不是誰都能進的。」老羅起身掀開了鼎蓋用勺子伸進去舀了舀說道。

　　「呵呵，不好意思哈，他們都還沒有告訴我呢。我也就是餓了，所以才進來的。」

老漢坐了回去，從兜裡掏出了煙絲，慢吞吞地卷起煙來說：「等會再來，現在還沒有煮熟呢，老爺太太的還沒有下鍋呢，哪輪到我們下人呀。等老爺太太吃過了你再來吧。」

菊花摸了摸肚子說：「那給我一口開水可以吧？」

老漢吐了吐煙說：「自家舀去。」

菊花喝了一大碗熱水，想應該可以撐一會兒了，對老漢說了聲謝走出門去，剛好撞到低著頭走進來的吳媽。菊花興奮地喊道：「吳媽！」

吳媽嚇了一大跳愣了會兒說：「菊花，你怎麼在這裡？」

菊花說：「我餓了，想找點吃的。」

吳媽責備說：「叫你不要出來你還出來，不是跟你說有事就叫我嗎？你這孩子怎麼這麼不聽話。」

菊花低著頭說：「不好意思，我就是餓了，這種事哪能麻煩您，我自己來就可以了。」

吳媽繼續問道：「你除了來這裡，還去過哪裡沒有？」

菊花說：「沒有呀，我只來過這裡，其他的地方都沒有去。」

吳媽深深地呼了一口氣，整個人變得輕鬆了許多，連說話也溫和了許多說：「我的少奶奶那你先回房吧，我馬上給你送過去。」

菊花說：「不用了，我喝了碗開水已經飽了，可以撐會兒了。」

吳媽問：「怎麼回事，老羅沒給你吃的只讓你喝水？」

老羅一聽到吳媽叫少奶奶就趕緊站了起來，把還有一小節沒抽完的煙連忙掐滅，藏進了口袋裡。

菊花趕緊回答說：「不是，是我覺得口很渴，就只要了一碗開水。」

吳媽對老羅說：「老羅，這是菊花，是我們以後的少奶奶。」

老羅驚訝地說：「少奶奶？少爺不是已經……」

吳媽盯了老羅一下喝道：「有沒有吃的？有就趕緊拿出來，小心餓壞了少奶奶。」

老羅趕緊說：「有，饅頭剛蒸好在籠筐裡。粥還沒有熬好，但也快熟了。要不少奶奶您就先湊合著吃點，好了馬上給您送去。」

吳媽說：「那你趕緊去拿呀。」

老羅應了一聲就把蓋在籠筐上的布巾拿開，從裡面夾了三個饅頭出來放在碗裡，再掀開鍋蓋，從裡面舀了一碗粥出來。

菊花說：「謝謝你啦老羅叔，你就放在這裡吧，我在這吃就行了。」

老羅無聲無息地站在一旁，吳媽趕忙把門掩上說這樣會暖和點。

菊花拿了一個饅頭，喝了口粥。菊花看得清清楚楚，米粒還沒有全熟呢，雖然稀了點，但比家裡好多了，比家裡的香。

菊花一個饅頭還沒有吃完就覺得肚子很脹了，不得已勉強吃完了，喝了半碗粥說：「老羅叔，我飽了。謝謝！」

吳媽關心地問：「菊花吃飽了嗎，多吃點，不要餓了。」

菊花微微一笑說：「我真的很飽了。」

「那我送你回房吧。」吳媽很不放心地說。

菊花怕麻煩吳媽說：「不用，我自己認識路，我回去啦。」說完菊花就要邁出了灶間的門。

「等會兒。」吳媽叫住了菊花，走過去幫菊花拉了拉上衣說：「回去不要到處亂跑，待會兒我就給你送早飯。」

「知道了。」菊花回答道，甩著辮子蹦蹦跳跳地跑在回房間的路，抬頭看著天，方才微微亮，風吹在臉上現在一點都不覺得冷。

菊花在心底暗暗地發誓自己要一輩子對吳媽好，長大了要孝順吳媽，不僅僅因為吳媽看著少爺長大，還因為吳媽對自己太好了，除了馮媽，就沒有人對自己這樣好過，哪怕是當年自己的奶奶。

菊花跑到了房門前伸出雙手要推開門時，後面有一個腳步聲朝自己的方向走來。菊花放下雙手，回頭看了一眼，只見那人三十來歲，典型的一副莊稼人打扮，頭髮又濕又亂，一身破舊的長衫，手裡還提了個包袱，匆匆忙忙的樣子，顯然是在趕路，他走到菊花的旁邊停了下來，拿出了一把鑰匙伸手要去開鎖，沒有注意到菊花的存在。

菊花猜出這肯定是吳媽說的住在自己隔壁的那個短工，可令菊花不解的是這個時候他應該在家和老婆孩子過年呀，為什麼還要趕回吳府呢。更讓菊花不解的是他也沒必要這麼早呀，天才亮呢，有什麼事能讓他急著連夜趕路呢？

菊花走了過去說：「你好呀，我是新來的，就住隔壁。」

那男子回過頭來看了一眼回答了一聲：「哦。」

菊花更好奇了，問：「你這是幹什麼去，怎麼這麼急呀？」

那男子說：「我剛從家裡趕來幫忙的，今天不是少爺出殯的日子嗎？」

菊花心抽了一下問：「你說什麼，少爺怎麼了？」

那男子說：「今天少爺出殯，難道你不知道？」

菊花聽了之後彷彿是晴天霹靂，一時傻了呵呵地笑了起來說：「哪有可能，少爺在外面讀書呢，今天就會回來。我是少奶奶，再過兩年老爺就要給我們圓房的。」

那男子不知說什麼好，只聽到菊花忽然笑得這麼大聲，叫她也沒有反應，只看到她就像行屍走肉一樣打開了房門，慢慢地走進去，沒有點燈，哭聲從裡面傳了出來。

許久，天已經大亮了，吳媽捧著早餐站在門外。

從裡面的哭聲，吳媽知道了該瞞的還是瞞不住。吳媽走了進去，沒有說什麼，把菊花緊緊地抱在自己的懷裡，也跟著哭了。

小小的屋子，一時間哪裡容得下這冬天裡的哀號呀？

吳媽哭了好一會兒說：「孩子，吃點吧。」

菊花沒有應答，哭不停，咳了幾聲。

吳媽幫菊花揉了揉背說：「菊花，這都是命呀，不哭，乖，身體要緊。」

一盞茶的時間過去了，菊花的哭聲越來越小了，菊花問吳媽說：「您能告訴我究竟是怎麼回事嗎？」

吳媽擦了擦淚水說：「少爺已經不在了。」

「您不是說少爺去讀書了嗎，今天就會回來？」

「少爺半年前回來就病倒了，病得很嚴重，就沒法去讀書了。」

「老爺不是有錢嗎？怎麼不去請大夫呢？」

「能請的都請了，不管什麼藥，老爺都用上了，就是不見少爺好。少爺得的是怪病，得這種病沒有人醫好過的。」

「那為什麼您還要惹上我呢？為什麼上我家去說媒呢？」

吳媽內疚地說：「說來話長呀。少爺還在的時候，有一天一個算命的人見老爺，說有辦法醫好少爺的病。他掐了掐手指說少爺命格差，需要一個命硬的人來幫助少爺度過這個難關。家裡的人都不符合這條件，那算命的人就給老爺出了個點子，只要找個女孩和少爺訂婚就可以了，那女孩就是吳家的人了。還說這個女的最好是要經過大災大難的，老話不是說大難不死必有後福嗎，只要少爺和她結親了，就能托她的福慢慢地好起來的。」

「這和我有什麼關係呢？」

「老爺找了很久倒是相中了幾個，都沒有滿意的，後來聽說你的事，就覺你是最好的，但時間拖了很久，少爺的病是一天比一天嚴

重，七天前病得快不行了，所以我就上你家說媒去。要是你答應了，就馬上把你接過來，這樣少爺的病也就會好得快點，再調養一兩年，也就可以給你們圓房了。」吳媽閉著眼睛繼續說道：「人算不如天算，誰知道三天前少爺就走了。少爺走的那一天，那個算命的又來了，說我們耽誤了少爺大事，少爺的魂魄半年前早就離開了自己的身體，等少爺和你定親的時候，已經晚了，只剩下一魂一魄，也就剩下了一口氣。為了這事老爺一直在責怪自己。少爺死了，老爺也想過要把這門婚事給退了。那算命的又說不行，少爺命薄，鬼魂輕，進不了閻羅殿，那樣就不能超生了，所以就會一直在外面遊蕩。只有把你帶過門，少爺才可以安生。」

菊花問：「那怎麼不見奶奶難過呀？」

吳媽背了過去回答：「少爺走了，老太太經不住打擊，整個人都傻了，好像什麼都記不住了，整天要孫子，所以大家只能騙他少爺不在家。太太哭得死去活來，老爺怕她見到少爺會撐不住的，所以就暫時把她送到娘家去了。老爺也在一夜之間老了許多，整天坐在大廳的靈堂上。」

「那你們為什麼還要騙我呢？」

「我倒是想告訴你，但怎麼開這個口呢。」

「所以你就瞞著我，所以你不敢讓我走大門，帶著我從偏門進來?不敢讓我到門外去，就叫我一直待在房間裡。」

吳媽使勁地擦乾眼淚，但淚水還是流了下來。

菊花越哭越凶，她想起了爺爺在世時曾經說自己是愛哭鬼，一

輩子註定要哭著過日子。

菊花哭得接不上去，暈了過去。

吳媽趕緊把她放在床上，出門找人去叫大夫。

大夫讓吳媽給菊花灌了點熱湯，讓她把菊花擺直，然後用銀針在菊花的上唇點了一下，菊花就醒了。

菊花醒了，菊花不哭了。菊花坐了起來，吳媽叫她躺著休息，菊花好像沒有聽見。菊花站了起來，朝門外慢慢地走去，任憑吳媽怎麼叫都沒有反應，整個人丟了魂似的。吳媽只好提著菊花的鞋子跟在後面。

老天很會開玩笑，竟然下起了罕見的雪。

菊花在老太太的房門外停住了，裡面站著一大群人，只聽到老太太叫到：「吳媽，你去看看少爺尿床了沒有，要是尿床了趕緊給他換上，不要讓他著涼了。」

吳媽在門外應了一聲：「是，老太太，我這就去看看。」

菊花朝大廳的方向走去，看不清靈堂是怎麼佈置的，只看到靈堂中間掛著一張黑白像，很年輕，長得很俊俏，溫儒文雅，但臉相有些消瘦，眉毛清淡，眼睛大大的不失精神氣，鼻梁挺拔，口大下巴平寬。

菊花在靈桌前跪了下去，磕了三個響頭走下臺階，繞過走廊，穿過院子，向吳家大門要邁了出去，前腳邁了出去，後腳要收回時被高高的門檻絆住了，一時朝前倒了下去……

地下圖書館
最後一個見證人的自述

福建師範大學文學院本科 2008 級　王晨旭

一

　　我是地下圖書館的管理員。一座二十四小時開門的圖書館。白天來的人就不多，晚上就更少了，我一直懷疑這個圖書館存在的必要性，但是它好像從沒考慮盈利與否這個問題，一直靜靜地坐落在城市的角落。就像那個被除名的冥王星。每週我都來上三天班。穿過一片廢墟，到圖書館小的不可思議的正門，按電梯，逕直到地下一層。

　　剛開始，我總是帶很多書過去，以便打發無聊的漫長夜晚。但有一天，我在迷迷糊糊半睡半醒間突然靈機一動地睜開眼，無比清醒，彷彿我身體的一個開關突然被打開。我驚奇地看著周圍，一下子視線拉得特別遠。平時熟悉的桌椅書本彷彿在遙遠的四維空間。從此，在漫漫長夜裡我變得像雷達一樣，張開身體接受四面八方的磁波。我覺得這是個有趣的實驗，我迷戀剛睜開眼時看到的世界，所以一點點訓練自己建立與這個世界的奇特關係，成為一個雷達，準確地感知周圍每一個事物的時空。起初是半夜如哭泣的風聲敲打窗戶，一隻老鼠大搖大擺的穿過大廳，書架在我的目瞪口呆下互換位置。總之，這個遊戲其樂無窮，但我始終不知道的一點是，這個開關是如何

打開的，這些東西是如何和我心靈相契的。

　　最近，我一睜開眼就注意到一個生鏽的抽屜，就在每天低頭就可以看見的地方，來工作這麼久，為什麼現在才注意到？我自言自語。想必是很久沒有人打開過了，我好奇地蹲下來，在半夜，好像它用自誕生以來的所有時間和我對峙。即使沒有鑰匙，我也可以砸開它。想到這兒我不禁暗笑，這種隱秘的快樂是我一手控制的。況且我還有足夠多不被打擾的時間來享受這種快樂。在不打開這個生鏽的鎖之前，裡面的東西和我似乎達成一個秘密的契約。

　　在接下來的七個小時裡，我仔細研究了這種鎖可能出產的日期。圖書館的歷史我大致知道，它在十年前這座城市還只有成片磚房和石子路的時候就已經存在了。圖書館究竟是什麼人建的？為什麼要建到地下？我一無所知，甚至連館長都不知道。他只是說，我是五年來第一個被聘用的管理員。我想這個圖書館這麼大，一定有記錄它歷史的文獻吧，沒準就在這個抽屜裡！這個聯想讓我興奮不已，整個抽屜好像閃閃發光，我就像馬上要發掘出一個地下古城一樣激情澎湃。為此我制定了更縝密的計畫來搜集更多的蛛絲馬跡。雖然鎖子生銹但鎖孔以及抽屜裡可能有什麼東西。直到臨走前，我伸了個懶腰，決定還是慢慢揭開謎底——向館長借鑰匙。

二

　　古希臘神話徹底改變了我的審美觀。從此，我對於那種古希臘雕像式的美有一種特殊的偏愛。雕像泛著淡淡的光，那是來自石頭內部被冰封的第一片雪。毫無意識地，閃爍的光斑變成月光下的海浪，冰冷的星星探下頭來，凝視窗內被雕像佔據的空間。

　　我是一個整天和泥打交道的人。泥和手、火和泥，在我看來是完美的結合。我做陶瓷，總是最後在上面雕上眼睛。然後守著火，計算著每時每刻裡面發生的化學作用。一絲一毫都不能差。這樣，我常常能得到我預期想要的效果，但常常是看一眼手裡日夜辛勞的結晶，蔑視地笑笑，就直接隨便一扔，不再看它一眼。時間一長，這變成一種強迫症，我想要的不是手中滿意的作品，而是在這個過程中和自己較勁的快感。這快感從哪裡來？為什麼我不由自主的這麼做？沒有答案。雕塑變得不純粹，我只能痛苦地先擱下一陣子。

　　沒有雕塑的日子我頭痛欲裂，我知道，是我先拋棄了雕塑。

　　我是一個乏味的人。來這座城市這麼多年從來不知道有一座地下圖書館。直到有一天，我打開信箱，一個白色信封從裡面掉出來，什麼東西，我嘟噥著，就在俯下身的一剎那我看到了一行字，從那刻起，很多事情一點點開始發生改變。之後我費了很大勁才追憶起這件事，在上面打一個標點，並堅定不移的認為這和下面這件事發生的機率是一樣的。我走在路上，突然密集的光直射下來，時空扭曲，過去和未來像一條河呈現在我眼前，河裡有自己的倒影，卻不影響河本身過去未來源源不斷地湧上來。這是多年來困惑我的事之一。

　　另一個困惑我的，是一個人。或者說，一個引導者。至今想起他來我仍皺著眉，他長什麼樣？我腦子裡只剩一個輪廓，越辨認越模糊，到最後我的腦袋嗡嗡直響，沒有結果。

　　談起他，我的語氣聽起來像是他只是一個存在記憶裡的人。但其實我最近一次見他是一個月前，而且，只要我想，我可以在二十四小時內見到他。

我撿起信封，打開裡面的紙條，瞇著眼讀起來：

尊敬的××雕塑師

我是本市地下圖書館的館長，我館收藏有一塊二米的人形石頭，可否煩您前去鑑定。地下圖書館二十四小時等待您的蒞臨。

十一月八日

紙的右下角還有些褶皺。我猛地抬起頭，這張紙條是剛剛送過來的！四周安安靜靜的，像每一個冬日的清晨。我來來回回看了三遍，是很普通的列印字跡。仔細聞聞，還有點油墨的清香。地下圖書館在哪裡，館長是誰，他是怎麼知道我的地址，難道是惡作劇？我的目光集中在最後一句話上——二十四小時……越念越覺得突兀。難道我不知不覺中捲入了一個陰謀？我腦子瞬間閃現出很多電影情節。真是荒誕的事情，不知過了多久，腿微微有點麻，我從這種刺激的想像中清醒過來。搖搖頭，姑且把它當作冬日清晨的一個黑色幽默。我拿著紙條進了屋。

三

對於我來說，地下圖書館管理員不是一份職業，而是劃分不同世界的零點座標。下班回家，我最喜歡一出門迎面遇到肆意的陽光，呼吸被陽光曬得洩氣的瀝青和樹脂混合成的空氣。與地下陰冷的氣息相比，這才是真實的世界。地下圖書館的魔力消失，我又變回成這個城市中最普通的路人。上樓，拿鑰匙，開門，關門。我一頭紮在沙發上不願起來。過去二十四小時似乎耗盡了我對這個世界的興趣，此刻我只想洗個熱水澡，趕快入睡。

　　平時我很少做夢。可自從我當地下圖書館管理員以來，黑夜我總做著白天的夢。夢裡我不知身在何處，空中懸浮著不斷變化的色塊，我在一旁遲疑著到底要不要以自己的意志影響色塊的變化，突然，色塊消失了，只剩下白的刺眼的光線。

　　我睜開眼，又是黑夜。我是怎麼進去那個地方的？又是怎麼出來的？我躺在床上回想剛才的夢。越想越覺得自己曾經經歷過這樣的事情。它只是像夢一樣的回憶。我在夢中想起很久以前發生的這件事，醒來後只有一陣惆悵。我絞盡腦汁也得不出結果，只好起身，跌跌撞撞地來到衛生間，看到鏡中雙眼浮腫的自己。

　　每週地下圖書館的工作幹完，第二天早上我就帶著黑眼圈和自行車吱吱呀呀的聲音敲開一間間緊閉的門。這個鎮子與外界的溝通很少，常常是住在東邊的人送東西給西邊的人，運送的東西千奇百怪，今天，車後架上是一個不知裝著什麼的大箱子，包裡是當天的報紙，車筐裡叮叮咣咣的是牛奶，一隻手還抱著一個一米多高的猴子毛絨玩具。而我，就帶著這些東西，在一天中不同時刻穿過市中心的大廣場。我最喜歡在有陽光的午後，鎮上的人們陸陸續續從各個方向來到廣場，坐在長椅上，瞇著眼，或者抬頭看看天，偶爾餵鴿子，我的經過總是會引起人們的注意。在人們善意的打量下，像一個得意洋洋的雜貨店老闆。

　　因為運送的東西有時間限制，我必須在早上七點之前把牛奶和報紙放在訂戶的門口。廣場上飄著濃霧般的黑暗，從深海裡撈出的星星時遠時近。到了住戶門口天剛濛濛亮，我照例從車筐裡拿出牛奶，輕輕地放在地上，再把舊瓶子裝到包裡，從另一個包裡掏出報紙，彎下腰的那刻，一個信封滑落出來白色信封上沒有郵票，上面只印刷著

「寄往××街 24 號 113 信箱」，右上角是「地下圖書館」的郵戳。右下角是手寫的字跡：「請於 11 月 8 日早上 8 點前寄到。」

　　這是我再熟悉不過的郵戳。就擺在借閱台的桌子上，昨天我還待在那裡。一封信就這樣被馬馬虎虎地夾在報紙裡，我搖搖頭，騎上車，向離廣場最遠的一角飛奔。

四

　　整個白天我都對著晃眼慘白的窗戶。天氣好的時候，總是從遠處飄來甜膩的舞曲，斷斷續續，與屋子裡清冷的空氣一點都不相稱。不安的角落裡還是只有一個雕塑輪廓，我不知道是不是因為以前自己太過於揮霍靈感，從未像其他人說的那樣把它當作是生命中唯一的戀人。比作一個召之即來，揮之即去的娼妓倒是更確切些。雕塑，只是讓我更加矛盾，我體內自我否定的成分太多。海藻般的烈酒還在桌上，信封被攤在一旁。神秘的召喚在想要說出口的剎那，我就已經失語。失語和頭痛，你試過嗎？每天早上起來我都覺得好像記起一些遺忘的事。但當我要朝那個模糊霧氣深入時，四周又突然陌生了。

　　我總是站在窗邊看雪，很少走出去。白天的雪，夜晚的雪，正在下的雪，在太陽下融化的雪，遠處升起的煙，大理石廣場反射的光。下過雪的世界有一種小說真實顯現的意味。不是某個場景，而是整部小說。一口氣看完一部小說，抬起頭，鋪天蓋地的雪從山坡上滾下來，如同走在路上的傾盆大雨，清晨打開門看到的青年學生遊行隊。可是當我厭倦這個分門歸類的認識世界的方式後，重複的動作太多，在我拿起刻刀的那一刻，就同第一次拿起它和之後不知多少次拿起它的許許多多個時刻一樣。鏡子碎了，碎片可以映出什麼？

　　對於每一個發生在身邊的事件我總習慣為它找一個定義。今天早上接到的邀請信就是聞到芥末後的噴嚏。整個上午這件事都被我拋在一旁，直到太陽開始下沉時，我決定，如果舞曲停下來時我邁出的是左腳就接受邀請。結果，我關上門，出發了。

　　廣場上的人陸陸續續散去，白茫茫的雪讓我方向感全失，身處其中和置身事外總是不一樣，雖然我早就知道這個事實。地下圖書館到底在哪裡，站在原地，瞇起眼，周圍的一切被抽空，地下圖書館在哪裡，我在哪裡，我要去哪裡？等待戈多從來不是一部戲，一棵樹，一條路，黃昏，是我孤獨時不得不去的地方。

　　陽光漸漸變成寒冷的光線，遠處的雪發出瑩瑩的光。我深深地懷疑是不是自己喝多了，帶著一個很荒謬的邀請信，在黑暗中找一個自己從未聽說過的地方，我循著一個小房子走去，看到一個看門老頭，坐在昏黃的燈光下打盹，屋裡黯淡狹小。我上前問路，老頭只是朝前嘮嘮嘴，我順著這個模糊的方向看過去，那似乎是一片廢墟，待我再要問明白時，老頭又把頭深深藏在棉襖裡。我只得朝著那個方向走去。

五

　　早上的快遞送完後，我把空奶瓶送回乳製品公司，在廣場上騎著車繞了一圈，迎著從廢墟上升起的太陽和飛舞的白鴿，我突然想起地下圖書館那個神秘的抽屜，還有那封信，我想我可以先跟館長聊聊那封信是不是他寄的，然後借機再打聽打聽地下圖書館的事情，還有那個抽屜。

　　圖書館低矮的門虛掩著，館長看到我進來，立馬起身拿起大

衣。「今天有人要來，你接待一下。」他邊說邊掏出一串鑰匙，「這個留給你，這個可以打開走廊盡頭的第三道門。」他指著其中一個有紅鏽的鑰匙說。我一頭霧水，連忙叫住往門外走的館長：「誰要來啊？」「到時候你就知道了。」說完館長就消失在門外。我呆呆地看著光柱下漂浮的灰塵，館長黑色的身影好像從未出現過。我拿起這串鑰匙，眼之所及，我能看到上鎖的地方只有第三道門和這個抽屜。可是這裡卻有這麼多鑰匙，突然之間，圖書館變成一個被施了魔法的地方——一個個隱藏的上鎖的門、一個個我不知道的秘密、一個個折疊的空間，我心裡頓時充滿一種邪惡的快感，混合著恐懼和興奮。我抬起頭，書架的排列似乎都深藏陰謀，一本本書危機四伏，四周窸窸窣窣的聲音像是某種暗號，我慢慢地踏出一步，警覺地掃視身邊的動靜，走廊上只有一道門，我站在門口，掏出鑰匙，環顧四周，確定沒有異常後，壓制著自己緊張的神經推開了門，門吱吱呀呀地張開，厚重的灰塵和泥土味迎面撲來，我瞪大眼睛，什麼都沒有！一個四四方方的小屋子，水泥地凹凸不平。

　　我有點氣餒地關上門，懶懶地回到借閱台，對於這個地下圖書館我仍然一無所知，就像是電影裡毫不知情的受害者。也許我可以試試用鑰匙打開這個抽屜，發鏽的鎖很不好開，抽屜裡只有一份地圖和五顏六色的玻璃球，地圖是手繪的，事實上，如果右下角沒有寫著「地圖」二字的話，誰都不會認為這會是一幅地圖，畫上面有很多幾何圖形，中間是圓形，四周散落著些平行四邊形、三角形、菱形，或大或小，它們全都被迷宮一樣的線條連接著。我把地圖攤在桌上，決定用剩下的時間好好研究。玻璃球鋪滿了抽屜底層，我好奇地一顆顆拿起來對準燈光，圖書館就像一面哈哈鏡折射在裡面。

　　就當我在燈光下比較著哪種顏色的圖書館是我最喜歡時，玻璃

球裡突然出現了一個活動的物體，我以為是自己手發抖，可是那個物體卻越來越大，我放下玻璃球，一個女人站在我的面前。

六

我費了好大勁才努力辨認出廢墟裡有一線燈光，走過去，果然是一道門，我以為門口會有人熱情接待，可是當我推門進去時，卻發現空闊的圖書館只有幾排書架，哦，借閱台還有一個做著奇怪姿勢的人，彷彿石化了一般，臉上還有某種如夢似幻的凝固表情。這個後來困惑我的人就這樣出現了，我癡迷於為已發生的事情重新構建無數種開始，但對於他，我總是在本子上寫滿又塗掉，唯一的發現是，所有被我塗掉的段落都有一個共同點——旨在描述一種沒有倒影的靜止。不是鏡子中的火焰，而是火焰本身。好多事在此刻發生改變，我喝酒再也不會醉，在瘋狂的清醒中直面命運，是他教給我的。

我有很多個讓我喚起前世記憶的時刻，看到他，所有偶然和過去都有了源頭，匯成河流。我想我是足夠幸運，命運讓我遇到這樣一個人，在他身上我發現自己不願承認的失常和窘迫，讓我自慚形穢又無限渴望，這是我與自己的約定，也是我與命運的約定。所有迷人的人和事物都是矛盾的統一——高貴與邪惡、厭世與欲望、冷漠與渴望、冰與火、死亡和永生——的統一。這樣的話重複的太多以致接近於陳詞濫調。可是看到他，我才明白被這種撥雲見日的美迎面擊中是怎樣一種感覺。

我探向正在開放的玫瑰，石頭中心的緘默。

他的左眼下有一塊類似於胎記的傷痕，右手拇指上纏著繃帶。我從未坐過船，也不會游泳，第一次來到海邊，感覺整個世界都在旋

轉，隨時都會暈倒。這種生命之初的暈眩在我看到他臉上的標記後又一次被喚醒，手裡的信封被我捏的可以滴下水來，他疑惑地看著我，我全身痙攣，啞口無言。一把抓起桌上的地圖和他手上的橙色玻璃球，奪門而出。

這個小鎮不久後就毀於一場災難性的地震中，我是唯一一個逃出去的人。

多年後，人們在一間被遺棄的房間裡找到一個頭像雕塑，是一件殘破的未完成品。

附記：××雕塑家，早年生活放蕩，後失蹤多年，人們只記得他最後一句話是，如果我告訴你，牆上的錶針是怎樣滴答成冰凌的。有人說曾在俄羅斯一無名廣場上看到他，但他拒絕開口講話，死後不知誰為他立了一個墓碑，上面寫著，他與雕塑為伴，終其一生。

或者

福建師範大學文學院研究生　盧悅寧

夏天結束後，我決定到那家名叫「或者」的酒吧去做調酒師。

這之前，我在一所二流大學裡學習中文。有人說，中文系學生的生活破敗不堪。沒有錯，當我在書本和電影裡過了悠游自在的四年，拿著一張含金量並不很高的畢業證，四處奔波了好幾個月也找不到滿意的工作的時候，我不得不承認，中文系學生的生活確實破敗不堪。中學時代的朋友 T 問我：「怎麼樣啦大詩人，準備考公務員呢還是當人民教師？嗯，該不會還繼續做詩人吧？」

T 的專業是葡萄牙語，現在已經如願成為一名外交官。我不置可否地笑笑，心想，躊躇滿志的 T 根本就不會知道我對「詩人」這一稱號反感至極。是的，很早我就開始寫詩，發表了一些作品，也賺取了一些稿費、眼淚和稱讚。但我永遠活得低調而謙卑——在我看來，為此而驕傲的人相當愚蠢。一個真正成熟的人不應該總是發洩情感，將所有的失意、憂愁和盤托出。冷暖自知已然足夠。

大一的時候，年輕有才的寫作課老師一時興起，站到講臺上邊振臂高呼：「詩歌，永存！道義，永存！」

作為文學青年的我沒有理會身邊同學的悄聲嗤笑。那節課我備受鼓舞，我熱血沸騰，我激動難耐。然而，短短幾年過去，我漸漸發覺，「詩歌」和「道義」是當今社會中最沒有用的兩樣東西，雖然它

們沒有消失。

爸爸是個政府官員，官雖不大，卻足以讓我一直過著養尊處優的美好生活，也足以通過他那四通八達的關係網為我安排一份好工作。可我任性地拒絕了：那樣又有什麼意思呢？爸爸為此發了很大的火，罵我自己沒本事還那麼固執。

難道我的固執不是從他那裡遺傳來的嗎？

其實爸爸絕對是個好爸爸。他從小就教我如何做個優秀的人，他教育我要誠實、善良……可惜的是，爸爸唯獨教不會我怎樣才能真正地輕鬆和快樂起來。

看到「或者」的招牌和貼在門外的招聘啟事時，我心血來潮，決定進去試一試。高考後長長的暑假閑極無聊，我學了調製雞尾酒並考到了證書。沒想到這時派上了用場。

我被錄用了。

到酒吧來買醉的人往往尋求的是一種暫時的迷醉和逃避。我想，在這樣的場所，也許我能夠在迷醉後想清自己究竟想要怎樣的將來，還有該如何為之奮鬥。不知道會不會有人認為，既然已經醉了，又何必再清醒過來？

或者有，或者沒有。

我接待的第一位客人是個十七、八歲的姑娘，額頭光潔，眼神透明。她推門而入，步態從容而優雅，我認定這樣的步態只屬於習舞者。果然，姑娘走近，我看到她右手拎了個小袋子，裡邊必定裝著她精緻的紅舞鞋。

「給我一杯雞尾酒。」

姑娘笑盈盈地對我說。我打賭這是她第一次來酒吧，第一次嘗試雞尾酒。我也笑著問姑娘需要什麼，雞尾酒有好多種呢。

「隨便什麼。」

姑娘無所謂，略微遲疑一下，仍是笑盈盈的。

也好，我的第一位客人，她的第一杯酒將由我來決定。

「請稍等，馬上就好。」

我找來白葡萄酒、濃乳、檸檬汁和糖漿，又小心地取出一顆蛋的蛋清，放進高腳香檳酒杯中調製好，加入冰塊，遞給姑娘。這種雞尾酒口感溫和，極易入口，姑娘很快喝完，笑盈盈地付了錢，跳下高腳凳走了。

真後悔沒來得及告訴姑娘，這種酒叫做 HOLYSMILE，和她聖潔的微笑簡直是絕配。我打心眼裡感謝那位姑娘，莫名地，她讓我在「或者」的第一天心情愉快。

有天晚上，T 來了。絲毫沒有出乎我的意料，發現我的時候 T 驚奇極了。

「你怎麼在這當起酒保來了？」

我裝出嚴肅的樣子告訴 T，我不是什麼「酒保」，而是一名調酒師，有資格證書的。

「我要出國了，明天。不知道什麼時候回來。」

「……珍重。她呢？和你一起嗎？」

「畢業前就分了。」

「還愛她嗎？」我思忖，但沒有開口問 T。關切，有時是問，而有時是什麼也別問。除了祝福，今晚說什麼都是多餘的。

「嚐嚐我的手藝吧。給你來一杯什麼酒？」

我拍拍 T 的肩膀。

「你決定吧，並且你請客，哈哈，以後想宰你就難了。」T 說，「酒精度別太高啊，今晚不想醉。」

我朝 T 笑笑，將辛辣琴酒、伏特加、無色蘭姆酒、龍舌蘭、無色柑香酒、檸檬酒、糖漿、可樂等材料一併倒入裝了細碎冰粒的杯中攪勻，附上吸管，用檸檬片作裝飾，送到 T 面前。

「這是『長島冰茶』，不會醉的。」

T 喝了一杯又要一杯。其實我騙了 T，這種雞尾酒沒有使用半滴紅茶，卻具有紅茶的色澤與口味，但它的酒精成分是相當高的。

那麼多年的朋友，我太瞭解 T 了。T 的父親去世後家道中落，全靠母親艱難地一手將他拉扯大。頂不住壓力和煩躁的情緒，快高考時我們逃出學校去喝酒，那一次好學生 T 竟然主動要求和我們一起去。那晚他醉得一塌糊塗，不斷說胡話。我一直都記得，T 哭著和我們說，他絕對不能失敗，一定要考上好大學，找到好工作，賺很多的錢，報答他母親。那晚我心裡酸酸的，心想，假如我們這幫人裡面只有一個人會成功，我真希望那人就是 T。喝酒的第二天我們睡到日上

三竿，趕到教室，看到 T 早已坐在課桌前，又做了一套習題。

那麼多年過去，T 仍是那樣的人，永遠保持清醒與理智，近乎苛刻地嚴格要求自己，不容許自己犯一點錯。就像他今晚不許自己喝醉影響了明天一早的旅行與工作，就像他忍痛放棄了心愛的姑娘，因為姑娘的父母比 T 更需要這個獨生女。

可我多麼希望 T 可以痛痛快快地醉一回，於是說了這樣一個善意的謊言，算是為 T 餞行。

我回到吧檯忙自己的活，時不時望向漸漸迷醉的 T，竟覺得他二十多歲的臉顯得蒼老。但我知道，明早一覺醒來，他又會變回那個清醒理智的 T。

「喂，給我一杯尼克拉斯加！」

濃妝豔抹的女人把手袋往桌上一甩，衝我喊道。

我微微感到不悅，看看窗外，八月末驕陽似火。下意識地找出白蘭地、糖漿和利口杯，準備製作尼克拉斯加。抬頭看看面前的女人，她俗氣且暴露的穿著使我可以斷定她一定從事著那種不體面的工作。不由自主想起幾句詩：「一棵亞熱帶植物有著足夠的好心腸／妓女站在路燈下／她想靠近那些微弱的光／來照亮身體的憂傷……」

我怔怔地看著眼前的女人，她是否也想照亮自己身體的憂傷？

我的大學每年都會出一本詩歌合集，上面的詩句就是從裡面看到的。我知道了為什麼有時候面對一些並不美好的事物，我們卻厭惡不起來；正如我們並不會羨慕所有美好的事物一樣。

「喂！你發什麼呆啊？老娘渴死了，你快點！」

女人喊到。這一次我沒有不悅，心平氣和地對她說：

「不好意思，製作尼克拉斯加的材料少了一種。不過，來一杯薄荷茉莉普怎麼樣？或許你也會喜歡。」

「行啦行啦，給我快點！」

我很高興女人接受了我的建議，加快了手中調酒的速度。薄荷的刺激香味能增添威士卡的味道，讓這種雞尾酒喝起來備感清涼，是一種消除口中苦味的甘甜飲料。我不知道現在女人口中是否有苦味，卻徒勞地希望一杯薄荷茉莉普可以去除她身體的憂傷。

「這還差不多。酒不錯，以後我會常來的。」

女人付了我小費，剛才怒氣沖沖的臉竟有了笑容。

有一些黃昏會下雨。這樣的時候來「或者」的人會變少。我還能待在「或者」的時間不長了，因為答應了爸爸，幹滿一年後會離開，或者接受他給我安排的工作和生活。爸爸似乎還不滿意，在酒吧那樣的地方工作在他看來簡直是辱沒家門，一刻也不能容忍。

但是爸爸，一年和一生，哪一個更長呢？

不知道爸爸會不會知道，「或者」燈紅酒綠，可我的心澄澈明淨。而如果從事一份在爸爸看來規規矩矩的體面工作，我很有可能馬上變得急功近利、庸俗不堪起來。

沒帶雨傘的小男孩在屋簷下孤零零地躲雨。我打開門，讓他進來坐著。

「我想要一杯『上海』，可以嗎？」

小男孩指著酒單上的字對我說。

「當然可以。但為什麼你單單選了『上海』呢？」

我故意想逗逗這個長得很好看而且很聽話的好孩子。

「因為，因為這上面我只認識『上海』兩個字。」

小男孩抬起細長的眼睛說。

我「嗤」地一聲笑了：

「那這個呢？這兩個字沒學過嗎？」

我點著「竹子」問。

「學過了呀。我見過竹子，但我沒去過上海，不知道它是什麼樣。」

小男孩眨眨眼，認真地回答我的問題。

我心裡忽然湧上一種說不出的溫柔的惆悵。輕輕歎了一口氣，將黑色蘭姆酒、茴香酒、石榴糖漿和檸檬酒倒進調酒壺中，慢慢搖勻，分別倒進兩個裝著冰塊的酒杯中。一杯遞給小男孩，一杯留給自己。

「只許喝一點，知道嗎？」

小男孩點點頭，喝了一口，舔舔嘴角，問我：

「剩下的我可以帶回家嗎？」

經過我的同意後，他把剩下的「上海」全部倒入他的卡通小水壺中。窗外雨停了，隱約聽到路人說看到了彩虹。小男孩向我道謝，轉身走掉。

「小弟弟，等一等，你還沒付錢呢……」

「錢？錢是什麼東西呀？一種雞尾酒嗎？」

小小的白淨的臉上是迷惑不解的表情。

我搖搖頭，又點點頭，笑了：

「沒什麼沒什麼。快回家吧，天快黑了，爸爸媽媽該擔心了。」

如果真有一種叫做「錢」的酒，它一定是汙糟的黑色吧？

意識到自己愛上了暖的時候，已經是冬天末尾了。我不知道暖的真名是什麼，就像我不知道暖的一切一樣。「暖」只是暖給我的感覺，只是我給暖的代號。

暖或許是附近音樂學院的學生，或許已經畢業了。老闆雇了暖，每個星期四到「或者」來彈奏鋼琴助興。象牙白色的臥式大鋼琴擺放在羅馬柱旁邊，這樣使得暖離我不遠也不近。

一個剛好合適的距離。

你或許會猜測我和暖分別是什麼性別，再依此揣測我們會發生怎樣的故事。也許暖是個純潔高尚的鋼琴王子，而我是調酒師中少有的女性，戀慕他白皙修長的手指下流淌出的音樂。也許暖是個高傲的美麗女子，而我是眾多根本不會被她放在眼裡的愛慕者中的一個。也許，我和暖乾脆都是男的或都是女的。唯一可以告訴你的是，我和暖

都留著中長髮，都喜歡穿白色襯衣。

喝酒的人喝酒，澆愁的人澆愁，談情的人談情，裝模作樣的人裝模作樣。沒有人會將注意力放在酒吧裡的音樂是什麼上。這對暖來說是件好事，可以隨心所欲地彈自己願意彈的曲子。有時候是柴可夫斯基，有時候是孟德爾松，有時候是勃拉姆斯，有時候是舒曼，有時候是拉赫瑪尼諾夫……我驚訝於自己何時竟然知道了那麼多的古典音樂家，並且能夠準確分辨出他們的作品。

我願意相信整個酒吧裡只有我一個人在認真聽暖彈琴。

我之前所調製的雞尾酒全是一些老掉牙的配方。暖的琴聲給我了很多靈感，我開始在暖的琴聲所營造的氛圍中試著調製新的品種，並給新品種的雞尾酒們取了一個個自認為別致的名字：雛菊、潔西卡、灰童話、悲情城市、洛麗塔的草帽、無言歌、雪候鳥、自由主義、中南半島、蒙娜麗莎對你說、荒城之月……我已經很久不寫詩了，但詩情畫意從未從我的知覺中消失，我在各種各樣的酒的顏色和氣味中遣詞造句，找到了新的樂趣。

然而我沒有請求老闆將這些新雞尾酒的名字添在「或者」的酒單上，雖然這樣一定會賺很多的錢。我只是認為這些酒是自己和暖共同創造的結晶，才不會捨得讓別的人喝去。我也沒有將新雞尾酒的配方詳細記下。

倘若少了暖的琴聲，縱有配方也調不出任何一種酒。

我應該向暖表白自己的感情嗎？應該，但我不會。不知為什麼，少年時代起我就習慣了暗戀，暗戀，一直暗戀，最多也就玩一下曖昧，直至一份單向的感情兀自走向終點，然後自己一個人站在原地

感傷、懷想。「我看到季節往復／我愛的人如我所願／在塵世的幸福中漸漸把我遺忘。」這是我讀到過的關於愛情的最難以忘記的詩句。也許，「愛情」真的只是人們都願意去相信的一種假象：願意相信有人會愛你，會和你一起享受生活、分擔痛苦，會和你一起慢慢變老。

但在這個世界上任何人都是孑然一身。

真的。

我看著暖的背影。暖正在彈一首我沒有聽過的曲子，先是平緩輕柔的，緊接著海浪在咆哮，最後回歸平靜，又像水銀瀉地。

或者說，我茫然，為不知道怎麼處理表白後自己和暖的關係而茫然，無論暖是接受還是拒絕。我甚至都看不到未來，看不到自己想要怎樣的未來。這個時候貿然對暖說愛，於暖於己都不太負責任。

不是嗎？

我曾經是「詩人」，卻缺少詩人的激進和浪漫。

又有客人來了：

「一杯『紅眼睛』。」

冰冷的番茄汁倒入酒杯，加滿冰啤酒，仔細攪勻。「紅眼睛」是客人們點得最多的一種酒，解宿醉用的。但我懷疑它是否真的有效，因為客人們喝過以後，仍是不願意清醒。

「『或者』，『或者』，以為酒吧叫這個名字很另類是嗎？」

醉鬼的話讓我抬起頭來看他。年過五旬，黑色西裝，別了一朵

紅玫瑰。

《教父》？教父？

「老實說，當初我選擇到這家酒吧工作而不是別的酒吧，正是因為它的名字。」

他呷了一口酒，盯著我道：

「認為人生中真的可以有很多種選擇？少了任何一個『或者』，還會有無數個『或者』？」

我知道男人喝醉後會特別囉唆，會說一些莫名其妙的話；但我不知道會莫名其妙到這種程度──明明醉了卻比正常人要清醒。

「難道不是嗎？」我反問。

「『或者』也許可以使你活得更多，但未必會使你活得更好。」

他喝完最後一口「紅眼睛」，走了，推開門的時候有一股熱風湧入。

又是盛夏了。凌晨空蕩蕩的街道上有人在放聲歌唱。

今天是星期四。華燈初上，我如期出現在「或者」酒吧裡，暖穿著白襯衣，如期出現在我像冰一樣鎮定、又像火一樣熾熱的目光中。

這是我待在「或者」的最後一晚。我決定了要參加明年的研究生入學考試，原因或許聰明的你已經猜到了：既然找不到好工作，又不願意向爸爸低頭讓他為自己作安排，不如重回校園，多讀幾年書，到時候策劃一個自己滿意的未來。況且，我真的已經開始懷念大學生

活，那既有方向感又有無限衝勁的四年，我還想再來一次。

午夜了，暖還沒走，還在彈琴。

我在抓緊時間即興調製一杯叫做「暖」的雞尾酒。威士卡是必須的，它刺激；七喜汽水是必須的，它乾脆明朗，像我業已走向尾聲的青春；蜂蜜是必須的，它甜美馥郁⋯⋯還有些什麼，也是必須的，你說呢？

彬彬有禮的服務生端著托盤走向暖的鋼琴邊，對暖說了句什麼，將色彩莫測的酒飲放在琴上。

我知道，拖盤上還有一張紙條：

「你好！這是專門為你調製的『暖』，希望你會喜歡。另外，能為我彈奏一首柴可夫斯基的《六月・船歌》嗎？」

於是，我看到暖轉回頭。

我又一次看到了暖毫無意義又意義非凡的臉。

蚯蚓

福建師範大學文學院研究生 徐立萍

　　阿丘和阿引是一對夫妻，一對不安分守己的夫妻，是蚯蚓家族中的異類。他們一心想進城。唉，吃夠了土了，吃了一輩子土，祖祖輩輩都吃土。吃土，吃土，吃到何時才甘休！老祖宗為什麼跑到這裡吃土？在暗無天日中吃土，生兒育女，再吃土，再生兒育女，兒女長大了再吃土，反覆循環，這樣的生命有何意義？阿丘和阿引像詩人一樣頹廢，他們決心進城去，改變吃土的命運。

　　他們一路吃土朝城進發，路漫漫其修遠兮，阿丘和阿引上下鑽洞，阿丘和阿引在黑暗中不知吃了多少土，也不知行了多少路，歷盡千辛萬苦，終於吃到酸土了，離城近了。有一天，阿丘和阿引鑽不動了，鋼筋混凝土就在眼前，終於進城了！

　　他們高興了好幾天，但很快失望了。這裡到處都是鋼筋混凝土，要想出頭很難。阿丘和阿引把頭都碰破了，也沒找到出路。他們幾乎絕望了，難道歷盡艱辛跑到城裡吃酸土？但是，阿丘和阿引有著幾萬年的進化，最善於吃土耐勞，不屈不撓地在鋼筋混凝土蓋子上找出路。工夫不負有心人，他們找到了，是在白天，一抬頭，周圍明晃晃的，簡直把他們嚇傻了。啊！偉大的造物主，神啊，你把我們引到了天堂！阿丘當場就想作詩。

　　他們晝伏夜出，四處打探，想找個地方安家，找來找去，找到

一個垃圾箱，這是城裡唯一讓他們感到親切的地方。他們安了一個家，透過垃圾的縫隙可以看到城裡的高樓大廈和萬家燈火。阿丘和阿引沒有過上城裡人的生活，但阿丘和阿引看到了城裡人的生活，這就比只知道吃土的蚯蚓先進。阿丘和阿引的生活也有了質的變化，不再吃土了，改吃垃圾了，垃圾也是世界級的垃圾，比土的味道豐富。

阿丘和阿引成為世界上最幸福的蚯蚓，他們通過奮鬥改變了自己的命運，他們在垃圾箱裡愉快地享受著他們奮鬥的成果。不久，他們就有了一百隻兒女。唉！子女教育真是個大問題，尤其是在城市裡，到處燈紅酒綠、歌聲瀰漫。怎樣才能讓兒女知道做蚯蚓的本分，阿丘和阿引傷透了腦筋。天天進行革命教育，還是不行。

阿丘和阿引感到自己老了，兒女一天天長大，他們也一天天揪心起來，這些吃垃圾長大的孩子的思維和吃土長大的就是不一樣。最先發難的是丘四郎和引九妹，他們兩個在外面受盡欺侮，丘四郎就回來要個烏龜一樣的殼或者蝸牛一樣的小房子。唉，我們身無分文，連骨頭也不曾有，哪來的錢造房子。引九妹更好，想長出一對天使一樣的翅膀，以便能攀上高枝。唉，我們的祖宗連手腳都沒有進化出來，哪來的翅膀？丘十三乾脆想有一排蛇一樣的毒牙或一根馬蜂一樣的毒針，唉，吃土的嘴裡能吐出毒牙？盛垃圾的肚子裡能長出毒針？最讓阿丘和阿引惱火的是引三十六竟然說自己打算去賣身，阿引拿起笤帚疙瘩就打，引三十六邊跑邊振振有詞：我們在城市裡如果不火速進化成寵物或食物，我們早晚會滅絕！這是蚯蚓說的話嗎？阿丘和阿引心裡添堵了。

阿丘和阿引有點老糊塗了，看著兒女們一個個忙忙碌碌，不知如何是好。

　　這一天，阿丘和阿引坐在家裡，大白天，兒女們也都各懷心事圍坐在旁邊。阿丘和阿引想借此機會講講蚯蚓吃土的故事，突然感到心驚肉跳，整個垃圾箱像地震一樣晃動起來，接著眼前一亮，白花花的太陽刺到身上，阿丘和阿引在閉眼的一剎那，發現蚯蚓家族和垃圾都忽忽悠悠上了天，一輛冰冷的鋼鐵鏟車毫不留情地撕裂他們──人們在清理垃圾箱。

　　阿丘和阿引在生命的最後一刻，腦子裡突然靈光閃現：祖先為了生存，為了後代才一頭扎到土裡的。

　　阿丘和阿引在生命的最後一刻忘了，蚯蚓是會再生的，即使身首異處，只要有土，仍然會活下去的。

誰持彩練當空舞

福建師範大學文學院研究生　歷偉

　　陶青的姐姐叫陶藍，陶藍的姐姐叫陶紫。陶青剛到了上大學的年齡那會兒，陶藍大學剛畢業，陶藍大學剛畢業的時候，陶紫剛結婚。陶紫剛上大學那會兒，陶藍剛學會打「井」字包，陶藍很熟練地打「井」字包的時候，陶青才剛學會騎自行車。

　　陶青從院裡三號樓獨居的林老作家那兒借了他那輛英國漢堡牌的自行車，就自顧自地「嘁啦嘁啦」在院子裡學起車來。那個林老作家其實不老，據說他在二十世紀三〇年代的時候也是跟著隊伍去延安的青年，後來不知道什麼原因又回到了大後方，根據在延安的經歷寫了兩本書，風靡一時，還形成了「林××年」。照說現在也才六十多歲，可看上去已經風燭殘年、垂垂老矣了，平日裡見不到他，偶爾太陽較好的冬日午後，可以看到他搬一板凳坐在大院裡擦洗自行車，若有頑皮小孩從他身邊快速掠過，就如夢方醒似的抖動一下，那貼著頭皮薄薄的銀絲也跟著跳躍一下，然後站定了，用左手捂住心臟，右手拿起拐杖指著那些小鬼罵罵咧咧：媽拉個×！小畜生們！狗眼睛都沒看到你爺爺擦車……每每如是，院子裡的大人聽著都不自覺要皺起眉。都是文化人不是，怎麼林老這樣……林老越是這樣，那些小孩就越是要嚇唬他……他就越是要罵得難聽……林老作家就是這麼乖張暴戾的一個人。林老作家有一寶貝，那寶貝不是書，而是他那輛英國漢堡牌的自行車，那車乍一看去和我們的鳳凰28、永久28沒啥差，走

進了才知道，人家那東西多了一個小型發電機，還有個電燈頭，亮噌噌的黑鐵，滿身都是英國字。這在當時可不得了啊。確實是一寶貝。所以，不知道陶青怎麼從他那借到的二十八寸英國漢堡牌自行車的。就給她那樣初學者擺弄也不心疼？

　　晌午，陶青在院裡那梧桐樹蔭下停了車，脫了棉襖，歇著。王赤橙一看四下無人，跑過來了。跑一半，停下來，背靠著另一棵梧桐，用鞋蹭地上的土，臉向著陶青：「青子，今年冬天不冷啊。」

　　陶青瞟了他一眼，又看看身上的大紅羊毛衫，沒理他。

　　「青子，我哥說林老的寶物身上有英文字，我能看看嗎？」

　　陶青用雙手食指翻攪著兩條麻繩辮子，一臉不屑地說：「就你？你也認識英文字？得了吧你！」

　　「嘿，別看不起人，毛主席不是說了，世界上怕就怕『認真』二字，我就最講認真！我認真去認識，就能認識！」王赤橙一臉莊重，一手提到胸前，鬆胯，做了一個向前進的姿勢，對著天安門。

　　陶青樂了：「好吧好吧，你就去看，但別動！林爺爺說了，除了我，誰也不給動！」

　　王赤橙像大鳥一樣飛到了車旁，蹲踞在那，把帽沿挪到後腦勺，觀察了起來。

　　「胡……胡……蘿蔔……絲……絲（HUMBER SPORTS）……」王赤橙一臉凝重地抬起頭看彎腰在旁的陶青，「後面不會念了……」陶青當真了。

後來，紅衛兵來了。再後來，林老作家死了。

抄他家的時候，書倒沒多少。林老也沒太大的反應，不像鄰居唐詩人，那真真和死了誰似的，拉都拉不住，瘋子似的往火堆裡撲，口裡直嚷嚷：「時日曷喪，予及汝偕亡！」一個紅衛兵提著棍子走過來，蒙頭就是一棍。詩人才不吱聲了。林作家是在被發現了他藏在公廁後面的寶物的時候才恢復生命力的，像一個上足了發條的玩具，和紅衛兵們不知疲倦地彈來彈去，手裡揮舞著棍子，真真是一不怕苦二不怕死，前仆後繼，「媽了個×，日娘的，老子當年……老子當年……你們這群狗日……老子當年……」凌晨的時候，全院子的書都燒光了，該沒收的沒收了。紅衛兵頭頭把自己那輛自行車賞給了今天晚上表現最突出的那個部下（就是用棍子敲唐詩人的那個），跨上林老的漢堡，丟了句「宜將剩勇追窮寇，不可沽名學霸王」，手一揮，班師回朝了。院裡的大人，圍成一個圈，臉上印著死灰裡透露出來的光亮，沒有言語。

抄家的時候，陶青和王赤橙趴在五樓樓頂俯瞰。熱浪像海水一樣奔湧而來，他倆覺得臉麻麻的，好像看到那層層的波紋，灰燼飄忽著向上，向上，飛到墨一樣的雲裡頭，不見了。原來在院裡看電影的時候，看到鬼子進村，在村口也要燒一堆東西。

王赤橙看到林老和紅衛兵小將們你來我往的時候，轉過臉問陶青：「我上次給你做的彈弓帶了沒？」陶青搖了搖頭。王赤橙站起身，四下尋找，拿了半塊磚頭回來，剛要扔。陶青跳起來，死死抱住他的手……

第三天一大早，不知道幾點鐘光景，出門倒屎尿的張副主席（此人是文聯副主席）的痰盂落地聲哐噹一下，驚醒了一排梧桐樹上的烏

鴉或者喜鵲。接著，過了一會兒，人聲嘈雜：林老用皮帶把自己吊在了其中一棵上。赤條條的，像沒開過膛的豬，又不像，他那麼精瘦。一條條肋骨很醒目，像是在積極地表露些什麼。恥毛還是黑的。林老的眼睛已經被飛禽啄走，兩個黑洞洞的眼窩下面流著幾條血跡。王赤橙不讓陶青看。他自己卻一直盯著那兩個黑黝黝的洞，似乎盼望著裡頭能爬出些什麼東西⋯⋯

　　唐詩人和院子裡沒下放的大人都被掛上了名目不同的牌子去遊街，開批鬥會，出門爭差。偶有相同。唐詩人掛著的是「反動學術權威」，有一次到棉花廠去，一溜人跪在禮堂前沿開始例行公事。唐詩人，由於是詩人，按文體排序，他在最後一個。通俗小說家開始被批鬥了，突然，從後臺又被押上來一個被剃了陰陽頭的人，扔粽子一樣扔到唐詩人旁邊，唐詩人一看牌子「反動學術權威」，就張開皸裂的口：「你好！」那人抬起頭，一女青年，有些拘謹地說：「你也好！」詩人：「我們牌子一樣，有緣啊。」女青年莞爾。詩人：「你看，我們都在學術的『前沿』呢！」女青年低下頭看了看牌子。詩人：「你是怎麼掛上的？」女青年：「我推薦了里爾克。」詩人面露喜色：「哈哈，我抨擊里爾克，卻也掛上⋯⋯」背後飛過來一腳，詩人逕直翻滾到了講臺地下的椅子旁邊。「這是批鬥會！嚴肅點！不是後海公園！」職工哄笑⋯⋯

　　透過屋頂漏下來的光柱中飛舞的棉花絮，透過參差不齊的瀏海，她在混亂的秩序中，在她各種平靜的情緒的間隙裡看到詩人手忙腳亂地被四個紅衛兵弄上講臺，看到了他潔白的牙齒，他悒鬱的神情，她腦海裡驀地迴響起一句詩：「陌上草薰，閨中風暖。」「倒了倒了，是『閨中風暖，陌上草薰』，江淹〈別賦〉。」詩人氣喘吁吁地小聲對她嘀咕⋯⋯

後來，陶青的爸媽下放回來了。王赤橙的爸媽只回來了一個。他爸媽在牛棚裡用皮帶上吊的時候，他爸的皮帶由於品質問題，斷了。

再後來，陶紫結婚了，和丈夫留在學校任教。陶青正在擔心著考不考得上大學。複習了那麼久。陶紫有一天叫陶青去她那，什麼也沒說，就說一句：別考了，聽姐的，當兵去。陶青什麼也沒說就走了。王赤橙當兵去了。黃小綠也當兵了。好像沒有人讀書了。就在她冥思苦想的時候，文件下來了，高中、大學不招生了。他們要我們到農村去，到邊疆去，到祖國最需要的地方去。

又過了許多年，文聯大院拆遷了，而陶青終於大學畢業了，在新成立的百貨公司當會計，她在推著自行車去上班的路上看到了王赤橙。王赤橙穿著筆挺的軍裝，拉著一個剛會走路的小女孩的手，彎著腰在和她說什麼，他從前教過她認軍銜，正團級。王赤橙一開始沒有認出陶青。陶青喊了一句，他才認出來。他倆寒暄過後，王赤橙說：「這是我女兒，她姥姥家住這附近，今天帶她去姥姥家玩，青青，叫阿姨……」

什麼都不懂的女孩兒，抬起頭，怯怯地說了一句：「阿姨……」然後，就躲到她爸爸的屁股後面再也沒有出來了。

冷美人

福建師範大學文學院研究生　吳青科

亙古常新的月亮，明晃晃照在窗臺上。

他如往常悄無聲息地走進教室，坐在教室最後面的角落裡，默默地注視著她的到來。

她穿著帶有白色條紋的優質棉襯衫，乳房明顯地顯露出來，下面是深色的褲子。她的靜默被喧鬧騷動的學生們輕易地忽視了，卻令他深感震撼和驚訝。在內心深處，她給他留下了無限憂傷和神秘的印象，使他無故傷感得厲害……

在他眼中，她比風還輕，比空氣還縹緲。

「她還是單純的女孩，儘管……」

她的臉上流露出單純女孩的惶恐和無奈，面對喧嘩騷動的學生感到不知所措。她不懂得用嚴厲的語氣斥責他們，只一味地低著頭看教材。

課間休息時，跑進來一位女生將一大把玫瑰送到她面前。

「教師節快樂！」

她小孩子般沉默不語。

「快收下吧！」

那女生晃動著她的肩膀，將她的右手放在小腹上，又拿起左手搭在上面，將玫瑰插在中間，而後跑了出去。她把花束默然地放在講臺上。

她收下了那些濃豔的玫瑰，將玫瑰插放在辦公桌上佈滿陽光的一角。每天，她都能聞到玫瑰濃郁的香氣。偶爾，她會在花香的薰陶下沉醉於睡夢。玫瑰很快就枯萎了，只剩下乾枯的殘骸。

她回到講臺旁，轉身在黑板上顫抖著寫起課案。捋著頭髮的纖手顯得僵直。從矜持的動作他看出了她的心境，憤怒正從哀傷中滾滾泛起，然而她無可奈何，粉筆一節一節折斷，她將折斷的粉筆丟進粉筆盒裡。

「求你饒恕我好嗎？」她哀求道。

「饒恕我好嗎……我不知道該怎麼辦才好……」

她轉過身時已經淚流滿面。送花的女生已經跑了出去，很久以前。

「你在我心中一直保留著，你在擔心什麼呢。」她望著他默語道，眼神含帶笑意。

他長時間憂鬱地幻想，痛苦地掙扎。她的離去對他而言更是雪上加霜。

他渴望愛情。

安靜的教室裡，只有她悅耳的聲音在顫動。

散發出撲鼻的香氣濃豔的玫瑰，如今已經枯萎了。

「那也是很值得的，崇高的悲劇。」吃飯的時候，她如此安慰道。

她為他精心製作了絲瓜菜，蒸得很好的米飯。她為他盛了一大碗，他吃得一粒也不剩。

「難道你想賴在這兒不走嗎，我的小弟弟？」吃過飯後，她在廚房說道。

「正是如此，我太羨慕你了，這裡多麼舒服啊！」他躺在沙發上說道。

「你能來一下嗎，幫我解開圍裙。」

「這裡雖然舒服但不適合你，你要勇敢地走下去，直到生命結束的那天。我已經無用了。」

他忍住悲痛，摩挲著她的肩膀。

「實在對不起。」

「我只是覺得很累，而你也離開了我。」

「若是這樣。看來我真的要離開了，好了，好了。」她突然轉悲為喜，試圖安慰他。

窗外下著淅淅瀝瀝的小雨。她隔著窗口與他道別。

講臺上，她正在思考有關玫瑰的事情。那是令人遺憾與痛苦的根源。

「我是真的喜歡他嗎？就連我自己也不知道。這就是愛情嗎？恐怕不是，因為離婚並不使我難受，即使難受也只是暫時的，可我以後怎麼辦呢？」

她把目光投向他，他正在昏睡。粉筆一節一節被折斷，丟棄在講臺上。

她轉身繼續講課，內心的疑惑早已煙消雲散。她沉醉於往事的回憶中，臉上浮現出微笑。

「我認識你的時候，你還是個小孩子呢。」

「我知道在你眼中我永遠沒有自尊。」

「這又怎麼講？」她笑得更加燦爛。

「直到今天，我都無法改變自己，恐怕已難以改變了。」他在睡夢中長歎一聲。

「勇敢地走下去，向永生勇敢地前進！」

在一大片樹林裡，他穿著天藍色的短褲，叉著腰，揚言要爬到高高的樹梢折斷粗壯的枯枝。她疑惑地看著他，面帶笑意。

「我能做得到，像以前常有的那樣，很容易就搞定了。」他仰望著蔚藍的天空，堅決說道。

她爽朗地笑了起來，但很快止住了笑聲。

「你還記得吧，當時我看見你在擺弄玩具呢。那些零碎東西挺複雜的。」她忍不住笑了起來。

當他惱羞得快要流淚時，她便帶他回家了。

晚上，她抱著他一起睡，他望著她美麗的容顏毫無睡意。從那時起，他發誓長大以後一定要娶到像她一樣貌美的女子。

他將照片夾在信封裡，以快遞的方式寄給了她，並在信紙上聲明照片拍得不好，湊合看好了。另外還有一件厚線衣，一頂洋式女帽。

秋天即將到了。秋天的天氣，乾燥有風，在很大程度上影響了他。他受不了萬物的淒涼衰敗。絕望和痛苦猛烈地衝擊他。刺目的陽光令人輕易地陷入了往事的不幸的回憶中。落入那樣的境地，倒不如死了的好！

事後，他再也體味不出男女之間那種純潔而親密的情感所帶有的魅力。他什麼也不想去做，什麼也不知道，最為迫切的是回到臥室裡（那裡除了自己不可能再有什麼人）接連不斷地抽煙。這樣才算活著，才算有了真實的生命，可惜，可惜啊……

夜幕降臨之前，一抹夕陽將天空燒得通紅。

他在操場旁邊觀看了一場籃球賽。又一個賽季到來了。為滿足勝利的虛榮心而實施的善意的陰謀。

他時常出入她的家，無論是晴天還是雨天。她為他配備了一把嶄新的鑰匙。

第一縷曙光灑滿花園時，她懷著輕鬆愉悅的心情在花園裡的小徑上散步，呼吸著新鮮的空氣。

他時常出入她的家。已有人私下裡議論，後來就有領導揚言要關心她，在辦公室裡委婉地警告了她。領導厭惡地瞥了一眼插在瓷瓶裡的玫瑰花，然後開門走了出去。

她離婚了，離開丈夫搬進了他的居所。

他站在門口久久地遠遠地向她揮手，繼又跑過去幫她拎起行李。她冷漠的倦容令他頓感悲傷和嫉妒。她並不愛我！兩人並肩行走在鵝卵石小徑上，沉默不語。

簡陋的客室裡，他從床上扯下兩張竹席，呼呼地鋪在地板上，然後，在席子上放上一把椅子（椅子的靠背只剩下短木茬）。他從廚房裡端來了新鮮的油煎荷包蛋。

「坐起來嘛，你到底是在我這裡⋯⋯什麼也不用怕。」他大口吃著自己的那一份。

「趁熱趕快吃吧。」

她懶洋洋坐起來，帶疤痕的手臂擱在腿窩裡，滿頭的秀髮披散下來。

「這就很對嘛⋯⋯」

五年後，他和她又一次相遇。在自己家裡，彼此默對無語。

「我的小弟弟你已長成大帥哥了！」

她笑著將他擁進懷裡 —— 他已是一個憂鬱的俊美的小伙子。他沉醉於她的體香，沉默無語。他明明知道她變得更加美麗，真正的美人了。

她走進昏暗的廚房。他正在那裡照著食譜煎荷包蛋，他端著碗猶豫不決，不知道接下來該怎麼做，油鍋早已「劈啪」作響了，廚房裡瀰漫著刺鼻的煙氣。牆壁上晃動的身影告訴他有人進來了，他感到了那人細微而平緩的呼吸。

「你還是出去吧，這裡不適合你。」

她順從地走了出去，彷彿未曾來過，牆壁上的身影瞬間消逝了。

他感到惱人的憂傷，於是索性熄了爐火。重新再來，這次他動作粗魯，反倒很順利。他與自己作對狠狠地懲罰自己，讓怒火在自身發洩，緩緩跳動的幽藍色的火苗……

「啊哈！捉住了！捉住了！」

他想起小時候捉喜鵲的情景。他和母親藏在廚房門後，手裡緊張地牽住那根致命的繩索。籮筐罩住了啄食撒在雪地上的小米的公雞。不遠處的棗樹上落滿了漂亮的喜鵲，黑的、灰的，撲稜飛起又落下。

他從別人那裡偶爾得知喜鵲成了稀有鳥類，得到保護。

秋種季節，在瀰漫著薄霧的田野裡，偶爾還見過空中飛掠的黑喜鵲。至於灰喜鵲，他只在朋友家裡一棵雪松下見過一次。當時，他忍不住失聲叫出聲來。他忘不了那次與母親捉喜鵲的經歷。寒冬臘月裡的一天，地上，屋頂上，樹上，全落滿了雪。矮小的棗樹上站著幾十隻喜鵲，「嘎嘎」地叫著。那確是一種奇蹟！

「奇蹟，我竟做成了！」他將煎好的荷包蛋盛入托盤裡。

這樣，他每天下午就能吃到兩個新鮮的油煎荷包蛋了。這種想法著實夠刺激！可惜，他從未真正掌握煎蛋的技巧。從某種意義上說，他從未吃到過真正的油煎蛋——自我的歪曲的獨創。或許可以這樣說，只吃到了七八成的油煎蛋。這拙劣的作品卻贏得了高聲的讚美。後來，他索性十分的厭惡起來。於是，他幾乎淡忘了煎蛋的所有技巧，偶爾……

「你本是冷酷無情的女人。」

他拎著行李走得很慢，索性停了下來。他站在梧桐樹下默視著她修長的身影。兩人之間已有相當遠的一段距離。

她回頭看見他困惑而迷茫的神情。

「怎麼了，為何不走了？」她冷冷地回望他。

她莞爾一笑。

「你還只是小孩子，自私，單純。」

「我改變不了……能做什麼……我已經無所謂了……」

「你永遠生活在理想化的虛構的世界裡。」

我什麼也不是，只是一片虛無……

他想起她對待學生是何等的嚴厲 —— 他因此更加喜歡她點名時，每一個學生的名字都會被叫上幾遍。可是仍有學生喜歡她，教師節，有學生送她玫瑰花。

她束起了髮辮，顯得更加清純，美麗。他的世界裡沒有束著髮

辮的女子，這很可悲。他想起了綰著髮髻的維納斯女神。美術課上，有人居然批評她的髮型太俗氣。

他凝望著她，她是那麼的謙卑，他看清了她修飾得完美的柳葉眉，圓潤的臉頰——他的真實的世界裡不曾存在，也將永遠不會存在——珍珠般的明眸盈動著汩汩清泉，迷人的酒窩。

「我無法承受你的微笑……除非那是針對我。」

「……」

「有時候，你的不幸反而令我感到快慰，興奮得失眠。」

她笑了，他仍舊凝望著她。

「這又為什麼？」

「那樣我們就能在一起玩耍了，像小時候。」

「你還只是小孩子，自私，單純。」

「你是想讓我死在你的眼前嗎？如果……我可以……」

「對不起。」她收斂了笑容，他也就放過了她。

「對不起，我不該這樣打擾你，請你原諒。」

他將沉重的行李放在客廳前的臺階上。

「以後不要再提了。」

他為她沏了一杯咖啡，加了牛奶。她仔細地品嚐著，一舉一動都很迷人。

「我從未想到自己會落入這等地步，」他望著窗外，流露出悲痛的神情，「一瞬間，發生了翻天覆地的變化。」

微風輕柔地吹拂著，掀動了窗簾。

「曾經我鄙視命運的力量，現在卻被它鄙視。」

「你總認為自己一無所有。」喝過咖啡，她漸漸有了睡意。

「你看上去很困倦，渴望著休息。」

「我真的感到很困倦，不知如何是好……」

風漸漸涼了。他將她抱到沙發上舒服地安睡下。握著她溫熱的纖手，心潮洶湧。

「再也沒見過如此嬌美的臉蛋，可愛的冷美人，冷漠，單純。」

他觸摸一下她光潔的額頭。他重又覺察到自身活生生的存在。幸福的浪潮正向他襲來，平息了靈魂的騷動不安，靜止不動。他剛剛意識到生活原本是如此愜意的享受，奢侈，惶恐。眼睛裡盈滿了淚水，浮現出了笑容，他用左手的中指和無名指撫動著她柔順的秀髮。情感與理智的真切，沉重，麻木。

「我什麼也不想要，也不知道，只希望永遠這樣守護著她。」

她深深地陷入無夢的睡眠。細微的響動似乎驚擾了她，她側轉身朝向他，將手臂搭在他的肩膀上。

「這一刻，我什麼也不想，也想不起來。」

他一直脈脈含情地凝望著她。倦怠彷彿霧氣在內心升騰，間雜

有難言的厭惡。這倦怠與厭惡摧毀了本該屬於自己的甜美的愛情。

「在她面前，我絕不會再如往常一樣。」

她跟隨了一個不愛自己的男人是對他的侮辱和創擊。他深陷絕望與孤獨，執意要向永生勇敢地挺進。他深感不幸，她深感不幸……

那位長髮的女子倚窗而立，透過潔淨的窗玻璃看他。不幸的是，他已厭倦了愛情。他行為拘謹，貧窮到一無所有的地步。

是誰如此大膽地給愛情下了定義並界定了它。瞎了眼的丘比特屢屢犯錯。那枝利箭證明了愛情的自私與殘忍。

我是否應該去愛她，膽大到不顧一切，當別人已暗地裡為她設下陷阱，甚至在悲劇發生之後。

他是真心愛她，他懷念她稚嫩的雙腳以及受傷的眼睛。

她歡快地在一個男人旁邊坐下與他打情罵俏，一邊將高傲而驚喜的目光投在近在咫尺的另一個男人身上。完全相反的景致。同是一人，她站在走廊裡望著他，含情脈脈。他透過玻璃杯窺視著她的一切。羞怯的性情辨別不出愛情的真偽，最終採取了妥協的態度，於是，她蒙上了迷人的光輝躲進了記憶的倉庫。

他和朋友逛商店時偶爾碰見了她。她向他招呼後便和售貨員聊了起來。他站在她的背後，目光落在了她那精緻的涼鞋和稚嫩的雙腳。那女子身上沾滿了無數的纖塵——茫茫大海中，無處依靠的小帆船。哀傷忘我的迷醉，竟達到了如此強烈的程度，那只是短暫了一瞬間。痛苦而長久的回憶。

「我無法向任何人透露死亡對我無休止的威脅與恐嚇，我時時刻刻都被嚇得死去活來，幾乎要瘋掉。凌晨——我還記得——分離使我禁不住慟哭起來。我已不會哭泣。深夜，我坐在光禿禿的床頭，手裡拿著抹了牙膏的牙刷，無論如何再也沒有力氣重新振作起來……」

「我渴望擁有美好的愛情。透過死亡的帷幕去撫慰那心愛的女子，她有著美麗的秀髮，珍珠般的明眸……這有可能，只有唯一的解決辦法——將死神的冠冕戴上她那精緻的頭腦，並憂鬱地掩飾起她那光潔的額頭——只有這樣，我才可能平靜地度過一生。活著不能沒有愛情。」

「你實在太困倦了。」

她輕輕地噓了一口氣，復又轉過身，深深陷入無夢的睡眠。柔風拂動窗簾發出細碎聲。

「你不會想到，冬日的寒風將我凍得瑟瑟發抖，最壞的是……我的確很害怕。」

他試圖去喚醒她。中指和無名指只是在她的柔軟的下巴頦上輕然撫過。

「相對而言，我更喜悅冬日裡飛舞的雪花，讓我淡忘了憂傷與嚴寒，恢復了平靜……冬天無時無刻不令人冷得發抖。」

「再也想不起來了，再無人能夠想起來。」

「我再也沒有打過雪仗，那可真刺激！再過一段時間雪就融化了，泥水順著屋前縱橫交錯的溝壑流進屋後的池塘裡。那裡有飽經風霜的老柳樹。遺憾的是，來不及站在被雪覆蓋的荒野裡拍張照片——

頭天晚上又一次失眠。夜裡下了一尺多厚的雪，窗外透進耀眼的白光。想起來的時候已經⋯⋯那是入冬以來第一場雪。」

「你是否感到很遺憾？」

「是。」

「你是完美主義者，追求完美的人生。這使你很痛苦，很殘忍。」

小時候，大雪天裡，他獨自跑到自家屋後的楊樹林，將帶有細小裂紋的心愛的短笛折碎埋進雪堆裡，他不願再吹奏憂傷的樂曲。

沉睡中，她發出一聲歎息，微皺著眉頭。

「我確信自己是愛她的，別的暫且不說⋯⋯她有時顯得過於輕狂，傲慢，難免令人為她的忠貞心生疑慮。」

「可你別忘了，有時，她也會獨自一人伏在茶几上暗自流淚，透過門縫迷戀地凝視著你。」

「可是⋯⋯」

「再也沒有什麼可是的了⋯⋯問題全在自身。」

他覺得她睡得不太舒服，便將手小心翼翼伸過去，在她的懷裡找到了一只精美的貝殼——他送給她的生日禮物。

她睡得更為舒服了。她微皺的眉頭舒展開來，呼吸平穩得如同潛溪。

夜幕降臨，皓月升起。

「你真的體味過死亡的滋味嗎？」

「不能確定，或許那根本不是死，只是靈魂暫時出竅。」

他從高腳凳上摔下來，重重地撞在衣櫃的稜角上。

「人們相信靈魂的存在。可一下子什麼也沒有了，連虛無也沒有，不能不讓人害怕。」

母親對著他的耳朵拚命地叫喊：「……」

很快，他又活蹦亂跳了。母親癱倒在床。

「所以，我並沒有死。」

母親犯了嚴重的精神病。深夜，毫無顧忌地大口喝著尿液，父親狠狠地動手揍她……一切都發生在他睡意朦朧之時。

他憎惡自己的姑母，當母親向她要水喝時，她卻冷眼旁觀，發洩私憤。

「不再想這些無用的往事了……」

這時，孤獨偷襲了他。於是，他埋首於她溫暖的懷抱裡，眼淚浸濕她豐滿的乳房。他渴望她醒來。

夜幕完全籠罩，烏雲遮住了月光，涼風掀起了窗簾。

他躲在黑暗的帳幕裡等待時間一秒一秒地流逝。冰冷的床頭櫃留下敲擊的凹痕，長了翅膀的神秘的玫瑰花香。

他背靠牆坐在角落裡，房間裡有月光照射進來。廉價的唱機響

著舒緩的樂聲。夜的嚴寒給愛情鍍上了一層厚厚的防腐劑——唯恐她美麗的臉頰爬上皺紋——那樣的話，蝴蝶也不願靠近她。

他匆匆逃離世間的混亂。昏黃的雨夜，他撐著黑雨傘，懷念某人的離去。

街道旁，他替她將鞋帶繫成蝴蝶結，還為她買了上好的蘋果——我去了××地旅遊，我在參加朋友的婚禮——何苦絞盡腦汁想出種種難以啟齒的藉口呢？他看見她羞愧地無地自容。

「這些都算不了什麼，已不能擾亂我的心情。」

「你正躺在我的沙發上休息。」

……

窗外下起了霏霏細雨。

「你醒來吧，我渴望你快些醒來。」他推了一下她的手臂，她只是微微歎息一聲。

眼前依然是一片黑暗，她再也找不到回家的路。客廳對於沉睡中的人是無所謂的，但願她永遠生活在如此恆久溫馨的無知之中。她卻惶惶不可終日，這間孤獨的房子只是寒風中飄落的枯葉。他對此深懷悲憤的不滿。曾經一心幻想著輕而易舉地將一切攬入懷中，幻想著真切的現實。他依稀望見紛亂的街景中站立的妻子，他欣然前往，伏在她嬌媚的肩上哭泣……

空氣中瀰漫著濃烈的煙草味。昏黃的燈光下，三個男人和一個女人正在竊竊私語——採取何種手段？怎麼反擊？反擊他人的欺壓與

掠奪。女人嚇得渾身戰慄，面色蒼白，說話的腔調驚人地變化了。無人用過面前的不算粗糙的飯食。衣櫃下面黑暗的角落——老鼠在那裡啃噬松木櫃腳，並在木板上留下了洞——也都充滿了哀怨聲以及無力償還的過失……昏迷、絕望……他蹲在矮凳上，在大人們沾滿灰塵的腳下。

他挺立在高牆上，因恐怖與動亂而滿心狂喜。後來，卻又不由得暗自傷心起來。一心想著另一個美好的世界，透過熊熊燃燒的烈火。當大人們在緊張地爭論時，他平靜了下來，看著門外那一團濃濃的黑影。就在這時，他想要擁有美滿幸福的家庭，溫馨而舒適。他癡迷地看著美若天仙的妻子並在她圓潤的臉頰上印上無數個吻。

聖潔的天使——懼怕罪惡的污穢，果脯般脆弱的心靈。

「我馬上斷絕與他們的聯繫，那些瑣事足以證明他們的虛偽和奸詐！」

圍著一張精緻的小方桌，人們愉悅地品嚐著美味的紅燒魚和醇香的葡萄酒。可愛的中毒的黑色狗崽兒，嘴裡咕噥著泡沫，躲在牆角痛苦地折騰著……他們還吃得下飯！從此以後，他不再信任和懷疑人類。只要有可能就要避開這些煩瑣的災難。昨天一切都還好好的，好好的，可……

炎熱的夏天，過度勞累之後，他很快陷入無窮無盡的睡夢，他還穿著厚厚的劣質棉內衣。

熊熊烈火在客廳裡盡情地燃燒——死亡是絕美的藝術——他不願別人觸碰自己的身體。可愛的火焰——生命如烈火般燃燒，在火中誕生，在火中消亡……

「把你腦袋裡那根致命的弦拚命地拉緊，很難確保它不會在瞬間崩斷。只有這樣你才有可能獲得救赦。」

「他是個瘋子，我看他真的要瘋了！」

在寂寞的走廊盡頭，他面朝西望過一陣寒流之後，轉身拉住一位女子的手，執意要與她跳陌生的拉丁舞。向鏤花鐵圍欄那邊的女子顯示自己謙卑的受傷的心靈。

他獨自一人跪在空曠的大峽谷裡，於荒野中，艱難地祈禱，遙遠的幻滅的希望。

深夜，電閃雷鳴。

某天，當察覺到她已不是處女時，他便斷絕了與她的一切關係，並聲明從今以後彼此不再認識。很難定論肉體與靈魂的關係，但隱約已被人感知，於是，他竭力壓制住內心滾滾泛起的泡沫。

「理所當然，某些人天生就是食肉動物，嗜好人的下體。」坐在樓梯口休息時，朋友如此說道。

「成功的男人擁有事業和愛情。」

人人都已邁進了輝煌的時代，唯有他還滯留在混沌之中，他認真地考慮了自己的處境並找到了得以開脫的理由。

他從走廊裡偶爾經過。「嘩嘩」的掌聲和喧鬧聲企圖撫慰內心的不安。人性的集體性行為，濃烈的煙草味。

他因自身險些沾染罪惡而深感懊悔。清晨，在潮濕的花園裡散步時。淒冷的風夾雜著秋雨降臨大地。深夜，他從花園回到客廳，疲

倦地歪倒在沙發裡。窗外襲來陣陣寒流。大自然的突變將他從虛幻中喚醒，沉重地跌入久別的夢境般的真實中。孤獨，壓抑，惶恐……

「心愛的美人，我多麼渴望你能醒來……如今，我依舊一無所有……」

他在她柔嫩的手心刻畫著她的名字，一遍，一遍。

天快亮了，電閃雷鳴。

那把半舊的橘黃色六弦琴，擾亂了內心的獨白，琴弦上趴滿了蜜蜂，絕望的「嗡嗡」聲。

昏暗的燈光下，他寫出了讚美她的優美詩篇。他讓她第一個過目。

花園裡兩人沿著鵝卵石的小徑散步，討論那厚厚的一疊詩稿。

「依我看，這樣的結局可有可無，不過……」

後來，詩集出版了。

雨停了，曙光灑滿了瀰漫著薄霧的花園。

她從睡夢中醒來，發出細微的咳嗽聲，步履蹣跚地走到窗臺邊，望著雨後的新景，她覺得渾身疲乏。

她復又躺倒在沙發上。

瓷瓶裡的玫瑰。

亙古常新的月亮……

半邊乳房的女人

福建師範大學文學院研究生　姚建花

　　醫院的病房，一個個被緊緊密封了的罐頭，由於常年沒有受到陽光的照射，總有股死亡抑亦是腐爛的味道在肆無忌憚地發酵著。那種強烈刺鼻的味道，夾雜著高濃度的消毒水味，在你一隻腳邁進醫院的瞬間，便被這隻無形的手牢牢抓住，直到你離開，才像男人口中吐出的煙圈緩緩地在陽光下消散。

　　電梯裡最引人注目的要算貼在壁上，那一張張泛黃了的紙，上面報著一串又一串的「護工熱線」，當中指不定就有一串能與我相等同的數字。我，兼職護工。這個即使是炎夏也顯得陰森森的地兒，是我常年工作的地方。出於對陰森冰涼的厭惡，我常常在炎夏三十八攝氏度的高溫裡行走，拒絕採取任何防曬措施，我認定只有夏日的陽光才能驅散自己身上日積月累的那股死亡的味道。因此當你看到一個瘦小、不戴帽子、不撐傘的女人，行走在柏油馬路上，陽光把她的四周照得極亮，極亮，天氣燥熱得可以從上面踩出烏黑黏稠的液體。那極有可能是我。

　　我正在照顧的是一位女病人。四月二十四日，我的工資從這日算起，一男子打來電話，那頭傳來的聲音，彷彿被重物壓住，每個字從細小的喉縫中擠出，低而慢。這聲音讓我聽得極不舒服，但還是耐著性子捕捉到幾點重要的資訊：客戶住七樓腫瘤科第四十一床；性別女；工資面議。這打來電話的多半是病人的丈夫，忙而多金，沒時間

照顧自己的妻子。當時我剛送走一個七十九歲的老太太，照顧老太太的八個月裡，她談得最多的是自己的兒女以及想活到八十歲的欲望，「再活一年就好了」，她常常把這句話掛在嘴邊，一直到她死，散發著厚厚的黴味，這點欲望竟也餿了。老太太走的那天，我終於見到她的兒女，腦際閃過著老太太說的話，「大兒子像他父親，小女兒長得卻極像年輕時候的自己」，還有說話時擺出的神情，那是藝術家在向別人誇起自己畢生最完美的作品。上下打量著小女兒，中等身材，高鼻梁，皮膚白皙，能擠出一汪水來。我開始想像老太太被熨斗機熨平，漂白，注水過的臉，想著想著，這兩張臉竟真疊合在了一起。她不似老人那樣健談，當我欲開口聊起她的母親時，她只是敷衍地點著頭，從包裡掏出錢，匆匆結算了我的工資，結束了我們的談話，便敲著細高跟篤篤地離開了。

　　我將兩套換洗衣服、口罩、手套、洗具打包裝進袋子，踏進電梯，兩扇門緩緩地滑在了一起，七樓的按鈕，亮著微弱的紅光，我一個人，貼著壁，任由金屬的涼意滲進我的皮膚，盯著那一張張泛黃了的紙，我的思緒漸漸地因電梯的升降起了麻意，嗶的一聲，門從中間裂開，退向兩邊，於是我跳出來。站在廊道上，看，一間間病房，敞開著的口，沁出幽幽的光，不知吞下過多少生命。七一四病房到了，我停下腳步，四十一床的病人正睡著，臉同身體緊緊地裹在被子，只看得見頭頂的髮際線，和一半的額頭，幾撮亞麻色微微捲曲的頭髮自然地散落在被子上。這是個時髦的女人。我小心地不弄出聲響，坐在看護椅上，等她醒來。床頭的桌子擺著一束鮮花，幾天前的，垂著頭，蔫得不成樣子，泛著黃意。到了午飯時間，那女人才探出悶在被子裡的頭，坐了起來，瞥見了我，胡亂攏了攏垂下來的頭髮，說：「護工吧，以後就叫我阿秀，來，幫我把枕頭豎起來，靠著。」我過

去，那淡藍色的頭枕，有著被淚水濕過的痕跡，巴掌大的一圈，顏色比旁的要深。我小心地打量著這個叫阿秀的女人，四十上下的年紀，豐滿，兩片眼皮卻像被水泡過似的，下眼圈還沁著淡青色，暴露了她苦心掩藏的祕密——自己是個病人。

接下來的日子，她並沒有問起我的名字，只是一味地吩咐，買飯，蓋被……每天這裡的護士嚷著病人的床號，推著裝著各種吊瓶的車進來，輪子滾動的聲音，藥瓶碰撞出哐哐噹噹聲，小護士尖尖細細的嗓子，竟在日復一日的消磨中變粗了，在每個早晨悠悠地撞進每個病室。她們的嘴裡總含著一串數字和各樣的藥名，檢查病人是否換上顏色規格統一的病號服。阿秀是愛美的，她不願穿那套淺綠色、豎條、機械重複的衣服，不願被貼上病人的標籤，因此阿秀與護士的一陣爭執是七一四病房每個清晨的一段插曲，護士長最終拗不過阿秀的倔強。離手術的日子近了，阿秀的脾氣越來越躁，喊我做事的聲音也越來越粗，摻雜著股火藥味，有次因為飯菜鹹了點，竟把整個飯盒掀落在地，一天不吃不喝。這期間她丈夫來過一次。

手術那天，我並沒有下去，只是守在病房。正午，陽光很好，從窗戶斜斜地插在地上，這時車推了進來，上面躺著還在昏迷的阿秀，架上吊著營養袋，白色的液體從透明的管中緩緩地流進病人的體內，許多人圍了上來，七一四病房被擠得水洩不通，我縮著身子，小心翼翼地擠過人群，站在角落，那些人圍著床繞成方形，裡三層外三層，在護士的罵聲中一哄而散。後來的幾天稀稀拉拉地來了幾個人，阿秀做完手術後變得不愛說話，人來了，她只是把頭悶在被子裡，再後來竟誰也不來了。

詫異的是，這場手術改變了我和阿秀的關係，她開始依賴我，

扶她上廁所，提褲子，餵她吃飯，翻身，收拾屎尿，看著吊瓶裡的液體一點一點地滲進她體內直至變成空的，喊護士進來吊起另一個藥瓶，唸長長的帳單明細，繳醫藥費……她甚至開口跟我講很多的話，嘴唇乾而發白，整個人被抽走了一半，她說自己只剩半條命了，胸被純白色的繃帶裹著，左邊突起，右邊卻像一堆被人惡意鏟平的小土丘，平得出奇。

阿秀說，那天她躺在手術臺上，裸著上身，麻醉並沒有使她完全喪失意識，刀鋒觸碰到她的身體，劃開，一陣冰涼，像炎夏裡撞見老家院前的那棵榕樹，涼意一點一點地往下滲，然後嘩啦散開來，戴面罩的男醫生，露出他的眼睛，射著鋒利的光，從她的身體裡拿出一團不規則淌著血的東西，縫上，然後，然後就留下一條難看的疤。「後來頭越來越重，那操刀的醫生的臉竟幻化成自己，我在廚房裡快活地忙碌著，操著刀將肉剁得啪啪響，偶爾有陽光從泛黃的玻璃片斜射進來，打在砧板上，也被剁成細碎的末兒了。」這種快活讓她開始打戰，醫生在手術的時候難道也同樣地快活？手術室竟成了醫生的廚房？此刻的她，竟也成了砧板上的一團正在恐懼和顫抖的肉，手術檯上方的燈光，打在臉上，她觸摸到的卻是金屬般的鋒利與冰涼，燈光下醫生嘴角泛著的笑意竟閃著光。

三個月後，阿秀開始化療。針孔在烏青浮腫的靜脈進進出出，顯然鼻梁架黑框眼鏡套白色制服的實習護士尚不夠熟練，手背被乳白色的膠布纏繞著。阿秀的面容更憔悴，眼圈發黑，亞麻色的頭髮開始脫落，喉嚨刺痛，腫脹到吃不下飯，吃下去的東西幾乎全吐出來。就算這樣，還是要堅持赤裸著身子平躺在電療桌上，什麼也不能做，小心翼翼地爬上冰冷的鋼鐵上，聽著醫療器械發出吭哧哼嚓的聲音，想像它是在轟炸自己體內肉眼看不到的癌細胞，想像它們消失。晚上回

到病房，只要閉起眼睛，就滿眼它們的屍體，一支被徹底擊潰的敵軍，被肆意地割走頭顱和耳朵的畫面在她腦海裡時而浮時而沉，她說她恨它們，該死的癌細胞。我是看著阿秀一天天地消瘦下去，被抽乾了往日所有的水分和光彩，就連手背上的皮也怕冷似的蜷縮在了一起。

每天躺在病床上呻吟痛苦的時候，她總握著我的手，整夜整夜地難以入睡，在黑夜裡數著白天，懷念起手術室裡發生的一切，那種麻痺毫無痛楚的感覺。第二天，天濛濛亮，她便貼著牆跑到值班室，顫著嗓音對醫生說：「聽說有種叫嗎啡的東西，可以止痛。」醫生不給開，說是她還沒痛得非用嗎啡不可的程度。當時她沒有說話，呆呆地盯著天花板，只是到了晚上，「你說要是，要是那些醫生也得我這樣的病，他們就會知道難忍的痛是什麼感覺了。」她尤其討厭那個每天清早來查病房的醫生，鼻梁扛著厚厚的鏡片，後面總瞇著兩條線，露出杯口大的酒窩，深得讓人覺得他是很賣勁地在笑。而病人總是不喜歡見人笑的。

她的丈夫不知從哪裡弄來了一打嗎啡，一痛，阿秀便要我將液體注入她的體內，冰涼的液體順著青色的血管，流向了身體的各個角落，附在神經線上，一點一點地消解痛苦，阿秀終於解脫，下嘴唇四個瘀青的牙印也慢慢地淡去，夜裡七一四病房奏起了阿秀一會高亢一會又沉下去的呼嚕。這樣的日子過了半個月，痛的知覺被她漸漸遺忘了。一次，她無意中打翻了桌上的熱水瓶，整整一壺的沸水澆在了她的下半身，她呆呆地看著冒著氣的白霧順著腿，散開來，待紅漫成一片，才意識到這水的溫度，替她抹藥時瞥見大腿上竟留下一串月牙印，她將長長的指甲陷入肉裡，用自虐來重新刺激被嗎啡遮罩掉的神經。原來痛竟也是一種被需要的知覺。

　　醫院走廊倒數第二間病房在每個禮拜天都有歌聲飄出，偶爾還夾雜著一兩片的笑聲，再隔壁的太平間，堆積著厚厚的呻吟與哭泣，死亡黑色的影子將地板鋪成陰冷的黑色。阿秀從不往那頭去。終究按捺不住的好奇，驅使她邁開步子，目光停在了死亡的前一站，一群的人圍成圈，唱著歌，裡面的人邀她進去，她只是怯怯地搖了搖頭。到了晚上，我閉著眼睛躺在看護椅上，卻聽到了床架呀吱呀吱掙扎的響聲，阿秀跪在床頭，雙手合十，啜泣著，隱約中聽到她絮絮叨叨地念什麼，對誰說話，稀疏的聲音被巨大的黑暗吞噬。從此阿秀變了，常常去倒數第二的病房，不再注射嗎啡，千萬隻螞蟻噬的痛常常讓她的眼角沁出淚珠，唱詩歌，一首接一首地唱，喜歡上了在半夜絮絮叨叨地講話。再後來阿秀回家了，我不知道她是死了還是有別的命運，但她的歌聲仍然時常響在我的耳旁，在我經過教堂時，想起的竟不是在夜裡聽她說話的上帝，而是她的歌聲。

　　阿秀離開的那個午後，空氣很悶，天空被厚重的烏雲壓得很低很低。悶悶的雷聲從遠處而來，猛地在你的耳邊炸開。雨下得越來越緊，砸在地上，滿地銅錢大小的坑。靠近窗戶的桌上放著本莫言的《豐乳肥臀》，待我伸手抓過它時，上面的「乳」字已被模糊了一半。一陣風掃過，啪地把窗扇關上了，玻璃碎了一地，風雨灌進屋子。出了病房，我又踩在了尋找新的客戶的路上了。

　　後記：有人說寫作是一種偷盜生命的過程。有人記錄聲音、火車轟隆過去的聲音、鳥叫的聲音、愛人的笑聲、哭聲，總之平凡日子裡各種流逝的聲音。我曾經興奮地跑到教學樓前竹林下，那裡一到黃昏整樹的麻雀，嘰嘰喳喳，另一群生命生活著發出的響動，我想留住那些聲音，手機錄下來的卻總覺得有股數字的味道，所有的詩意全然消失殆盡了。寫這篇文章其實是一個蠻痛苦的過程，需要對暑假兩個

月的記憶進行重新編排。疾病，或者更確切地說是癌症，意味著身體抑或心靈上的殘缺、孤獨、脾氣暴躁；因痛楚對類似「嗎啡」等東西的依賴上癮；因痛楚嚮往死亡，卻又不捨俗世的東西，對某些人或物有著割捨不了的種種牽掛。

紅指甲

福建師範大學文學院本科 2007 級 陳文婷

一

　　天空依舊是蒼藍蒼藍的，沒有一絲白雲，在外面吃過午飯的職員都陸陸續續回到公司，準備著繼續一天的工作。此時正值四月，氣溫不冷也不熱，由於多日無雨，空氣中的塵埃分子活動頗為活躍，我掩著口鼻匆匆穿過這一片污濁的空氣。到了電梯剛好喘上一口粗氣，電梯裡的人不多，個個都西裝筆挺地盯著亮起的樓層數字。電梯停頓一下又開始上升又停頓一下，只剩下我一人到三十層，覺得有點暈，電梯的升升停停讓人有種一口氣提不上來的感覺。頭腦中的細胞一下子不能夠適應從地下的氧氣變成了三十層樓高的氧氣，兩三秒鐘間，腦子空白地呆了一下，時間彷彿停止了，然後才走出一步、兩步。

　　中午在就餐時撞見了老同學夏柔。夏柔是我高中時代的同桌，很要好，當時同學們都戲稱我們為「姐妹花」。夏柔頭腦靈活，讀書不費一點力氣，更要命的是，夏柔還長著一張很好看的臉和一副不錯的身材。一問之下，才知道夏柔也在這家公司上班，但時間早了幾乎整整四年。是她先打的招呼，我乍一看，差點以為是認錯了人，仔細一看，金色的大捲髮、深黑色的墨鏡之下的臉有點熟悉，半晌才認出這是久別的她。

　　「好幾年沒見了，我一眼就認出了是你。」夏柔高聲道。

「這變化太大了，一下子實在是認不出來。」我回應著。

「生活過得怎麼樣？」

「還行。」

「你在這上班多久了，怎麼今天才撞見？來這也不早和我說說，要是早知道你也在這裡就可以常約你去玩了。」夏柔怪著我。

「才大半年呢。」

「哦。」

「誒，今天下班之後一起逛街怎麼樣？好久都沒有一起逛了。」夏柔興奮地問。

「好呀。」

「那我在一樓大廳等你。」說著她就轉身走了。

「好……」

下午整座樓像一個蜂房一樣，收文件、看文件、發文件，「嗡嗡」幾聲就過去了。滿腦子的金色大捲髮、深黑色墨鏡、校園的小路，也隨著「嗡嗡」聲過去了。傍晚下班的人流像食物中毒者的嘔吐物一般來勢洶洶，一波又一波。我和夏柔在人流中上下左右地湧動。

「要不要去吃點什麼？」夏柔問。

「隨便。」

「那我們先逛了再說。」

「好。」

「我知道前面有家新開的美甲店，是韓國的品牌，一起去看看。」夏柔興奮地說道。

「嗯。」

店門口的招牌畫是一雙大得驚人的女人的手，手指根根肥壯，指甲流光溢彩。小姐拿著特細的筆小心翼翼地在勾勒著線條。夏柔已經挑好了一副，小姐正準備操作一番。她又再挑了一副，說：「你也做一下，怎麼樣，我請客。」

「這不行，我一向不喜歡這類玩意的。」我猶豫著。

「試一試，就當做是陪我嘛。你瞧，多好看！快坐下。」夏柔催促道。

金色大捲髮、黑色墨鏡、時尚的指甲，現在的夏柔如轉輪般一閃而過，我的手已經被小姐操作著了。她給我選的是一種紅底銀色小花的圖案，看著有點張揚。消毒水讓我感覺很冰涼，磨指甲的震動勾起一些雜亂無章的想像。如果說手也算是器官的話，那我的手應該是身體上最漂亮的一個器官。左右手長得很均勻，手指細細長長的，最難得的是讀了近二十年的書，右手竟然奇蹟般沒有留下筆的痕蹟，右手指還是一根一根筆直的，沒有一點彎曲和凸出。

「哇，沒想到會這麼好看。」夏柔探過頭說。

原來我的指甲已經畫好了，我呆住了兩秒。沒想到它們竟會變成這樣，紅紅的一片、兩片……十片。我摸了一下指甲蓋，發現薄薄的指甲油很平整地貼在指甲上，沒有一點凸起和不平，卻是覺得手一

時間重了很多，不是一點點，而是重得連抬起都覺得乏力。

二

　　別過夏柔，獨自走在黃昏的街道上，看著一手的紅指甲，鮮血一樣紅的指甲在餘暉下顯得更加濃重，有一種在吸血的感覺。空曠的樓道響著我高跟鞋的「嗒、嗒」聲，原來房東一家到外頭聚餐了，消失了聲音。鑰匙的碰撞、金屬的沉重，開門的關卡一聲、兩聲，天旋地轉的，讓我眩暈。

　　我開始了近乎瘋狂的清潔。先是把一批餐具統統都洗刷一遍，再全部都塞進特大號的消毒櫃中高溫消毒，拿細鐵刷把洗碗池上上下下刷一通，看著鐵鏽的污漬和著水龍頭的水一起流向無邊的黑暗，我重重地舒了一口氣。然後再把所有的傢俱裡裡外外都擦了一遍，最後拖三遍地板再洗一個熱水澡已是午夜時分。這是一個不知道是從什麼時候開始的習慣，只要有東西讓人覺得心煩就會以這樣的方式來排解。但是這次很奇怪，一通鋪天蓋地的清掃之後，令人心煩眩暈的感覺並沒有隨著疲勞一起消除，反而是更讓人不舒服了。

　　手在水裡泡著，指甲上的圖案並沒有被清洗掉一塊，反而是顯得更加豔麗了，在水波之下幻化為一隻一隻吸滿了膿血的血蛭，整整十隻盤踞在我的十根指頭上。先後酒精、肥皂水、洗甲水都用上了，但是指甲依然鮮豔如初，沒有一絲屈服的痕跡。折騰到半夜，只能明天去找美甲店解決了。一夜的眩暈，帶著一手吸血鬼如夢，穿著紅舞鞋在森林裡跳舞的女孩說她很累，跳著跳著不見了。

　　拖著沒有睡過一樣的大腦到昨天那家美甲店，要求洗掉這一手的惡魔。小姐應聲拿來洗甲水泡著指甲，時間過去了，沒有一點效

果，讓我噁心的血紅色還在。店長拿出了特效洗甲水在指甲上費力地搓動，奇異的一幕再次發生了，還是沒有被去掉。

「這是一種很奇怪的現象，我們也沒有辦法解決。」店長無奈地說。

「那我該怎麼辦？」我質問。

「或許等指甲長長了剪掉就沒事了。」店長猜測說。

這意味著還要這樣一直下去好多天。被雷擊一樣的眩暈從頭頂傳至全身。

鄰座的小王一直盯著這手指甲看，讚不絕口。

中午請了事假，逕直回到家，拆下一床被套、床套、枕套……統統丟進洗衣機，倒了半袋洗衣粉，看著白色泡沫翻滾，一陣得意。晚上睡著中午洗過的一堆套子，竟然沒有以往洗衣粉與陽光混合的香味，反倒有一種蚯蚓爬過的膩味，穿紅舞鞋的女孩依舊跳出來說她很累。

已經過去了四天，指甲沒有長長的跡象，如夢魘一般的生活還要繼續。週末抽空回老家看望老爸老媽，順便整理了一下家裡的雜物間，漫天灰塵之下，翻出了我小學的考卷，還有我們家的老相冊。考卷上的一百分還是很紅，零與零之間的纏繞就像是兩條鮮嫩的紅色蚯蚓在作怪。老相冊上的人多數今天已經不在，泛黃的白邊、粉化的黑底散發著來自地底的黴味。

「明天去相親吧，都安排好了。」媽站在我後面說。

「好。」我頭也不抬地回答了。

已經不知道這是第幾次了，不過每次都是老媽給找好了，我只要露個臉就行。

對方是個看起來很斯文的人，不過卻頂著一頭黃色的短髮。我藉故問為什麼把頭髮弄成這樣。

「已經是一年前的事了，可後來頭髮就一直沒有長，我也沒辦法，所以就只能這樣了。」他無奈地說。

我給他看了我的紅指甲。

「我也拿它沒辦法。」我似笑非笑地說。

我們很高興地喝了一下午的咖啡就各自散了。

房東一家的兩個小孩捉迷藏，吵得讓人心煩，我關緊了門。白晃晃的燈管、血紅的指甲，又是一夜。逃不掉的夢，皮膚上長滿了指甲蓋大小的紅疹，手臂上、腿上、臉上……到處都是，密密麻麻。夜半驚醒，鏡前的自己還一切正常。

三

請了長假，坐上開往三亞的火車，聽說那裡有個海上觀音，很靈。

在我對面的是一個中年男子，從我上車那一刻一直處於昏睡狀態中。火車飛奔的夜晚，他終於驚醒，看見我一直很奇怪地看著他，善意地笑了笑。

「現在火車到哪兒了？」他不經意地問。

「快到廣州了。」我隨口答了一句。

「啊！」

「不是該到南京的嗎？怎麼這麼快就到廣州了？」

「我從南京站上的車，那時你還沒醒呢。」我提醒他。

「不會吧！又回到了廣州！」

「你是……」我好奇了。

「就在四天前，我從廣州出發，準備回南京看望一下家人，沒想到一坐就坐過了站，一下就跑到北京去了，只好又從北京折回來，沒承想，這下反而又回到了廣州。」他六神無主地說。

「那可怎麼是好呀？」我來了精神問道。

「沒辦法了，整個假期都耽誤在火車上了，沒時間了，只好下次再做打算了。」他看著火車頂說。

……

我喝了口水，這時廣播響起火車進站的通知。他匆匆收拾行李，穿鞋，下了火車，消失在夜幕裡。

我一夜無眠，對抗可怕的夢的騷擾。果然一夜無事，只有遠處的燈火閃閃。

指甲依舊鮮豔血紅，透不過氣的呼吸一直壓在心頭。

正午的三亞，人很多，很擁擠。來來往往的小商販在兜售著貝殼飾品，熱帶魚樣的遊客在一群群地穿過。

海上觀音在陽光下依然虛無縹緲，隔著海罩著霧。俯首撐地的跪拜昭示著現實的崇拜。參觀的門口赫然擺放著觀音的玉指雕塑，齊腕截斷的手、蘭花指、細長的白色指甲下合影的遊客。喘不過氣的眩暈重重疊疊。

依舊是不能逃脫的夢，滿身的紅指甲綻破。在酒店醒來，我預感自己即將走向死亡，是一種我無法挽回的結局。

天涯海角石的後面是一片大得無邊的海，依稀可以看到兩岸的城市高樓。海浪來了又去、去了又來，誰知道這是哪裡的盡頭，又該走向哪裡。

南京的天還是蒼藍、蒼藍的，房東絮絮叨叨地說著一月無雨。和天氣一樣，手上的紅魔依舊。又是一番大清潔之後，帶著恐懼入眠。穿著紅鞋跳著舞的姑娘突破重圍而來，獵戶的斧子舉起了，兩隻跳著舞的腳走遠了，倒在了泥濘的池塘中。

十根紅指甲一夜之間盡數脫落，均勻地散佈在白色的枕巾上。紅指甲的背部很肥厚，我把它們一顆顆都收起來，找來一塊白布，按著指甲的順序一顆顆擺好放在陽光下曝曬。被曬乾的指甲失去了水分，一顆顆變得皺巴巴的，我小心地把它們收進密閉的玻璃瓶中，囚禁住了「潘朵拉」。

沒有了指甲的手指看上去很怪，指尖的肉很細很嫩，不知道還會不會長出新的指甲。

下班的路上再次偶遇夏柔，她的指甲早換了一副紫色的新臉龐。

「誒，好久不見了，我們逛街去。」夏柔眉飛色舞地說道。

「不，不了，我還有事。」我推辭著。

「那改天約你去做頭髮吧，最近有一家店要新開張了。」夏柔徵求我的意見。

「我還是不去了吧，最近很忙的。」我心有餘悸。

指甲沒有要長出的跡象，一日、兩日……

天空依舊蒼藍、蒼藍的。

馬頭牆

福建師範大學文學院本科 2011 級 葉天舒

「來，瓜子花生飲料水果八寶粥啊——」略顯肥胖的女乘務員一手攢著一疊零錢，一手推著載滿食物的小車，慵懶又綿長地向前移。要是放在春運高峰期間，小車想要在滿車廂的人群中破出一條道來簡直比登天還難。就像在水中劃拉出一條道來，前頭劈開了道，後頭立馬融合在一起。所以常有圖方便者跟在小車後頭，藉著已劈開的小道順利抵達車廂另一頭的廁所。這時的乘務員也不似小桃現在看見的這般慵懶清閒，她們立刻從林黛玉變成了王熙鳳，潑辣地叫囂著：「來，起來了！起來了！擋著道了怎麼過啊？！」俗話說，女人臉七月天，說變就變，此話不假。

可是眼前這位女乘務員還是給人一種溫和懶散之感。不知是否是受她影響，小桃止不住打了一個長長的哈欠。太睏了。許是早上起得太早。小桃六點多起床，從 B 城坐一小時車到 A 城以赴中午十二點的同學聚會。因為高中在 A 城求學的緣故，小桃大部分的好友都住在 A 城。這也導致本該熱鬧非凡、摯友互相交流大學所見的寒暑假，獨自一人待在 B 城的小桃更多的感受也只是無聊。所以當安興奮地叫小桃來 A 城參加同學聚會時，小桃想都沒想就答應了。儘管要早起，儘管要坐一小時的車，儘管來來回回匆匆忙忙其實也不會在聚會上待太久，小桃還是毫不猶豫地答應了。她想見見一年多未見的好友們，看看她們的改變，聊聊她們的夢想，順便八卦一下誰和誰在

一起了誰和誰又分開了。朋友之間，不就該這般親密無間嗎？

　　小桃想著見到老友時開心地左擁右抱的場景就禁不住欣悅起來。安一定留長髮了吧，她那又黑又順的秀髮曾讓小桃羨煞一時。豈止是這秀髮，安身上每一道光暈都曾籠罩著小桃，耀得小桃雙目難睜。優渥的家庭背景、高挑的身材、以優異的成績最終被錄取到 W 大，這一切都曾是小桃夢寐以求的。但最後高考的當頭棒喝不僅讓她名落孫山，更封鎖了她的心。在他人捷報頻傳的高考消息中，她一遍又一遍地舔舐著自己的恥辱，強顏歡笑地推掉各種「慶功宴」。想著宴席上同學老師都笑靨如花，一身淒涼的自己豈非自討沒趣？索性關了手機，封鎖一切外部喜訊，在自己的軟殼裡沉默不語。一年了，一年的時光可以使懵懂的少女逐漸洞察人心，一年的時光可以使相愛的人形同陌路，一年的時光可以使寧靜的小鎮變得車水馬龍。一年的時光說長不長，說短不短。但是，一年的時間可以徹底改變一個人的心境嗎？車外走馬燈似的風景閃得小桃眼睛發疼。她將目光從窗外收回，閉上雙眼好像很費神地思考。對了，還有和她一同寄宿在校外公寓的琪。戴著厚厚眼鏡的琪總是顯得有些呆傻，卻在某些方面能與小桃一拍即合。高考迫近時，琪和小桃總是在學校看書到深夜，直到被鎖門的阿姨哄回家才肯甘休。兩人背著沉重的書包，車籃裡也放著數本複習資料，卻歡脫地騎在只亮幾盞路燈的黑夜大道上。「嗒嘟嗒嘟嗒嗒嘟……」小桃清脆的歌聲撒在路面上，周圍靜得像個碩大的舞臺，只等「啪」的一聲，明晃晃的聚光燈打在她們身上。一般這時候琪都沉默不語只顧著費力踩著自行車。小桃狡黠一笑。「啊！那樹上好像藏著什麼東西！小偷嗎？」小琪驚叫起來。「咦？哪裡？」小桃將手電筒照在身邊一棵樹上，燈光下的樹葉隨風顫動著，顯出一副猙獰的面目來。「還有這裡，這裡，這裡……」小桃將手電筒依次照在

行道樹上，像是逐個亮起的路燈，周圍的一切都亮堂起來。「噗嗤！」琪忍不住笑起來，像是在嗔怪小桃的傻氣和天真。「哈哈哈哈哈……」兩人清脆的笑聲迴盪在大街上，呼呼的風聲為她們伴奏。那時琪學習成績比小桃好，小桃媽媽總是邊炒著上海青邊對玩電腦的小桃說：「你去看看樓上琪在看什麼書，快去呀！」小桃極不情願地在油煙味中甩下鼠標，噔噔地跑上樓去。誰都知道兩個女生在一起是看不下什麼書的。她們習慣伏在陽臺上，看著路邊的車水馬龍，有時笑得直不起腰，有時都沉默不語，靜靜地看著樓下的市井生活……太多的回憶像潮水一樣拍打著小桃的腦海。她或許沒有意識到近一年的疏於聯繫不僅沒有讓她淡忘這群朋友，反而使她更加惦記以往的生活。又或者說時間的沖刷對人和事有著不同的作用。就像北半球的河流不斷衝擊右岸，卻在左岸堆積下它的成果。時間越久，人物越加模糊，回憶卻越加深刻。鄰座一位約摸五歲的小男孩躺在母親懷裡，腳卻不安分地蹬著小桃，這才將小桃從回憶裡拽了出來。她出神地望著他，好黑好清澈的眼眸，像是看著她，眼神又似穿過了她，看著她後方的窗戶。小桃順勢往窗外一看。一幢幢黑瓦白牆的徽派建築靜靜地對視著小桃，似有千番道理來不及敘述就被飛馳而過的火車甩在身後。高低錯落的馬頭牆像閨中翹首以盼的思婦。「想佳人、妝樓凝望，誤幾回、天際識歸舟」。「馬頭牆，馬頭牆。」小桃喃喃道，鬧鐘牽起某人的過往。

「Ａ城快到了啊！Ａ城快到了啊！」乘務員又操著她的大嗓門從車廂一頭吼到另一頭。快到了，那就意味著快到那兒了。小桃正襟危坐起來，兩眼直楞楞地盯著窗外，像是怕錯過了什麼。快速後退的蒼翠樹木閃暈了小桃的眼，但她卻不敢移開她的視線。一大片樹木閃過後出現一片較為平坦開闊的地皮，一幢只有黑白兩色、類似宮殿的徽

派建築蕭穆地立在中央。入口處的牌坊上刻著三個醒目的大字——殯儀館。小桃微微瞇起雙眼目光不斷掃視它。長長的石梯，空寂的沒有一隻鳥敢停落的場院，蒸發了多少眼淚的大堂和火葬場。年幼的她第一次來這的時候並不十分清楚這兒意味著什麼，卻被這蕭穆悲涼的氣氛怔得大腦一片空白，凝重的空氣壓得小桃無力去想任何事情，木木地看著眼前的一切。大堂四周排滿了白色的花圈，原本寬敞的大堂就清冷地「熱鬧」起來。花圈上的輓聯隨風飄動著。「等閒暫別猶驚夢，此後何緣再晤言」。花圈像一隻碩大的眼睛無辜地盯著年幼的小桃。忽然一群黑壓壓的人擠進大堂，小桃本能地後退幾步。一向愛開玩笑的叔叔此刻卻低著頭，像是被摧垮了似的彎腰和前來追悼的人一一握手。爸爸也用力咬著下唇，手背在身後，面容悲傷佇立著沉默不語。媽媽、嬸嬸、姑姑，大家都像丟了魂似的眼神空洞走來走去，偶爾竊竊私語幾句，很快就像被掐斷似的停下來。整個房間擁擠又沉悶，嗡嗡的人聲惹得人心不靜、思緒萬千。直到奶奶被推進來，大家才瞬間鴉雀無聲。鮮花簇擁下的奶奶被工作人員推到大堂中間。她被化了妝，兩頰的腮紅卻顯得有些誇張。小桃心中的奶奶不是這樣的。奶奶如同天下所有的奶奶那樣，平時省吃儉用，疼愛孫子、孫女時卻十分慷慨大方。那時小桃在 A 城讀書，平時寄宿在叔叔家。夏天太熱，小桃的房間卻沒有空調，奶奶堅持要自己出錢給小桃安置空調。後來這筆錢被嬸嬸收了，買回來的不是空調，卻是一個電風扇。當時小桃並不知情，後來她從媽媽的口中得知這件事。小桃並不十分責怪嬸嬸，畢竟自己寄宿在她家，也給他們帶來了很多麻煩。但是奶奶卻是無私的。她不圖什麼回報，也不會拿親情和利益做交換。對了！奶奶給的那串金鎖呢？小桃曾嫌它只不過是地攤上廉價的仿製品而對它不甚在意，隨手放哪兒也忘記了。她記起了那天去病房探望奶奶，卻看見她獨自一人站在窗邊眺望，並沒發現小桃的到來。她記起來奶奶癌

症初期的樂觀與堅強，和臨床的病友說要與病魔鬥爭到底。她記起了奶奶癌症晚期被隔離到無菌病房，每次化療後都渾身痛得無法入睡。她記起了每次和奶奶再見時，她的雙手貼在玻璃上，像是被拋棄的孩子一樣無助。到了最後彌留之際，每晚都需要親人看守以防意外。輪到小桃媽媽那天，正巧爸爸有事不在家，媽媽不放心將小桃一人留在家中，便把小桃也帶到醫院來。這是小桃第一次也是最後一次在醫院陪奶奶過夜。那天晚上小桃忽然驚醒，從床上坐起身來，看見奶奶渾身微微抽搐，時不時會無意識地從床上蹦起來。病房的燈光慘白又昏暗，消毒水刺鼻的味道瀰漫整個房間，偶爾從其他病房傳來一兩陣急促的咳聲。醫院無情地包含了多少家庭的悲歡離合，可是具體到每一位病人，卻是每個家庭都無法承受的期望和絕望。現在想來，當時的小桃實在是太年幼了。年幼的她不懂為什麼奶奶寧可忍受癌細胞擴散的痛苦也不願早些結束這備受摧殘的生命。她也不明白爸爸媽媽偶爾的爭論和「藥錢怎麼分攤」的糾紛。她不明白親人的逝去是一件多麼無奈的事情，也不會明白生與死的對立統一。她不會像爸爸叔叔那樣哭得異常失態，感受不到錐心的疼痛。但至少現在的小桃是後悔的，她後悔自己不能多長幾歲來好好銘記這種難以平復的創傷，也好過留下一段空白，眼睜睜地看著奶奶如同送給自己的金鎖一樣，還沒來得及珍惜就消失無蹤。

出了車站，刺眼的陽光照得小桃眼睛發疼。她一邊瞇著眼睛尋找著車，一邊撥通了安的號碼。

「喂？」

「哎，安啊，是我啊。我到了，你們在哪啊？」

「啊！小桃，你到了？！我們在阿波羅 KTV206 室，快來快來！」

「阿……波羅……206 室……」

電話那頭嘈雜的音樂干擾著資訊的正確性。

「對！對！快來！」

「好，我馬上……」小桃還沒把話說完電話就被擱了，彷彿電話那頭的「洪水猛獸」通過信號掐斷了她的言語一般。小桃無奈地聳聳肩坐上了車。

「對不起，我來晚了。」儘管小桃剛在車上糾結要用怎樣的開場白來迎接一年未見的舊友並在心中反覆默念這句話，但這句話還是輕到小桃一推開門就被淹沒在潮水般的音樂中了。她甚至懷疑他們有沒有聽到她的歉意。大家都特別嗨地唱歌、打牌、聊天，不過起碼他們還是注意到門被打開了。「你來啦！」安特別開心地朝自己揮揮手，大家都停下了手中的活兒，對著小桃行注目禮。王菲的音樂沒有停，輕輕慢慢地飄在整個屋子裡。小桃忽然間覺得有些奇怪，聲音提高了八度回到：「嗯，來啦！哇，安，你頭髮怎麼變捲了？」小桃期許著響亮的聲音重新點燃熱鬧的氛圍。「你頭髮不也變捲了嗎？」「呃，是哦。」小桃下意識地摸摸頭髮，傻笑著坐在安身邊。剛才在火車上腦中裝的還是直髮的安，彷彿一時間難以接受眼前長捲髮的安。小桃順帶瞄了下眾人。琪雖然還戴著眼鏡，但頭髮變長了，穿著也變淑女了。她正和一位自己不認識的女孩聊得熱火朝天，一副別人完全插不上話的狀態。對面沙發坐著的幾位男生都是自己的高中同學，高考結束後大家都各自分散，自己也只與其中的小鵬聯繫較多。眼下的他正和那群男生鬥地主鬥得不可開交，興奮地叫著甩著牌。身邊的小穎正陶醉專注地唱著歌。小桃收回了目光，一時間卻不知放向哪，只好木訥地盯著牆上的 MV。小穎停下了歌聲，握著小桃的手：「好久沒見

你了呢，小桃。」「是啊，不過小穎你沒怎麼變嘛。哦不，變得更風騷了。」小桃開了個沒有惡意的玩笑。「哈哈哈，你也變漂亮了喲。」想當年自己和小穎都將 X 大作為自己考大學的目標，最終小穎成功了，小桃卻因為分數低只能報 X 大所在省份的一所二流大學。儘管如此，畢竟她們都從中部考到那個沿海的發達省分，對這個省的風土人情、飲食文化還是頗有同感，於是兩人漸漸聊得挺投機。這時小桃終於有了一種融入這個氛圍的感覺，心中也舒坦不少。小桃握著小穎的手，有種安全感籠罩著自己。「哎，小穎，過來打牌啊。」一男生喊道。小穎猶豫下問小桃：「你去鬥地主不？」「啊不用了，你去吧，我不太會玩。」小桃抱歉地連連搖頭。「唔，那我去了，你唱歌唄。」「嗯。」一向能和男女生都打成一片的小穎，從小桃手中抽回了自己的手，跑到男生堆裡去了。小桃頓時覺得沒了依靠，孤零零地像座島。那種不安、不合群的感覺又回到小桃心裡。琪、安和那個不認識的女生在聊著她們大學的所見所聞。她們都是 W 大的，想來自己可能說不上什麼話，但她還是湊近聽了聽。

「琪，你那 ACCA 什麼時候考啊？」

「今年六月吧，感覺那個好難啊。」

「是啊。你知道你們專業有個師兄好厲害，好像要去美國了。」

「哦你是說張翔吧。是啊，他學習好，人緣好，關鍵是，人還好帥！」

「啊，真的啊？有女朋友沒？」

「早有了，沒有你也沒戲，死了這條心吧。」

「哈哈哈哈……」

除小桃以外，三個女生都大笑起來。小桃只好跟著咧嘴一笑。其實她很想問下安，ACCA 是什麼，但看她們又把話題扯到別的上去了，自己只好作罷。小桃低頭摳了下指甲，覺得自己實在是不要沒話找話略顯尷尬，索性拿起身邊的麥克風，兀自得點歌唱歌起來。「我來到，你的城市，走過你來時的路。想像著，沒我的日子，你是怎樣的孤獨……」〈好久不見〉助長了小桃心裡那點惆悵，一種奇怪的感覺縈繞在她心頭。且不說在車上她幻想的左擁右抱情景沒有發生，想當年她們幾個玩得多好，互相打罵、互相挖苦也覺得甜蜜十足，幾乎是無話不談，怎麼現在會落到這樣一個沒話找話、甚至無話可說客客氣氣的尷尬境地呢？好像琪、安對自己的到來並不十分興奮，她們都有聊得來的伴，自己在這裡竟然有點略顯多餘。小桃此刻的表情一定是有些難過的，好在包廂燈光昏暗，沒人會看見這掃興的面容。唱著唱著，小桃看見小鵬從牌局裡跳出來，蹦蹦跳跳走到女生面前。「哎喲玩牌都玩膩了，我們來講鬼故事吧！」「講什麼鬼故事！我晚上還要一個人睡呢。」「鬼故事有什麼好怕的。我們學校舊校區還有好幾幢鬼屋呢！」小桃放下了麥克風，重新坐到女生堆裡聽小鵬侃侃而談。

「我們舊校區宿舍都是公共廁所。晚上一個人在廁所嚇得尿都尿不出來。聽說晚上廁所裡總有人絮絮叨叨地講話，但是左看右看都沒有一個人啊！」

「咦，好可怕。」小桃被嚇到了。

「老校區年代比較久遠了，是有點恐怖。」琪也有些不寒而慄。

「哎小鵬你是在 N 市上學嗎？」

「是啊。還有曉楓、柯、旭也是。」

「還有慧也在 N 市。她好厲害啊，聽說已經到臺灣當交換生了。」

　　慧！這個名字瞬間激到了小桃，好久沒聽聞這個名字，現在聽到的一瞬間，竟然不能拿出確切的相貌來匹對。只記得一年前同樣也是在 KTV 包廂，慧就這樣坐在自己面前的小桌子上，安靜專注地唱著張懸的〈寶貝〉，低啞的聲線和她的側臉一樣溫柔又倔強。在這樣的場景中第一次響起慧，竟是各番滋味輪上心頭。甜蜜？傷心？愧疚？抑或是無奈？一年前，慧和小桃因一點誤會導致她們友情最大的破裂。一年前的小桃特心直口快，想著什麼說什麼，性格又大大咧咧，也難免會得罪人。就連自己的話語無意中傷害到了慧也從未察覺。終於有一天慧受不了小桃習慣卻無意的挖苦，而採取對小桃冷處理的態度，在長達三個月內從未聯繫過小桃。單細胞的小桃自然覺得自己受了莫大的委屈。她曾試圖聯繫慧，卻都因吃了「閉門羹」而越發心灰意冷。那時小桃不懂事，很多珍貴的東西說不要就不要了，生硬暴烈又自以為是，所以才給以後留下那麼多後悔的機會。小桃心不在焉地聽著旁邊人的談話，思緒早已飛到九霄雲外。看來沒了自己的慧照樣活得有聲有色，那自己到底算什麼呢？她忽然記起委屈萬分又怒火不平的自己一氣之下發了「你這樣真的很可笑」的短信給慧。現在想來，分明錯在自身的自己真是賊喊捉賊，令他人寒心。小桃像是撒了彌天大謊一樣心裡發虛。她甚至受不了滿屋的音樂震耳欲聾，她想逃走，她想道歉，她想挽回失去的一切。小桃悲涼地環顧四周，大家變了又都沒變，熟悉卻又極度陌生。時間如同某種流質從我們身裡

穿過，我們都在變，每分每秒我們都不是曾經的自己。我們一生走進不同人的風景，又讓不同的人走進我們的風景，短暫停留或是陪伴一生。人生也許就是不斷地放下，然而令我們痛心的是，我們都沒有好好與他們道別。

「啊，下雨了。你們小心點，我們先走了啊。」安和小穎坐上同一輛車，稍微囑咐兩句就匆匆地走了。

「小桃，你怎麼辦啊？」琪關切地問。

「哦，我帶傘了。等下我打車到車站，應該來得及。」

「嗯，好，慢些啊，注意安全。」

「會的，放心吧。」小桃勉強微笑著。一行人稍微寒暄幾句便朝著各自的道兒回去了。這時小桃拿出傘撐起來，拿起了手機，翻看著電話簿，然後停留在某個名字上。她抬頭看著街口形形色色的人們，大家都因下雨而匆忙走在回家的路上，神色焦慮而急躁。幾位司機煩躁地按著喇叭，偶爾爆幾句粗口，下雨使整個城市更加混亂擁擠了。她深深呼了口氣，然後撥通了號碼。眼前昏暗的街景彷彿沉默不語的馬頭牆，似有千般道理想要訴說但又不知從何說起，只是靜靜地注視著自己。但是自己做了決定，她想不留遺憾。她想替一年前的自己說聲對不起，淅淅瀝瀝的雨像奶奶髮間的銀絲，她彷彿看見病房裡的奶奶指著頭髮對自己說：「你看，奶奶病好了，又長出黑頭髮了。」

她嚥了口唾沫。

「嘟……喂？」

「喂，慧啊……我是小桃。」

白光

福建師範大學文學院研究生　游瀾

一

一天。不記得是哪一天。天氣。記不清了，應該是風和日麗吧。

大姐上班去了。我帶囡囡到公園散步。囡囡穿著我從 A 城帶回來的粉色蓬蓬裙。我在 A 城上學，放了假才能回家。

我們所在的小鎮是個山城。這裡的天氣涼得很快，秋天比平原地帶早來一個月。昨天颳了一夜的北風，今天，新鮮的落葉就蓋滿了公園的小徑。我的高跟靴踩在上面，發出「嘎吱嘎吱」的響聲，聽起來好像鞋跟正在耐心地咀嚼著某種酥脆食品。這種聲音對於人類的耳朵來說是一種很好的享受。當時，我就沉浸在這種聲音裡，一邊默默地想著心事。想的什麼我已記不清了，您知道的，自從意外發生以後，我的記憶就一點一點地消失了。

風溫柔地撲拂過我的長髮，又一次次地撐起囡囡的蓬蓬裙，就像有人好玩似的不斷地開合一把傘。囡囡發現了這個奇特現象後興奮不已。她專注地看著自己的裙角，一邊不停地唱歌、擺手、轉圈。我想起自己也曾迷戀過飛舞的裙角，可是現在，這種簡單的快樂已經滿足不了我日漸複雜的心性了。我已經十七歲了。

正低頭默想著，囡囡突然停了下來，我的肚子險些撞上她的腦袋。空氣莫名地窒息了一秒，直到囡囡突然開始尖叫。她後退了一

步，轉身驚恐萬分地看著我，「哇哇」地哭喊起來。

「我踩到，一個，一個什麼東西，嗚，好，好可怕，嗚嗚嗚……」

我看到，囡囡腳邊的落葉堆上，一隻肥大的蠕蟲正猛烈地扭動著身體，綠色的黏液不斷從它的肚皮下湧出來。我的胃裡一陣痙攣，差點嘔出來。但我馬上忍住了，做長輩的可不能表現得如此懦弱。

我強忍住嘔吐的衝動，努力地在自己的臉部製造出微笑的表情。

「沒關係，囡囡，這只是一隻蟲子。」

「可，可是，我把牠，嗚，我把牠踩壞了，你看，嗚嗚嗚……」

「你是不小心的啊。而且，這是一隻害蟲，徐老師不是說，除掉害蟲就是幫助農民伯伯！」

我趕緊把害蟲的頭銜安在那隻可憐的蟲子身上，又把她老師關於害蟲的名言警句搬出來，以此消除她殺生後所產生的罪惡感。但事實證明，我過高地估計了囡囡的同情心。因為，我關於這條蟲子是「害蟲」的誹謗剛剛脫口，囡囡的面部表情就發生了戲劇性的變化，從剛才的淚流滿面、楚楚可憐，變成了一副氣勢凜然、英勇正義的審判者的模樣。我才引用完徐老師的名言，還沒來得及閉上嘴，就聽到「嘰」的一聲，囡囡一腳踩住了蟲子的一頭，綠色的黏液從牠身子的另一頭激射出來。空氣裡頓時充滿了酸澀的草腥氣，那條蟲子整個兒地浸在自己的體液裡，不動了。

我被囡囡突發的暴力行為嚇住了，一時無言以對，呆呆地站在一旁。囡囡則帶著勝利者特有的自滿表情緩緩地蹲下身去，好近距離

地觀察自己的戰利品。

毫無徵兆地，那隻死蟲猛地從地面上站了起來。

牠奮力向前伸張著，足鬚紛亂地抽動，肚皮膨脹得快要爆開了，好像卯足了勁要向囡囡示威似的。囡囡嚇得驚叫一聲，四腳朝天跌在地上。

然而，蟲子並沒有對她發動任何實質性的進攻，只是威風抖擻地搖晃了幾下身子，然後就像一只漏了氣的氣球一樣迅速地乾癟下去了。

我們默默地盯著牠，在原地足足呆了半分鐘。呵，您誤會了，我們不是在致哀，僅僅是因為事件變化得太過劇烈，而陷入了情緒停滯狀態。就像電腦當機一樣，人類的精神系統也會因為一時無法處理過多的情緒反應而陷入癱瘓狀態。這個時候，人無法表達自己的情緒，甚至不能感受到自己的情緒。

我們就這樣等待情緒的緩衝。然後，我上前牽住囡囡的手，離開了「肇事」現場。

其實，我的心裡還是不能平靜，那隻蠕蟲搖擺著站立起來的形象一直在我眼前反覆出現，牠讓我想起生物課本上男性生理解剖圖的某個部位。恐懼和噁心頓時塞滿了我的整個腹腔、胸腔，就快要被壓迫成一股尖叫從喉頭衝出來了。但我及時地煞住了這股衝動，因為囡囡的小手正搖搖晃晃地拽著我的大拇指。

她還在餘韻未了地吸鼻子，抹眼淚。我愛憐地揉揉她的頭髮。

我們繼續向前走。沒一會兒，囡囡就忘了這件事。她不住地拎

著裙子轉圈圈，又開始沒完沒了地自我欣賞起來。當然了，對於她來說，一件新裙子帶來的快樂足以抵銷剛才的不安和恐懼了。

唉，小孩真是一種奇怪的生物。牠們乖順時是那麼惹人憐愛，可是殘忍起來也真叫人害怕。牠們常常無來由地蹂躪各種小動物：拔掉貓的鬍鬚、騎在狗背上、捏死金魚、淹死螞蟻，當然了，還有踩死蠕蟲。人在幼年時就顯示出不同於一般生物的殘忍天性。其他生物之間的屠戮是為了生存，而人類的殺戮有時僅僅是為了遊戲……

這會兒，囡囡的精力變得異常充沛，甩著裙角上躥下跳，橫衝直撞。我則心事重重，自顧不暇，只好任由她在前面帶路。不想這小鬼好奇心重，放著寬闊的大路不走，專挑偏僻狹窄的小路，不知不覺地，我們就偏離了主道，迷失在樹林的深處。

這是一片水松林，想是同一年栽下的，大小形狀都頗為相似。在這樣的樹林裡，最難辨認方向了，走來走去，總覺得在同一個地方打轉。囡囡開始還大聲唱歌，後來自己也頗覺得氣氛不對，停了下來。

我們坐在樹樁上休息。這棵樹剛被砍伐不久，樹樁裡透出一股悲傷的氣味，一種酸酸澀澀的腥氣，刺激我鼻子發酸，眼眶濕潤。

沒有囡囡聒噪聲的樹林顯得特別空寂。太陽已經西斜了，光線漸漸暗了下來，氣氛變得詭異。突然，傳來一聲咳嗽，嚇得我和囡囡同時爆出一聲尖叫。接著，那聲音越來越多，越來越響，嚇得囡囡直往我懷裡縮。我抱緊她，緊張地四下探看，忽然一片黑色的羽毛飄落下來。

我忙接住那片羽毛，看向它飄來的方向。原來，是樹頂上一群

大鳥正歸巢，奇怪的聲音就是牠們發出來的。我忙指給囡囡看，囡囡「咻」地出了一口氣說，好像姥姥咳嗽的聲音，喉嚨裡還有痰。我們倆「嗤嗤」地笑了一會兒，起身準備繼續尋找下山的路。突然身後傳來一陣腳步聲，我轉身望向聲音傳來的地方，看到一個紅衣男子壞笑地著朝我們走來。

二

一天。

十年前的一天。

天氣。

記不清了，也許是風和日麗的吧。

媽媽上班去了，我和小姨在芝山公園閒逛。這是我們假期裡經常進行的一項活動，用來打發漫長無聊的白天。

這次，我終於穿上了那件粉色的蓬蓬裙，就是我央求了媽媽好幾次才得到的那件。我的腳上穿的是白色搭邊小皮鞋，就是我最喜歡的那雙，你見過的。小姨穿著黑色帆布鞋。帆布鞋的底面是橡膠的，踩在覆滿落葉的小徑上，「嘎吱嘎吱」地響，非常滑稽。她已經開始蓄髮了，但還沒完全長成，參差不齊的，加上她的髮質又黃又硬，看起來就像一捧雜草堆在頭上。其實，我還是喜歡她像男孩那樣留一頭清爽俐落的短髮。

她開始蓄髮是為了一個叫旭東的男生。她向他表白，可他卻說，他只喜歡長髮飄飄的女孩。這些是我偷聽她和魏婷婷的談話知道

的。魏婷婷就是留有一頭烏黑長髮的美女。可她從不像別的女孩那樣高高地紮一束馬尾，而是很別致地用一根粉色的絲帶在髮尾處繫一個蝴蝶結。

她是小姨的死黨，常來我們家玩兒。每次她來，小姨都狠心地把我鎖在房門外，自己躲在裡面和她聊天。哼，她們自以為很保密，其實什麼都讓我知道了。因為她們說話的聲音大得要命，有時我在客廳裡看電視都能聽得清清楚楚。但也有些時候，她們會突然放低音量，嘀嘀咕咕好久，接著又爆出一陣狂笑。當時我很不解，常常趴在門縫邊偷聽，但一無所獲。現在我才恍然，也只有性和緋聞能讓女人們降低音量，好增添談話的神秘氣氛。

新裙子讓我的心情分外地好。我想我有必要在可憐的從來不穿裙子的小姨面前展示一下我美麗的裙襬。我有意走在她前頭，排演我新學的舞蹈。但她好像並不在意，也沒有像從前那樣用嫌惡的眼神看著我。每每她這樣看著我，我的虛榮心都能得到極大的滿足，因為我確信這眼神裡含有嫉妒的成分。而如今，她只是低頭看著自己的鞋尖，默默地走著。我有些失落，但這並不影響我陶醉於自己美麗的裙襬，直到她在身後尖叫了一聲。這是她今天發出的第一個聲音，而且大到足夠引起人重視的程度，於是我跑回她身邊。

小姨的腳邊，一隻肥大的蠕蟲在綠色的液體裡不停地翻捲。我嚇壞了，本能地叫著跳開了。小姨抬頭定定地看了我一會兒，突然像個男孩那樣大笑起來，一直笑到雙手撐膝直不起腰來。

「笑什麼？有什麼好笑的！」

她咬著嘴唇勉強止住笑，指了指我的裙子，又指了指自己的屁股。

我不知所措地扭頭往後看，才發現，裙子的後面有一道鮮明的白色裂口，裙面的紗綢則掛在旁邊小樹的枝丫上，可憐巴巴地在風中顫抖。我看著裙子的裂口，氣得說不出話來，聽到她幸災樂禍的笑聲，更是全身血液都衝到頭頂上去了。我攥起拳頭就朝她衝過去。

她敏捷地跳開了。

「打我幹什麼？神經病！又不是我弄的！」

我揮著拳頭追著她，哪知她靈活得就像隻蒼蠅，人一靠近就跳開，一邊還「嘻嘻」地笑。我怎麼也打不著她，只好停了下來，正滿腔怒火無處發洩，一眼看到那隻惹禍的臭蟲子，想都沒想就抬腳踩了上去。

只聽到「嘰」的一聲，牠吐著綠色泡沫的頭，或者說是屁股，猛地翹了起來，直挺挺地懸在了半空中，牠的身體迅速地膨脹起來，足鬚在空中紛亂地抽動。

許多年過去了，那隻蟲子的形象在我的腦海中依然鮮明。牠的動作充滿憤怒的情緒，好像拚盡全力在和什麼虛空的東西對抗著。然而，一切都是徒勞，一切和大過自身無數倍的物體的對抗都是徒勞。

牠慢慢地癱軟下去了。

我看呆了，小姨也不笑了。我們就這樣圍著蟲子許久。

「死了。」

「可是，好可怕，張瑩，我們……快走吧……」

我哀求著拽著她的大拇指……

　　我們在山坡上胡亂地走著，都很不愉快。我想著我壞了的裙子，一路上抽抽搭搭的。小姨不知道怎麼的，也一言不發的。

　　兩個人都心不在焉的，不知不覺就走到了偏路上。太陽慢慢下去了，我們還在林子裡亂竄，怎麼也找不到下山的路，直到累得走不動了，就坐到一棵樹下休息。樹頂上有幾隻怪物在叫，那聲音好像老人在咳嗽。我怕得要命，一邊往小姨懷裡躲，一邊號啕大哭起來。她摟了摟我，卻又忽然把我推開，神情詭秘地說，給你講個故事吧：

　　從前這兒還不是公園的時候，是整個的一片原始水松林。附近的村人常常到這兒來砍柴採藥。後來，有個人傍晚上山再也沒回來過。再後來，又有好多人說，這樹林裡有不乾淨的東西。村人懼怕，漸漸地就不到芝山上打柴了。
　　芝山腳下有一戶人家，夫妻倆進城做活，只剩爺孫在家。天冷沒柴燒了，老人家又年老體衰，不能像別人那樣繞過芝山到更遠的地方打柴，只有硬著頭皮上芝山。因為不放心小孫子一個人在家，老人家就用背簍揹著他一塊兒上山。山路險阻，老人家行動遲緩，打完柴已經是下午了，乾糧也吃完了，小孫子餓得「哇哇」大哭。老人家也十分疲憊，再沒有力氣趕路了，於是揹著簍兒坐到了一棵樹下休息。正喘氣的時候，不知道從哪兒飄來一股香霧，老人家聞著聞著，就漸漸模糊了意識。等他醒過來的時候，太陽已經快下山了。他忽然想起村裡人的傳言，嚇得趕緊往山下跑。跑著跑著覺得不對勁，小孫子怎麼不哭也不鬧了呢，而且背簍也變得十分輕盈。他連忙卸下背簍，一看，哪有什麼小孫子，只剩下一堆白骨了。老人家……

「啊……」

我大叫一聲打斷了小姨，雙手摀著耳朵直嚷。

「不要說了，我不聽，我不聽……」

小姨「嘻嘻」地笑起來。

這時，對面的山坡上走來一個臉色陰沉的黑衣男子。

三

周圍越來越亮，耳畔嗡嗡地，吵鬧得很。汽車的鳴笛聲，人的叫喊聲，風敲打著窗檻，一隻蛾子撲稜翅膀，一片葉子落到地面上……

有股熱流緩緩地流進我的身體，又汩汩地流出來了，很溫暖的感覺。四周靜下來，靜下來……我感到自己快要睡著了……

有一個聲音從很遙遠的地方飄過來，誰的聲音，那麼熟悉……

……

「小姨，我們快走啦！」

「噓！別出聲兒！」我神色極為嚴肅地看了她一眼。又緊張地看向那個陌生人，心想，該不會是被流氓跟蹤了吧。

紅衣男子打著響指，慢慢踱過來，他的左耳上嵌著一枚明晃晃的銀質耳釘。

「這麼晚了還不回家，在等誰呢？」

他把手撐在我們靠著的樹幹上，身子擋在我們面前。

「該不會，是在等我吧？」

我低著頭，不敢直視他，隱約感到，他的目光有強烈的熱度，彷彿能穿透衣服，灼燒我的每一寸皮膚。

「神經病，我又不認識你！」

我鼓足勇氣，狠狠地斜了他一眼。

「那就認識一下嘛，我叫旭東。」他把身子彎下來，湊近我，忽然用極溫柔的語氣說，「我覺得，我們好像在哪裡見過。」

我感到，來自他唇間的熱風直噴到我耳根。我的腦子「嗡」地叫起來，臉頰也迅速燒紅了。我害怕得直發顫。

後來回想起來，似乎也並不純乎是害怕，其中更有一種期待，讓我全身的細胞一下子都興奮起來，彷彿這種惡意的調戲中，有一種善意的恭維。但到底是在期待著什麼呢，我至今也無法想明白。

正在我不知所措的時候，一邊的囡囡突然大哭起來，而且哭得異常響亮，把樹上的怪鳥都嚇住了，剛才那種曖昧的氣氛也被一掃而空。旭東直起身來，雙手抱臂站在一邊，臉上一副又好笑又無奈的神情。我偷偷地望了他一眼，驚奇地發現，他的眼睛竟然那麼清澈明亮，完全不是我想像中的那副猥瑣模樣。

囡囡一直哭著喊著要回家。旭東的臉上漸漸地顯出不耐煩的神情來。我問他下山的路該怎麼走，他淡淡地一笑，說，還是我帶著你們吧。

272

他主動揹起了囡囡。囡囡起初不願意，後來，顯然是被他那枚銀晃晃的耳釘給吸引住了，乖乖地騎到他背上，專注地觀察起他的耳釘來。

「小姨，不是只有女的人才能戴耳環嗎？」

「你管那麼多幹嘛？只要有耳朵就可以戴。還有，不是女的人，是女人。」

旭東聽了「哈哈」笑起來。我不好意思地扁了扁嘴，默默跟在後面。囡囡嘴上吃了虧，很是不滿，竟大著膽兒搓弄起他的耳釘來。旭東被弄疼了，「嘶」地吸了口涼氣，突然轉過去對囡囡做了個鬼臉，嚇得囡囡慌忙縮了手。看著他們那副怪樣，我也被逗樂了……

我們就這樣在林間的小路上穿來穿去，有一搭沒一搭地聊天。我這才知道他也不過是個學生，而且，我們還曾在同一所高中上過學。他說，難怪覺得你這麼眼熟，原來我們見過。聽到這種符合常理的解釋，不知道為什麼，我卻有點兒失落。

沒多久，我們就到了山下。他放下囡囡，向我們打了個呼哨，很瀟灑地轉身上山去了。

囡囡仍對他的耳釘好奇不已，一個勁兒地向我發問。我沒有回答，只是拉著她急急地往前走，可心裡卻還在回味著剛才與旭東邂逅的情景。

我的心跳開始加速，呼吸也變得急促了。漸漸地，囡囡的聲音變遠了，周圍的色彩也變淡了……心裡有個聲音不斷地告訴我：他沒有走，他在看著我！我猛地回過頭去，真的！他沒有走，他就站在路

口，雙手插在褲袋裡。他正壞笑著。他正看著我。

我也笑了。我朝他笑著。當我和他對視的時候，一道白光刺向我的雙眼。我本能地閉眼躲開了⋯⋯

「小姨，我們快走啦！」

囡囡又在大聲叫嚷，驚得我一個激靈醒過來。我狠狠地眨了眨眼，周圍一切如常，旭東已經不見了⋯⋯

恍恍惚惚走到十字街口，突然看到魏婷婷從街角走過來⋯⋯

她穿著一套紫紅色的內衣，只披一件粉色的睡袍，袍子並沒有繫起，衣帶在風中飄舞。她嫋嫋地走過來，倚在護欄上，和一個紅衣男子交談。那個男人的背影如此熟悉，彷彿在哪裡見過。

沒錯！是他！是旭東。可他不是已經回山上去了嗎？

呵呵，我一定是在做夢吧，我狠狠地掐了一下胳膊，沒有痛覺⋯⋯於是我大步朝他們走過去。我沒有和他們打招呼。

我真高興，我沒有和他們打招呼。我快步走過百貨商店，走過電影院，我走過藥房，走過書店，腳底輕飄飄的，就像走在風上一樣⋯⋯兩束橙黃色的光打中我的雙眼，整個世界的聲音消失了。恍惚中，我被什麼東西狠狠地撞了一下，卻感覺不到疼痛，呵呵，我一定是在做夢了⋯⋯

紅衣男子從我面前橫穿過去，背景是一片刺眼的白光。

四

山坡下走來一個黑衣男子。他目不斜視地從我們面前走過，我和小姨警惕地用目光追蹤他的腳步。大概走到了距我們有三、四棵樹那麼遠的地方，他突然停了下來。我感到小姨的手顫抖了一下。

黑衣男子緩緩地轉過身來，雙手插在褲袋裡。

「這麼晚了，你們為什麼待在這麼偏僻的地方？」

他的聲音極冷，每個字都平均在一個聲調上，讓你懷疑，這聲音是否來自人間。

我聽到小姨用孱弱的聲音答道：

「我們……迷路了。」

黑衣男子掃了我們一眼，又轉了回去。

這是我有生以來第一次，也是唯一一次見到這種令人毛骨悚然的眼神。它比母親最生氣時候的神色還要可怕。因為，在母親那裡，我讀到的是一種熱烈的恨。而在這個陌生男人的眼裡，則是各種冷漠、懷疑和警告。時隔多年，我想起那種神情來，仍不免寒噤。而當時，我只能用哭聲來驅散恐懼，是的，我又「哇哇」大哭起來。

我是如此地專注於自己的哭聲，以至於黑衣男子走了回來，我都沒有察覺。等到我終於累得哭不出聲的時候，黑衣男子已經把小姨細細盤問了一遍。原來，他是公園裡的保安，叫許東。剛才，他把小姨當成了最近正在通緝的拐賣兒童的人口販子。一切澄清完畢以後，我就被小姨放在他背上，走在下山回家的路上了。奇怪的是，之前一

直很緊張，不敢大聲說話的小姨突然變得活躍起來。她不斷熱情地發問，許東則不斷地用他水平的聲調和簡捷的單音字來回答。這一來一往，一熱一冷的問答相當有趣。就好像小姨一次又一次不厭其煩地把自己的熱臉貼在人家的冷屁股上。而許東呢，就好像一塊僅具備條件反射能力的肌肉一樣，機械而冰冷地對每一個問題作出反應，表現得絲毫不感興趣，卻也完全沒有失去耐心。

這樣的表演一直持續到山腳下。終於，小姨不再發問了。許東把我放了下來，朝我們點了點頭就轉身上山了。

我走到小姨身邊，習慣性地拽住她的大拇指，而她卻氣急敗壞地把我的手甩開了。她自顧自地向前走了幾步，突然轉過頭來，神秘兮兮地對我嘀咕了一句：

「那個許東是個鬼，看到了嗎，他在路燈下沒有影子。」

說完，她就大步朝十字街口走去了。

我呆在原地揣摩著這句話，一陣冷風倏地灌進脖子裡。我看到，街邊的梧桐樹像得到了統一號令似的，在同一時刻一齊朝同一個方向彎下了腰。風在葉間穿梭，發出詭異的獰笑……

恐懼驅策我跑了起來，去追趕已經走出去很遠的小姨。

快到十字街口的時候，她突然停了下來，眼睛直愣愣地盯著街角……

順著她的視線望去，我看到，一個女人穿著紫紅色的內衣，披著一件粉色的睡袍。她的睡袍沒有繫上，衣帶在空中飄來擺去。她嫋嫋地踱過來，倚在護欄上同一個黑衣男子交談起來。那個男人的背影

如此熟悉，彷彿在哪裡見過。

沒錯！是他！是許東。可他不是已經回山上去了嗎？

正發著呆，我的手臂突然被小姨狠狠掐了一下。我詫異極了，以至於忘了疼痛，忘了哭。當我望向小姨的時候，我相信我在她的眼睛裡看到了一片白光。

小姨帶著空洞、迷狂的神色大步向前走去。她走得太快了，我怎麼也趕不上。她飛快地走過百貨商店，走過電影院，走過藥房，走過書店，她走得太快了，就像走在風上一樣……然後，她停了下來，直挺挺地站在那，兩束橙黃色的車燈打在她的身上……

燈光太刺眼，我什麼也看不見，但我相信我聽到了一陣骨肉碎裂的悶響……

黑衣男子好奇地望向聲音發出的地方，嘴角隱約浮起一絲似笑非笑的弧度。

他站在路燈底下，他沒有影子……

五

我醒來，發現自己躺在一片白色的世界裡。

有一束白光刺向我的雙眼，我本能地用手擋開了。當我重新睜開眼睛的時候，世界依然是一片寂靜的蒼白，只不過遠處多了一個小紅點。小紅點越移越近，變成了身著紅衣的旭東！對！是他！是旭東！他向我走來了，嘴角掛著一絲曖昧的微笑。他向我走來，越走越近，近到他的整張臉都貼在了我的臉上。

他用「嘶嘶」的氣音在我耳邊說了一句話。

我沒聽清，於是反問道：

「你說什麼？」

話一出口，我驚訝地發現自己發出的也是「嘶嘶」的氣音。好像在這個空間裡，空氣因為流動得太快了，根本抓不住聲音。於是，聲音剛發出來就被吹遠了，只剩下穿過空氣時留下的痕跡，就像石落水面後留下的漣漪。

旭東不再說什麼了，他堅定地繼續朝前邁步，像穿透一層氣泡那樣，輕易穿過了我的身體。預感到他即將在這個白色的世界裡消失，我趕緊轉頭去尋他。果然，他已縮成了一個血點，在消失之前，我聽到他竭力地朝我喊著一句話。這次，我終於聽清了。他說的是：

「不要回頭！」

已經太遲了。

一道白光刺中了我的雙眼，我想閉眼以求保護，卻突然被一個強有力的畫面衝擊了我的大腦：黑暗過後豁然的光明。在一片刺眼的白色裡，有一根帶血的臍帶和一把閃著寒光的醫用剪刀。緊接著，第二個，第三個畫面迅速地接替：童年的手推車和滿院子亂跑的玩伴……

畫面的衝擊開始加速，伴隨著身體的戰慄和劇痛，它們飛快地穿過我的腦海，然後消失，被遺忘：教室角落的笤帚和蜘蛛網，課本上的塗鴉，橡皮筋和飛舞的辮子……時間跑得飛快，記憶的片段像鐳射槍的子彈，一下接一下地刺透我的意識，疼痛使我昏迷。

　　我在黑暗中醒來，神志不清地走進巷尾一家廉價的錄影廳裡。四周昏暗，只有蚊子和情侶知道其中的樂趣。而我，我又為什麼走進這裡，忍受舊皮椅的黴味和劣質香煙的臭氣？

　　幕布上放著無聊的港產鬼片——一具僵屍和一群人在玩賽跑遊戲。其實，演的怎麼樣真的沒人在乎，大家都在忙著自己的事。比如，左前方四十五度就有一對，相持了好久才鬆開對方……女孩抬手整理接吻時弄亂的頭髮，麻利地用緞帶在發尾處繫上一個蝴蝶結，男孩偏過頭來微笑地看著她，左耳的耳釘閃著銀色的光澤……

　　不可能的，我一定是做夢了。呵呵，真可笑，我為什麼到這裡來？我一定是做夢了，我該走了，該走了……

　　時間開始減速，從一顆飛馳的子彈變成一隻飽食後空中散步的小鳥。

　　時間吃了酵母，開始膨化，從一小團麵粉變成一個蛋糕，你嚐它的質地，是鬆軟的，裡面充滿了空氣。

　　的盡頭就要到來。我已經喪失了全部記憶，除了那一天，我的最後一天。

　　那一天。

　　不記得是哪一天。

　　天氣。

　　記不清了，應該是風和日麗吧。沒關係，反正總歸也要將它忘記。

我的故事說完了，我該走了，您會讓我走的對吧，就像他們一樣，消失在這片白光裡……

我消失在白光裡。

六

小姨沒有死，她只是睡著了。她悄無聲息地睡了十年，耗盡了家裡所有人的耐心，然後，在一個冬夜又悄無聲息地停止了呼吸。她走得這麼悄然，以至於到了第二天傍晚，外婆才發現這個小女兒給她的最後驚喜。沒有眼淚，甚至沒有一聲歎息，她很平靜地燒掉了早就打包好的小姨的遺物，然後一個接一個地打電話給殯儀公司和家裡的親戚們。

那天晚上，我起夜的時候，看見母親在廚房的角落裡生起了一盆火。我沒有出聲，趴在門框邊，看她陰著臉，仔細地把相簿裡所有小姨的影像都裁了下來，丟進火盆。於是，相簿裡的相片變成了我和一個小黑洞站在院子裡，一個小黑洞和芝山公園，舅舅的手搭在一個小黑洞上，全家福的左上角有一個小黑洞……

我不能理解，為什麼一個人走了，我們要毀掉所有她存在過的證據。我也不能同意，為了不讓在世的親人睹物傷情，就可以自我欺騙地說這個人不曾存在過。我更不明白，用一個莊重的儀式去祭奠一個人究竟有何意義。一旦屍體冰冷，她的哭，她的笑，她的沒有開花的愛情和永遠十七歲的記憶就不再值得任何人想起……從此以後，不會再有人將她想起……

「你這麼想太極端了。你母親也許只是依照風俗行事。更何況即便燒掉了物質痕跡，她也仍存在於你們的記憶裡，不是嗎？」阿琨之

前一直默默地聽我講述，見我情緒氾濫快到了臨界點，才趕緊打斷了我。

「可是……太久了……那時我又太小……現在，我都快記不清她的模樣了。所有有關她的記憶都已經模糊不清，就好像從來沒發生過一樣，當然，除了那最後一天。」

「……」阿琨欲言又止，用他滿是顏料的手抵著額頭，沉默了好一會兒，又笑笑說，「恐怕，連那最後一天，也不是真實的……」

「不可能！」我憤怒地搶白道，「我清楚地記得每一個細節！」

「……你的敘述裡有太多可疑的地方了。秋天穿著裙子，依我們此地的氣候，不太可能。除非你那時太胖，不怕冷。」

我怒得猛掐他一陣，笑罵他嘴惡。

他「嗷嗷」叫著笑了一陣，隨即又正色道，「別鬧！真的！你覺得二十世紀九〇年代會有人穿著內衣在街上走嗎？就算是現在估計也沒人敢這麼幹。呵呵……」

「別笑……」我支吾了一陣，悵然若失地坐了下來，「可是，那些感覺那麼真實，我甚至清楚地記得衣服的顏色……現在唯一可以證明這段記憶存在的，就是小姨了，可是她已經不在了……」

阿琨走過來，遞給我一張紙巾，「所有的這些，可能只是你的想像……囡囡，你知道嗎，你太執著於過去了。」

我沒有接他的紙，只是緊緊地咬了一陣嘴唇，「我討厭你那種裝作很懂我的樣子，其實你也好不到哪兒去，你最好的作品永遠都是充

滿傷痕的童年。」說完，我猛地抓起背包，用充滿復仇快意的節奏衝出了畫室。

這一次，他沒有追出來。這是唯一一次他沒有送我回家。

夏天漫長的午後，我一個人在街頭亂走，一次次地路過芝山公園，卻一次次怯懦地沒敢進去。回到家已經是傍晚了，飯菜早就上了桌。我沒精打采地扒了幾口飯，就放下了筷子。母親邊往我碗裡夾菜，邊用警告的眼神看了我一眼。

「媽，還記得張瑩嗎？」我終於還是沒有忍住，向她拋出了這個問題。

「誰？」母親說著邊扒了一勺米飯進嘴裡。

「張瑩！我小姨！」我急忙接上話頭。

母親突然停止了咀嚼動作，默然地放下筷子。

「你小姨叫張芊。」

「不對，那是我二姨！」我忘了自從張瑩走後，他們就悄悄地把稱謂換了，「你不記得了嗎⋯⋯」

母親莫名地看了看我，又低頭去揀菜。

我看到母親黑洞洞的嘴一張一合，不斷地填塞進去白花花的米飯，血紅的番茄和泛著油光的肉⋯⋯我承認我有點神志不清了⋯⋯

「你不記得了嗎？你把相片上的她都剪掉了，相片上一個個小洞。」

母親停止了咀嚼。等待進洞的白菜停在半空中。

「你不記得了嗎？我拿來給你看！」

母親「啪」的一聲把筷子蓋在桌上。她的動作那麼堅定，可是我分明感覺到，她的眼神裡有一絲慌亂。

沒等她發作，我猛地衝進房間，把自己反鎖在裡面。

我急慌慌地拉開所有抽屜，搬出每一本相冊，查看每一張照片。可是，為什麼，為什麼照片上永遠是風和日麗的樣子，每個人都笑得那麼燦爛：我和媽媽站在院子裡，芝山公園的風景照，舅舅搭著二姨的肩膀，全家福的左上角是老屋的簷角……

沒有小姨，連小黑洞也一併沒有了。

我不能相信這樣的事實。

淚水迷住了我的眼，哽咽使我渾身顫抖。身後似有一雙無形的手摀住了我的口鼻，悶得我無法呼吸。為了喘一口氣，我虛弱地摸向視窗。打開窗門的一刹那，一道白光刺中了我的雙眼。

麻雀的夢想

福建師範大學文學院本科 2012 級　高昕

　　還記得那個常常下雨的冬天的某一天，我像往常一樣開著車去上班。

　　那天天空灰濛濛的，視線有點暗。許是這樣的緣故，車子在迅疾地穿過一條空曠的林蔭大道的時候，「啪」的一下，撞上了一隻麻雀。

　　那一撞響聲極大，把我也嚇了一大跳，於是我趕緊停車，下車檢查車窗。誰知我湊近車窗一看，一切都正常得不得了，而且也不見麻雀，一切都好像沒發生過一樣。

　　當時我認為我可能是因為工作太累了，出現了幻覺，不足為奇。

　　也許我需要好好休息一下。

　　但是工作一忙起來，我就把休息這事忘了。

　　於是這個幻覺越來越頻繁，以至於我只要一開車進入那條林蔭大道，我就老撞著麻雀，而且是越撞越多，終於有一次多到讓我覺得我是個凶手。

　　我開始恐慌起來，於是我繞道，不去那條林蔭大道，這樣總成了吧，我想。

我繞道，而且專往車流量極多的道路。

可是那些麻雀還是陰魂不散。

牠們這下改了策略，撞我的車頂，快速地從電線上飛落下來。

我終於感到事情的嚴重性。

於是我下定決心請了一天的假去看心理醫生。

醫生聽了我的描述後只是善意地點了點頭。

他說你應該多休息休息，工作壓力太大容易產生幻覺。

於是我又下定決心請了一星期的假。

在家休息的那幾天天氣出奇得好，太陽終於穿過陰霾的雲層，綻放出明媚的笑臉。冬天的陽光曬起來暖洋洋的很是讓人覺得舒服。

假期的最後一天，我決定去那條林蔭大道散散步。

陽光晴好，透過有點發黃而且稀疏的樹木，變得更加柔和起來。我彷彿看到了跳躍的陽光，在樹葉上彈奏著溫熱的歌，那聲音讓我找到了久違熱情，我突然有了一種把這場景畫下來的衝動。

我是個對光影、色彩很敏感的人，曾經我立志當一個畫家，畫遍這世間美景。可是現實總是殘酷的，大學畢業後，我就聽了父母的勸，找了份穩定的工作，整天重複相同的旋律，日子倒也過得自在。

可是我的心裡總是空空的，感覺好像缺少了什麼東西。但工作一忙起來，我就不多想了。

「今天真是個好天氣啊。」我這樣想著，仰望著樹木上一片發黃的樹葉。

突然我就想這樣一直站著，站著。說來也奇怪，我不知道在這裡站了多久。直到我發覺時，天空驟然翻了臉，「嘩啦」一聲，一陣大雨傾盆而來。

我想拔腿就跑，可是我的心裡卻老是有一個聲音在說，雨天的色彩也是可以畫出來的吧。

下雨了，整個林蔭大道空蕩蕩的。

這裡，只有我和樹，和雨。

「啪嗒啪嗒」，雨中傳來一陣陣腳步聲，開始是從很遠很遠的地方傳來，漸漸地近了，近了，近了……

我屏住呼吸，轉身。

透過雨霧，我看到了一個小女孩正向我飛快地跑來。

遠遠地打量，我覺得她個頭不高，應該很靈巧。

「噗，」女孩以極其迅疾的速度砸向我。我自然地將身體往後一傾。「咚」的一下，女孩剎住了腳步。

「對不起，對不起。」女孩穿著褐色的雨衣，抬起頭，用一雙圓圓的大眼睛望著我。

「看來是個冒失鬼，」我心裡不滿地想著，嘴上卻說道，「沒關係，沒關係。」

「喏，媽媽叫我把這個給您，先生。」她雙手捧著一把雨傘，向我遞了過來。

我彎腰接了過去，撐開了傘，傘很輕。

我的心裡突然覺得愧疚起來。

我蹲下身對這個只有到我膝蓋高的女孩笑了笑，說道：「替我謝謝你媽媽囉，小姑娘。當然也要謝謝你。」

女孩「咯咯」地笑了，聲音有如春天的小鳥一樣悅耳。

「先生，」女孩說道，「我媽媽還讓我問問您，您明天有空嗎？」

「有空吧。」我點點頭。

「那太好啦，」女孩跳了起來，她那雙圓圓的大眼睛突然充滿了渴望，彷彿鼓足了勇氣似的，她說，「先生，那您明天下午三點鐘可以到我家做客嗎？」

我用力地點了點頭。

我看了一下錶，剛好是晚上七點鐘，以前要是這個時候早就吃完晚飯了。

「你得回家啦，小姑娘，我也得回家吃飯了，明天再見。」我想要站起來。

「等一下，先生，還沒告訴您我家在哪兒呢，」女孩指著林蔭大道說道，「請記住，先生，您只要沿著這條路直直地往前走就可以了。」

「嗯，我知道了，」我站了起來，揮揮手，「那再見了，小姑娘，路上小心點！」

我轉身要走。

「先生，我可以叫您叔叔嗎？」女孩在後面喊道。

「可以，當然可以啦。」我回答。

「那，叔叔，明天見！」

和女孩告別後，我一路撐著傘走起來，忽然有種輕飄飄感覺，我開心得簡直要蹦起來啦。

回到家裡，母親看到我時一臉驚訝：「兒子你哪兒去了，怎麼這麼晚回來？我還以為你沒帶傘，正打算讓你爸爸出去找你呢。」

「沒事，就是出去散散步。」我收起了傘，才發現我全身乾乾爽爽的，像壓根沒淋過雨一樣。

的晚飯我已經熱好了，在廚房裡。」母親又說道。

我點點了頭，走進廚房吃了晚飯。

吃過晚飯，我把那把傘打開放好，這才仔仔細細地打量起來，這把傘是透明的，質地如同羽毛一樣輕盈，透明的傘面上依稀有點印記，我猜是雨的印記。

那天晚上我早早就睡了。

睡前我特意翻了一下日曆，忽然發現明天就得上班了。

「糟糕，我怎麼這麼糊塗呢，那我明天就不能去小女孩的家裡了。」我心裡想著。

因為已經請了一個星期的假，我也不好意思再請假了，公司很看重員工的工作效率，而且最近就業壓力那麼大，雖然我只是個普通員工，可是還是有好多人都在覬覦我這個位置呢。

我將這兩者掂量了一下，想想還是爽約不去了。

可是傘總得還給人家吧，況且，況且，我的腦海裡突然閃現出女孩那雙圓圓的大眼睛，那雙眼睛好像在說，「叔叔，您一定要去我家做客呀。」

如果我不去的話，她一定會很傷心吧，要是傷了這麼一個可愛天真的小女孩的心，我也會很過意不去的。

既然答應人家了，我就應該要履行承諾。

於是我打了個電話給公司的管理人員，跟他說我明天臨時有事去不了，我得再請一天假。

一夜無話。

那天也還是個晴天。

我提前了半小時出發。

向著林蔭大道女孩指的方向出發，我記得這樣一直走下去，會有一個岔道口。

「說不定一直走也會有一條路呢。」我手裡拿著傘，還拿了一樣

小禮物，第一次去人家家裡做客，不帶點兒東西是不禮貌的。

我就這麼一直沿著林蔭大道走下去，到了岔道口，發現這裡居然真的有一條路，看起來像是新建不久，在陽光下亮晃晃的：這條路不是很寬，大約只能讓三個人通行。整條路看起來空蕩蕩的，只有我一個人。路旁開著一些叫不出名字的小花，素雅的顏色讓人很是舒服。

小路的盡頭，有一幢顏色很漂亮的帶著個小院子的房子。

院子的門開著。

我輕輕地敲了敲門，問道：「有人在嗎？」

「啪嗒」一聲，女孩從裡面歡快地衝了出來，看見是我，圓圓的大眼睛閃閃發亮，隨即就轉了一下身，朝門裡大喊：「爸爸媽媽，叔叔來啦。」

屋裡又是一陣「啪嗒啪嗒」的聲音，女孩的父母立馬就站在了門前，一看見我，就好像是看到了很熟悉的朋友一樣，很熱情地請我進門。

女孩的爸爸媽媽看起來很般配，她的媽媽看起來很漂亮，和女孩一樣有著美麗的大眼睛，女孩的爸爸則戴著副圓框眼睛，看起來很溫文爾雅。

我立馬就喜歡上了這一家人。

「謝謝您的傘。」我用雙手捧著傘遞給女孩的媽媽。

「不客氣。」女孩的媽媽接了過去。

屋內不大，可是擺東西很齊全，沙發、桌子，接待客人用的茶具也一應俱全。

「寒舍有點窄，您勉強坐一坐吧。」女孩的爸爸說道。

我坐了下來。這沙發是稻穀的顏色，為什麼這樣說呢，因為我一看見這個顏色就想到了稻穀。

「自我介紹一下，」女孩的爸爸邊泡茶邊說道，「我姓林，叫林廣，這是我們的女兒，叫林秋秋。」

「真是個可愛的小女孩呢，」我一邊說著，一邊從口袋裡掏出了一個包裝得很精美的小禮物，「而且很有禮貌，這是我的一點心意。」

他們都笑了，特別是秋秋。

「我真是太開心啦，謝謝叔叔！」秋秋高興得漲紅了臉，向樓上飛快地跑去。

「不好意思，讓您見笑了，」林太太說道，「從小就這樣任性——肯定是看禮物去了。」

「沒有，秋秋很討人喜歡。」我說。

「茶泡好啦，喝喝看。」林先生說。

我道了聲謝，喝起了茶。

「這茶味道真是好極了。」我不禁讚歎道。

「是嗎？」林先生笑了。

「好喝就多喝點。」林太太說道。

「不了，好東西是要慢慢品嚐的。」我說著，習慣性地看了一下手錶。

「邱先生，是這樣的，」林先生的表情突然變得很鄭重起來，「我們今天請您過來是有事情想要請您幫個忙。」

「哦？」我漫不經心地看向他們。

「我們，」林先生和林太太像是鼓足了勇氣了似的，說道，「我們想要聘請您當秋秋的老師！」

「老師？什麼老師？可是我……」林先生和林太太的眼神讓我難以拒絕。

「沒關係，我們知道您還得工作，您放心，這一定不會耽誤到您的。」林先生說道。

「那您得跟我說說，具體是什麼時候，我的任務是什麼？」我問。

「如果，如果可以的話，」林太太接過話，「您可以在每週星期八的中午三點鐘的時候過來，跟我們的秋秋講講如何畫畫，怎麼發現色彩、光影之類的東西。」

「什麼？我怎麼越聽越糊塗了？星期八是什麼？還有您得知道，我不是個專業畫畫的人，只是以前很喜歡畫畫，有畫畫的興趣而已，而且，我畫得一點也不好，您還是另請高明吧。」我還是無法接受。

林先生和林太太沮喪地對視了一下。

我起身準備告辭：「不好意思，如果可以幫得上忙的話，我一定會幫的。我不想教壞秋秋。抱歉，打擾了。」

「請等一等，邱先生。」林先生站了起來。

「不好意思，我得走了。」我行了一下禮。

林先生跌坐在沙發上，像泄了氣的皮球。

林太太在翻著櫃子，好像在找些什麼似的。林先生搖頭示意著她。

「實話跟您說，邱先生，我覺得我們有必要坐下來談一談。」林先生還是不死心。

「抱歉，可我還是覺得沒有必要，」我看了一下錶，已經快五點鐘了，「如果可以的話，我願意幫秋秋請一位專業的美術老師，報酬就由我來出。」

「謝謝您的好意，但非您不可，」林太太停止了翻櫃子的舉動，看向他的丈夫，歎了口氣說，「把話說清楚一點吧，時候不早了，我也得做飯去啦。」說完她就起身離開了客廳。

「邱先生，求求您聽我把話說完吧。」林先生用懇切的目光看著我。我頓時覺得心裡有股暖暖的熱流，自打我進入社會工作後，第一次覺得自己被除父母之外的人珍視著。

「沒關係，」我重新坐了下來，說道，「您慢慢說吧，我洗耳恭聽。」

「謝謝，謝謝。」林先生喃喃地說。

「再喝杯茶吧，」林先生又重新將熱水倒進茶具裡，泡了一小杯的茶遞了過來，他湊向我，表情顯得很神秘，「告訴您一個祕密，您剛才聽到我說星期八，星期八吧？」

我小心地啜了一口茶，含糊地應了一句：「星期八？一個星期不是只有七天嗎？」

「其實——」林先生故意拉長了語調，「一個星期有八天，這是個祕密，只有當您有很想很想要做的事情而且又抽不出來時間的時候，你才可以使用它。」

「這個，說實話，我不相信。」我搖了搖頭。

「沒關係，您今天回去看看日曆吧，」林先生說道，「看看日曆吧，您會知道我沒有騙您的。還有，您一定很驚訝我為什麼會知道您的名字吧，因為我們很久以前是鄰居。」

「鄰居？」我有點吃驚。

「是的，那時候秋秋還沒有出生呢，您那時候整天都在學習，也許沒注意到我們吧。但是我們和您的家人相處得還是很愉快的。有一次秋秋的媽媽暈倒了，還是您媽媽把她送回家的呢。現在想想這件事，我們一家人都很感激。」林先生突然激動起來，摘下了圓框眼鏡，抹了抹眼睛。

「眼睛有點癢，」林先生繼續說，可是我知道他這是在擦眼淚，「後來我們就搬走了，您們也搬家了許多次，很多年我們都沒有再相遇。直到最近我們才知道您們住在這附近。」

「林先生，我很好奇，您是做什麼工作的？」我又問道。

「飛行師，」林先生說道，「是個很棒的工作吧，這是我的夢想呢。我太太是全職主婦，不過在秋秋出生之前，她一直是一個很出名的美食家，現在她就只做美食給我們兩個吃啦。以後您要是不介意的話，可以常常來這邊吃飯。」

「那既然以前就認識我，您難道不知道我── 」 我話音未落，林先生看出了我的心思，打斷了我的話：「秋秋是在秋天出生的，今年七歲，她天生就是個小畫家，她的夢想是當個畫家，所以為了秋秋的成長，我準備給她找個老師。」

「我想應該要這樣做，」我點點頭，「您能這樣做，秋秋以後一定會很感激您的！」

「我從來沒覺得這樣做有什麼不妥，」林先生看著我，很嚴肅，「我們家族從來就是這樣，我們可以沒有吃的，但不可以沒有夢想！」

可是沒有吃的，怎麼能實現夢想呢？我心裡默默地想著。

「夢想，」林先生說，「夢想對我們來說就像生命一樣，所以……」

他握住了我的手，又繼續說道：「邱先生，我們選擇您是有原因的。請幫助秋秋實現這個夢想吧！」

「這個，要不先試試吧，我不能保證我能教她什麼。」我覺得再推辭就太不禮貌了。

「那，謝謝啦，」林先生看起來很開心，他喝了一大口茶，說，「您放心，報酬一定很豐厚的！」

「不，我不要報酬，」我擺了擺手，「您要是給我報酬的話，我就不幹了。」

「這，您這不是讓我們為難嗎？」林太太突然從裡屋走了出來，顯然剛才我們的話她都聽見了。

「其實，您們已經給了我一個很好的報酬了，」我笑了，「您們告訴了我星期八的秘密，這樣以後我除了給秋秋上課的時間外，每個星期都會多出好多時間來做我喜歡做的事，這對我來說，是無價之寶啊。」

「哈哈。」他們夫婦笑了起來。

「時候不早了，我也得回去了，星期八見！」我告辭。

「星期八見！」

回家的路上，我的心裡還是很不確定，我不確定林姓夫婦的話，我也不確定星期八是否存在。「也許我是做了個奇怪的夢吧。」我下意識地捏了捏自己的手臂。

「哇，好痛。」我忍不住叫了起來。

當我路過昨天碰見小女孩的地方的時候，我停了一會兒，鬼使神差地，我看了一下錶。

正好是，晚上——七點鐘。

「這只是個巧合罷了。」我歎了口氣。

到家，又聽了我媽的一番囉嗦之後，我像往常一樣吃起了熱好

的晚餐。

「奇怪，」看著眼前的熟悉的菜餚，我心想，「這不是昨天晚上剛吃過的嗎？」

於是我站起來，走到客廳，問道：「媽，這些菜該不會是昨天晚上剩下來的吧。」

我媽一聽立馬就站了起來，一臉茫然：「怎麼了？這些菜是我晚上剛做的，不會是食材不新鮮吧？可是我和你爸都覺得不錯呀？」

「沒，沒事，」我識趣地擺了擺手，「順便問一下，今天星期幾？」

「今天星期天，」我爸正在看報紙，「你該不會休息得都忘了時間了吧，明天你就得回去上班了。」

「哦，我知道了。」我含糊地回答了一下，心裡暗喜，「看來他們沒有騙我。」

如果是這樣的話，那我就等於沒有再請過一天的假了。

回到房間的時候我還是不放心，就看了一下日曆，上面原原本本地寫著星期日。

「看來星期八是藏在星期日的後面。」我邊躺在床上邊笑了起來。

從那以後，我就履行承諾在星期八的時候去秋秋的家裡給秋秋上課。

日子過得飛快，轉眼就是一年。

在這一年裡，秋秋進步飛快，其實我也沒教她什麼，倒是她反而教會了我許多。在秋秋的影響下，我又開始重新拿起了畫筆。

我越來越喜歡去秋秋的家，有時我會在那裡待上一整天，除了和秋秋一起畫畫之外，我還喜歡看林爸爸做小型飛行器，用他的話說，這是他的獨門絕活。他做的飛行器很特別，小小的圓圓的，像極了一個鳥窩，不同的是，這個「鳥窩」有透明的防護窗。

有時我會在秋秋家吃晚餐，秋秋的媽媽會做許多許多好吃的，比如菊花餅、蒲公英霜淇淋、墨蘭巧克力棒、炒松子。我和林爸爸偶爾喜歡喝點小酒，林爸爸喝酒很節制，用他的話說是因為太胖了，喝太多酒對身體不好。他們家的酒據說是祖上密傳的，顏色看起來和一般的酒沒什麼兩樣，可是喝起來卻是獨有一番風味，甘洌清甜，舒暢我心。

我感覺我心中的那些空缺，全都被填得實實的。

每個星期，我最盼望的就是星期八。

就在第二年的某一個星期八，我又早早地去秋秋的家。

那天秋秋全家都異常興奮，因為秋秋的一幅畫獲得了大獎，而那幅畫，剛好是上個星期我帶她在戶外完成的風景畫。

「我們得好好慶祝一下，」秋秋的爸爸開心極了，拍了拍我的肩膀，「老朋友，我太感謝您啦，秋秋能有今天的成就，多虧了您啊。」

「是啊是啊，」秋秋的媽媽說道，「我已經準備一桌好吃的，這就拿出來。今天就讓秋秋放一天假吧，我們一起吃。」

秋秋也開心地蹦了起來。

「秋秋，你能有今天的成就，除了你的努力外，你還得感謝你的爸爸媽媽，是他們支持你的呢。」我笑著望著秋秋。

「爸爸媽媽，我愛死您們啦。」秋秋一把抱住林爸爸，林爸爸差點摔倒。

「怎麼不抱抱媽媽呢，」林媽媽走了進來，臉上掩不住的歡喜，「準備好了，我把桌子放在院子裡了。」

「噗」地一下，秋秋撞進了媽媽的懷抱裡。

我們哈哈大笑起來。

他們一家人很容易相處，我和他們說話幾乎不用考慮太多，這對於慣於在職場上周旋的我來說，彌足珍貴。

那天我們四個人圍在一個圓桌上，吃起了飯。

許是太興奮，他們一家人喝了很多酒，特別是林爸爸，太過興奮，破例喝了好幾杯。

我也喝了很多，但是我酒量很好，沒有醉倒。

可是他們就不一樣了。

秋秋躺在她媽媽的懷裡，沉沉地睡了，臉上泛起紅暈，像是一顆紅透了的櫻桃。林媽媽也不勝酒力，抱著秋秋趴在桌子上睡著了。

只有喝醉了的林爸爸，搖搖晃晃地使勁兒地說：「邱先生啊，您知道嗎？我們家族的人，最大的夢想就是有一天能去，去，去那遙遠

的雀之國。您知道嗎？我們因為飛不高，老是被別人嘲笑，所以我就發誓要做出最好最好的飛行器，帶上秋秋還有她的媽媽一起去。」

「看來您喝得太醉啦，我扶您去裡面休息一下。」我說。

「不，不用！」林爸爸用力地擺擺手。

「他們就說你不是有魔法嗎？可是我那魔法只是一個麻瓜魔法師的級別，」林爸爸說，「我知道你不相信，可是你記得嗎，前年你是不是有一陣子老是撞著麻雀？」

我一聽心裡一驚。

「哈哈，那就是我這個麻瓜魔法師的魔法，怎麼樣，是不是很有趣？用這個方法送了好多的邀請信，可是就是沒作用。」

林爸爸漲紅了臉。

「還有，告訴您星期八的秘密哦，」他摘下了圓框眼鏡，露出圓圓的眼睛，「我們家族的人都有星期八，別看我們只有十年的壽命，可是我們卻好像活了和您們人類一樣長的年紀呢。」

「您的星期八是我分給你的。」

……

那天晚上，喝醉了的林爸爸跟我講了許多我似懂非懂的話。

講到深夜，講到我看了一下手錶，十二點。

就在這時，發生了一件讓我目瞪口呆的事。

秋秋一家人，身體開始發生變化，先從小秋秋開始，最後，他們全變成了——麻雀。

然後，秋秋一家的房子全都不見了。

第二天，當我醒來的時候，我的周圍只是一片荒野，當時我正靠著一棵樹。

從那以後，我再也沒有見到秋秋一家。

但是我的星期八依舊在。

我想：「只要星期八還在，秋秋他們一家應該還是安全的吧。」

就在那年，我的畫開始受到了矚目。

再後來，我辭去了工作，專心畫起了畫。我的一幅畫，相當於我一年所賺的工資。

那些鑒賞畫的專家們，總說，在我的畫裡看到了最明麗的色彩。

在這裡再偷偷告訴你們一個祕密，我所用的顏料，是秋秋送給我的。她說這是她爸爸坐著飛行器，從天上的彩虹那邊採下來的顏料。

她還說，這些顏料用都用不完呢。

那時她邊說邊跳著舞，之後抬起頭望著天空說：「叔叔，您知道嗎？我們飛不高，可是我們都很想去一個地方，一個聽爸爸說，我可以光著腳丫踩在彩虹上，然後把染上彩虹顏料的腳丫子印在天空的地方。」

再到後來，星期八也不見了。

有時我會呆呆地望著天空，想著，也許他們是到了那個雀之國了吧。

我不敢再想下一個也許。

現實太殘酷，我不敢想，不敢想，不敢想他們是死於獵槍下，成了某些饕餮之輩的美食，或是被車子活活撞死。

我不敢想。

從此我不再開車，我也不進野味館。

我家的院子的樹上也住進了許多麻雀，但我不確定秋秋他們是不是住在那些樹上，我還開始畫起了麻雀。

在那些畫中，我最最喜歡的是這樣一幅畫：站在電線杆上的麻雀，抬頭仰望著天空。

我給這幅畫取名：

麻雀的夢想。

誰說麻雀沒有夢想？誰說麻雀的夢想只是變成一隻鳳凰呢？

守望者

福建師範大學文學院本科 2012 級　辜玢玢

一

夜，靜得讓人發慌。大碗盆似的月倒扣在紙糊的老窗上，泛黃的薄紙把月的白光一圈圈地渲染開去。整個古厝像安眠在木床上的老者，匀著粗細一致的呼吸，隨月光靜謐地一起一伏。古厝裡傳來陣陣的吠聲，和著爺爺喘著氣的歎息，像深山裡不斷擴大的回聲，尖銳地趕走了我積蓄的睡意。我側躺在吱吱作響的木床上，生怕被爺爺聽見我吱吱呀呀的晃動聲。我知道，城裡人大鬧閻羅殿般叫囂著拆遷的消息傳開之後，爺爺房裡的燈今夜必定是徹夜通亮的。

也不知道我是什麼時候睡了過去。閉上眼時，白天的情景像燒錄在影像光碟般地放映著。開進村的大鏟車如老牛喘氣般笨重的轟轟聲，車座司機爆粗口時凶神惡煞的樣子像極了日本鬼子打進城時的嘴臉模樣……粗糙的轟鳴聲如莫名出現的野狗，窮追不捨著即將入眠的我，眼看著鏟車的大鏟子就插進了油油的稻田了，我吃驚地撲騰著手尖叫著醒過來。

我恍惚著看了眼窗外。這時候天已經魚肚白似的半暗半明了。村子是被山四面圍起來的，除了那條不大搭調的水泥路彎彎扭扭地伸進賈伯家，又彎彎扭扭地伸出村門外，其餘的都是層層壘起的泥土，是祖祖輩輩們的解放軍鞋一腳一腳地踩出來的硬朗結實的阡陌田路。

　　水泥路是賈大明回鄉的時候建的，那時候的陣陣鑼鼓是我這輩子見過最熱鬧的。記得那天連爺爺也沒有下田，一大早就換上那套洗得發白而沒有了色澤的軍裝帶我去了賈伯家。

　　爺爺神采奕奕地告訴賈伯：「你家大明真有出息，當上了機關幹部，還沒忘記為鄉里的畝畝稻田開路致富⋯⋯」然後捋著寸長的白鬍鬚，仰著頭呵呵呵地笑。

　　「哪裡⋯⋯大明今天的成績離不開您的幫助⋯⋯」賈伯放慢了語速，輕搭了搭爺爺的手背，「大明上學那會兒，有一次學費是您給先墊上的啊。我老提醒大明說這恩情不能忘吶！」嘴裡碎碎念叨「不能忘」⋯⋯

　　回家的路上，爺爺笑呵呵地將從櫃子裡拿出來的煙顫巍巍地一一遞給開工鋪路的工人，「你們辛苦了，辛苦了⋯⋯」

　　爺爺是不吸煙的，煙的來歷我也不清楚，但我看見爺爺將它藏在櫃子最深的地方，大概很是珍惜。我猜測地問：「爺爺，您怎麼把煙拿出來了？」

　　「呵呵。」爺爺側著臉笑開，像龜裂土地上綻開的生石花，刮著我的小鼻子說道，「這俗話說得好，要致富，先開路。桑菊啊，等大明哥的路鋪好，交通更簡單了，田裡剩下的稻米生菜什麼的就能拿出去買賣。買賣一好，收入就好，等你長大了，你就可以到城裡去。就和你爸爸一樣。」爺爺說得很來勁，好像真有那麼一回事。

　　「那好啊，爺爺也去！」我當真很興奮。

　　「桑菊去就夠了。爺爺啊，黃土埋了半截的人嘍，走不動囉，就

守著這點黃土入棺材囉。」爺爺說得像開玩笑時那樣的輕鬆，我也沒多想。

而現在，賈伯去世有好些年了，大明哥也有好些年沒登門過了。

二

「死老頭，那你想怎麼樣？把土地證燒了不成……」是賈姨的吼聲。

賈姨是賈伯的小女兒，阿媽死後阿爸帶回家的女人。她說話時總是提著嗓門眼兒，尖細得像雞啼的聲調，沒好臉色地朝你大聲嚷嚷。每每不小心目光接觸到她斜瞥的眼睛裡透出的如惡嬤嬤般的鋒利眼神時，我總是不自覺地摀著耳朵跑向爺爺。

我從房間裡跑來時剛好是玻璃杯子「啪」的一聲落地，水濺了一地，破碎的玻璃片像「過尖刀」時粒粒筆直挺立的刀片，反射著從窗戶漏進的日光。我下意識地往門外一縮，哆嗦得不敢往前靠近。賈姨伸長了手臂，右手食指直直地指著爺爺的鼻尖，掃了眼一地的碎玻璃片，提高了嗓門眼兒地放狠話：「你個死老頭子懂個啥子，你要嘛把土地證拿出來，要嘛咱就看看誰先入棺材！」

話音剛落，爺爺像扎在地上的彈簧，利索地站起來，粗的血管像田地裡四處延伸的水管分散在溝壑縱橫的老臉上，血管裡漲滿了血，血漿火山似的噴出，隨即重重地拍了下八仙桌：「我告訴你，這土地我到死都不會賣給房地產商！你就做夢去吧你！」

賈姨朝門口斜瞥了眼，逮住了蜷縮成一團的我：「你看看，你看看，就你那好孫女，信不信，回頭出嫁連轎子都租不起。就你那點本

事，撒把黃土當嫁妝送她也算是厚禮了！」說著用力把我幾乎離地地揪了過來，「你自己說說，除了哭你還有什麼本事啊！」

賈姨末尾的「啊」字是硬生生地朝耳朵吼的，比廟裡和尚敲的大笨鐘更震動耳膜，我暈了半秒，「哇」地大哭。

吵架聲、哭聲引來了鄰里街坊，他們像伸長了脖頸四處覓食的黃鼠紛湧而來，很快，不大的磚房外面結結實實地擠滿了人。後面一個擠著前面一個，踮高了腳尖，左右張望，嚷嚷說：「先讓我瞧瞧……」指手畫腳議論不休。

爺爺側著頭看了眼趴在窗外的鄰里，心裡一陣涼。爺爺一生狠，攥緊的拳頭鬆開同時朝賈姨的左臉狠狠甩去。手與臉摩擦時響亮的一作響，停住了門外窗外的麻雀聲。「混帳，我兒造的是什麼孽啊，續的是什麼弦啊……」

「怎麼可以打人啊……」

「人家賈姨也是八抬大轎扛進門的啊，好歹也是兒媳啊……」

沒等賈姨隨手抓起摔下的瓷碗「啪」地落地，爺爺急扯過我，頭也不回地從人群中擠了出去。身後，是賈姨帶著哭腔的罵聲和更紛雜的議論聲。

「桑菊，不怕，不怕，有爺爺在呢。」爺爺上下地刮著我的背，試圖讓我從驚嚇中鎮定下來。

「爺爺……」我顫抖著肩膀啜泣，像漲潮時一湧一湧的浪，似乎除了喪著臉哭，我不知道該說些什麼。

「桑菊，你要始終記住，善惡終有報應。」爺爺說的時候很堅定，但是我抬頭時不小心看見爺爺藏在眼角未落的眼淚。

我隨爺爺在古厝祠堂已經有好些天了。

這破舊的祠堂是什麼時候建起的，我沒有了印象。只記得，它裝載了我整個童年的記憶。祠堂外有一株枝條像傘般濃密的榕樹，又粗又長的根鬚一條一條地垂落下來，扎在土地的根，像鉗子一樣堅硬地抓著土地。

那時候，我一扒完飯就吵著叫爺爺講故事。我安穩地趴在爺爺的大腿上，爺爺一上一下地搧著蒲扇，不緊不慢地講著女媧、精衛，還有那口老水井。我喜歡趴在井口看爺爺放長了繩子，右手臂一抖，一桶滿滿的倒映著搖晃的月亮的水，神奇地出現。這時候，媽媽挽著褲腿走來，笑吟吟地喚我：「桑菊，該睡覺了。別打擾爺爺了……」

祠堂裡供奉著祖輩牌位。我曾經聽賈姨尖著嗓門教訓我說：「祠堂裡住著祖祖輩輩的英靈……只有『白頭人』才可以進去……你個死小孩不可以隨便跑……」賈姨說話時總是噘著倒三角形的嘴，斑斑跡跡地塗滿大紅玫瑰色指甲油的食指硬挺挺豎指著你的鼻尖，話裡都有七分恐怖片的色彩，叫你一宿未敢踏實入眠。

「爺爺，咱們為什麼不回新房子去？這裡太可怕了。」爺爺在門口枯井旁邊坐了一個下午，我在柱子後偷偷地看了一下午，終於磨盡了好奇。

「桑菊，來，過來。」爺爺轉過白刺猬般的後腦勺兒，上下擺動著右手喚我。

　　我躡手躡腳地靠近，幾日沉默不語的爺爺似乎有些陌生。靠近爺爺的時候，爺爺用他細瘦卻結實的右臂將我攬進他懷裡，沒有說別的話。我像田裡稻草人一樣木訥地站著，沒有說話。

三

　　「夏正天！夏正天在哪裡？」極其急促的叫喊聲，像鷹劃過時的一聲鳴，從對面那方田傳過來。

　　爺爺猛地鬆開了緊抱我的右臂，對我說：「去屋子坐著，不許出來。」然後顫巍巍地立直了身體。

　　「我不去黑夕夕的屋子。我要和爺爺在一塊兒。」我撒嬌地拉扯著爺爺的衣角，不願意走。

　　「我叫你進去聽不懂嗎？馬上給我進去！」爺爺原本低沉的聲音高了幾個分貝，像悶雷。爺爺從沒用過這種語氣命令我，我嘔氣很委屈地跑開了。

　　「夏正天！老子還是找著你了！」說話的是一個西裝筆挺的漢子，身後帶了好長的隊伍來。他踮著腳尖走貓步過來，生怕有一丁點的泥土沾上鞋，三個月大的將軍肚繃緊了襯衫扣子。

　　「我是夏正天。你這一大票人有事嗎？」爺爺筆挺地站著，雙手交著叉在後背。

　　「您就是夏老啊……呵呵……我是房地產片區開發商的經理，徐正。」說話的哈腰遞名片說，「就有個事兒想和您老談談。」

　　「折賣土地的事免談！」爺爺生硬地一口回絕。

徐正似乎沒有預料到爺爺如此堅決的態度，頓了半秒：「哼！看來還是吃硬的！」他用力扯鬆了領帶，「既然都是明白人，那咱也不必拐彎抹角了。我跟你直說了吧，這地是和政府合作開發的，是有政府保護的，就你一個凡人憑什麼和政府鬥，識時務者為俊傑啊……」

「我也跟你直說，這畝地是祖祖輩輩留下來的，除非把我埋進黃土，我眼一閉什麼也看不見，不然說什麼我也不會賣！」爺爺很氣憤地說。

「你和自己家人較真就算了，你一個老爺子和政府較什麼真啊！要不是上頭指示說什麼要遵守自願拆遷的原則，我早就把你那破屋子拆了！」

「甭提什麼權勢！這個時代是人民說了算的！想當年毛主席打天下的時候還手把手地教過我祖輩種田呢！信不信我去告你！」爺爺的血湧衝上了臉，關公一樣的臉色，粗大的血管像村口大榕樹的根鬚，一根一根地繃緊。

「去告啊！這是政府撐腰的項目，各個關節我們大明哥早就打通了，還怕你這個只有幾畝破地的農夫，笑話！」徐正說完粗著嗓子仰天大笑，身後的幾個漢子也跟著大笑：「死老頭，不要給你臉你不要臉……」

「大明？！」爺爺怔住了，「是那個成天在田裡打滾，最愛稻田的孩子？是那個磕頭說一定回報社會的學生？是那個在入黨申請書上宣誓忠於人們的幹部？」大明是爺爺看著長大的，三十幾年的印象被這漢子的一句話給打入冷宮。爺爺的大腦亂成一團胡亂纏繞的梅乾菜，身體軟綿綿地倒退了幾步，幸虧右手及時支著靠在柱子旁。

「大明哥吩咐不能虧待你，我念你是大明哥的熟人，就再給你一天時間好好想想，到時候別怪我不留情面！」徐正說著往田裡轉過身，「你看看，這方圓百里的人啊都在趕著搬家呢！哈哈哈……」留下一長串的嚎笑，驚得電線桿上休憩的鳥兒們奮力地撲騰著翅膀飛走，紛紛而下的羽毛不偏不倚地停在徐正腦勺中央。徐正甩了甩頭也沒能把羽毛甩走，然後他一臉得意地仰著頭走了。

「唉……」爺爺長長地歎了口氣。

我沒有回側房，一不小心地跑進了祠堂。外面靜下來的時候，我終於沒忍住地向後看。十幾層的排設，一層高一層，木棕色牌位一字形排開。即便是白天，祠堂裡也昏暗得像黑匣子，只有兩側的蠟燭晃動著閃。我突然想起買姨的尖聲利語，趕緊轉身跑出祠堂。

「爺爺……爺爺……」我失去平衡般地跑向爺爺。

爺爺像往常一樣地張開那單薄的兩臂，像大海擁抱沙灘那樣抱起了我：「桑菊啊，祠堂裡住著祖祖輩輩的夏家人，他們生前把血和汗當作肥，給了這片土地，死後也守著我們吶！他們在看著我，叫我怎麼忍心賣了祖業啊！」爺爺騰出右手捶打著胸，一聲高過一聲。

「爺爺，我不要去城裡……」我從沒有見過爺爺這樣失意過，即便那時的我並不大明白什麼是祖業。我以為這樣陪著爺爺，爺爺很快會恢復往日的精氣神。

還沒等爺爺喘過氣，又有人從對面田跨了過來。不過，這些人很面熟。我也不往屋裡跑，莫名地有種不好的預感在騷動，像有蚯蚓纏著你的指頭撓。

「夏伯，我是大明啊！」大明哥邊揮手邊敷衍地打招呼說。

爺爺聽是大明哥的聲音，立馬扭過頭想進屋：「桑菊，我們進屋。」

「爺爺，是大明哥啊。大明哥不是壞人，為啥子不見？」我賴著不動。

「他不是大明哥……」

「怎麼了這是？」大明哥打斷了爺爺的私語，「夏伯，事情不是你想像的那樣的……」大明作勢遞給爺爺一根「中華」煙，試圖解釋清楚。

「不然是啥子樣？」爺爺轉身質問，「你說你做夢都想上學，我信了，我用我的棺材錢給你墊上了。你說你為官一定清廉，要致富村裡人，我也信了。如今你怎麼著，把稻田鏟平了，撈筆臭錢，你會遭報應的！」

「夏伯，話也不能說得那麼難聽。」大明哥扯下了箍住脖子的領帶，「當初您是助過我一程，沒錯。可是這恩情我報了啊，我連本帶利地還給賈善啊。這過去的事都快成腐屍了，您老也不能老霸著這臭布四處晃啊！」大明的臉色沉了下來，像暴雨前驟變的天氣。

「連本帶利地還了？」爺爺掃了一眼賈姨。她微張著嘴，一臉驚慌，眼球緊張地四處轉動。這事，賈姨隻字未提，即便是半個月前爺爺心臟病突發急需手術費的時候。爺爺拒絕手術，不幾日就匆忙出院了。從那之後，爺爺便很少下地插秧苗，時常坐在籐椅上摀著胸口，眉頭緊鎖地喘著粗氣，朝口袋裡顫顫抖抖地摸索著「救生丸」。

「是啊，我不應該拿著臭布四處晃，還不要臉地自貪香。祖啊，我活該沒眼珠子啊，活該不識人啊……」爺爺壓低了頭歎氣，嘟囔著善惡自有報應。

「夏伯，這村子改造是早晚的事。你今兒個不拆，明宿也得拆。你看吶，今兒個拆，你還能謀些母錢養老用。不是我嚇唬你老人家，明兒是鏟車活生生地開過來，一個子兒也不留的，到時候是血本無歸啊……」

「那個……老爺子，大明說的也是……這拆遷是遲早的事……」賈姨支支吾吾地出聲，「現在賣了，可以給桑菊攢個學費啥的……」

「攢個屁！我看是給你攢麻將本吧！你整天除了搓麻將，你盡過孝，稱過職嗎……那錢十有八九也該輸光了……」爺爺紅著眼地盯著賈姨，「你不配做夏家的媳婦！」

賈姨通紅了眼。依是常日，她定伸長食指直挺挺地指著爺爺，「你個老不死地罵開。」現在有幾分羞愧於不小心露餡的錢款，瞪著三角眼，咬死了上下牙齒，從牙縫裡擠出聲：「這事是你兒子的主意。」說著拿起大明的手機就撥。

嘟嘟幾聲響後，又熟悉又陌生的聲音傳來。「怎麼樣，老爺子的土地證拿出來了嗎？」還沒等賈姨開口，阿爸迫不及待說話。

「混帳東西！」爺爺使勁扯過電話，「你這白眼狼，狗改不了吃屎。我告訴你，我雖是埋黃土半截了，除非我死，不然你這輩子休想得逞！」說完把手機往地上狠狠地摔下。

我看到爺爺右手死死抓著胸口，左手像強震時猛烈地左右搖晃

314

那般抖得厲害，兩眉撐在一起，面部極痛苦地抽搐著：「祖啊，我造的是什麼孽啊我……」突然爺爺腿腳一軟，直挺挺倒地，後腦勺兒呼的一聲砸在祠堂前的臺階上，沒有了聲響，抓著胸口的右手鬆了癱在衣服上。

「爺爺！爺爺，你醒醒，你怎麼流這麼多血……」我猛地跑了過去，使勁地搖晃著爺爺的身體，扯破喉嚨地喊：「爺爺……爺爺……我是桑菊啊，你怎麼不說話……」

賈姨見狀急忙跑了過來，食指往爺爺鼻子一湊，猛地收回，臉色砒霜一般慘白：「大明……老爺子……沒氣了……」

沉默了半分鐘。「老死處理……」大明哥沉著脖子撓頭髮，低聲說，「叫夏偉立刻回來，喪事明天就辦……早處理了省麻煩……」

大明走了過來，把我強行抱起了，任我歇斯底里地哭喊爺爺，硬生生地把我拖走了。只留下爺爺睜大了眼盯著天空。

月，剛剛泛白光。

四

阿爸把我關在側房裡，強迫我換上了白色的衣帽，他說是孝衣，然後急匆匆地走開。

我從房間角落裡拖來板凳，吃力地爬上窗戶，跳下，隨人群來到放靈柩的廳子。爺爺的右手被拉下，左手緊攥著拳頭地垂著，佈滿皺紋而深凹的雙眼依舊睜大了，盯著看。

「爺爺……爺爺……我是桑菊啊……你起來應我一聲啊……爺

315

爺！」我跪在靈柩旁失聲痛哭，用指甲去摳棺材的縫隙，任憑我怎麼用勁，也扯不開沉重的棺材蓋。

賈姨聞聲趕來，把我揪起來。「你想鬧什麼啊你！還嫌你不夠麻煩⋯⋯再哭，信不信你阿爸不要你了啊！」賈姨咬著牙狠狠擰了幾下我的胳膊，「看你還鬧不鬧！」

我被重新關回側房，看著胳膊上結板土壤那般生硬的青一塊紫一塊，不敢出聲。

等到人群退去，阿爸把我領了出去，蹲下來對我說：「桑菊乖，爺爺走了。咱們也走吧。」阿爸像沒有發生任何事情一樣，很輕鬆地說，我恍惚還看見了阿爸朝賈姨竊竊地笑。

五

爺爺喪事的次日，阿爸帶我和賈姨離開了村子。車子發動的時候，鏟車轟轟地開進了古厝。隨後，接二連三的轟塌聲，大鏟子肢解了爺爺一磚一瓦砌起的古厝。頓時，一切破碎，只有那臺階上擦不掉的血跡還射著光，比月還慘白。

車子嘟嘟地駛出村口，古厝的塵土還似煙筒般一股一股在上空瀰散，整個村子的上空籠上黃的灰。

模糊間，我看見爺爺張開雙臂擁抱我，親暱地刮著我的小鼻子，笑呵呵地說：「桑菊，來，不怕，爺爺在這呢⋯⋯」

天堂鳥的夏天

福建師範大學文學院研究生　戴柳媚

　　我想我不是個熱情的人，所以我一般不會輕易注意一個人。年少的偏執，使我總是沉溺於自己小世界裡的小悲歡。然而第一次見到他，我卻被他深深地吸引住了。那天他站在班級門口，微微朝裡頭張望，嘴角的弧度輕輕上揚，午後的陽光投在他的臉上，使得他的五官看起來明朗得有點不真實。他上身穿著紅色格子衫，下身穿著牛仔褲，閒適愜意的打扮使他更像一個大男孩，一點也不像一個老師。

　　當時我正斜倚著窗，在人群中肆無忌憚地盯著他，他的目光是突然間收回的，無意中落在我身上，只淡淡掃了一眼，仿若蜻蜓的翅，只是輕輕地掠過水面，復又飛上了半空。可是我的心裡，卻是漣漪暗起。我的臉莫名其妙有點燙，我匆匆轉過臉，看著窗外，窗外的天堂鳥，花苞一簇簇地擁著陽光好熱鬧。

　　剛上高一的我很孤獨，我向來不是很快就能融入新環境的人。新的學校、新的同學讓我很緊張。我沒有安全感，我不知道我要多久才能適應這個新環境。

　　經過一年的艱苦奮鬥，我終於考上了這所重點高中，原以為現實的校園會比想像的好，卻發現這只是上帝和我開的一個玩笑。

　　這個縣城雖小，對我來說卻完全是陌生的領域。我在日記裡隨手寫著：「第一次一個人來到一個誰也不認識的地方……心底有些許

惶恐，可是明天卻要開始上課了……」

　　原來他是教數學的啊？昨晚我猜測了大半天呢。昨天他自我介紹時說：「不出意外的話，以後我就是你們的老師了……」他的普通話懶洋洋中透著一股磁性，宿舍的女孩子們都猜測他是教音樂的呢。昨晚舍友們都在討論種種關於他的道聽塗說。她們討論的過程從始至終我都沒有加入，不過我的耳朵卻隨時支著。

　　他寫板書時，我盯著他修長的十指想，他不去彈鋼琴真是浪費上帝的饋贈啊！他整個人都特別討人喜歡，上蒼真是偏愛他，就連他的名字也特別好聽——許夕。

　　他的課上得特別生動，講課時他整個人神采奕奕的，他的神情特別投入，往往是他的神情比他講的東西更吸引人。他上課一點也不單調，比如講到機率時，他不會拿理論說事兒，他會教我們算中福利彩票特等獎的機率有多大，寓教於樂的效果是驚人的。大夥邊玩邊學，我們班的數學成績總能輕輕鬆鬆保持年段第一。不過，聽過他的課以後，我徹底斷了通過買彩票而一夜暴富的小幻想。真是令人鬱悶，我的美好幻想被他擊了個粉碎。

　　許夕是我們學校最年輕帥氣的男老師，班裡的女孩子們開始蝶戀花似的，一個個都突然無比喜歡數學了。她們對於許夕的相貌、衣著、談吐津津樂道，她們說著或者傳說著許夕的一切，樂此不疲。女孩們經常拿著奧林匹克賽上抄下來的數學題，扭扭捏捏地去問許夕，不管有沒有聽懂，她們問完了還捨不得走，磨蹭半天，一個個恨不得在許夕的宿舍駐紮下來，鞏固戰線。而我從來不去找他，我只是在日記裡日復一日地寫著隱秘的心事。那個帶鎖的日記本，鎖著我的青澀秘密，也許一輩子他都不會知曉，想到這，我心裡忍不住有點失落，

這種感覺真奇怪。

夕陽西下的傍晚，同桌的女孩小若伸了伸懶腰，說，上了一天課累死了，咱倆出去走走。她沒等我拒絕，便不由分說地拉著我在操場上閒逛。我們在操場上有一搭沒一搭地聊著天。突然，小若特別驚喜地喊道：「看那兒！」她那狂喜的眼神讓我覺得似乎天上掉了一大塊金子剛巧砸在她面前了。不過我的眼睛還是忍不住順著她的手勢看過去，呵！原來是綠茵場上揮汗如雨的許夕！他穿著一套白色的運動服，正在忘我地踢著足球，白色的運動服使他看起來陽光而帥氣，有種令人眩暈的硬朗。我終於理解韓劇裡看到帥哥會暈過去的狗血劇情了，以前一直搞不懂韓國人為什麼可以那麼矯情，藝術果然是源於生活的。正當我胡思亂想的時候，許夕飛起一腳，一個漂亮的姿勢，足球擦過我的頭頂，我當時在犯花癡沒有反應過來，好險！再有一釐米，我的腦袋就不保了！正當我驚魂甫定的時候，足球繼續以一個漂亮的弧形飛進對方的網裡。操場上一大群許夕的粉絲開始歡呼，此起彼伏的尖叫在我耳畔響起。而我這個倒楣鬼還處於差點中槍的驚嚇中，頭暈目眩的，只覺得那些吶喊聲怎麼那麼刺耳。連身旁的小若也無暇顧及我了。唉！正當我獨自鬱悶的時候，一抬頭，看見許夕那張讓人心跳加速的臉，他看著我，很緊張很內疚的樣子：「你受驚嚇了吧？對不起……我……」他居然語無倫次了。我呆呆地看著他，一句話都回答不上來，我真怕我一說話，心就會從嘴巴裡跳出來。我猛地拽著小若的手就跑，邊逃邊回了倆字：「沒事！」

那天晚上我失眠了，輾轉反側好不容易睡著了，迷迷糊糊的夢裡，都是在綠茵場上揮汗如雨的那一襲白色運動衣的身影，夕陽把他的影子拉得很長，很長。夢裡還有他焦急又緊張地看著我的眼神，我很想說，傻瓜，我沒事啊！

　　失眠了，半夜有點頭暈，早上到教室時，我的座位上突然多了一束鮮花和一張明信片，卡片上寫著「我喜歡你」，署名是小顏，我很訝異。我知道小顏是誰，他是我隔壁班的一個男生，人還不錯，可是不錯的人多了去了，我只是把他當成一個普通朋友而已。這段日子他總是來找我，這讓我很苦惱。其實我長得不漂亮啊，否則我就會嫁給自己了呀。之前一個喜歡我的學長不知道怎麼聽說了小顏的事，那天傍晚學長帶了一堆人攔住了小顏。聽說他們打了小顏，鮮血都灑在校道上了。第二天，我看到那個對著我笑嘻嘻的學長，我只是憤怒地瞪了他一眼，便擦肩而過了，他應該明白我的意思。我很內疚，我很想向小顏道歉，可是他似乎躲著我，此後我再也沒有見過他。真希望許夕不要知道這件事，希望他不要把我當成早戀的女生，希望他即使聽說了這件事也不要誤會我。天哪，我都要被自己繞暈了。

　　發生了這件事以後，我更沉默更低調了，很多時候我都盯著窗外的天堂鳥發呆，就讓那些初夏的心事，都隱藏在天堂鳥的花苞裡吧。那些充滿幻想和傷感的日子裡，我寫了很多的日記，很多的心緒。日記裡那個格子衫搭著牛仔褲的身影愈加清晰，那些開了一夏的嫩綠心事只有天堂鳥和日記本知道呢。天堂鳥從花苞到盛開，再到凋謝，我的日記本也越來越厚。偶爾我也會寫些小說在校報上發表，小說裡的男主角都有著修長的十指和溫暖的笑容，寫著那些故事時，我有時會微笑，有時會沉默，有時會莫名其妙地流眼淚。我不清楚是被故事感動了，還是被自己的堅持感動了。朋友們都說很喜歡我的文字，他們很好奇我的小說裡面那個男主角的原型是誰啊，因為我用得樂此不疲。可是，那個人會知道他在我的小說裡綻放嗎？這種揣度不定的感覺讓人好失落。

　　那時候喜歡上了一首歌曲，水木年華的《蝴蝶花》，每次聽到那

首歌，心情都會莫名其妙得惆悵到想哭。「是否還記得童年陽光裡，那一朵蝴蝶花，它在你頭上美麗的盛開，洋溢著天真無瑕，慢慢地長大曾有的心情，不知不覺變化，癡守的初戀永恆的誓言，經不起風吹雨打，歲月的流逝，蝴蝶已飛走，是否還記著它，如今的善變美麗的謊言，誰都得學會長大，早已經習慣一個人難過，情愛紛亂複雜，想忘記過去卻總又想起，曾經的無怨無悔，誰能夠保證心不變，看得清滄海桑田……」這首校園民謠常常憂傷到讓我以為，我的心事一輩子都只有天堂鳥和蝴蝶花會知曉，而我小說裡的男主角永遠都不會明白。他是不懂，還是不懂……想到這裡，我的眼淚又不爭氣地跑出來。我趕緊把頭埋進日記本裡，幸虧大家都在專心致志做習題，沒人注意我這個愛哭鬼。暗戀一個人的感覺原來如此惆悵。

我習慣了一個人戴著耳麥在校園的各個角落閒逛，傍晚的校園就像一張老唱片，有種特別令人感傷的韻味。我習慣了在校園的那個廢棄的人跡罕至的小後花園「柳園」裡發呆或者聽音樂，也會構思豆腐塊。我很滿意傍晚的柳園總是只有我一個人獨霸天下。然而那天傍晚，當我一如既往地沉醉於我的小天地裡的靜謐時，我突然聽見一個女孩子的啜泣聲。那是個好看的女孩，她流淚的臉讓我想起了白居易〈長恨歌〉裡的一句詩：「梨花一枝春帶雨，玉容寂寞淚欄杆。」正當我在猜測那個哭得我見猶憐的女孩是誰時，許夕突然氣喘吁吁地跑到她身畔，他的聲音依舊那麼動人：「你不要哭了好不好？我們好好談談，你這樣讓我很難受……」那個好看的女孩一下子聽到許夕這麼說，她就「哇」的一聲撲到他懷裡……我在角落裡，不想看完這齣劇了，我默默地走開。我想他一定沒有看到我，一定沒有看到我偷偷跑開時臉上的淚痕。我承認，那個好看的女孩讓我自卑了；我承認，她撲到許夕懷裡的姿勢讓我難過了；我承認……

　　跑回宿舍，我趕緊爬上床躲進被窩裡，任淚水在枕頭上肆無忌憚地流淌。這種見不得陽光的淚水，就這樣躲在被窩裡讓歲月風乾吧。是我太傻，喜歡他的女孩子那麼多，我怎麼可以心存奢望呢？或許我那個源於盛夏的嫩綠的夢，只是流年和我開的一個小玩笑吧？

　　惆悵了好一陣子以後，我決定振作起來，那個失魂落魄的女孩連我自己都嫌棄了。最關鍵的是，我沒有任何生氣的理由，沒有任何吃醋的權利。我再失落、再惆悵又如何？何況我很清楚，現在這個不夠美好、不夠成熟的自己，在他跟前永遠是卑微的。

　　我開始收起我的耳麥，在自習課上我第一次異常努力地做卷子，不再胡思亂想。除了偶爾會對著剛剛發下來的數學作業本上的那句話發呆。我閉著眼睛都能感受出來許夕那好看而熟悉的字體：「與其匆匆涉入愛河，不如靜靜等待成長。」我搞不懂為什麼他會在我的作業本上寫這一句話。既然搞不懂，那我也不想去思慮太多。我只是努力地學習，尤其是數學，我只希望有一天我數學卷子上的那個分數可以漂亮得讓他記住我——那個為他惆悵和傷感的傻姑娘秦淮。

　　只要不去胡思亂想，只要不去折騰日子和心情，學習生涯其實是最單純的。無論喜與悲，都是極其單純的情感。轉眼就到了高考。那漫長的兩天幾乎耗掉了我的大半力氣。寫完最後一筆時，陽光突然穿越窗臺照在我身上。我相信那是神聽見了我的禱告。在那樣的午後暖陽裡，我許下了一個關於他的願望。

　　等待放榜的日子有點漫長。我知道自己考得不錯。百無聊賴的等待裡，我寫了這個關於他的故事。

　　終於放榜，不出意外的，我考上了一個不錯的大學。那裡的冬

天有雪，夏天有天堂鳥。

我給自己四年的時間來成長。

四年後。

假如他能看到這個故事，假如他是一個人。

到那時，我將不再猶豫。

我想我是個自信到有點自戀的人，所以我一般不會輕易去注意到別人，我更習慣我被眾人目光聚焦的感覺。年少的自負與驕傲使我只關注自己的內心世界。然而第一次見到她，我卻再也忘不掉她的特別。那天我站在教室門口觀摩我即將接手的這個班級，我看到了那位座位靠窗的女孩。陽光透過窗閑閑散散地灑在她身上，她的眼神有點遙遠，使得沐浴在陽光裡的她有種恍然世外的感覺，似乎她不屬於這個班級和這個喧囂的世界。她穿著和我同色系的格子襯衫，眼神很飄忽、很憂鬱，不像一個高一的孩子。

當時她倚著窗，和班級裡其他的孩子一樣煞有介事地盯著我，我掃了一眼全班的孩子，突然收回目光又看了她一眼。她似乎很緊張呢，臉都紅了，真是個羞澀的小姑娘。她緊張地把頭轉向了窗外，順著他的目光，我看到窗外種著一片綠色的植物，快開花了呢。哦，那是天堂鳥。以前朋友和我這個「植物白癡」提起過的，本來我對植物都沒有概念的，當時因為覺得這種花的名字真是特別和詩意，所以此後就記住了，它只在夏天盛開的。

畢業便分配到這個高中教高一數學讓我心裡很沒底，我不知道自己能否勝任這份新工作，不知道學生是否會喜歡我。我必須盡快適

應新環境。

接受了父母的建議和學校的分配，我來到這個學校任教，然而這個工作卻與我的夢想有差距，這或許是上帝和我開的一個玩笑吧？

真搞不懂自己怎麼會「空降」到這個小城呢？想想都覺得不可思議。可是我卻沒有時間來不可思議，因為明天就要開始上課了。

網上流傳很廣的一段話是這麼說的：「據說，語文好的人普遍文藝，歷史好的人普遍博學，地理好的人普遍謹慎，英語好的人普遍開朗，生物好的人普遍靈巧，物理好的人普遍聰慧，化學好的人普遍樂觀，體育好的人普遍果敢，政治好的人普遍執著，微機好的人普遍時尚，數學好的人普遍變態……」看得我都凌亂了。我壓根不知道自己為什麼會學數學，因為我最喜歡的是音樂，我沉迷於那些好聽的旋律和美妙的樂器。

今天第一次上課，我特意借著認識大家的名義點名了，因為我特別想知道那位靠窗的女孩叫什麼名字。她的名字果然很詩意——秦淮。

我努力地把數學課上得不那麼無趣，這其實不會很難。只要多站在學生的角度用他們感興趣的方式來描述和解釋那些抽象的東西就可以了。所以我在上課的時候會舉一些生活化的例子，這樣學生們聽懂了的話，估計一輩子都不會忘記了。而且，我上好課的動力之一就是她，秦淮。她的數學不太好，我要把課上得生動點，才能帶動她。她不是一個漂亮的女孩，可是給我的感覺卻很特別很有趣。當我講到中彩票的機率時，她嘴裡不知道嘰哩咕嚕在念叨什麼，我很好奇。

班上的女孩子近來似乎都特別喜歡數學，班上的數學成績好得

讓我有點訝異，這樣校長就不能對我那種隨心所欲的上課方式提出異議嘍。我能察覺出女孩子們在問數學問題之外那種欲言又止的眼神。她們都將是一群會長大的花兒啊！所以我並不會特別擔心，但是我會注意讓自己不能有所偏心，這個年齡階段的女孩子何其敏感呢！只有秦淮不曾在課後問我任何問題，她似乎永遠沉浸在她那帶鎖的日記本裡。我經常看到她在小心翼翼地寫著什麼，寫完就鎖上，無疑是日記本嘍。可是，她到底在寫什麼呢？

　　黃昏是我一天當中最喜歡的時刻。大學時代我便特別喜歡踢足球。每天下午放學後我會喊上宿舍的哥兒們：「踢球去！」只一句話，就有一大群人一擁而去的感覺很快樂、很愜意。今天我突然特別想念那種踢完球大汗淋漓的感覺，於是我便不知不覺地跑到傍晚的足球場上撒野了，享受那種無拘無束的快意。傍晚的斜陽照在蔥綠的足球場上，讓人忍不住心情變得格外好。我們班的女孩子都在足球場旁邊興致勃勃地看著我踢球呢，她們手裡都拿著礦泉水和紙巾，這幫孩子好興致啊。我忍不住抬頭看了她們一眼，咦，只有秦淮和她同桌不在呢。不過我心底些許的失落很快被踢球的快感取代了，我很快就投入到足球給我帶來的巨大快樂當中了。在足球場上自由地隨風奔跑，讓我可以忘掉生活中的一切喜與憂。呵！好傢伙，機會來嘍！那個令人著迷的圓疙瘩終於在我腳下嘍！機不可失，失不再來，我毫不猶豫地對準對方的球門，飛起一腳，等待即將進球的成就感……啊！足球飛到一半時，差一釐米就撞上人的腦袋了！我嚇了一大跳，眼睛都直了！更讓我詫異的是，那個差點中彈的人居然是——秦淮！她怎麼會來了啊？我的心猛地一抽，高興之外，滿滿的是擔心和懊惱。她有沒有被嚇到啊？她的臉都綠了呢！她是不是很生氣啊？都怪我，不該踢那個該死的足球。我都沒心思去想那個該死的球有沒有射進球門了。

我必須去看看秦淮。我跑到她身邊時，她貌似都沒有反應過來，我想說什麼，可是一開口卻變成：「你受驚嚇了吧……」這不是廢話嗎？我磕磕巴巴了半天不知道講什麼，我真想一巴掌把自己拍死！她貌似也愣了，她突然拉起她同桌就跑，只給我留兩個字：「沒事！」

那天夜裡我失眠了。在宿舍的床上翻來覆去，大半天睡不著，腦袋裡都是秦淮發愣的眼神。她肯定嚴重受驚了。她會生我的氣嗎？我特別後悔跑到她跟前時嘴巴那麼木訥，而且那麼緊張，就像一個小男孩，我當時怎麼會那麼笨呢？失眠真痛苦，誰能善良地把我一巴掌拍暈呢？

失眠了一夜去上課的感覺課堂氣氛怪怪的，有哪裡不對勁。秦淮的臉色看起來也不太好，她聽課時神情恍惚，完全不在狀態，我挺擔心的。課後有幾個女孩來問我數學題，我假裝不在意地問起最近班級裡有沒有什麼新鮮事，那幾個女孩便嘰嘰喳喳的，爭先恐後地說著早上隔壁班有個叫小顏的男生居然把玫瑰拿到班級裡送給秦淮，女孩們竹筒倒豆子似的，開始說著自己的種種猜測，她們恨不得把所有的想法都告訴我。這個年齡階段的女孩對青春期的萌動很興奮，也很敏感，她們都在討論秦淮會不會接受小顏。我的心裡忍不住七上八下的。我心裡默念道，傻丫頭，你可別去和臭小子早戀了啊，會影響學習的。儘管我知道，我並不僅僅是擔心她談戀愛會影響學習。第二天我又聽班裡的女孩說一個高她們一級的男生帶人打了小顏。是因為秦淮嗎？希望這件事和她無關呢。她還好嗎？小顏被人打了，她會不會很傷心啊？我一個人在胡亂猜測著。

一段時間以來，基本上從初夏到盛夏，靠窗而坐的秦淮越來越沉默，眼底始終有揮之不去的惆悵。我很擔心她的狀態要持續多久，

她是個好女孩，她笑的樣子很明媚、很陽光，總是讓我想起四個字：生如夏花。可是她不經常笑，更多的時候她都是望著窗外的天堂鳥發呆，一副若有所思的樣子。她在晚自習時總是趴在桌子上寫日記，那個帶鎖的日記本彷彿是她一切憂傷與快樂的源泉。她寫日記時特別投入，表情很豐富，有時很感傷，她的眉頭便會微微蹙著，讓人看了很心疼。快樂時，她的眉眼盡是笑意，她到底想到什麼好玩的？她的文字很細膩、很感人，我默默關注那些她發表在校報上的文字小說和詩歌。她的心底彷彿有另一個世界。她的小說裡總有一位形象相似的男孩，陽光、乾淨而爽朗。我忍不住很失落，這種感覺很奇怪。

晚自習時，孩子們都在安靜地做作業，可是秦淮總戴著耳麥，她好像幾乎不寫作業，她聽音樂嗎？她臉上的表情總是很豐富多變。我總在講臺上借著看全班同學的機會偷偷看著她，她似乎不曾注意到我在看她，她貌似完全沉浸在自己的世界裡，對班級裡的一切無動於衷。我很好奇她在聽什麼音樂，可是我不好意思去問她。那陣子我在聽水木年華的〈一生有你〉，我很想去問她喜歡不喜歡。有一次我發現她聽著歌寫日記時臉上突然有了淚痕。她迅速把頭埋到日記本裡，班級裡除了我，應該沒有人注意到她的淚水。那一刻她眼角的淚花亮得像水晶，一下子刺痛了我的心。我卻無能為力，那種感覺好惆悵。

傍晚的時候我不再喜歡踢足球，我總是跟在秦淮後面去學校的那個廢棄的小後花園——柳園。柳園通常只有我和她兩個人，不過我的位置很隱蔽，我看得見她，她卻看不見我。她通常一個人在那裡發呆，表情有時是欣喜，但更多時候是落寞。那種落寞讓人看了心隱隱作痛。可是最近我更頭疼的事卻是我大學時的前女友跑到這個學校來要和我復合。可是我知道自己現在對她壓根沒有心動的感覺，我不能欺騙自己或者欺騙她。更何況，現在讓我惦念的人，不是她。她聽到

我拒絕的言辭，居然哭著跑開了。我挺擔心她的，我跟著她跑到柳園裡，天吶，秦淮不要在那裡才好呢！我希望安撫好前女友的情緒，她是個好女孩，只是，我已經不再喜歡她。我在柳園裡勸慰她冷靜下來時，她突然撲到我懷裡……正當我不知如何是好時，我突然看到秦淮從柳園的另一條小徑跑開的身影……我的天，她一定會誤會的！

好不容易把前女友說通了，送她離開。回到我的小窩，頭非常疼。我不知道我為什麼會這麼難受，看到秦淮時我心底的痛感都被喚醒了。我害怕她會誤會，不過她一定是誤會了。我又該如何是好呢？這種無能為力的感覺讓我好難受，可是我又不能跑去和她解釋……

不知道為什麼，秦淮這陣子特別低落。她遇上什麼事了呢？青春期的女孩只會為了愛戀而失落吧？我忍不住有點嫉妒她小說裡男主角的原型。看她那麼難過，我忍不住在她交上來的數學作業本上寫了一句話：「與其匆匆涉入愛河，不如靜靜等待成長。」她是那麼聰慧的女孩，她肯定懂的。希望她能快樂點。

秦淮最近改變了好多。她好像換了個人似的。她不再在自習課上塞著耳麥了，她居然開始努力做卷子。她的目光不再那麼游離，雖然眉梢眼角依舊是憂傷，可是那些憂傷裡卻有著隱忍的堅毅。她的眼神裡多了一些沉著和篤定。希望她的改變能讓自己快樂點。她原本就是聰慧的女孩，她一努力，學習成績便蹭蹭上去了。老師們都訝異於她的神速進步，她的數學卷子更是做得越來越漂亮了。

秦淮的狀態越來越好了，看著她充滿動力的樣子，我心底由衷地開心。這個聰慧的丫頭會成長得越來越好的。我只需耐心地等著她成為一個大姑娘。她要參加高考了，那兩天她的狀態和心情似乎都不錯。她要高考，我卻比她還緊張，想想真是好笑。在最後一科考試結

束鈴聲打響的時候，我對著陽光和天空許下了一個關於她的願望。

等待她放榜的日子漫長得有點艱辛。我覺得她考得不錯。百無聊賴的等待裡，我寫了這個關於她的故事。

她終於放榜，不出意外的，她去了一個不錯的大學，那裡的冬天有雪，夏天有天堂鳥。

我用四年的時間來等待她成長。

四年後。

如果她能看到這個故事，如果她是一個人。

到那時，我將不再猶豫。

玫瑰花精

福建師範大學文學院本科 2011 級 潘瑄

一

　　午後，店裡的客人們用了餐也就散去了。阿幸和我稍許收拾了一下，就在門口掛上了「暫時休息」的牌子。

　　小而溫馨的咖啡館只有我和朋友阿幸在經營，午間的時候賣一些簡餐，晚上則迎接一對對甜蜜的情侶們來到這裡說著甜美的悄悄話。托了熟客們幫忙宣傳的福，店裡的生意一直很不錯。「街角那家咖啡館雖然小，咖啡也不是非喝那一家的不可，但是玫瑰鬆餅很好吃呀，是會讓人感覺到幸福的食物，和他一起吃玫瑰鬆餅，關係似乎也更親密了呢。」年輕的女孩子們這樣說著，就帶了男朋友一起來了。

　　「念姐，慕名而來的客人越來越多，店面大一點就更好了。」阿幸的面容帶著微微的疲憊，這幾天她正忙於結婚的事情，兩面的忙碌著實是辛苦的。

　　「不必吧，那樣還得再雇人手，培訓新手也是件麻煩事，你知道我是多麼怕麻煩的人。」我笑了一笑，輕輕地往門處推她，「快去呀，你的他還等著你一起看喜糖和印請帖呢，明天咱們就不營業了，你為了我這樣兩頭跑，我真不忍心。」

　　阿幸笑著，歡快地離開了咖啡館，門上的鈴鐺歡快地響了幾下。

我帶著些羨慕自語：「因為愛戀而幸福著的女孩子們真是可愛啊。」便開始準備晚間營業的鬆餅的材料。

「因為愛戀而幸福著的女孩子們真是可愛啊。」

一個冰冷的聲音重複了我的話，我嚇了一跳。我轉過身，發現一個臉像玫瑰一樣嬌豔可愛的女孩子站在門口。那樣冷冰冰的語調，真的是她發出的嗎？或許是聽錯了吧！

「實在對不起，我們午後是休息的。請傍晚再來吧。」

客人完全不管我說了什麼，坐到了吧台的位置，也不看我，只是盯著吧台上的粉玫瑰看：「很新鮮的粉玫瑰吶。欸，旁邊的花蕾要開了哦，等一下就要開了。」

我帶著懷疑，看著那個看起來還沒有足夠力量開放的花蕾，而她依然是那麼冰冷的語調，讓我背後發起了涼。可愛的女孩子，說出來的可愛的話，為什麼是那樣的，讓我霎時有了冬天來到的感覺。但是奇妙地，我又不想趕走她。這或許是一個奇遇，那麼就看看接下來發生什麼，如何？這樣想著，我用發涼的手遞給她一份菜單：「請問您想要些什麼？我們中午時候提供簡餐，現在還有一些香煎三文魚套餐……」

「請給我一份玫瑰鬆餅。」

「啊？這……我們晚間才提供……那麼，我現在就給您烤鬆餅吧，正好玫瑰醬還剩下一些。」

「麻煩您了。那麼，作為交換，我說一個故事給您聽吧。」

營業幾年來，雖然也碰到過奇怪的客人，但是又奇怪又神秘的客人，確實是第一次碰到。我怦怦跳著的心讓我更緊張，生怕讓客人聽到我如此劇烈的心跳聲。

會是什麼樣的故事？我手腳雖然有些顫抖，好在平時已經幹慣了，我足夠快地把鬆餅放進了烤爐，坐回到玫瑰一樣神秘美麗的女孩面前。

二

前邊就是山了，天色已晚，雖然有路，司機怎麼樣也不肯再往前了。

「太晚了，太晚了，我回到家就是半夜，這可不行，妻子會擔心的。」好心的師傅帶著歉意，將一個手電筒遞給眼前這個小伙子。

「已經是非常感謝您了，這裡這樣偏僻……」小伙子鞠躬道謝。

月光照著行走在山上的他，這條走了很多遍的路並沒有什麼改變，有著月光，已經足以讓他不受磕碰。

在城裡已經三年，攢夠了結婚的錢，這次回來就向葉子求婚吧，然後帶著葉子到城裡去生活……

先我幾天回來的那些傢伙，也已經到了心愛的姑娘們的身邊了吧，這次我們這群一起長大的好友要一起舉辦婚禮的事情，不知道商量得怎麼樣了……

村子種的玫瑰銷到城裡去大受歡迎，年輕一代的我們到城裡去，一定要讓村裡的玫瑰更加暢銷，如今有了本錢……

他的目光在月光中是那樣溫柔，帶著希望。

三

葉子已經哭不出眼淚，也說不出話，手裡那張皺巴巴的信，是兩星期前他寄來的，他說他要回來了，給她一個大驚喜。

眼前急得團團轉的是她的好友們，他們在一星期前就團聚，還告訴葉子三天後他就會到。但是，不止三天，七天過去了，他還沒回來，聯繫了城裡，都說早就回家鄉了……

「是玫瑰花精幹的吧……」葉子終於還是忍不住，「進山的時候，被玫瑰花精抓走了吧。」

女孩子們聽了葉子這話，臉色一暗。倒是她們進過城的未婚夫們揮揮手：「沒有的事！葉子，你還是這樣天真，但是世界上不會有玫瑰花精這種東西的！」

葉子低下頭，不再說話。

怎麼會沒有玫瑰花精？我們村那樣多的玫瑰，有花精不是正常的嗎？而且村裡的銘哥夫妻兩個，不是也失蹤了好幾年嗎？那個時候大家不都是這樣說的？

一定是這樣！我要去找玫瑰花精，一定要救他！

「還請你們……到城裡再打聽看看，或許是半路上忘了什麼東西又回去拿了……」葉子抬起頭望著朋友們，「你們總會比我有辦法的。我現在只想好好地回憶他以前說的話，看看有什麼地方可以去找……能讓我一個人待會兒嗎？」

四

朋友們離開之後，葉子就帶上水和食物上山了。山中有一片樹林，枝葉茂密得像蓋子將那個地方蓋起來，因此沒有人敢進去。葉子覺得，想要不被發現的話，玫瑰花精會在那裡的。

「雖然覺得，美麗的玫瑰花精和幽暗的樹林實在不能混為一談。」葉子看著這片樹林，入口就在前方，滿是汗的臉上現出了堅定和勇氣，「不過，做壞事的話，就有一顆黑暗的心！」

葉子一踏進樹林，瞬間如同到了另外一個世界，一片黑暗，片刻之後才能看出樹和樹之間的空隙是否可以讓人走過；這裡沒有風的聲音，沒有樹葉搖擺的聲音，沒有鳥叫，沒有蟲鳴，好像所有活著的，能動的，出聲的東西，都被封鎖在樹林的深處。陪伴葉子的，只有葉子自己的腳步聲。

不知道走了多久，也不知道走了多遠，葉子甚至懷疑自己一直在同一個地方，四周圍都是暗的，除了身上被樹枝刮傷的傷口增加，葉子簡直找不到時間流逝的證據。直到葉子踩到一個硬物絆倒，跌在地上，她揉揉自己的踝關節，碰到了那個冰涼的東西，似乎是金屬！葉子一邊看，一邊摸索，摸到了類似開關的東西，於是一按，刺眼的光就出現了。

「天呀！」葉子閉起眼睛的瞬間，驚訝地喊出聲。這裡居然會有一個手電筒，而且還有電，這說明這個手電筒是不久前掉在這裡的！

果然，他就是在這裡！就是在這裡被抓走的吧！然後手電筒掉在了地上！

葉子激動地用手抹掉了淚，用手電筒照了照四周，果然，鋪滿了落葉的地上，有一些隱隱約約的痕跡，就像是有人被拖向了某個地方留下的痕跡。

葉子攥緊了手電筒，奔跑起來。

五

葉子不用手電筒也能看到玫瑰花精了，很不可思議，所以她只好相信樹林一定連接到別的地方，畢竟這裡的樹稀疏筆直，跟剛才完全不是一回事。有陽光直射在玫瑰花精的臉上，粉嫩的臉蛋，嬌豔的紅裙，她周圍的地上鋪著厚厚的各種顏色的玫瑰花。

玫瑰花精和她一般大，坐在玫瑰花編織的椅子上，看見葉子，她也不驚訝，只是微微一笑：「你看，葉子，玫瑰需要陽光，也需要水，和人類一樣。」

葉子走上前去，看著地上的玫瑰，不忍踩上，於是站住，她環顧四周，沒有看到他的身影。

那麼，就請求她吧！

葉子懇切地看著玫瑰花精的眼睛：「玫瑰花精，是你帶走了他吧？請把他還給我！」

玫瑰花精不生氣，只是笑問葉子：「他打算完全離開村子，做一個城裡人，你知道嗎？」

葉子想起他曾經說過，村子太小。雖然玫瑰種得很好，足以讓村裡不貧窮，但是他想要的不僅如此。但是變成一個城裡人……葉子

搖搖頭。

玫瑰花精又問她：「你願意離開村子嗎？」

葉子的眼神溫柔起來，想著這個養育她這麼多年的村子，有著美麗的花田，親密的玩伴，善良的村人，最愛的父母，與他的記憶，也是在這裡。他！必須要救他啊！

「我不知道。但是，請把他還給我，你不能夠那樣做！」

玫瑰花精咻咻地笑了。她從椅子摘下一朵玫瑰扔向空中，花瓣霎時分離開來，落在地上的時候，變成了一個個人，除了眼睛，其他部分都被枝蔓和花朵所掩蓋，雖然是睜著眼睛，卻無法動彈，無法發聲，靜靜地被束縛著站立。

「你自己找他出來，找出來了，我們再談。」

葉子挨個兒看過去，好多雙眼睛她一下子就能看出不是他的，唯獨有一對，那溫柔善意的目光，似乎在哪裡見過，和他那麼相似。葉子站在這個人面前，猶豫了一下，想起了此行目的只為他，只好又走向另外一個人。

終於還是看到了，溫柔，還帶著希望的光的眼睛。他一直都是如此的，總是溫和地笑著，總是懷著希望的心。這一定是他！

「你可確定？」葉子將手伸向那眼睛的瞬間，玫瑰花精就這樣問了。葉子呆立在那裡，喃喃地說：「等等，再給我一點時間……」

她想到了，有一個人，在她猜左手藏著糖還是右手藏著糖的時候，也問她：「你可確定？」是銘哥！葉子他們還小的時候，天天都

在銘哥身邊打轉，他對這些小弟小妹們又和氣，又耐心……

銘哥原來在玫瑰花精手裡！

玫瑰花精已經有些不耐煩了：「葉子，你在想什麼，你已經用了夠多的時間！告訴我答案！否則你也得留在這裡了！」

葉子失了力氣，一下子就坐到了地上，她想救心愛的人，也想救回銘哥！

「兩個人……兩個……」

玫瑰花精得意地笑起來：「你的他怎麼是兩個？那些人裡，只有一個是人，其他只是我的魔法罷了，你連自己的愛人都分辨不出，真是好笑！」

葉子抬頭看看他的眼睛，又轉過頭看看銘哥的眼睛，不行，一定要求她：「玫瑰花精，求你了，他們留在這裡毫無用處，請你放了他們兩個！」葉子一手指著一個人，「這兩個人，請你都放了吧！」

玫瑰花精輕輕地揮了揮手：「讓你看看，那裡根本沒有第二個人，這遊戲你輸了，認輸之後，你就回去吧！」

那些枝蔓果然迅速地解開，魔法變出來的人形，在枝蔓完全解開之後就消失了，他，果然在那裡！葉子幾乎是撲到了他的懷裡。

「葉子……」他虛弱得一下子癱坐在地，「你來了……」

葉子哭了起來，將背上的包袱解開，給他喝水，給他吃東西。看到他的笑，葉子終於是放下心，轉頭，看到的卻是她意想不到的畫面。

「你……你……」玫瑰花精震驚得說不出話來，臉頰上的粉嫩也褪去了。

銘哥看著玫瑰花精，微笑著：「你果然將關於我的記憶拿掉了，甚至將我封印的事情也忘記，才會有這樣的巧合。」

「被你封印了多久我感受不到，要不是葉子已經長大至此，我也算不出來。你放不放我，我都不在意，我今天能再見到你，只想跟你道歉。當日我執意要帶你離開這裡，嘴上說著要讓兩個人都過著城裡的幸福生活，但其實這一切都是為了我自己吧，我嚮往城裡，我想離開玫瑰田。對不起，讓你感覺到痛苦，違背了以前對你的承諾——只讓你快樂，不會讓你痛苦。你是玫瑰花精，就應該守護這裡，如果當初我不是發起火來，而是能好好和你談就好了。」

「現在，我也願意再次被你封印。你是和我舉行過婚禮的妻子，我不能夠讓你拋下守護那麼久的村子，也不能夠拋下你。我可以在這裡陪你，直到我死去。」

葉子驚訝地看著玫瑰花精：**這就是銘哥的妻子！**事情的發展，完全不在意料之中！

玫瑰花精注視著銘哥，很久之後，她的臉上現出了頹敗的表情來，那是一種花朵將要凋零的氣色。「沒有用。你留下了，他們又都要走，年輕人都要到城裡去，玫瑰花沒有人要種了吧，我存在的意義也就沒有了……玫瑰和人一樣，需要陽光，需要水，也需要關心，沒有人關心玫瑰，玫瑰就不會再開了……」

葉子這才想起，玫瑰花精剛才確實說了，他要到城裡去，朋友們這次回來，也總是說著城裡的事情。果然大家都要離開村子嗎？那

樣美的村子……葉子看著他，不知道是不是該說出「不想離開村子」
這樣的話。

「實在沒想到，是在這樣的境遇，和葉子你說這個事情呢。」他
笑了，起身轉向玫瑰花精，「謝謝您，這麼多年守護著村子，守護這
片玫瑰花田。在城裡這兩三年，我們發現村裡的玫瑰在城裡有著很好
的銷路和口碑。如果只是在村裡種玫瑰的話，並沒辦法讓我們的玫瑰
銷售到更遠的地方去，不是嗎？我們想要盡我們的力量，將我們的玫
瑰賣得更好，那麼大家就會更樂意種植玫瑰，盡心地呵護玫瑰花田
了。我們是帶著這樣的想法，想要離開村子的。」

「這麼說，不是所有人都要到城裡去嗎？」

「當然不是，我們幾個人也算是承蒙您的照顧，首次嘗試肯定會
有很多困難，但是我們還是想去闖一闖，成功了，村子就會更好。」

銘哥向葉子笑：「葉子你倒是有好眼光，他果真很好。」

葉子害羞地點點頭，看著他的眼睛，溫柔，帶著希望。

銘哥懇切對玫瑰花精說：「請留下我吧，和你一起守護這裡。讓
他們去試試。」

玫瑰花精沉吟片刻，終於點頭了：「你們的想法，我聽著也覺得
高興，我守護的那片玫瑰花田，如果能得到每個人的誇獎，作為花精
也實在是一件幸福的事。但是，我會督促著你們，如果你們到城裡變
了心意，忘記了這裡，我一定會去找你們的！」

六

我不禁感歎到：「玫瑰花精為了守護那片花田真的是願意放棄所有呢！葉子也是一個勇敢的女孩啊！故事就到這裡嗎？他們去城裡做得怎麼樣了呢？」

坐在對面的女孩，似乎只有講故事的時候才不那麼冷冰冰，這不，回答我的問題的時候，又是那樣冰冷了：「故事就到這裡了。」

「啊……實在有些可惜，想知道後續呢。不過，這個故事實在有諸多不合理的地方呀，比如找人為什麼不報警呢，而且如果所有人都不相信有玫瑰花精的存在，那小伙子不就永遠失蹤了嗎？」

女孩冷笑了一聲，「所以才跟您說，是故事嘛。」

叮。鬆餅烤好了。

「請稍候，我這就給您玫瑰鬆餅。」

我將鬆餅取出，在鬆餅上抹上了一層厚厚的、由我特製的玫瑰醬。低頭抹醬的時候，我忍不住自誇起來：「店裡的玫瑰鬆餅口碑非常好，都是托玫瑰醬的福啊，那些玫瑰送到我面前的時候，我一眼就看出，我一定能做出特別棒的玫瑰醬。來，請慢用！」

我抬起頭，女孩不知什麼時候已經走了。剛做好的玫瑰鬆餅那樣美味，為什麼不吃呢，可惜啊。這樣感歎的時候，我發現那個女孩所提到下午會開的小花蕾，果然開了。

那女孩，恐怕就是玫瑰花精吧！

我製作玫瑰醬的原料，那些上好的玫瑰，都是阿幸帶來的，恐

怕阿幸就是故事裡的葉子吧？玫瑰花精是來看自己守護的玫瑰田產出的玫瑰，在城裡究竟有沒有被認可吧？

那女孩進來或者離開，門上的鈴鐺都不曾響過。

後記

我開了家分店，找了新的人手，專心製作美味的玫瑰醬。為著玫瑰花精的心情，為著阿幸他們的希望，也為著我的一場奇遇。

我是相信那個故事的。

圓形地帶

福建師範大學文學院本科 2012 級　陳時鋒

　　我在決定拜訪八宿大街七號公寓的那家私人診所之前，發現街邊的一處報欄裡的日期依舊停留在幾天之前。平常來換報紙的那位已過知命之年的老人似乎消失了蹤影，我想，他是不是病倒了？抑或說他和我一樣，也得了時下頗為流行的臆想症，以至於在自己的記憶之中時間已經停滯不前了？我站在報欄前無所事事地思慮著。與此同時，我看見那些懸在屋簷下的冰柱此刻正流淌著黎明的曙色。我忽然意識到這可能與那位老人的脾性有關——他的故意舉措可能是想向路過的年輕人表達某種具有象徵意味的東西，例如說：時序的嬗遞。

　　老人遲遲沒有出現。

　　眼下隆冬已經過去，南遷的候鳥剛從這一帶的田壟上空飛進了刺樹林裡。然而，就在前幾天，我從一個放魚鷹的老人那裡得知，南下的寒流再過不久就將裹挾著巨大風聲向這座城市席捲而來。

一

　　「時間過得真慢。」醫生在烤火盆邊坐了下來，火光的條影在他的臉上閃爍不定，顯得有些陰翳。他在往裡面添加一些木料的時候，開口問道：「你說你看見了一個女人？」

　　「一個女人。」我說，「在你寓所下面的報欄那裡，似乎是來換

報紙的。她看上去很漂亮。她穿著栗色靴子，棕色皮衣，瓜子臉，還留著很長的瀝青色頭髮，眼睛就像⋯⋯」

「你們之間認識？」醫生皺了皺眉。

我搖了搖頭，轉而又難為情地點了點頭。

「怎麼回事？」

「就在剛才，」我說，「她叫了我的名字。」

「你的名字？」

「是的。」我有些憂心忡忡，「你知道，在八宿，我的名字從不為人所知，沒有人認識我，即使見過我，卻也在轉眼間將我忘個乾淨。我好像只存活於時間的一瞬，比方說⋯⋯像這個城市的影子。」

醫生一聲不吭。

他站起身拉開了米黃色的窗簾，小心地在視窗的鐵架上繫了一只草綠色的帆布娃娃。寫字檯上擱著一部百科全書和一面鏡子。在鏡子的幻影深處，在盛開的金銀花之間，他站在那裡，顯得有些迥然一身的身影都變得不真實起來。

「你知道她的名字嗎？」

「她說她叫棋。」

「棋——」他的齒音開始顯得遲鈍，就像是被砂紙打磨過一樣。他說，眼下，就八宿這座城市而言，精神疾病就像瘟疫一樣已經蔓延開來。重要的是，他們都不願承認自己有這方面的缺陷，而選擇

沉溺於對時間的懸想之中。這點上，他們和那位猶太人博爾赫斯不無類似。

「你不是懷疑你的妻子死了嗎？」

「是啊。」

「那麼，」醫生想了想，說道，「我們不妨從這個叫棋的女人說起。她說不定有助於你的病情好轉。」

二

我隨著棋的召引離開了那處報欄。

刺骨的風在低矮的屋簷下和排水管之間發出低低的迴響。我記得當時我跟著她走過了三條街，拐過了兩條巷，從都市漸漸走到了荒涼的郊區，腳下硬梆梆的水泥地也被替換成草屑和泥土凍凝的迤邐小徑。

四周闃寂無聲。我們在一個周圍長滿石灰草的麵粉加工廠前停住了腳步。你知道那個換報紙的老人嗎？

「他不久前跌進溝渠裡去世了。」棋說。

我吃了一驚。刺骨的風從落光了葉子的樹梢上吹過。這個時候，天空開始淅淅瀝瀝下起了雨。我們走進了這間廢棄的工廠。窗外的天空中此時正飄逝著各種顏色。我一度覺得時間彷彿出了問題。白晝和黑夜交替著出現，一遍一遍地重複增加著時間的數目。

剛勁的風敲響了這裡荒敗多年的機器零件。雨水打在被擱置外

邊的廢棄鐵皮上，發出咯吱咯吱的聲音，我在這紛亂嘈雜之中分辨出了另外一種聲音，那是棋在二層閣樓凝望遠處若隱若現的柏油公路時所打的一個噴嚏。我想她大概是著涼了。我揮了揮泥屑正想起身去看看她的時候，她忽然出現在了鋼筋裸露的樓梯拐口。她的手裡此刻正捏著一把油布傘。這把傘是從哪找來的？

一個廢棄的櫃子裡，大概是以前的工人留下的。「我們現在就離開這裡吧。」棋說。

「去哪裡……」

「麥村。」

我搖了搖頭，我說我對你一無所知，我就連你所提及的那個麥村也從沒聽過。

棋笑了笑，「那你還記得趙謠嗎？」

我猛然吃了一驚，我的那條鏽蝕鐵鍊般的記憶開始如灰燼一般寸寸斷落，同時冬天凍雨的潮濕氣息也不斷侵襲著我的身體。「趙謠？」

「趙謠是你的妻子，你連她都忘了。杜預，你該看看神經科大夫了。」

我的記憶就像流水使石塊銷蝕一樣，似乎再也摸索不到往昔的痕跡了。我唯一有印象的是，眼前的這個叫棋的女人我確實在哪見過。但我真的想不起來了。

「你已經完蛋了，杜預。我是趙謠的雙胞胎妹妹，趙棋。當初你

追我姐的時候，可常把我們搞混了……你的神志竟垮成這樣啦。」

不知道為什麼，我始終有一種不祥的預感縈繞在我的周圍。我對棋說我不去麥村了，我此行的目的只是……

棋這時忽然生氣地拿起傘迅速地倒走到門口，「好哇，杜預，虧我姐姐對你這麼好，你也不去她的墓地拜祭一下嗎？」

三

「後來呢？」醫生說。

「後來，」我說，「後來當棋撐開那把傘的時候，才發現它已經傘骨畢露了。棋丟開了傘直接衝進了雨幕，我在遲疑了好一陣子之後，最終選擇了回來找你。」

「你應該跟她走的，這說不定有益於你的病情好轉。」醫生習慣性地皺了皺眉，開始陷入了猶疑之中。

我不知道醫生為何陷入了沉思，他的臉在跳動的火光中顯得影影綽綽。過了好一會兒，我看他仍然沒有動靜，試探地叫了一聲。醫生沒有吭聲。我正想他是不是睡著了的時候，火盆裡這時發出響亮的嗶嗶剝剝的聲音。醫生顯然戰慄了一下醒了過來，但他很快（故作鎮定地）收拾了情緒，從他的目光之中我看不出什麼表情。

「現在幾點了？」醫生說。

「七點整。」我說。

醫生再次起身拉上了窗簾。光線立即昏暗下來，屋角的桌椅和

櫥櫃都被他映照出的巨大陰影所罩住。建築工地打樁機敲擊地面的聲音不時從遠處隱約傳來。

「如果棋說得沒錯，你的妻子可能已經死了。」醫生說道。

我沒有吱聲。

「最近做過什麼夢嗎？」醫生試探地問道。

「有的，」我回答道，「說了你也許不信，在認識棋的前一天，我竟做了一個關於棋的夢。我現在甚至懷疑這裡面的時間是不是發生的順序出了問題？」

「說說看吧。」醫生擺了個更舒服的姿勢，開始玩弄手中的那枝鋼筆。

「夢見過一個夜晚，」我回憶說，「沒法確定，我只是隱約看見一個戴著紫頭巾的女人（也就是棋），她捏著一把傘骨畢露的油布傘從門洞一閃而過。我急忙跑了出去，卻什麼也沒發現。乾冷的風把庭院裡的樹枝吹得沙沙作響。我聞到了一股雨水澆灌過後的泥土氣息。你不明白，這對當時的我來說有多麼的令人震驚——第二天早上我起床發現，外面居然真的下過雨了……」

醫生聽到這裡不由得笑了笑，他對我說，時間並沒有出現錯誤，而是你把現實和夢境弄反了。昨晚你的確看見了真正的棋，然後現在正做著一個與棋相遇的夢。

「而我是你夢境的一部分。」醫生說。

我搖了搖頭，表示懷疑。

「你不是說剛才下著大雨嗎」

「是啊。」我說。

「可是──」醫生陡然坐直了身子，他一字一頓地說：「可是在你踏入這所公寓的時候，你的身上並沒有水漬。」

四

我想起有天夜裡我做過的一個夢境（它象徵著什麼我至今仍未知曉），在八宿大街七號公寓的那間小白樓裡，有一個男人在計算時間。他計算一天是從日落算到日落的。然而，令人匪夷所思的是，寫字檯擱著一面鏡子，裡面的那個人是從黎明的曙色到來之時開始計算時間的。

五

棋在柏油公路上伸手攔下了一輛麵包車。遠處封凍的麥田上空飄滿了雨線所激起的薄霧。一個戴著紫頭巾的農婦在河灘上的茭白叢中直起腰來，成群的鷺鷥在她腳邊掠水而飛。從天空的東南角颺來的大風把她和葦叢吹得東倒西歪。

棋脫掉了身上棕色的外套而露出一件並不合時宜的白色短衫。我感到詫異。她開始用一種方言在和那位陌生的司機說話。從她的髮叢中我隱約我聞到了一股桉葉的氣息。下車的時候，那位司機忽然轉過身。

「你需要煙條嗎？我這有很多。」

我被這一口操著南方腔調的普通話嚇了一跳，我突然感到前所

未有的戰慄，恐懼的陰霾一下子籠罩了我。我一時竟無法出聲。我看見棋推開車門走了出去。

「你需要煙條嗎？我這有很多。」

我在遲疑是否買一些煙條，同時又感覺到棋正向遠處走去。她為什麼沒有等我？我一時不知如何是好。一種任她離去的念頭在我的腦海中一閃而過，但轉而我還是拋棄了這個想法。我下車並跟了上去，腳下泥濘的土地險些幾次將我掀個跟頭。

在前往麥村的大道上，棋跟我說，她的丈夫是一個篾匠。在兩年前的一個傍晚，他在麥田上睡覺時被路過的一頭犁牛踩裂了胸腔，斷了兩根肋條而死。

「村子裡不容許寡婦再嫁，但時常有男人半夜裡仍來敲我的門。」她這麼跟我說。

我沉默不響。天空一如往常看不到一絲吉祥的跡象，在對面的田壟裡，青草和廠房煙囪的剪影構成了這一帶隱隱約約的背景。一個中年男子捏著一根柳條在抽打著哼哼唧唧的殼郎豬。在某一個瞬間，我的眼前忽然飄過司機的那張臉，毫無印象的一張臉，卻清晰地浮現在眼前。我感到神志有些恍惚，以至於不小心一下跌進旁邊的一道深深的溝渠裡。冰冷的水線立即漫過了我的全身。我掙扎著直起身子，看見棋這時撇了下嘴做出了一個笑容。鳥兒銜著一些泥塊和草梗從她的頭頂一掠而過，我忽然想起那天那個放魚鷹的老人所說的南下寒流是不是此刻才來。我感到渾身冰冷而致使身體不停地戰慄起來。

「姐夫。」棋說。

　　我看見她舉起一塊青色研缽似的石頭，從上空一下覆蓋了我所有的視線。

六

「現在幾點了？」醫生問。

「七點零一刻。」

「好的，你不是懷疑你的妻子死了嗎？」

「是啊。」

「再做一個夢試試吧。」醫生想了想，說道。

散文

Prose

思想碎片

福建師範大學文學院本科 2009 級　肖煒靜

四分之一的人生

人要快樂其實很簡單的，只要去做自己喜歡做的事情。沒有目的的，不問結果的，就只是內心喜歡。

而關鍵是，你要確定那真的是你打從心眼裡喜歡做的事情，而不僅僅是為了消磨時間。

只有這樣，即使看起來有點不務正業了，也不會有負罪感。

而對於我們所不喜歡做但又不得不做的事情，就給它一個光明正大的理由，充滿功利性地，目的明確地，埋頭苦幹地，狂風暴雨地，把它做好。

然後在達到目的後，再狠狠地把它甩掉。

只要在每天睡覺之前，你可以安靜地閉著眼睛，無愧於心，今天，我沒有白過。

理智的力量，讓我們變得更強大。

人的身體中，最強大和最悲哀的力量是融於一體的，一個在於韌性，一個則來源於忍受。

再苦難也能生存，再悲哀亦可活命。人都是適應環境的動物，

不管你是心甘情願還是心有不甘，你隨時隨地都在被外界打磨刻印，社會性日趨明顯。

所有的一切，都只是時間問題。

所以說那一點私人的生物性是多麼寶貴啊，我們要用韌性去護著它。

而年輕人總是不得不有一種世俗的進取心，才會有活力，雖然那經常會讓人覺得很累。

但畢竟你只有經歷過真正的繁華之後，才有資格說蒼涼。

人都喜歡制訂一大堆、一大堆的計畫，以告慰自己蠢蠢欲動而又瞬間即死的進取心。

當計畫被廢棄後，再無比驕傲地向同行展示那豐功偉績是如何輝煌地被制訂，再如何無奈沉痛地被廢棄，博得一大堆同情後，再和所有同類共用著人之常情的愉快。

我們很無奈地大聲疾呼，人啊人，人都是有惰性的啊……

其實，就是懶嘛，很簡單的理由。

原來計畫的唯一作用，就是用來被廢棄，正如中國人喜歡法律，更喜歡犯法。

其實，許多時候我們應該要決絕一點，不然就會退化成一個單純的只有健全的肉體而感覺遲鈍的靈長動物。

人都是自私的，時時刻刻想的都是自己，即使某刻想到了誰，

其出發點也還是內心裡的東西想要向誰傾訴，或者自己和誰會發生什麼故事。而為集體做事的時候，目的也是自我會在其中得到某種提升，自己的影響力會在其中擴大，或者，反正閑著也是閑著嘛，就找點事做做。

而每個人做事無非源於兩個動機，一為目的，一為情感。

目的通常是正利益，而情感通常是負利益。

不同的是，利益讓我們渾身充滿動力，但是經常感覺累。而情感則永遠讓我們動心，它酸酸甜甜，甜甜酸酸，但終究是快樂的。

不過沒關係，單純的結果總可以有複雜的源頭，其實每個人都一樣的，數量一擴大了，我們就不怕了，群體性的一致就構成了習慣的安全感。

可是這個世界有時又是這麼討厭，就是因為人太多，所以幹什麼都難了。因而我們也要拚了命地出類拔萃，與眾不同。

文人的世界

知道為什麼女人都寫不出世界名著嗎？因為名著的標準是男人定的。男人說，要推動社會進步的，才是經典。

可是推動社會進步從來都是男人幹的事，就像生孩子從來都是女人的任務一樣。

女人連入場資格都喪失了，還比什麼比。

如同一個人人皆知卻秘而不宣的真理，女人頂多只能作些關於小花小草的吟哦，寫寫愛情，帶帶孩子，發發哀怨。

所以女人的東西總是美麗的，但卻無力。

而男人的東西即使無力，也要裝美麗。

因為只有力和麗混在一起，才稱得上名著。

文人都是有共性的，幾乎是矛盾而懦弱的。古代的文人們手無縛雞之力，卻又胸懷大志外帶自命清高，只可惜既不懂生產又不通世故，就如滿心殺意卻手無寸鐵，被現實羽翼輕輕一碰，就跑到山林裡去餵野雞。

而當代文人則喜歡借著古人的調味料炒一點剩飯，再扮演時代的啟蒙者和眺望者的角色。對古書中的反面人物又愛又恨，想著其人性單純而原始欲望是多麼動人，只可惜在現實生活中遇到那些人時就如躲瘟疫一樣遠遠避開。或者一個人找一個地方孤獨地旅行，寫些破碎空虛的片段文字聊以自慰。

評論家的悲哀在於半桶水似的一搖起來就滴滴漏漏，揮揮灑灑，而又鬱悶不得志的憋悶。他覺得他多麼理解那些人物啊，他多麼喜歡那些思想啊，他多麼讚賞某位作家啊，他可以如數家珍地跟你說誰誰誰寫過什麼驚世駭俗的文字，他可以義憤填膺地向你傾吐誰誰誰如何在金錢和世俗中商業化了，他可以睥睨不屑地感歎當今趣味低下、感情蒼白。可是他肚子裡的墨水是單純用來噴口水而不是用來寫字，要他寫，他根本就寫不出來。所以他總是窮，而人一窮了，就伴著酸，酸溜溜的嫉恨。

二流的評論家的評論猶如掉書袋，翻來覆去把腦袋裡的名著變著法再寫一遍。由文言變成白話，由完結篇濃縮為簡介，一句話的主旨，再加一些沒有感情的虛構讚美。

　　真正厲害的評論家，是在看完名著後就拍案而起，驚濤駭浪，激動萬分，彷彿此中有人，呼之欲出，彷彿恨不得把他的心挖出來給我們看。而二流的評論家呢，他們知道，名著之所以為名著，就是因為很少人看得懂，於是他們花了半輩子的時間去看其他人花了一輩子的時間所作的評論，再小心翼翼地從中抽筋剝骨，挖心取膽，揣摩造字，滙集成所謂眾多思想的結晶。

　　西方詩人的浪漫無不來源於風流的敏感性，只要遇到一個雌性的生物體，就打破喉嚨振臂高呼：「啊！你是我的太陽，我愛你那豐滿無瑕的肉體和高尚純潔的靈魂。」

　　而東方文人則喜歡沒事找事地尋求天人合一的宏偉境界，嘲嘲風雪啊，弄弄花草啊，對月當歌啊，顧影自憐啊……

　　相同點是，那些原本看似沒用的廢物，卻貌似產生了一大堆有用的東西。

　　所以說，這個世界總是懦夫襯照了英雄，眾生度化了佛祖。

　　文人的功用，大抵在於小題大做和互相咒罵。他們於一切偶然事件中發覺微言大義的表達方式，並過濾之以草木皆兵的沉思習慣，然後像鍛造一個破鍋一樣對語言敲敲打打，希望音律能感動星宿，然而許多時候，只有自己聞雞起舞而已。

　　他們常常感覺自己來自火星，說著不著邊際的話。因為別人都聽不懂，所以只好在同類中相互咒罵，也不知是傷了誰的心。而我們的觀眾都是喜歡看戲的，面帶微笑地看著別人互相吐唾沫，然後再假裝虔誠地撿一點回去，以作為茶餘飯後的談資。

文人總以為自己振臂一呼就應者雲集，其實，那不過是因為觀眾們總逃不脫喜歡隨大流的盲從心理罷了。

總之，那是一群矛盾的人，讓人很心疼的矛盾的人。

最初，也是最後的愛

愛情，那是麻煩的東西。許久之前，像對許多東西的理解一樣，借助於人為的戲劇，我們總是先談戀愛，再戀愛，先看到愛情小說，後知道愛情。偶爾間，是很難在生活和戲劇之間劃清界限的。但世界上的許多東西，你沒有經歷過的，是永遠都不會懂的，比如愛情。那彷彿是一方大大的池塘，許多人在奮力游泳，而你坐在岸邊輕試水溫，會覺得那小小的一滴沁到心裡去。其實那是因為，你還沒有深入。就像看偶像劇一樣，你知道什麼時候最好看嗎？是男女主角曖昧的時候，他們會很陶醉地搞一些蜻蜓點水般的小浪漫，溫情點點，含情脈脈，讓你在一瞬間覺得地老天荒。而在前面呢，主角們會恨得你死我活。在後面呢，就愛得死去活來，再加一些第三者插足、雙方家長不同意和女主角得絕症的伎倆。

什麼叫喜歡呢？那是初戀所特有的詞彙，小男生、小女生們總是尷尬於談愛，而取之以喜歡。如果你是男生，你會覺得她身上天然地散發出一種別人沒有的閃閃發光的東西，讓你在某一時刻覺得她真的是非常非常可愛，可愛得會讓你覺得都不忍心去破壞她，想要去寵她。當你想著她的可愛模樣時，你的嘴角是微揚的，會覺得自己的身體隨著她的跳動在打節拍，或者說安靜地看著她可愛的樣子也是如此心滿意足。

在愛情規則裡，單戀的一方往往會變成另一方口袋裡的懷錶。

你對它繃緊的發條沒有感覺，但是那根發條在黑暗中耐心地數著你的鐘點，計算著你的時間，以聽不見的心跳陪著你東奔西走，而你在那滴答不停的幾百萬秒當中，只有幾次向它匆匆瞥了一眼。

而那一眼，就足以讓它心花怒放。

那個懷錶，也通常由女生扮演。

你會很在乎他對自己的印象，你希望那是完美無缺的。你會千方百計並且小心翼翼地搜羅他的蛛絲馬跡。可你又是矜持的，固執地認為自己應該是接收信息而不是發出信息的。你希望他能發現你躲在角落裡不為人知的小小可愛，再奉上他最隆重的讚美，外加一些想像中的情節和虛構的對白。你追尋著所有關於他的東西，你會覺得似乎冥冥中註定一樣，好像所有的東西都在顯示他也喜歡你。你的言語似夜行車，恨不得拐彎抹角作一絲溫柔的暗示，告訴他，你也是喜歡他的。

最初的愛，是和撲面而來的好感混合在一起的。對於男生來說，或許是生理衝動，他會注意到女生搖動的裙襬，閃爍的眼神，害羞的紅腮，身體裡面關於男人的衝動日益覺醒。而對於女生來說，是由於幻想，無論再怎樣灰頭土臉的女孩，內心裡都藏著一個粉紅色的夢想，而王子則是永遠的主旋律。她會覺得男孩隨便站起來就是一道風景，男孩的每一個眼神，每一句話，每一個細枝末節，都被女孩小心地拾起來，並賦予了完美的色彩，在無數的日夜裡，供自己不斷斟酌回味。

其實，那純粹是一場心理戰吧。如那句多年前聽到的臺詞，人家隔壁女孩子借個橡皮擦給你，你就以為人家愛上你了嗎？

幻想，我承認都是幻想惹的禍。

當然，某一刻的真實美好是無可替代的，似乎那是一種叫做感覺的東西。

杜拉斯說，戀愛和愛情真的是兩碼事。

其實你真正要擔心的，是未來那座圍城，那瑣碎的難堪，會不會一點一點地，毀掉你的愛。

所以說，男主角就是如此重要，特別是對於深陷其中的，女主角。

而男人和女人呢？

女人的世界，就是男人，而男人只有在無助或無聊的時候才會想起女人。

所以男女永遠平等不了，而所有女人都打著男女平等的旗幟窩在男女不平等的小窩。

而中國女人的骨子裡都流淌著奴性的血液，即使覺醒了，也只是奴性的覺醒。

所以說，一個再怎樣決絕獨立的女人，內心裡也是渴望找一個又帥又有錢又好的男人。

女人都是愛男人的，只是愚蠢的男人不懂，而聰明的男人逃避。

男人也都是愛女人的，只是都說不清楚，所以搞得女人總是抹眼淚，胡思亂想。

其實那也不是不敢說，而是不想說，說了又怎樣呢？還不是這樣。

或者把希望寄託於不可知的未來，如你我相遇在黑夜的海上，你有你的，我有我的方向，昏昏冥冥中固執地相信，總有一天，我們還會發生點什麼。

空白總是如此有魅力，讓人產生伸張無限的想像力。

而沒有到手的東西，總是最美的。

而我們，總喜歡把將來理想化了，用來滿足現在的需要。

如今的暗戀，都是假的，說得模糊一點，叫曖昧，說得曲折一點，叫拐彎抹角的暗示。

真正的暗戀，是一間四方緊閉的破屋，只留一個小孔讓裡面的人去默默無言地窺視另一個人在陽光下翩翩起舞，再把自己活活憋死。

而冒牌的暗戀，總是在故作含蓄中，在某個地方似是而非地打一個將死不死、欲說還休的尾音，卻又深信不疑地認為對方能聽到。

明暗之間尷尬的模糊地帶總是有如此動人的誘惑力。它不會像古典浪漫主義那樣把火光連帶唾沫瞬間拋到對方臉上並高唱道，啊，你是我的太陽！更不會像那如花朵般肆意燃燒在城市邊緣的後現代，你愛我嗎？到底愛不愛？愛就愛，不愛就拉倒。

你要知道，愛情裡面的男女都是要互相折磨的。

不然那就只是單純的戀愛，而不是談戀愛。

男人從來都是好色的，就像女人從來都是花癡的。

男人總高尚地自以為如何深刻地愛上了某個女人的靈魂，而女人也願意驕傲地相信自己憑藉靈魂而征服了一個男人。

可是你要知道，一個再胖的男孩，內心裡也是渴望一個辣妹的。

女人從來都是愛慕虛榮的，因為女人愛有錢的男人，而男人又愛美女，而美女又老得快。

不過沒關係，錢不會老。

所以美女們想方設法要有錢，不然就會變成醜女。

而醜女們更要有錢，才有進化成美女的可能。

男人總是罵女人愛錢，其實那都是男人逼的。

女人總是罵男人花心，其實那也是女人逼的，誰叫女人想要男人有錢。

男人賺的錢，很大一部分，還不是要拿給女人花。

人啊，都是逼出來的。

但是也只有這樣逼，社會才會進步。

最初的愛，總是源於心疼。

男人都是喜歡可愛的女人的，他們會站在山岡上採取居高臨下的態度俯視女人，在某一刻突然發現，她是多麼多麼可愛啊，然後就忍不住想要去寵她。

　　所以奉勸全天下渴望愛情的虛偽女人，千萬別傻傻地去裝什麼名媛淑女，那只會讓原本就假的你更假，而要讓自己退化成天真的嬰孩，去裝可愛。

　　是不是覺得很有道理？

　　當你愛上某個人關於愛情的文字時，其實並不是她的思想有多麼深刻，而是因為那是一種堂而皇之的偏見，即片面的真理。它往往採取絕對化的語言，以「以偏蓋全」為目標，用了格言警句的排列方式，卻又讓你覺得語言麻辣，有種自己憋了很久的話被瞬間釋放的快感，正中下懷。

　　其實，所有的原因，都是因為你曾經談過戀愛或者正在談戀愛，或者你就是想談戀愛。

歲月拾遺

福建師範大學文學院研究生　戴柳媚

古今多少事，欲說還休。既是如此，何妨盡付笑談之中。滾滾長江，無論是英雄，還是凡夫，皆有多少癡人之夢。世人說千道萬，唯不能道盡心中萬事，索性沉思默想，而門外樓頭，唯有長江水，無語東流。

關於文字的那一場遇見

我不禁驚詫於這遇見，訝異於這美好。我的文字，你懂。那樣的遇見，好似一道明亮的星光，讓我在無星無月的黑夜裡，依舊可以懷念這種感覺，儘管，恍若隔世。

儘管如此，君依然不是我的忘憂草，我亦不是君的解語花。

那樣美好的遇見，隔著清風明月之遙，隔著文字的溫婉，隔著指間的溫度，美好地鋪展開來。

在海子的筆下，有你臆想的生活，在村莊沉靜如水的陪伴中，你安靜地記錄自己的心緒，並不期望有誰能懂。只是，如小說中老套的情節一般，某一刻，某個平凡溫暖的女子，讀懂了，文字背後的巨大暗湧。

你說只要彼此的文字對話像在啃著對方送來的甘蔗一般，閱讀到彼此文字背後的境地，感受到夜空下的那些小小細細的彷彿夢中囈

語般淺淺的淡淡的美好，這無疑就是幸福，這無疑就是美好。你說天使不曾停留，她柔軟的翅膀馱著天使善良美好的心臟在歌唱。她一直在天空中飛翔，為孤單的村莊送去溫暖和幸福。你說被人閱讀的文字，如同碑前的墓誌銘，唯美的文字，是贈予死者生前最好的禮物。這足以讓我們窺探到，一個已經走遠的人，曾經留在秋天裡的背影，就像被人記住的烈士，有別於無名戰士，有別於荒塚上的一抔黃土。而一切的文字，也僅僅是對於生活無力的掙扎和意緒，所以，無須緬懷，無須憶念。所以，日子展開我們各自的天空和風景。

我只能在日記本裡塗抹這個夏末初秋的遇見，而事實上，對於太深切的感覺，文字也會無力的。秋天，因為這樣的遇見，便是一個值得懷念的季節。很多時候，驚詫於這樣熟悉的文字，這樣熟悉的感覺，這樣熟悉的溫暖。也許，你的文字，正是我尚未說出口的話。我貪婪地品嚐著如此似曾相識，彷若來自於我的憶念的文字的芬芳。那樣的安心，足以讓我對於這擦肩而過的遇見，不留遺憾，甚至是無盡的感恩。歲月無止境的關懷，文字剎那的理解和心疼，還有用文字來對抗時光機器的堅韌，總是感動著彼此。我們說，答應自己，愛著明天的日子，愛著那樣溫暖堅韌的歲月，好好地，愛自己。

秋天到了，所有逃離的溫暖，都會回家的。

人心需要溫柔的包裹，若現實沒有，它也會自己去尋找。那場關於文字的遇見，無關風月，欲說還休，我努力用文字幫助我記憶那不想忘卻的感動。那場未名的遇見，是文字給自己找了個家，溫暖，美好。

文字躲在向陽的角落裡微笑，關於那場溫暖，欲說還休，道不盡。

關於生命

生命是一條偉大的朝聖之旅。靈魂秘密地成長與壯大的美好路徑，是一條偉大的精神朝聖路徑。

生命是一條奔騰不息的河流，我們都是那過河的人。

而我，卻一直在為難自己，去思考生命的意義，去思考我為何活著。儘管我知道，這是個永遠無解的方程式，可是固執的我卻不懂遊戲規則，總是想找出我活著的意義，或者說，找出個確切的答案來安慰自己，說服自己為著無解的生活努力著。

記得誰說過，思之過少，將會失去做人的尊嚴，而思之過多，將會失去做人的樂趣。那麼，我何苦一定要為難自己，逼著自己去思考所謂的意義？無常與變化，無非是最尋常的人情罷了。既然知道一切均是無常，那麼我為何一直為春殘秋散而悲傷？

死是一個必然的短暫性動作，那麼生呢?

我絕不去想青史留名，也並不覺得那有多重要，我只需要好好活著，死後的事情與我無關。生命短暫如斯，我未知生，焉知死？既然生命如此短暫，人們費盡心機，勾心鬥角，究竟是為何？為著無常的名利，苦苦掙扎，究竟為哪般？江湖深似海，俗物常羈身，名利如奪命，歲月來收屍。

我們不會活很久，生命不會永恆，唯有無常是永恆的。我們以後要死很久很久。人們都說活著只要有意義、有價值就行了，可是，意義與價值卻又是無法衡量的。那麼，我何苦為著那樣短暫又無常的東西為難自己呢？那樣死活不肯妥協，死活不肯回頭，死活不肯對自己好。可是，若找不到意義，那麼我也是稀裡糊塗、不負責任地活著

369

罷了。我學不會與現實調和，調和不是和稀泥，不是妥協。

每一個人都擁有生命，但並非每一個人都懂得生命，乃至於珍惜生命。不瞭解生命的人，生命對於他來說，是一種懲罰。我不敢自詡多瞭解生命，那麼生命於我來說，某種程度上，也是一種負累罷了。我也一直不懂，為何許多人不去尋求生命的意義，卻依然能夠心安理得？

我發現自己轉進了死胡同，一直在跟自己糾結生命的意義這個困擾了人類幾千年的問題。多少事，欲說還休，生命又何嘗不是如此呢？也許，我也不必一直糾結於所謂的意義，套用許三多的一句話：「有意義就是好好活，好好活就是有意義。」

人生天地間，忽如遠行客。如此而已。

走進人生，是庸俗的物質之痛；走出人生，是無助的精神之殤。

關於過客

過客，於我來說，更是一個亙古之謎。

歲月靜好，現世安穩。

所以，生活於平淡中的美好波瀾與漣漪，是路過我生命的過客們給的。人心，好似客棧，路過我生命的過客們，有的來去匆匆，幾不留痕。你到我的客棧小住幾天，但是我知道，你終將離去。就像米蘭昆德拉說的：「當你還在我身邊時我就開始想念，因為我知道，有一天你終將離去。」有的過客像回到了家一般安心地住下，帶給我無窮盡的感動與溫暖。每一道傷痕都值得懷念，因為它們讓我知道了成長的故事。每一個過客也都值得銘記，因為他們的路過，讓我知道了

歲月的繁花似錦。感謝那些教我長大的男孩和女孩,即使你們已經離開,但是你們出現在我的生命裡,可以讓我懷念,這件事本身已經值得感激。無論你們留下的是濃墨重彩抑或是輕描淡寫,你們的足跡,都自成風景。

有些人、有些事,始終是不能用時間來衡量的。

有些人出現的時間只是一瞬,但是我卻為他保留了客棧裡的固定房間,因為我堅信,總有一天,你會回來的。至於那些匆匆而過的過客,儘管我知道他並不是客棧的常住旅客,我依然微笑著揮手道別。那些偶然的旅客,也許是為我指路的路人甲或路人乙,也許是我難堪時給我一個善意的微笑的路人,也許是曾經成為我的文字背景的陌生人。謝謝你們讓我沉思,讓我回報了一個微笑,或者是讓我多說了一聲「謝謝」。生命裡始終有些人,是客棧的永久居民。也許你我未曾謀面,但是我卻可以在你面前釋放我的喜怒哀樂。也許是你讓我學會了去愛去努力,也許是你剎那間讓我感受到深情與摯愛,讓我不再懼怕用一輩子的時間送你離開。遇見你們,是多麼令人欣喜的一件事!

別人成為我的過客,我也成為別人的過客,人生不就是一場浩大的路過嗎?路過你的,路過他的,就連自己的,也是路過。關於路過,關於感動,關於我們之間的故事,一語道不盡,欲說還休。

靜好的歲月就像平靜的湖面,有種深不可測的隱秘的欣喜。遇見你,路過我的客棧,謝謝你。

一個人的天堂

福建師範大學文學院研究生　楊娟娟

　　我常想，一個雙目失明的人也可以擁有天堂。

　　沒有誰比他更能沉迷於一個人的世界，用觸覺啟迪心靈，讓心靈感知廣漠，並生出一種無比生動的節奏。小心翼翼地探觸，萬物都印遍了指紋，然後，溫煦地猜測，照料著屬於自己的空間。生命和時光的隱秘往往就在這十指間濾出，用心點點滴滴地貯藏，抑或是酣暢淋漓地宣洩，那是一種爛漫的天堂之歌噢！

　　失明的人與我們或許真的不同。春燕呢喃，他聽到的是溪頭漲綠，陌上飛花；夜鶯暗啼，他卻彷若置身於月華如傾、星辰閃爍的碧波湖畔。多麼美麗而安靜的人生。在那重疊而繁複的思緒中，他不倦地開拓，而這勞作只在自己的感知和把握之中，沒有人可以替代，沒有人可以目擊。他在進行著獨一無二的工作。

　　我始終懷念著一個沒有見過的人，他在我心裡是那樣高大，宛如遙遠的風影，神秘而不可捉摸。古銅色的黃昏裡，他是踽踽的行者，但沒有憂傷，沒有失望，神情凝重得讓我愴然撲地，而睿智的氣息卻又使我熱淚漣漣。他的孤獨讓我感受到生命的力度和質感，以及潛藏在外形之下的深層的東西。

　　朋友都驚訝於我的落寞，因為我不是成群結隊的一族，上下課不願呼朋引伴，難得的集體遊玩也總見不著我的影子。然而，當我一

人獨處的時候，卻覺得這很好，想著一個人過一份生活該是怎樣的精彩和重要。這是一種寬廣的心境，它使我滋生出許多奇奇怪怪的聯想，並充分支持和健全了我的創作。這種心境容忍了我的思考，賜予我同黑夜對峙的力量。我常常醉心於自己的這種寂寞中，並樂於在熱鬧的背後觀人行，聽人言，或獨自漫步於靜寂的林蔭道，細細咀嚼周遭的事物，而逐漸發展為一種很深的孤獨。

面對喧囂的人事，我總是一副規避的樣子，難以道清緣由，然而我卻已經習慣了它。於是，我開始如饑似渴地閱讀，奔走於圖書館和書店之間，面對一排排擺放得滿滿的書架，我感到自己大腦的貧乏和思想的殘缺。我時刻提醒自己要學會沉默、沉默，用有限的時間去充實自己的知識，構建精神的家園。圍繞自身畫圓的思維方式往往侷限了人們的視野，顯得異常狹隘、可憐，所幸的是，閱讀為我們提供了晤語先哲的機會，並可能由此達至精神上的強壯。我們保持著一顆純粹的心細數他人的人生，將視線觸及更遙遠更廣闊的地方，猶如悟禪修身，經歷著自我靈魂的嬗變與昇華。我們開始逐漸接觸一些更大的命題，比如人類的現在和未來、人的尊嚴和價值……

羅丹名作《思想者》的影像浮現在我的腦際，那是一個人的深邃和沉默，好像在嘈雜的世界裡劃出一個清靜的圈子，分離了自己與人群。一直很喜歡三毛的文章，曾幾何時於昏暗的燭下品讀以至淚流滿面。三毛是一個純真的人，一個純真的女人，她不能忍受虛假，她的文字讓人體味到一種女性特有的寬容和成熟。我想，這樣的真切是必在「獨行」中得以開發的，因為只有一個人的時候，才能剝落矯飾，憑著品茶般的心境和情愫，品出安謐、感傷或歡樂，收穫一種自種自收的沉甸甸的滿足。

一個人聽靜的感覺很好，隨意靠著古舊的籐椅，並擺出一個很愜意的姿勢。這常讓我感到無比愉悅，在靜中，我能聽到許多聲響，甚至於時間的橐橐的足音。在一些生存空間裡，人多有不適之感，言語中夾雜著火藥，行為裡瀰漫著張揚，那是欲望膨脹而引發的疾病。但是當你獨處時，你就能放牧心靈，融入周遭而變得相惜相安。

很多時間過去了，就這樣，在一個人的世界裡我迎來一次次朝陽，又送走一片片晚霞，蟄居在堆滿書本的斗室裡，讓心擱淺，並練就了足夠的能力來抵禦外界的種種誘惑。我深深地愛著這般的日子，讓生活處在默想當中，而任何一次有意無意的提筆都使我幸福，恍然徹悟，如同仰見天堂的光芒……

也無風雨也無題

福建師範大學文學院本科 2007 級 吳萍萍

木頭

中國人的世界是木頭的世界。

中國男人命中註定要做木頭。剛生下來就被比喻成幼苗。上學後學得好就被老師認定為「一塊好材料」，考上大學就被認為是獲取了功名，可以視為成材了。談對象的時候，女方的溫柔如春藤繞樹，結了婚時就是木已成舟。成家後的男人致力於立業，在盤根錯節的社會中想繼續少年的夢想無異於緣木求魚，因為此時你是家裡的頂樑柱，現實不允許你不理智。老婆和孩子當你是可以託付和依靠的大樹，無論如何你得挺住。否則碰到勢利點的女人，樹倒了，十有八九猢猻們都跑路了。於是咬著牙、賣著血、玩著命，挺住了。生命的列車一直朝前奔馳，如果你按既定的軌道生活，枯槁了，人家說你是老朽；如果你這趟列車臨時出了軌，枯木逢春，人家說你是禽獸或者是情獸。最後的最後，一天天過去了，子孫滿堂，你也一天天地麻木下去，直至行將就木，然後將自己裝進一個雕花的木頭盒子裡。

所以，中國男人的一生是木頭的一生。甘願做木頭的，命運領著走；不甘願做木頭垂死掙扎的，命運拖著走。

木頭的世界，必須要理由。

青春

上帝死了，基督不再值得信賴；孔孟莊周已是封建，釋迦牟尼成了人們參觀旅遊的文物。海德格爾說，世界之夜已經漫長到進入夜半，夜到夜半，就是時代的貧困、痛苦、死亡、愛的本質都已晦暗不明。只有歷史的必然規律對正在流血流淚的心提出的要求是絕對真實的。當絕對的神聖價值被歷史的現實目的所取代，道德價值被歷史理性的腳步碾成泥土時，詩人和藝術家自殺，而且竟是那麼集中。只有真正的藝術家和詩人敢於像舍斯托夫那樣「用流血的頭拚命撞擊鐵的理性大門」，使無數哭訴的雙眼不致孤苦無告。歷史理性地把絕對價值撕成碎片。陀思妥耶夫斯基在吶喊：「人總得有條出路呀！」要嘛歷史發瘋，要嘛詩人瘋了。然而，誰敢斷言歷史會瘋？歷史的理性永遠不會發瘋？！

敏感的青春真切而又強烈地感覺到絕對價值缺省的焦躁，他們還未失去赤子之心的那點人性的本真，他們渴望自己獨立存在的意義。賈樟柯替年輕人鳴起不平：「懷疑年輕是一件很可怕的事情，不知道為什麼，他們總對年輕人有一種不信任，特別是在文化上。年輕是沒有罪的，但為什麼他們總覺得年輕人勝任不了有責任性的工作，年輕人就沒有辦法看到真相，沒辦法接觸到真實？！」你要想全鬚全尾地走過青春活到中年並且繼續生猛下去，將是多麼不容易的一件事啊。你要捨得在你這輩子最年輕最美好的這段時光裡，去經歷你這一生最苦澀最莽撞最失態最愚蠢最二百五最缺心眼最尷尬最傷心最狂亂最氣急敗壞最丟人現眼的事情。總而言之，你要準備迎接一個最殘酷的青春！而且青春沒有特權，縱然那些眼神的閃爍、心頭的顫動，一波波細膩的情感波濤是那麼美。

堅守的青春會自殺或發瘋，再不然就用偽造的神聖信念殺人——那些妥協褪色的青春。那些欺詐的書寫，用藝術讚美甚至炫耀放縱，擔當荒誕，殲滅人的情懷，肯定世界的冥頑。他們說沉溺也是一種反抗，以碎片般的境界和怪異誇張的形式來攻擊生活的荒唐，把世界切碎以抗議荒誕，就如同波德賴爾的《惡之花》所表達的波西米亞式世界觀。

我們正在把青春和靈魂出賣給我們一手打造的世界，絕望的救贖顯得那麼單薄而且不合時宜。

夜、透明

夜晚觀看這個城市的天際。由於燈光和工業，夜丟失了夜的深沉。那時候我看到它因疲憊的繁華而顯得淺薄，近乎透明。我就走在這樣的夜空下，路不長，卻有一段綿長的惆悵。

這個城市有很多符號，唯獨缺少真誠。沒有人知道我最喜歡的詩句是王安石的「草草杯盤共笑語，昏昏燈火話平生」。現在，在這城市夜空的籠罩下，我的背後，草草杯盤仍在，昏昏燈火已逝，還有幾首從 KTV 裡傳出的語焉不詳的歌，以及玻璃酒瓶中剩下的一道酒線，它已經很淺。它，是不是夜的最後的生命線？它，是不是那群夜空下狂歡人的生命底線？

我在城市夜空的無數個暗湧的黑洞漩渦中渴望著真誠。我從來不是個能被挫折輕易擊倒的人，為了理想。我曾做了很多年孤獨的人，完成了很多件孤獨卻對人生充滿意義的事情，然後，背上行囊，飲盡剩餘不多的孤獨，踏上下一個征途。如果上帝每造一個人就是走一步棋的話，那我有幸是一招大俗手，不希冀一出手就遺世獨立，掙

379

扎著在終局時成為芸芸黑白眾棋中的勝負手。這招大俗手,有自己的追求,也有自己的虛榮。他攜著簡單的行囊,走在茫茫人海,豔羨憑虛禦風,游刃於魑魅魍魎,錙銖必較於柴米油鹽,一擲千金於摯友知交。他大痛大快,大悲大喜,落子不悔。我要對得起自己的真誠。

生活,放馬過來吧。

後記

也無風雨也無題。

只要有淚水在,我仍然感到自己飽滿,如成熟的麥穗。我漸漸明白,生活與淚水是另外一種東西,它們這些高貴的客人手執素潔的鮮花,早早地等候著,等著我們見面。我將憑我的真誠,讓高貴與高貴見面。

也無風雨也無題。

散文十篇

福建師範大學文學院研究生 楊英紅

我叫楊英紅或者其他

一句「哎，你叫什麼名字」的問候讓我們認識了。

一張大家齊口喊著「茄子」的畢業照後，我們開始揮手告別。

也許是害怕分離，害怕被忘記，所以我沒有對許多人說出自己的名字。當然也始終相信：如果你很厲害的話，即使不一個勁地說你是誰，別人也會知道你叫什麼；如果你只是平平常常的一個，就算你把你的名字喊得再多，別人也不見得就會記住。這是個有點讓人一時不忍接受的事實。也許是那麼一點兒的怪癖，我依然與人群遠離，站在一個並不顯眼的地方看別人生活。

村裡的老人一個一個都走了，那些習慣按他們的方式來叫我的老人們都不再叫我了。那些他們給我的名字不再被叫起了。我感到我自己的一部分也隨他們埋進了墳墓。

出名當然很重要了，而且越快出名越好。但現在，我也開始明白，把你的名字介紹給別人是一種禮貌，也是生活的開始。每個人都會有許多許多的名字，基本上都進不了史冊，好好想想的話沒什麼可悲歡的，我們不是為史冊而來到這紛繁的人世間的，生命的最高賜予是生活，這是每個人都可以得到的。所以如果一個人的某一個名字能久久地留在與你熟識的人的心中，那該是多麼的幸福啊！我真嫉妒這

樣的人。

但若一個人能活得水過無痕，那麼他一定是偉大的，至少他有著非常人的忍耐力，他對生活有著最本真的熱愛。我不由地讚歎他們的默默無聞。我不免也想成為這樣的人。

水上的夢

這樣不冷不熱的天氣，有鳥語有花香，有縷縷的春風和暖暖的陽光，想來真是個睡眠的好時節。因為下午沒課，所以午覺就睡得十分安穩，也不知自己一覺睡了多久，有趣的是，在我掙扎著要睜開雙眼醒來時，卻猛然憶起還藏了個奇異的夢正等著我去做呢。

這真是個奇異的夢。我夢見自己在一座明亮寬敞的白磚房裡，這房子本身很普通，不一樣的是，它是一座水上的房子。我不知道那水是湖水呢還是海水。我沒有槳也沒有什麼電動設備，就連一張白帆也不曾見著，可是房子卻恍若一葉扁舟在水波裡任意地漂流。起初我很訝異也很高興，因為我一向是愛水的。漂了很久之後，這水面上突然響起了一陣陣的歌聲，那聲音很好聽，是許多人在唱，歌詞有些哀婉，彷彿是首道別曲，唱與每個人都息息相關的生命的過往。我急忙探出頭去，想看個究竟，我隱約覺出他們是坐在一架遊艇上，人很多。其他的就什麼也看不到了，儘管我一直在命令自己趕快睜開眼睛好看清楚他們的模樣，說不定那上頭還有我認識的人呢。然而這不知從何而來的歌聲越來越遠了。最後消失在這茫茫的水上。我有些失望。

可我還是想著水上房子的快樂：嗯，什麼也不要，什麼也不用管，隨它漂到哪兒去。我想莊子的大鵬鳥也不過如此了。

　　我這樣很安然的漂在水中，大概過了很久，原先的快樂在一點點地消退了，因為我突然想到了水上也是會有暴風雨，會有暗礁水怪的，這樣一想我就開始害怕了。特別是當我意識到風和日麗的日子總有一天會離我而去時，我知道了這美麗的水上房子是一定要遭逢驚濤駭浪而消失在這茫茫水域中的。恐懼之情油然而生，並浸染在我的每一次呼吸裡。至於如何消失，在何處何時消失，那就更可怕了，我無法想像，也不敢想下去。

　　這時我才想到了陸地上房子的好，用不著飄來蕩去，有個安穩的落腳，這不是很好嗎？再想到那些最最平常的歷經無數風雨人事而不倒的老屋時，我從心底裡生出一股敬畏，我感到它們的堅牢，它們的忍受，它們靜默的偉大。

　　正在我自己夢得滿目淒涼時，室友把我給喚醒了。昏迷中我卻還在回想著那未曾做完的夢，心裡分外難受，但等我稍稍清醒後，把這夢講給室友們聽時，就不再那麼悲涼遼遠，反而生出些趣味來……

愛

　　那是我親眼目睹的一幕，多少年了，不曾忘卻。

　　記憶穿越時空的隧道，帶我到多年前一個夏日的午後，許多細節自然都早已模糊，只有那關於愛的啟示，仍歷歷在目，刻骨銘心。

　　「考試考得怎麼樣？」她開頭好像就問了這麼一句，我不奇怪她這樣開頭，我驚訝的是她的語氣為何那樣平淡，甚至是隨便。要知道，這並不是什麼普通的考試，這可是高考。

　　「考得不大好！」我的同學回答道，帶著點兒怎麼藏也藏不住的

羞愧。

問她話的是她的媽媽，我不敢想像，這麼重要的事，竟然可以如此簡單，媽媽沒問下去，女兒也沒再說什麼，只有這若無其事的一問一答。

我頓時對這位其貌不揚的母親肅然起敬。

「我給你買了套裙子，」她邊說邊掏出裙子，純白的裙子，有些蕾絲花邊兒，簡單大方又不失活潑。「你快試試，看好不好看！」媽媽的急切讓人覺得，試裙子的不是別人，而是她自己。可以想像，只要裙子合身的話，眼前的這位媽媽將會高興成什麼樣子。

那一刻，我也開始懷疑自己的耳朵，懷疑自己的眼睛，懷疑許多在我看來天經地義的事情。

她為什麼不罵我的同學，為什麼還那麼高興地讓她穿新裙子，對我視而不見？同學把我介紹給她後，她只是不在意地瞟了我一眼，她為什麼不問問我考得怎樣呢？她為什麼不誇我幾句呢？為什麼我竟然有點不痛快了。我比我的同學長得好看許多，成績也好出許多。我從小就是被大人們誇讚的，對於當時的冷淡，實在太突然。

一切如常，高陽當頭，四周的樹木正是一年之中最繁盛的時候，亮閃閃的，如片片細薄的玉石掛滿了枝頭，光亮而潔淨。我和我的同學坐在校門口的花壇邊上，嘰嘰喳喳地說著什麼。第一次，我在我的同學面前無任何優越感可言。我第一次，那麼無力地羨慕一個人。

多少永遠不會忘記的，至今，縱使我千般萬般地冥思苦想，我

也想不起來了。而那個平常的夏日午後，在我的回望中，永遠那麼鮮亮。我見到了我渴望已久的白裙子，它不是用分數換來的，也是用分數換不來的，可我卻感到很滿足，這簡短的一幕，並沒有把赤身裸體的愛，直接送到我的手心，但我親眼目睹了它，它在陽光底下自由行走，讓我的渴望刺穿了心胸，長到更為遙遠的地方。我希望，我們相愛，不需要任何的理由，就像這位媽媽對她的女兒一樣。

愛，如初生的嬰兒，在陽光裡，毫無顧忌地啼哭。

那些屬於我的小快樂

我愛笑，其實開始自己並不知曉，說的人多了，到後來就發現，他們說的好像不假。

大概認識我的人，多半記住的都是我的不可阻擋的笑。我講的笑話總能讓人家笑，不是說得好，而是他們實在受不了我的笑，笑話常是在開頭的一句徘徊，我一想到後面就抑制不住地笑，笑得難以繼續下去。聽者通常是很熟的人，不管出於何種原因，他們總很賞臉地笑，這讓我很開心。而他們的笑話呢，我亦是笑得最厲害的，不過也是笑得最晚的那個。

笑，當然是因為開心啦。對我，開心是極其簡單的事。

我有許多的小小的快樂，它們每天都在生長，在心情陰鬱的時候，給予我幫助。

我愛讀書，大聲地把書讀出來。從小就只對自己的一樣東西滿意過，並暗自驕傲，那就是我的聲音。雖然很少人誇我聲音好聽，自己卻還是毫不動搖地高興著。每當心裡堵得慌時，上網、看書、聽

歌、看電影……它們都不能讓我的心安靜下來，唯讀書，我會在那些優美的文字和自己的「好聽」的聲音中慢慢靜下來，抽絲剝繭般的，將一切還原，重生一份寧靜。最愛讀的莫過於詩歌散文，幾乎是文皆能讀，泰戈爾、普希金、魯迅、沈從文、季羨林、豐子愷、張愛玲、席慕容、遲子建……他們的我更加喜愛。我讀，並不要誰聽見，並不要告訴老師文章的中心思想，並不要被迫著寫一篇讀書評論。只是讀著那些字，方方正正的中國字，嚴格說我是在讀字，而非讀書。

「東風夜放花千樹，更吹落，星如雨」，每一個字，都被我打回原形，這種感覺非常奇妙。每一個字都是活生生的，都有著他們自己的生命。單「風」一字就承載著數不盡的人生故事。「風乍起，吹皺一池春水」、「涼風起天末，君子意如何」、「野火燒不盡，春風吹又生」、「風風火火闖九州啊」、「雷厲風行」、「我不知道風往哪個方向吹」……這些吹越千年的風，我知道它不為著我，然而有什麼能把風剪斷呢？

我喜歡這樣的讀字，因為它無拘無束，恍若一匹野馬任性馳騁，忽而在草原，忽而在荒漠，忽而在雲端，忽而在海底。冥冥乎不知所以然。

除卻讀字，我愛整理書桌。學校的生活寢室就是家，而我的小小的書桌和衣櫃幾乎就是我所有的家當。天天待在書桌旁，終於有一天看不過去它的亂相啦，於是痛下決心徹徹底底地整理一番，最亂的是書，而書又是最好整理的，三下五除二，眼看它亂糟糟，眼看它排排好，好不痛快。略見成效，興致更高，乾脆把那些吃的、用的，雜七雜八的，統統收拾一遍。就這樣邊整理邊哼哼歌，還可以玩玩水。不放過任何一隅，看著看著，豬窩狗窩有了人樣兒，沙漠變綠洲，美

哉！勞動萬歲！

這兩樣快樂，怕是終生都隨著我了。

小小的快樂遠不止這些，還有很多很多。它們像一群小小的螢火蟲活在我過去的生命裡，也飛舞於我的茫茫難知的未來裡。

快樂如美，在己。前人言「飯疏食，飲水，曲肱而枕之，樂亦在其中矣」。

至於「發憤忘食，樂以忘憂，不知老之將至」雲爾，吾不能至，心嚮往之。

「大嘴巴」英雄

很小的時候，心裡就種了一個關於英雄的夢。直到現在，還用「英雄」牌的純藍墨水。也許有點傻有點癡，但「英雄情結」確實刻在骨子裡了。追其原因，一是武打片中英雄好漢個個身懷絕技，且有一種路見不平，拔刀相助的俠氣。二就是因為他了。

他學名叫楊群，但農村人都愛叫野名，管他叫「大嘴巴」。他的嘴唇很厚而且開口很寬，這也沒什麼，但他的舌頭也很大，比平常人的都長些，自然，講起話來要慢要含糊。時不時還會鬧出一些小笑話。也因為這個，大人們常告誡自家孩子不要與他玩，怕讓他教壞了。可我們才不管那些呢！我們只要好玩就行。他只比我大三、四歲，個頭也不大，但他的本領可大了，講神奇的故事，打會轉的乒乓球，找草藥，做粉筆，繞大草坪把鐵環滾上數十個圈子，發明各式各樣的男女孩都能玩的小玩意兒——有用竹節做成的小木偶人、用舊書做成的紙槍、用木板削成的乒乓球拍、小木頭削成的小陀螺……他簡

直無所不能，所以村裡十來個孩子都願聽他的話，他理所當然成了我們的王。

因為在農村，學校離家很遠，約有三、四里難走的山路。所以，每天我們一幫孩子都結成對兒，在「大嘴巴」的帶領下一塊兒回家。本來是很難走，很怕人的路（路旁有許多的墳），但一路上因為有了「大嘴巴」，一切都改變了。

他講話總咬字不準，可他卻愛講故事。在上學路上要路過一個大草坪，四周是不高的山，滿山都是茶樹。

每回走到這兒，大家會自動停下來叫嚷：「哦！『大嘴巴』講個故事嘍！」他是我們的王，可我們從來都很隨意地叫他「大嘴巴」。片刻間，我們十來個人就圍著「大嘴巴」，緊緊地圍了個大半圓圈。頂著小腦袋，眼睛直盯住那張大嘴巴，等它張動，吐出美麗而神奇的故事。他總不慌不忙，盤腿坐著，把書包扔在背後，雙手搭在腿上。突然間，一隻手抬起大概到下巴，手捏成拳狀伸出食指，身體略向前傾。腦袋、眼睛、手一起跟著那張嘴走了一個大圓圈，「今天我跟你們講一個啞巴的故事，是我爺爺的爺爺傳下來的……」故事就這樣開始了。他每每都會講得手舞足蹈，可一到最關鍵、最激動人心的地方，他總停頓下來問：「你們知道後來怎麼了？」一雙眼睛迅速地掃過我們。我們只是搖頭，十分渴望的眼睛望著那張大嘴巴。他總是先將嘴巴抿一抿「嗯」幾秒後，嘴巴張開了，聲音是神秘的低調，我們總不自覺地挪動身子，大家圍得更緊了。「後來，啞巴被打得痛極了，他受不了了，就開口說話了。」一下子，他猛地站了起來，「那個打他的壞人被吊在了樹上，變成了啞巴，拿繩子綁了，越動勒得越緊，像用大把大把的針往肉上使勁刺一樣的痛……」他順手指著眼前

的大樹，「大概那麼大的樹上。」

他還老跟我們講，多講就會講好的。也許是聽慣了他講話，後來漸漸覺得他講的其實很好聽的。而且他舌頭打捲也少了。

有一事，印象很深，有一回我手被一種很鋒利的草割破了，留了不少血，他找來一些雜七雜八的草啊、葉子啊，胡亂地碾碎，然後敷在傷口上，又煞是驕傲地講，「其實，每一樣東西都可以做藥。」傷口在幾天之後竟莫名好了，之後，我就偷偷地學他，也把什麼泥啊、花啊、橘子皮啊……摻在一起用來治療小傷口。

在幾年之後，我離開了村子，去了懷化城裡念書，自然長了不少見識，也識破了大嘴巴的很多騙局。記得他告訴過我們，他爺爺唸過大學，他們三年級就學英語了……之後，放假回到村子，我提起這件事，他笑著搖頭否認，說沒說過這事。我堅持說他講過，爭執中兩人都笑了，也就算了。

現在，我真的上大學了，「大嘴巴」去外地打工已好幾年了。不經意間會想起他，因為他給了我一個關於英雄的夢。任時光如何流逝，人世如何變遷，磨不掉的是記憶中的「大嘴巴」英雄。

海水非藍

見了大海，卻跟沒見似的，全當是沒見著好了，我不相信海如我所見，我寧願相信心裡的那片海，仍未抵達。也許，還很遠很遠。該死的照片有些惱人，它把我的身後全照成了海。

看海是我小時候的大大的夢，它在心裡住了多年，起初，它遙不可及，我唯一能做的就是獨自遐想：它是什麼樣的，到底有多大，

有多藍呢？對了，還有貝殼，我一定要撿許許多多的貝殼回來。海上
會有船嗎？哪裡的海會更好看呢？生活在海邊的人，真是幸福啊！可
以天天看海，吹海風，聽海的聲音。那時會覺得，只要能看一次海，
此生便了無遺憾了。

　　再大一些的時候，我又癡癡地把關於愛情的夢，也小心翼翼地
灑在不知哪一片海灘上，夢越做越美，幻想的也不僅僅是海了。

　　當我真的來到了一個有海的地方時，心反倒不急了，只是隱隱
地怕起來。關於海的夢似乎淡忘了許多。或許是認定了海不會跑的緣
故，差不多一年之後，我才忐忑不安地來到了海邊，見到了實實在在
的大海，卻不是夢寐以求的那片藍。

　　或許藏著一個關於「海」的夢，更讓人感覺幸福。

　　看到海並不容易，幾個同行的人都是外地人，對此地並不甚熟
悉。憑著地圖和百度，還有一些雜七雜八的意見，我們一大早出發，
繞來繞去，一個上午差不多過去了，我們卻只是從這輛車下，上到另
一輛車裡，然後再下，再上。碰上個坑人的司機，把我們當三歲小孩
耍，說什麼到海邊還有好遠好遠，不過他可以開車負責把我們送到，
一人五十元。想想，從福州到廈門去看個海，也不過六十元的車費，
這連福州市都還沒出呢？五十元，他準把我們當百萬富翁了。

　　坐車的辛苦加上這可惡的司機，還有什麼心情去看海，真是一
點都不願意去了，要真不去了，我反而會偷偷地高興。

　　幾經波折，終於到了海邊，人還真不少。脫了鞋，光腳踩在沙
灘上，好燙，也有事先沒想到的興奮，畢竟我的腳許久沒和泥沙接
觸了。過去的夢剎那間灰飛煙滅，我有些故作愉快地笑著，笑給身旁

的人看，笑給相機看，笑給今後的自己看。即便今天大失所望，但多年後，看照片時，該不會記得了。

倒是那個離家出走的小女孩，我陪她去求了一根籤，還幫她解了。只是怪自己解得不大好，說了幾句大而空的好話，想想真沒意思。她在回來的車上跟我說張翰，幫我撐傘，還要幫我提袋子，蠻可愛的小女孩。

對了，還有個小孩，大概一歲吧，不知是男是女，但我執拗地認為他是個男孩，我坐在石墩子上看海，一瞥眼，見著了他，不由地朝他笑了笑，他竟也朝我笑笑。那一刻，海風輕拂，花兒們瞬間綻放。也許，這一次，我就為他而來，了卻一段不知哪輩子未盡的塵緣，我想著海子，想著以前的自己，試圖一點一滴地重拾舊夢，就在我還待著不想回時，同伴卻在催了。浪聲漸遠，沒有美麗的貝殼，我帶著半袋子的泥沙告別了那片海，匆匆忙忙。為什麼浩瀚深沉的大海，當我千山萬水的走到你身邊時，你卻要換了一副樣子，是故意在和我玩嗎？還是，有什麼別的我不知道的原因。我寧願相信，你是故意的，只為了逗逗我而已。

海水非藍，這是大海對我所有幻想的回應。為何那藍色的夢不乾脆也一塊兒就死了呢，死在這嘈雜骯髒的，大家都管你叫作「海」的地方。

初戀時不懂愛情的人們，卻心甘情願地把這錯誤用自己的一生來醞釀，直到有一天，眉際無尋處，心上若似無，雲煙霧靄散盡，「美麗」終成傳說。

一張黑白照片

　　秋天裡，葉子黃了落了掉在地上沙沙作響。風透過窗格子吹了進來，吹在人身上涼颼颼的，我放下手中存放了多年的褪色相冊，起身挪開木藤坐椅走到老人的病床前，把白色的中號棉被往上拉了拉，把它裹得更緊些。

　　老人的呼嚕聲很大很濃，可我的耳朵愛聽，黝黑消瘦的臉上全是大大小小的斑點、深深淺淺的線條兒縱橫交錯，他此刻睡得十分安詳，臉色也比前幾天好了些，微微張開的嘴更是可愛地露出了兩顆蠟黃的已鬆動了的大門牙，含著將流未流的口水。

　　這個素不相識老人，是三天前我從街上救回來的，他有一個神智不大正常的老女兒，不知怎的乘他不注意的空檔兒跑丟了，鄉鄰人說她好像是往城區方向跑的，於是老頭乞討著打聽著到了城裡，年老加上長途的勞累讓他在街上暈了過去——

　　我的嘴角快活地抿了抿，隨後繼續默默地翻著我久違的照片。相片真是好東西，它上面的臉孔總是燦爛而青春的，它銘刻著的故事總是傳奇而平淡的。我一邊搖頭輕歎卻又禁不住在另一邊捂嘴哈哈大笑。厚厚的相冊在我稍不留神之時就翻到了最後一頁。我長久凝視著封底那張被我用透明膠粘的嚴嚴實實的黑白照片，沒搖頭也沒笑，只是拿一種極致的靜與罕見的認真將發了黃的僅僅兩寸大小的小人頭打量了一遍又一遍。你或許要笑話我：那一定是你自己年輕時的玉照吧，要不就該是自己的初戀情人了，現在正回味得如癡如醉了吧。

　　不，你錯了，照片上的是十九歲的父親：一對關公眉長得猶如經過一雙巧手的精心刻畫一樣，陌生人也常因此而暗自揣測出父親的

威武莊嚴，可我卻從未對自己的父親有過絲毫的畏懼，哪怕是我做錯了事。冥冥之中，我隱約感受到一股奇妙的力量，它讓我在與父親的對抗中能始終處於不敗之地。我通常只注意父親的嘴巴，一張似笑非笑似抿非抿的嘴巴，兩個淺淺的小窩留在嘴角的兩側恰似蒙娜麗莎神秘且迷人的微笑，事實上父親確實是如此，他有著無限的溫柔，同時一直保持著他的沉默。這無聲的沉默積蓄著一個父親對女兒的責任以及本不該有的愧疚，我品嚐到的是一份沉甸甸的擁有百般滋味的愛，雖然心裡很清楚，但埋怨甚至逃離流浪遠方的根，也在我一次次遏制中漸漸萌發、日益茂盛了。照片被我看了一遍又一遍，它不知從哪兒來的魔力，我把它舉在眼前，接著無意識地掏出小鏡子仔細研究一下我到底什麼地方長得像父親。突然一道陽光調皮地躍到鏡子上，射著了我的眼睛，這才猛地回過神來，二十年前的我是這樣「玩弄」著這張泛了黃的照片，而今天，今天我早已不是十九歲，為什麼時隔二十年，我的行動卻如此的相似，我被自己的「異舉」嚇得毛骨悚然。望著金色陽光裡的翩翩枯葉，淚水打濕了乾涸近二十年的臉龐，爾後陣陣的秋風將它吹得又只剩下乾涸。

　　難道真是窗外瑟瑟的秋風吹皺了我的眉頭嗎？記起了高考的那一年的夏天，我如同一隻逃到懸崖邊上的小鹿丟掉了一切的恐懼，轉身憤怒地瞪鼓了眼睛直視追趕我的獵人，我將所有壓藏於心底的怨恨都一股腦地迸發了出來，其結果是跟後母大吵一架，然後是生平第一次挨了父親的罵，生平第一次在他們面前流下了滿含委屈和倔強的淚水。十多歲的女孩咬牙切齒地要報仇，並強迫自己一定不能原諒他們。而此刻呢？眉頭展開了，一絲幸福的微笑掠過嘴角：「那個執拗又稚氣的傢伙是我嗎？」我搖搖頭沉浸在時間美麗的回憶裡了。

　　逃到大學之後，年輕不羈的心開始了真正的流浪計畫，讀著寫

給遠方的詩：凡是遙遠的地方／對我們都有一種誘惑／不是誘惑於美麗就是誘惑於傳說／即便遠方的風景／並不盡如人意／我們也無須在乎／因為這實在是一個／迷人的錯／到遠方去／熟悉的地方沒有景色；靜靜地聆聽空曠遼遠的〈橄欖樹〉繼續自己的流浪的夢，像吉卜賽人那樣；後來為這個荒唐的夢想我考了研，做了三份兼職還掉欠父親的債，去了自己最最想去的海南、青海——我以為還給了爸爸足夠的錢，我就可以和他了無牽掛了。出於年輕的固執和對爸爸沉默的有意報復，我一年只給他打一個電話，除此再無其他。自以為真的是一個吉卜賽人了：流浪、灑脫、自由自在。然而在某個夜裡，在某個恍惚的瞬間，當滿文軍一首〈懂你〉猛地傳進耳朵，父親孤獨蹣跚的背影毫無預兆地浮現於腦海，我禁不住淚流滿面。

秋天裡的風夾著沙沙的落葉聲吹在人身上，涼颼颼的。海子說，在這個世界上秋天深了，該得到的尚未得到，該喪失的早已喪失。而我呢：愛恨得失幾多幾少，泛黃的黑白照片也只會不得已的沉默。打破這樣的沉默吧？不，我猶豫，因為害怕，因為父親十九歲的黑白照片讓我曉得：只有追不到的東西才能永遠給我們最深切的渴望。我合上存壓在箱底多年的相冊，目光落到病床的老人身上：這個老人的可憐與幸福化作一把利劍將我久久緊閉的心門血淋淋地刺開，不巧的是，模糊的雙眼卻怎麼也望不到歸家的路。

老人醒來了，他伸出乾癟的手親切向我召喚：「大妹子，給我來一杯水吧，口有些渴了。」在我的勸慰下，他這兩天聽話多了，心也放鬆了些。接下去他就得給我上他的「每日必說」課：講他的鳳兒（他女兒的名字）小時候是怎樣聰明懂事，只可惜孩子命苦染上了這樣的病。當然他一定還要半羨慕半感謝地念叨：「哎，大妹子啊，你爹爹可真是有福氣喲，養了個像你這麼孝順的女兒！」對於老人慣有

的念叨，我早已習慣了保持著父親似的沉默。

像照片上的父親，我雖然沉默著，但不同的是：在我流浪路途的前方，永遠有映山紅漫山遍野地盛開。

我的讀書生活

我不是個天生愛書之人，甚至我的天性是與書為敵的。然而，回首走過的人生歲月，從五歲起，與我朝夕相伴的是書。日久生情的緣故，我不得不承認，我和書是有感情的。

做每一件事都會有第一次，第一次往往是不完美的，但卻因著它的新鮮獨特而叫人終身難忘。我與書的第一次見面也不例外。那是一次相當不愉快的經歷。

有一回，爸爸從外面給我買來了件奇怪好玩的東西，我自己把它叫做積木書。一個大盒子裡頭裝著一二十塊正方體的木頭塊。木頭塊上畫了五顏六色的圖畫，圖畫的上面呢，是粗黑體的中文拼音和簡單漢字。一開始，我對它倒也有幾分興趣，還主動問姑姑那些字怎麼讀、怎麼寫。幾天後，就玩膩了。可盡職盡責的姑姑不甘心，還老是有事沒事叫我認字，我死活不肯配合，她就常用激將法來激我，說什麼我不肯學就算了，反正她也不稀罕，將來連自己的名字都不會寫，也不關她做姑姑的事。光這樣說說也就罷了，讓我氣不過的是，有一回，她竟然故意提高了嗓門把被我拒之門外的表妹喊進來，然後她們在那兒得意洋洋地一唱一和。在一旁的我越發不是滋味，只琢磨著找個什麼樣的理由趕快發作的好。想來想去，好像找個冠冕堂皇的由頭不那麼容易，那就乾脆使出殺手鐧，大哭大鬧。平日裡我幹什麼事都會和表妹在一起，從那以後，我就極其討厭表妹跟著去認字。不是因

為我有多麼愛書，只曉得姑姑和書都是極好的東西，看著它們全被表妹搶了去，我心裡難過極了。時至今日，這種既討厭書又想佔有書的情緒依然濃烈，一有人說他剛借了本好書時，我就忍不住拿過來翻翻。

上學後很長的一段時間裡，讀書對我而言只是玩。具體說是背著個布袋裝幾本書，同一大群人吵吵嚷嚷地走到學校裡去，再和更多的人一起玩。雖然也要擔心考試，有時還要害怕別人超過自己。可總的說來，考試帶給我的榮譽遠遠超過了其他，同學間的情誼也來得比什麼都珍貴。

讀書本身亦成為我學校生活中最簡單而持久的快樂。小學讀書，我和同學用的是唱讀，大家把書打開豎放在桌子上，端端正正地坐著，仰著腦袋尖著嗓子把每一個字都拖得很長，念得很響亮，聽起來跟唱歌似的。我想古代小孩搖頭晃腦念「人之初，性本善」也大抵就是這番模樣了。初中改用了搶讀法，記得每次語文早讀時，我們那一團四、五個人，就像敢死隊一樣的，拚命嘰裡呱啦地搶，看誰讀得快。一篇文章讀下來，只有篇名和開頭幾句話是聽得清楚的，而且當那四、五人一起發聲之時，也往往營造出一種鶴立雞群的氣氛，不少目光都會投向我們這群有點瘋的人。那時我們多半讀古文，一口氣就能了結一篇文章。念經似的讀來讀去，雖不明其意，但要把它背下來卻不在話下。高中呢，人長大了，很少有人那般瞎鬧了，這讀書的方法自然是要變的。這時不僅是嘴巴讀，有時也會想一想了。還把精美的語句抄下來，細細地咀嚼，很愛讀〈雨的隨想〉、〈雨巷〉這類或清新或朦朧的散文與詩歌。此時的讀書，是中規中矩的。上了大學後，更多的人是默讀，而我依舊喜歡把書讀出聲來，學著朗誦者抑揚頓挫的語調。有時難免裝腔作勢，可在某個興奮或落寞的時候，一段

宛如你內心獨白的文字和你不期而遇時，那些沉睡千年的方塊字就不單只是白紙上的黑字了，頃刻間它們靈動跳躍起來，都成了有血有肉的。每一個字都是那麼圓潤飽滿、富有彈性，就像乾癟的菜葉泡在水中，漸漸地肥厚舒展開來，直到你可以清晰地看見它的脈絡。我相信有不少早已作古的人會在這奇妙的相遇中復活，不敢說是整個的靈魂，但至少是靈魂的一部分。

和書結緣很早，但我開始進入一種有意識的讀書狀態卻是大學後的事。此時的讀書，最主要的目的已不再是考試或向人顯示自己肚裡有多少墨水了。隨著年歲的遞增，眼望四周陽光照耀的世界漸行漸遠，莫名的憂樂悲喜接踵而至。覺得人很奇怪，很多的事奇怪。我不願把想不清的問題拋給身旁的人，很多時候，他們將給我怎樣的答覆，我是想得到的，所以乾脆不說。然而，許多的事獨自一個人想得遠了時，就會從心底裡生出一股哀愁，橫槊賦詩的豪傑不過這滄桑之一粟，淳樸年輕的姑娘原來只是一抔塵土，美麗無比的空中花園也只恍若一個遙遠的傳說。在迷惘和絕望中，我既不能同世上的活人交流，那就只好憑書這個媒介求助於死人了。能否從虛妄中尋出新的希望，我並不知道，試試看吧。

可進入一本書，亦不易，別的不說，單講讓我把它讀完就非常困難，心煩意亂的，一般我多喜歡翻翻書的頁數，回頭看第一頁，看上一行或稍多些，就已經繼續不下去了，因為我又繞進了自己思維的沼澤，幾次三番掙扎過後，不僅腦袋更混沌了，而且莫名地也煩起書來。等到心情平和後再把借來的書讀完時，像《簡愛》、《懺悔錄》、《呼嘯山莊》，又會覺得作品遠沒有想像中的好。不過有些東西也足夠聊以自慰，從書中的人物或作者身上找到自己的影子，至少證明了我的性子和胡思亂想還沒有怪癖到獨一無二的地步，多少也還有那麼

點偶遇知音的欣喜。漸漸的，讀一個作家的東西讀得多了時，卻又要開始懷疑當初的一見如故或許是個美麗的誤會吧。其實，作者到底是怎樣的，他的作品要表現什麼，又豈是我所能知道的。且不說我沒有讓人從墳墓堆爬出來張嘴說話的本事，就算我是和魯迅、張愛玲、蕭紅這樣的人生活在同一個時代，同一地，想必我也未必敢說我是瞭解他們的。每個人都不是一個人獨自過活，那麼多的人曾經或者正在同你一道，走入你生命的又有多少呢，我是無數人的過客，無數人成為我靜坐牆隅觀看的演出者。

有一段時間愛看人物傳記，以女性傳記居多。在羨慕她們成功的同時，我亦會生發許多疑惑，盡信書不如無書。她們真的那般美好嗎？她們自己願意成為那樣嗎？我能和她們一樣嗎？在無數次如果中，我依然找不到真正的自己。我願意有所成就，願意成為受人敬佩的人。但是要像誰呢，嘉寶、鄧肯、居里夫人、赫本，抑或是西蒙波娃、武則天、李清照……不，她們都不是，我自然知道她們的偉大和不可企及，但就是做夢我也是不願意成為她們的，在內心一直有一個模糊而堅定的聲音，我要成為我自己。我很不喜歡聽人說自己像誰，哪怕那個人是我所崇拜的人，哪怕他的本意是想要誇讚我，可我靈敏的鼻子總嗅得出這些誇讚裡有一絲的不情願，哪怕只是一絲一縷的不情願，也是我不願意接受的。可是我到底要成為怎樣的人，事實上會變成什麼樣，我並不明瞭。

有人把書當酒飲，用以解愁。我在這方面是個極其失敗者。雖然在愁苦憋悶之時，我常寄希望於讀書和寫作，望能從它們那兒去掘出些小孔，讓我輕鬆地吸口氣。然而，讀書往往使我遭受更多更深的疑惑和痛苦，使我的心收縮得更緊，呼吸亦更加辛苦。除去前面所言種種，還有一層。就文學而言，悲劇往往更可能成為經典，而讀那些

不管是肉體上還是精神上受盡折磨的人，我當然沒有親歷他們的苦痛，但是，在想像中，我遭遇同等的苦難，甚至超過了他們也說不準。古人心有鬱積就發憤著書，司馬遷是最好的例子。我呢，也想借鑒此法，卻行不通，我的所思所想似乎都是只可意會的浮雲，抓不住，想了很久卻怎麼也動不了筆。後來，我知道了問題的所在，我總想把所有想清楚的和沒想清楚的一口氣吐出來。就像危難突然降臨時那唯一的一道生的窄縫，所有人莫不是拚命地往外鑽，鑽得越是起勁，那鑽出來的可能性也就越小。

在讀書和寫作方面，我以前都過於至清至察。二〇〇八年這場罕見的大雪，凍結了我的偏執。幸福在那一刻離我如此近，大清早起床到很遠的地方去挑水做飯，即便摔倒在厚厚的冰路上，也會毫不生氣，倒不是因為不痛，只曉得這沒什麼關係，爬起來再去挑一次就好了。晚上是沒燈的，陪奶奶坐在火箱裡，很無聊，微微燭光裡，奶奶自顧自地打著盹，不和我說一句話。看著她那枯黃的盡剩皮的臉頰，心裡有說不上的難過。爺爺死得早，這些年奶奶是一個人過的，我只放假時去看看她。她好像醒了，依舊沒有和我說話的意思。我知道她是沉浸在自己的往事裡了，看著奶奶，我心裡有了隱隱的恐懼。日子一天一天地過了，雪還是時斷時續地下著，真不知何時停得了。偶爾在白天時，也看看書，這時我真覺得原來讀書是多麼輕鬆的事啊。

不知道哪一天自己能成為個真愛書之人，這恐怕有些不可能，對於書的抵抗時濃時淡，我頗為相信生活高於一切，人類經歷了漫長的無書時代，他們不是一樣活過來了嗎？生活在它的平凡閑淡中蘊藏了一股使我們生生不息的韌性。一個人在能夠直接閱讀上帝的時候，還把時間浪費在閱讀別人的抄本上，那就太不值了。

若水

來福州已半年有餘，稱不上地道的福州人，但這半年的時間果真都是荒廢的嗎？一定有些什麼的。

一直蝸居於自己的家鄉，並不是常住一地就生厭的緣故，倒是那些熱血文人的關於遠方的夢，迷惑了年輕的我。「既然選擇了遠方，留給世界的只能是背影」這樣的決絕，給當時無名的叛逆增加了籌碼。現在想來自己都不免要發笑。為了逃離湖南，我自己的家鄉，我願付出所有，或者說我做的一切都只為了這次蓄謀已久的逃亡。難道這就是「浪漫」的開始？其實，內心尋覓的不過是一齣大寫著自己名字的轟轟烈烈的傳奇。

走過之後會發現，轟轟烈烈從未像電閃雷鳴般地發生過，一次都沒有，我好生失望。這個「逃」之夢開始得不那麼容易，它像晚熟的果子，說不上好壞與否，但想像中的歡愉始終大打了折扣，滿天的光輝裡鋪蓋了薄薄的、黯淡的影的痕跡。

福州呢，是我自己的選擇，也是我人生路上第一個可以冠名「遠方」的所在。這裡有海，我自己心甘情願地來到了這裡。

說來很有趣，生我養我的地方呢，有我最最喜愛的小溪，它們至今仍是清澈見底。自己也奇怪，為什麼這地方明明叫「高家溪」，溪卻並不在家門口，只有和夥伴們到那兒砍柴時，才要經過它。我自己杜撰的理由是，家在離溪很高很高的地方，實際情況也是如此。中學時代，到城裡讀書，離住處不遠就有一條河，名曰：潕水河。一次坐火車，有人問及它的名字由來，我那點兒杜撰的能耐一觸即發，潕水河，三點水加跳舞的舞，那就是人站在河上跳舞唄。大學，我的大

學呀，有絕對美麗的南湖，它是洞庭湖的一部分。如今，它也成為我的驕傲，天然的湖，而且是那樣廣闊浩渺，有詩為證：「氣蒸雲夢澤，波撼岳陽城。」不用閉眼，也無需在夜裡，想想，學校躺在南湖的臂彎裡，成一個半島狀，而你，可以盡由著你的性子，隨那一年四季都休想颳完的風漫步於湖畔，與世隔絕的夢，不也就圓了幾分嗎？

有時忍不住想，我到底是什麼呢？從高家溪到了澫水河，再到了南湖，現在到了海。冰心說生命像向東流的一江春水。我好像不是水，但和水密切關聯著。也許是一葉浮萍吧，為著那個聽說來的、很精彩的外面的世界，一時淘氣便從生我的根的泥土裡一溜而走了。又或許是一粒小小的水滴，不管歷盡多少險灘暗礁，終要流回到生命的洋裡。

福州宛若海之歌上飄落的一個不起眼的音符，卻被我這正在幻想的耳朵聽到了，於是我的腳印飄落在福州的土地上了。好想去福州的海，聽它親自為我這遠道而來的子民，唱那最美的生命搖籃曲。

理想哪有不美的呢？而現實又哪能盡如人意。

初來福州時，並不習慣，單說吃的，真是前所未有的難吃。胡蘿蔔呢，就是胡蘿蔔，別的什麼也沒有；肉片呢，就是肉片，別的什麼也沒有。這麼不摻假的菜呀！聞所未聞，更別談吃了。葷菜都帶著一種難以下嚥的怪味兒，似腥似臭，反正也說不清，在我眼裡簡直連豬食都不如。

還有不小的失望是，我都不能聽到那原汁原味的閩語，就連學生街的老闆也要來遷就我們，說那特有的福建腔的普通話。友人們好心地嘲笑我去了個比湖南還要「野蠻」的省分，但我卻暗暗高興，因

為我知道那裡有我聽不懂的閩語。方言遠比普通話美得多，嗔癡怒罵，有哪一樣不是招之即來，揮之即去？自己的話，就算是狗語，也是說得隨心所欲，痛痛快快。普通話再好，也不過魚缸裡的魚。無論哪地的方言我都是喜歡的。我喜歡從那些千奇百怪的「嘰里呱啦」中去尋那份久遠的似曾相識。我喜歡人們交談時活脫脫的那股勁兒。

不敢再滿腹牢騷下去，怕人說，你們湖南的女子就都這副曠世怨婦的模樣嗎？來福州的時間不長，確實受了不少也不小的委屈。但身居此地，也會有大大小小的驚喜不斷閃現。

在這裡，我平生第一次看到了那麼多會開花的樹，彷彿一年四季都是開著的。開花的樹，一棵就足以裝點了整個青春。而現在這裡有的是花樹，滿城的花樹，抬頭望去兩旁開滿了花，垂滿了花，落滿了花。花的顏色很多，紅、黃、白、紫最為常見。有一種很特別，光禿禿的樹，上面掛滿紅紅的花，離了地脫了葉的花，真是有趣。仰望藍天下那些花樹時，陽光一併浮在臉上。我的夢有了新的棲息地，心安靜下來，路也就光亮了不少。

還有那條在福州也稱得上有名的學生街，讓我深深喜歡，甚至它的嘈雜髒亂也讓我歡喜。這裡洋溢著塑膠童話的味道，深深吸引了我。小學時玩伴的爸爸從海南帶來了椰子，她分給我吃，那是我第一次吃到椰子，也是唯一的一次。而現在呢，學生街四處都是椰子，想什麼時候吃都是可以的。好吃又便宜，豈有不愛之理。這只是「九牛一毛」，它的好處還多著了，至於怎樣的好法，一定要親自來逛逛方得知。正所謂「悠然心會，妙處難與君說」是也。

最後，說說這兒的人啦。福州男人呢，其貌不揚，可他們的細心體貼足以彌補所有，有言道：「嫁要嫁福州郎」。還有他們做事時

的認真，很值得我這個沉不住氣的人好好學習。

福州，福州，我第一次把自己放飛的地方。風雨中，我默默地祈求：願你這長長的榕樹的根，掛滿我雙手觸摸時的笑；願那吹落葉的風，帶去我的思念；願我自己在這片土地上，生出一個好的我。

讓腳步走向心的所在，溪水、河水、湖水、海水，帶我回家。

別了，任性

我該算得上是個無師自通的超泛神論者，總覺得這世間的所有，不管是活著的，還是根本就沒有活過的，都是有生命的。我不喜歡「她」、「它」二字，因為在我的眼中，一切生命都是平等的，在我的世界裡，他們沒有區別。

樹自然是活的。炎炎夏日中，像這樣的天，大清早還好，過了這清早，太陽就越發強烈起來，住在寢室雖說有風扇一天到晚開著，卻還是熱得難受。望著陽臺外被酷熱的陽光照得泛白的樹葉時，就忍不住哀憐起它們的境遇了，你說這樹該有多熱啊，動也不能動，即便有了風，可太陽還是那麼毫無遮擋地照下來。

那砍了的樹呢，樹離了根，根離了土，自然就是死了的吧！我總是這麼莫名其妙地關注細節，彷彿空中飛揚的塵埃才是我的真正的生命，在微不足道的事物面前，我總是不自覺地被戴上一副百倍千倍的放大鏡，其實我自己並不願意這樣。但就是被戴上了，也不知是誰，和我共處的人，難免覺得我這個人怪，對我有許多的不解，口頭上就模模糊糊地說我是個天真的人。很長的時間裡，我是不能理解他們對我的不解的，那時我也並不理解他們的正常的言行，直到有一天，我也自己開始對自己不理解起來。許多的想法都飛一般過了，不

再扎根在我的內心不斷地生長，像放電影般，我只是成了觀看者，看完了就剩下空。我的心上似乎再也長不出任何的東西了。

在別人看來，我特別容易生氣。親人們也這樣說過我的，你什麼都好，就是太小氣了，人不要太小氣。生氣，也是我極其不願意的。生氣總讓自己吃苦，真是像啞巴吃黃連，十次有十一次，是我自己生悶氣，我永遠在一個人生氣，而惹我生氣的那一方，總是該幹什麼還是幹什麼去，總是一副滿不在乎的神情，見了這神情，我的生氣又要加重，時間又要延長。古人言，吃一塹長一智，我就是塊頑固的石頭，豈止吃了一塹，千塹萬塹怕都不止，但這一智卻不見長。自己受了多少冤枉氣，也就只有自己知道了，有些連自己都弄不清為什麼了，這倒也更好，唯有真正的忘卻，才可以真正使自己釋懷。

水至清則無魚，人至察則無徒。我並非有意讓自己成為至清至察之人，只是一旦和人接觸，他們人性中不好的一面就立馬竄入我的眼、印進我的心，從此以後，不管他做些什麼，這不大讓我喜歡的印象就活像一塊醜陋的胎記，生在我眼中的那個「他」身上。我判斷人並不憑什麼特別的，只是感覺而已。若說有什麼實在的東西，那便是聲音，我對聲音極其敏感，因為從小我就愛各種各樣的聲音，他們說什麼一點都不重要，我斤斤計較的只有他們說話的語氣語調。從那裡，你可以輕而易舉地獲取他們全部的秘密。極少人的語氣是讓我喜歡的，他們或虛假或傲慢或敷衍，難有真誠而平和的。這時時讓我很不高興，但又不知從何說起，唯一的辦法是閉嘴，不再和他說下去，或離開，不再聽他說下去。這辦法一日兩日可用，對一人兩人也可用，但並非長久之計，也絕非處世之道，所以我只好生活在人堆裡，生自己的悶氣。有則改之，無則加勉。我的不高興也因為這個原因。我一般不說人好話，連自己都覺得假的話，我難以出口。可我一般也

不說人壞話，要說也是當著他的面直截了當地跟他本人說。真動了怒的，非得當面罵個痛快，方才解氣，於他我想也是有好處的，被人劈頭蓋臉的罵的印象總比人家在背地裡說長道短要來得深刻，也符合公平的原則，我當面罵他，他就有當面反罵我的機會。這和現在人評說古人很是相似。在課上，教古代文學的老師，不止一個都曾說過這樣的意思，古人已經死了，我們也不可能把他從墳墓裡拉起來，讓他說個明白。老師多告誡我們，不是說不可以批評古人，前提是要有足夠多證據，古人又不能和我們爭辯。既是活人，而且是見得著面的人，有什麼不快，為何不當面說個清楚明白，而要任由不相干的人去傳謠言。於人於己，在我看來，都是有害而無益的。自己落下個說人壞話的不好的名聲，被你說的，更為可憐，稀裡糊塗地就成了人家茶餘飯後的談資。與其被眾人私底下議論紛紛，不如被一個人當面指著鼻子罵一頓，若罵的在理，自己還可長幾分教訓，不在理，也就當自己倒楣，反罵那人一頓就是了。對於好友，特別該這樣，要罵就當面罵，當然語氣要婉轉些，我是一點也不怕人罵的，但我怕被人背地裡說長道短，更怕一個人都不罵我。

我怕罵人，也少說人壞話，最主要的還是，怕別人笑話。他們身上的不好，反察己身，往往也能找到點影子，或重或輕，總有那麼點兒。這讓我不再有太大的勇氣去罵人，我一開口，罵的彷彿不是他們，倒是我自己了。

心裡不高興，既不能罵出來，又不能和人背地裡講，而且這不高興，還時時處處地在不斷龐大，猶如病毒的繁殖擴散，除了自己跟自己生氣，我著實沒有別的法子，在這裡受了這許多的氣，必是要找個地方發洩的。凡是我做得了主的事（許多事情我其實做不了主），我也會爭著搶著去做主。我盡量自己做主，任由自己的性子去。別人

問我借一個開水壺，我不高興了，也不礙著他們的情面，非逼著自己要答應他們，我就直接回他們：「我不想借。」理由總是說給自己聽的，所以通常我連理由都省掉，這大概得罪了不少人，但我並不會有絲毫的歉意，我本心不是要和他們作對，我只是不想讓自己在心裡對他們的厭煩更深一層罷了。

顧城有一首詩，〈我是一個任性的孩子〉，我十分喜歡，讀了好多遍，還把它寫到我的空間裡。顧城是個頗受爭議的詩人，這首詩我也多次想刪掉，每次刪前我都會重讀一遍，於是又覺得它實在好，反反覆覆不知道多少次，大概這樣周旋了一年的時間，終於刪掉了，不是因為不喜歡這首詩了，而是我自己吃了太多的任性的苦。為著自己的性子，我浪費了太多自己的精力，那時情感充沛，精力旺盛尚不覺察，現今，當生命和情感的熊熊烈火燃燒過後，我方知他們的可貴，也告誡自己要珍惜了，切不要為著不值得的人事再去生了冤枉氣。

有什麼好生氣的呢？既然社會制定了規矩，那照著走就是了，又何必去任性，到頭來，苦的可還是自己。高雅之人寄情山水，吟詩作文；凡俗之人，話家常、聽故事、養養花、念念書，都是極好的辦法。當然我不是要自己麻木不仁，該生氣的時候還是要生氣的，喜怒哀樂乃人之常情。聖人都是要生氣的，何況我這個凡人。只是我知道我不該像以前那樣，老是用反的辦法去辦事待人，喜歡的要遠離，不喜歡的反而去將就，這實在不好，喜歡和不喜歡，本都是極其自然的事，沒什麼好隱瞞的，一個人的精力有限，不該再拐彎抹角地走許多彎路了。

多年前，我自己提醒自己，凡事不要任性。但大事小事臨頭，到底還是任了性，生氣，生氣，還是生氣，自己都不知道哪有那麼多

的氣，生不完似的。和任性處了許多年，大概從出生到現今，我和它就像我的身體和影子，在不大光明的夜裡，它與我在一起，我對它既愛又憎：愛，是深切的愛，憎，亦是深切的憎。它害我吃了太多的啞巴苦，但我不怨他們，那些苦是心甘情願要的，我並非不知結果的任性，每一次我都心存期待，只是這些簡單的希望大多落了空，也許是自己過於苛求，但我為著自己的簡單的想法，付出了許多，我不怨天，亦不尤人，就更不關任性什麼事了。我更願意把它當做我生命途中的一位忠實的朋友，它最瞭解不在白天裡露面的真實的「我」。

十歲的小孩，戴個蝴蝶結是漂亮的，我們說她可愛；十八歲的女孩穿身白裙是動人的，我們說她美麗；二十八歲的職業女性呢，一套乾淨俐落的職業裝，是惹人稱讚的。我們說她成熟。生命的豐富多彩，正在於它賦予我們不同的年齡，每個階段都是不一樣的，各有各的味道。我願意享受歲月賦予我們每一個人的改變，不要不老的容顏，也不要不死的青春。我唯一希望的是自己能跟得上時間的腳步，不要錯過任何一段美麗的風景。如果是錯過了，也不要回頭，因為時間不回頭，我得繼續前行，前方會有不一樣的景色。

別了，任性！我像告別一位老朋友一樣，來和你話別。這次是真的，沒有人逼我，時間到了，是你該走的時候了，我會有新的朋友，像你一樣忠誠不貳的伴我前行。

彼時少年

福建師範大學文學院研究生　傅秀蓮

給彼時的少年

十月份已悄然爬到末梢，走在路上，景致依然不同於那個城市。她想也許那個城市還是鬱鬱蔥蔥，而這個城市，早已滿地落葉。她不是不習慣，只是不喜歡這樣四季分明的地方。想起南國的他誇張地給她看了身上還穿著的背心。看到視頻裡突然閃現的陽光明媚的臉，她的心旋即踏實，嘴角不自覺地完成一個弧度。

熙熙攘攘的人群，陽光透過縫隙，穿過路面上的坑坑窪窪，一路蜿蜒。遠處路面擺滿了「禁止通行」的路標。這座城市彷彿永遠都有處理不完的施工或者維修。於是，她想起十幾年前的老家。

也是這樣陽光高照的秋天，乾燥卻充滿了舒適的涼風。坐在家門口的小板凳上，那樣的小板凳是可愛並且溫和的。陽光似乎從來都只是羞澀地舞動那一搏衣袖到大門口，再也不願意更進一步。她很喜歡在這樣的午後蹲在大門口，仰著小小的頭盯著石頭門上威武雄壯的「版築傳芳」。她對一切充滿了好奇，這樣的文字多麼美好，即使不知包含了什麼意思。

她還習慣在這樣的午後，端一把短凳，央著母親給她掏耳洞，給她抓那個年代每個小孩都長的「薩母」（蝨子）。母親溫柔的手在頭髮間繞來繞去，她覺得也許她心底滿足的是母親此刻的溺愛。陽光

傾瀉在她的臉上，秋陽給她和母親鍍上一層光暈。母親是天下最漂亮最溫柔的母親，母親的手是那樣的修長，並且擅長各種生計。

母親卻時常告訴她，這樣修長的手配得起的是威武的男子，對於女子來說只是一個艱辛的符號。即便如此，她依然羨慕著母親那修長的雙手。母親對於艱苦的生活似乎永遠沒有怨言，歲月悄悄在她臉上留下了痕跡。一瞬間，忽然很想母親了。想念母親用竹鞭抽打小腿的心疼，想念母親捏粿條時她饞嘴的模樣，想念母親帶著穿著開線的衣服的她到村委會時，她突如其來的哭和痛。也許一輩子很長，有些東西卻深入她的心，永遠都無法像抹去水的痕跡那樣輕易地抹去傷痛。

她還記起了家門口的那棵大樹，很高很大。夏天知了歡快的鳴叫，還有水母笨重的爬行的場景，竟也能引得他們兄弟幾個哈哈大笑。偶爾有幾隻倒楣蛋一不小心從高高的樹上，「啪」地掉到滿是塵土的院落。流著鼻涕的弟弟飛快地撿起，小心翼翼地用線纏著它的小腿。大樹上也時常流著像鼻涕一樣的樹脂——其實是很漂亮的琥珀狀的晶體，它們在陽光下熠熠發光。她曾經盯著這些長長的、像眼淚一樣的東西，細數著樹上皺著的眉頭。大樹好像很老了，身上的皺紋一條接著一條。直到大樹被砍倒的那一刻，她一直忘記數數它的年輪。年少的她一直好奇：是否在抗日時候，見證了家族興起、復又落敗的只有它？

這是一個歷史問題，答案究竟是什麼，誰都已無法知道。她只知道，這棵樹經歷了她兒時所有的歡樂和悲傷。那時候的悲傷也許只是小女孩一些不期待不經意的煩惱，美好卻沒什麼必要。但沒人規定這種煩惱必須被禁止。她是那樣眷念著樹下的那些歡笑。那個擔心秋

千隨時斷落、屁股開花，卻依然倔強地堅持說不怕的女孩；那個小小的桌子圍坐著讓她感到幸福和心安的所有人。她曾經不滿母親每天簡單的菜式，如今格外懷念那樣簡單的味道。她也依然記得爺爺為了給他們捉一隻知了而摔破了一條褲子。那時候的爺爺，那樣地健康並且歡笑著。儘管後來這些印象夾雜著太多顛覆和眼淚，她依然懷念，並且只願意把最美好的東西留在記憶裡。

走在她旁邊的是一個揹著書包的小學生，一副「我已獨立」、「我已長大」的表情，讓她分外覺得小男孩的可愛。兒時的她揹著書包嗎？似乎不曾背過。她曾經在學校的後山流連徘徊過，只為那一個個已經被丟棄的鉛筆頭。那樣害羞難為情的心，至今記得。可是小小短短的鉛筆頭卻寫出了她的一手好字。如今她才知道，幸福不需要太多，剛剛好就可以。她記得那個晚上抄寫老師「一怒之下」的一千遍；記得那樣的凌晨零點彷彿是她人生的極限；記得父親慈愛地叫醒趴在作業上睡著的她；記得她的眼淚和哭訴，猶如丟失糖的小孩。

當時覺得難過和悲傷的情緒，細細回憶卻都帶著點點的滿足與甜蜜。生活裡的簡單和樸素在這座城市的燈紅酒綠下，顯得格外地淒清。她知道，這座城市也有人情味，只是不在她這裡……

給曾經的你

這個城市有數不盡的巷弄和老房。忽然就想起許久以前那部電視劇《老房有喜》。蜿蜒的羊腸巷弄藏著的美麗的愛情故事，符合年少的我們對未來的無限遐想。老房裡壁畫上的神采已為歲月的蒙塵所掩蓋，卻掩蓋不住男主角心頭的思念。可是當年倚窗而盼的神女已然滿頭銀絲，思悠悠、恨悠悠……

那一年的羅曼可曾是與你共同欣賞，共同在心底暗暗喜歡如同男主角一樣的男子？許是久得我已忘記，可同你一起嬉戲的記憶卻一刻不落。

久得已忘記為什麼而初識。只記得你與我原本是南轅北轍的兩個。你身後有個慧，還有阿練。而我身後亦有一個芬還有誰，至今已無從記起。從一句孩童稚語開始，我們各自的軍團分崩離析。我想那個時候，我曾經被人討厭過吧？孩童時的佔有欲已不是現在的我們所能理解。只是猶記，當時戰戰兢兢、誓不逃離陣地的心情何等地強烈。不管那些流言不管那些力量，我就像八腳章魚一樣，吸附在你的周圍了。

有時候很想說，從此進入了你的生活，打亂了你的一江春水了嗎？因為你從來都是安靜靦腆的小孩，就算是世界已經顛覆在你眼前，你也只當世界打了個盹。我曾經這麼想過，如果丟你在角落裡，是不是你就那樣地從此被世界忽略。可是我忘記了，能吸引我這隻八腳章魚的你，又怎麼會被世界忽略？母親時常於夏日初陽剛起時，一副恨鐵不成鋼的樣子，說你已經捧著書本云云。而頂著一頭亂髮的我，嘴邊仍有洗不清楚的牙膏泡沫，或許還在十方世界和周公下棋。童年能夠比對的，彷彿除了這個永遠都繞不開。我曾想過，當時有過嫉妒沒？這樣的情緒似乎應該得有一點，可是從來都只是存在十秒鐘，下一分鐘我就想著找你去哪兒玩那些不知名的遊戲。也曾想過，如果你是母親的孩子，大概可以省去母親許多事。母親是那樣喜歡這樣討人喜歡的乖小孩，如你。

在你那樣溫暖的家裡，記得我們那句「逃之夭夭」竟然引起你的哥哥大笑，爾後沉默不語。我是那樣地莽撞、那樣地大聲說出自己心

中根本不確定的讀音，爾後在他的沉默中惴惴不安。許多年以後，我還是想知道當初他的笑包含了什麼含義。幸而，那只是童年時期很小很短的一個插曲，快得像一聲歎息，旋即消失。記得每次你的母親在喊了一聲「阿丹」或「尾丹」之後，你快步跑到廚房，說是要吃治咳嗽的麥芽糖。其實當時的我很詫異，為什麼咳嗽的小孩可以有麥芽糖吃？而每次咳嗽的我則需要吞下母親大人給的一大把「烘蔥」。母親的決策每次都不容置疑，聖旨一般。我也曾想過，如果我是你母親的孩子，是不是我就有麥芽糖吃？

這些都是幼時我們不懂事的對比。沒有如果，而我們各自還是各自幸福小家的孩子。關於記憶，總是躲藏在那張紙上，只有在晾曬心情的時候才能翻看到其中的苦澀甜蜜美好和憂傷。你可曾記得一起吞嚥著三毛錢的雪糕，一臉幸福的我們？可曾記得我唯一一次穿著裙子，在你家照相的樣子？照片已丟失，身後熱鬧的氣氛是你家辦喜事的半個場景，而我竟然也襯著那樣的熱鬧。但是照片中那個又傻氣又愣頭的我，卻足以笑倒一票人。幸而照片已在我手中，狀態記錄：丟失。若是在你家陳年相冊中發現當時這個愣頭青，我想我必須戴著一個斗篷到你們家，從此以後。

我們是否曾一起在課桌底鐫刻大膽的言語？我想，文靜如你，也許至今都不會做這番大膽的舉動。如果那個小小的校園裡存活著幾棵樹，卻大概也逃不過我的毒手。喜歡在很不經意之間喊你一聲「阿丹」，然後看你稍微愣一下之後眉眼美麗的微笑。你從來都是瘦瘦小小，有時候真想如母親「填塞式餵養」一般，將各種各樣的東西填塞到你肚裡。

後來我們都慢慢長大。慧奔波於每天辛苦的工作中，不知道是

否已為人妻為人母？我是那樣地慚愧，從來都是沒心沒肺，甚至連一句問候都不敢給。而芬也遠赴南半球的那個孤獨小島。記得第一次收到她從馬達加斯加寄回來的信，蹲在地板上盯著世界地圖搜索那個小島的時候，心中對她有無限的牽掛。後來她回來了，回到北半球離我們更近的地方。但也是幾年才能一見的遙遠。

幸而，生活中似乎一直沒有遠離你，儘管你選擇理科而我滯留在文科這片蠻荒之地。老實說，高二的生活中前半段似乎抽去了你的影子，而我的成績和我的行為，開始像牛頓的蘋果那樣做「自由落體」。父親說過，我缺少了鬥志和信念。我想，這個信念中大概包含著你給的力量。很難解釋，但很具體。後來你又去了那個濱海城市，而我則流配到這個城市。我們曾經那樣地排斥這座城市的任何一所大學，卻都選擇了滯留，選擇了不到遠方流浪……

我還沒有愛上這個新城市。她的街道幾年來始終狹窄而彎曲。曾經那樣驚詫這樣的城市，竟然還有許多陽光照不到的地方。在這裡，我看到了家鄉十幾年前才有的舊式房屋，看到了只有在童年記憶中的老人和孩子。

矮小的門檻外面，滿頭銀髮的「老依姆」正給小姑娘綁頭髮。「依姆」臉上的皺紋可以和兒時家裡老樹的「紋欄」相媲美。每一條深深的溝壑間，應該有一個很美好的故事吧。「依姆」沒牙的嘴巴似乎在「嚷嚷」，在離我很遠的地方，聽不清說了些什麼。大概是關於歲月的抱怨，比如家裡的油鹽醬醋茶；頑皮的孫兒此刻不知跑哪兒玩去；疲累的兒子忙碌得幾乎沒理會過自己……我靜靜地走過，看到了他們臉上的風霜，總是能聯繫起很多關於滄桑的話題。而對此，我總是避之不及。不知道，你的城市是否也有這樣的場景？

不知道是否我太盲目，看不到我們的家鄉也有沒有陽光的角落。遠在濱海城市的你說，你喜歡上坐在公車上耳朵裡塞著 MP3 的時候，那樣地美好而簡單。你也許不知，坐在公車上也同樣聽著歌的我，只是為拒絕這個城市，用自我的視角在排斥。但我很開心，你在那裡很開心。

未來的地圖我們都還沒繪製好。現在我們依然在各自的城市，繼續著同樣的事業。你說過，你有過放棄的念頭卻接受了現狀繼續維持這樣的生活。我知道你口中軟弱的自己，心中卻自有一股剛強；而別人眼中剛硬的我卻也有著懦夫的心態。所以我們在一起，所以南轅北轍卻能走到現在。

你依然安靜，我依然聒噪。

給現在和未來的她

懷著忐忑不安，夜不歸宿。也不知道緣由，走進那條狹窄的小道時，不安的心突然放鬆。和父親聊著家常，手機的「嘟嘟」聲明顯提醒著手機電量不足，不知道彼時多少輻射正與這顆大腦袋抗爭。單薄的衣裳絲毫不介意初冬的寒風，三人有一茬沒一茬地搭話。

其實已不是清晨的早晨，晨風有點涼，絲絲雨意滲進秋衣。空氣裡有種潮潮的味道，像秋雨後，原本被曝曬的泥土突然接受雨水洗禮散發出的陣陣土腥味，很安靜。在這樣的城市，霓虹和鬧市彷彿已經成為主題，極少行走在這樣靜謐的鄉間。清晨的小店開得不多，豆漿店前一陣陣白煙。在瀰漫著的煙霧中，店主大叔滿頭大汗，臉上掛滿了笑意。店裡三三兩兩桌子，稀稀零零，人不多。在像現在的現在，能見到冒著白煙的小店，似乎已經不多，總是覺得這樣的煙霧瞹

暐中，特別窩心、特別溫暖。初冬的涼意似乎沒有影響這裡的人們。周而復始，生活就像一張等待被塗上顏色的畫紙，雖然充滿了顏色的期待，心中卻了然已有答案。路的另一邊，那個年輕的男孩子，正輕輕挽著女孩的手。附近有個中學，不知是否正是二八年華的他們？

幾輛婚車陸續駛過小店，店裡三歲半的小女孩搧著長長的睫毛說要當新娘。「菜頭」調侃小姑娘：「新娘漂亮還是你漂亮？」小孩子咬著東西嘟囔著，沒聽清，「菜頭」卻竟然能一字不落復述出來。「菜頭」的世界，現在已經滿是孩子，他們的世界、他們的語言、他們的邏輯，滲透了「菜頭」全部的生活。

在與我告別前，「菜頭」遞給我一個粉紅色的小盒，抱了抱我，便瀟灑地踏上了北上的車。她說，她要去北漂，當一個流浪者。我記得，我曾用多麼不用心的口氣對她說：少年家，遠行是一個夢，像童年裡五顏六色的糖紙，充滿著誘惑。而此刻，她終於選擇了這些糖紙，對誰都不告而別，除了我。

盒子裡是一方手帕，正宗的蘇繡，卻是黑白分明得厲害，如同我的性格一樣。大學四年，「菜頭」對我的瞭解就如我對她的瞭解一般，幾乎可以不用言語交流。有時候我想過，言語的力量甚至很貧瘠，很蒼白。遑論它的多義造成誤會，甚至話裡有話的玄機費解，最無奈的時候，它就如一個棄婦。

而且這是一個大家都無話可說的時代。

在告別「菜頭」歸來之後的黃昏，忽然看到一雙相互牽著的手，老年斑刻滿了歲月的痕跡，彷彿見證了一世紀的滄桑。不喧鬧，他們這樣慢慢走著。記起年少時在海邊，也曾有一樣牽著手的老人。「執

子之手，與子偕老」。這樣美麗的文字背後所蘊藏的溫度總叫處於「飄萍菰米」狀態的我羨慕。現實教人沉淪在很多欲望和選擇中。我想起孫老頭說的：「滿園裡挑瓜，挑得眼花，挑了個傻瓜。」最後我們是不是總是捧回了最傻的那個傻瓜？我們想要的，也不過是簡單平淡的生活，一個可以牽手一生的對象。像這樣不管歲月莽蒼，都能夠牽手一起慢慢走⋯⋯

有這樣一個故事：老頭子和老婆子一起走山路。一前一後，步履並不協調。老頭子經常回頭對老婆子說：「走快了，我就在前面等你。」就這樣在步履不協調中走完人生的路。當一切浮華都過去的時候，我們才發現所謂自己，都那麼渺小。一點點的溫暖就是這樣渺小的我們最大的幸福。

深夜裡，周圍只聽得見呼吸聲，偶爾「切切」的磨牙聲和嘟囔牽扯著有點緊張的神經。像以前一樣看著無聲電影——只是因為以前設備不夠齊全或者夜深人靜時不願意戴著常使耳朵發痛的耳麥，黑暗中只好我也默默，電影也默默。菜頭說我喜歡徹夜看喜歡的電影，這個習慣一直沒變。許多人圍看電影的氛圍，讓沉悶的電影多了一些喧嘩和吸引力，而一個人的電影總是走向沉思。兩者我都試過，並且樂此不疲。

一直覺得，沒有任何言語的電影往往有更強大的力量。這種力量更加關注畫面本身和那僅有的一點聲響。其實我們何嘗不是在滾滾喧囂中，終於什麼都看不到，什麼都感受不到？無言的力量就是迫使每個人重新發現周圍熟悉的一切而已。古老的山壁，萬仞高崖，我的思維停留在空白。

菜頭說，我的世界似乎一直只有黑白兩種顏色。我的任性、理

性都讓溫婉的她措手不及。她說，為什麼我總能活得這麼豐富，卻在同時只活在自己的世界中。我沒告訴她，我只是害怕進入我以外的世界中，然後失去我自己。正如我的驕傲我的自尊我的任性一般，統統埋藏在那個關於青春的記憶中，只留下一個黑白的我。

我掏出盒子，除了蘇繡還有一張折得十分精緻的信紙。電影已經結束。塞著耳麥，耳邊是班得瑞的《初雪》。深夜裡的班得瑞有點殘忍，喚起很多關於回憶還有傷痛的東西。菜頭說跟我在一起的時候，覺得生活就特轟轟烈烈，特有滋味。儘管只是黑白的世界，卻能活得鮮活靈動。只是有時候，她也不瞭解我。為什麼在很快樂的時候卻難掩悲傷。

其實，我也不懂我自己。

已畢業一年多。關於中學、大學零星的記憶，就像自己給自己編織的一個最美好的夢。夢真實、具體、生動，鮮活得有點殘酷。我們彷彿總是在回憶過去，憧憬未來，而忽略了最真實的現在。當我們都「戚戚然」感受到自己在為製造回憶而努力生存著，沒來由地總是一陣無奈和感傷。

但是不管生活給予我們什麼，除了承受之外，就是要微笑著面對。戴著面具生活，也許覺得安全。而所謂安全感，只不過因為我們對自己、對環境的期待。因此我們，經常失卻這樣的感覺。它屬於奢侈品，期待經常落空，面具下的面容一點、一點隨著歲月慘澹。直到有一天，我們和面具合二為一，再也分不清自己什麼是真，什麼是假。直到那時候，我們只記得彼時「少年家」，記得曾經的你、我，還有她……

而你呢，你有個什麼樣的屬於少年的回憶？

光陰似弦

福建師範大學文學院本科 2010 級 楊雪

　　輕輕轉軸撥弦，未成曲調，然已先有情愫的韻味。光陰似弦，往昔的種種，在心底上演時，依舊動人，依舊令人留念。

　　魚的記憶只有七秒，然而這真的是一種幸福嗎？

　　一張車票沒有起點，它的終點在何方？空虛，漫無目的地穿梭於凡塵間，或許那種存在似空氣。無知無覺，慘澹到悲哀。沒有過去，會有將來嗎？想來記憶是神聖的，記載這曾經的悲喜，見證著未來的人生。

　　來到人世的那一聲驚天動地的哭喊，迎來了多少人的欣喜歡笑。

　　粉嫩的襁褓中柔軟的小小身軀，令我猛然間感受到生命的初始。那麼的乾淨純粹，愛的結晶是那麼神聖而又脆弱。需要愛，它需要愛。是的，生命就是需要愛。

　　在聲聲哭喊中，記憶將我指引到那如同發黃的舊照片般的童年。

　　一切溫暖都發生在那座古樸的木屋裡。像個樸實無華卻時時令我魂牽夢縈的童話。外婆家的木屋在我心裡是一座裝滿糖果，裝滿幸福的童話城堡。

　　那條筆直的小巷，揮之不去的是外公牽著高大氣派的鳳凰牌自

行車的背影，不高微胖的身體牽著車，熟練地連蹬幾下，騎上了車，一路吹著口哨，座位後面的我歡呼著，緊緊地拽著坐墊底下的彈簧，探過外公的身子眺望著遠方。雖然那窄窄的巷子的牆上長滿了青苔，頭上的天空如量體裁衣後多餘的藍布條，然而它通往的地方叫家。走到巷子盡頭，這夢裡的城堡的入口，並沒有童話中城堡的肅穆華美，靜靜地守在巷子的盡頭，一扇破舊的木門，門上坑坑窪窪很不平整，還記得外婆總是站在門檻裡邊，一邊倚靠著門一邊和鄰居閒聊。一進大門便是廚房，鍋碗瓢盆擺放整齊，灶臺上有一口很大的鐵鍋，我和弟弟最愛這口鍋，總覺得這鍋裡一定有什麼秘密似的，煮出的飯菜總是特別香，外婆在鍋邊做飯時，我和弟弟總是閑晃到邊上探頭探腦。外婆總是帶著一口福州腔嚷道：「別在這裡，小心被油燙到！」

廚房通往客廳有個玄關的厚厚的木門，聽外婆說這是防火門，可是木頭怎麼防火呢？雖不知道，但總相信它一直保護著家的安全，厚重得像兩位門神一樣威武神氣，小時候總是推不動它，對它總是有些畏懼和信任。

外婆家的廳堂是我最愛的地方，四周的牆壁全是木板，暗沉的色調，高高的天花板讓整個廳堂有著大氣古樸的氣息。中央兩張木椅，並不名貴的木頭漆上暗紅色的油漆，端端正正地坐著。廳堂有另外一個出口，直接通往天井。

十扇雙開的與天花板齊高的木門，神聖地守護著廳堂，外面就是天井，一片橢圓形的空地。這座古宅是一座歷史很久遠的木屋，誰也不曉得它最初的主人和故事了。我們家只是其中一間，橢圓形的樓，住著許許多多人，總有很多我不認識的叔叔阿姨爺爺奶奶突然來訪，外婆總指著他們跟我說這是我們鄰居。我至今記不清他們。然而

熟悉的身影總是在我的腦海裡出現。

說也奇怪，他們總是把我們這些孩子記得很清楚，每次路過他們的家門口，總會有意外，有時被叫去買瓶醋，有時叼著一根雞腿出來，有時捧回幾個熱騰騰的包子，有時又幫著拿回幾封信件，有時替外婆傳話約打麻將的時間。

還記得那天井，每當夏日的夜裡，幾個老人家就將古老的竹躺椅搬到天井裡，一邊搖晃著躺椅，一邊聊起一日的見聞和家常，我和弟弟還有幾個同齡的孩子就在天井裡玩起了「跑跑抓」，尖叫不斷，老人們也總是樂呵呵地看著我們，各自說著孫兒的闖禍史，不亦樂乎。抬頭看著天井上空散落的星星，不時飛過幾隻螢火蟲，迷離了出神的雙眼。

那時，無論春夏秋冬，晚上八、九點，門口總會響起豆漿油條的叫賣吆喝聲，濃濃的豆漿，香酥誘人的油條，鮮美的海蠣餅，帶著甜味的蓬鬆的碗糕，外酥裡嫩的三角糕，渾圓可愛的馬蛋，還有一點也不形象的馬耳朵。每當這時候，我們總是抱著搪瓷碗飛奔出去，心滿意足地飛奔回來，一家人圍坐著吃，那些味道記憶猶新。

外婆家「咿咿呀呀」的木樓梯通往樓上的臥房，寒冬凜冽，木屋在瑟瑟發抖，青瓦上的白霜，若隱若現，晶瑩潔白。幼小的我，在團團棉衣棉褲中備感溫暖。那張巨大的鐵床是我最溫暖的港灣。寒冬的深夜，巨大的鐵床成為我夢的初始。鐵的冰冷和堅硬被外婆的層層海綿和棉被拒之身外。那股溫暖，如同母親輕哼的搖籃曲，在夜半的寒冬，窩在溫暖的被窩裡看著電視沉沉睡去，夢見天使美麗的容顏……清晨的陽光總是從那扇半開著的窗子裡溜進來，掀起雪白的蚊帳，落在我的眼瞼上，暖暖地挑逗著貪睡的我，惹得我把棉被悶在頭上繼續

呼呼大睡，每天都是在外婆的責備聲裡不情願地被拉起來。外婆早已做好了熱騰騰的早餐，一碗紅心雞蛋羹，熱騰騰的散發著蒸籠清香的饅頭，外公總是做起「裁判」，看著我和弟弟誰吃得多就獎勵一面他做的小紅旗，我總是靠著撒嬌拿到了很多。

木屋樓上的小窗，踮著腳尖從那窗口望去，鄰家院內的青草在一天天變綠。我在為它鼓勁，對於我而言，它就是春天。春天悄然而至，雖然體弱多病的我，無法通過撒嬌脫去厚厚的大衣，然而那種欣喜卻如期而至。「小燕子穿花衣，年年春天來這裡，我問燕子你為啥來，燕子說這裡的春天最美麗……」是的，記憶裡的春天真美麗。春天總是下著淅淅瀝瀝的小雨，雖然出不了門，但聽著雨落在木屋上的軟軟的聲音，從樓上看著屋簷下幾隻春燕「嘰嘰喳喳」地抖落羽毛上的水珠，卿卿我我地依偎在一起，總覺得莫名的幸福。

日子一天天過著，隨著身上衣物的減少，終於盼來身輕如燕的夏天。那時的夏日，在記憶中，並不燥熱。陽光那麼配合，甚至暴風雨也是那麼寵溺我們。穿著雨鞋，打著花傘，在一個個泥濘的水坑間奔跑跳躍，尖叫著玩耍……雖然總會被一隻大手一把拎起，屁股會被「啪啪」拍兩下，語重心長地教育老半天，告誡雨水有多髒，可是我總是那麼困惑，揚起小小的腦袋仰望天空，雨水是從白白的雲端下來的，怎麼會髒呢？或許，孩子的世界永遠那麼乾淨而簡單。大人總是埋著頭看著地上的泥濘與污濁，然而孩子卻喜歡揚著頭看看潔淨無暇的天空。記憶裡的夏日沒有毒辣的陽光，只有廉價卻最美味的冰棍，沒有曬黑的擔憂，只有踩著腳踏車在江濱大道上飛奔的瘋狂。

一場秋雨一場涼，我總是在轉季的時候生病。厭倦食物，喊著「我當戰士它當槍」，被外婆一口灌下碾成粉末後用水化開的藥丸，

還未及我的眼淚上場，早已被可怕的苦味所「害」。多少次，在深夜發高燒，外婆和舅母將我摟在懷裡直奔醫院。舅媽緊緊地將我裹進她的大衣，用體溫溫暖著我因為生病顫抖的身體，顛簸著的三輪車夫衣裳被風掀起，打著冷戰卻死命地蹬著，飛奔在夜色裡，他們緊張的神情，在我睡眼朦朧中記憶猶新。是因為感動？還是因為次數太多？我不得而知。只是至今還仍記得他們焦急的面容，滿是關愛的目光，溫暖的懷抱。

父母在拚搏事業，我雖然沒有他們的照料，然而，我身邊大大小小的愛將我包圍著。木屋的懷裡，我滿是幸福和滿足。童年，充斥著軟軟的被窩、豆漿油條的叫賣，和春夏秋冬的雨雪風霜。外婆在燈下為我捻藥，外公矯健的步伐，弟弟在搖籃中的「咿咿呀呀」。狂風中三輪車夫送病重的我奔赴急診，舅母清香的懷抱和呢聲的輕撫，舅舅忙碌不善言語的愛護……

如今的夜，街上人來人往，卻腳步匆匆，汽車煩躁地鳴笛，堵得水洩不通，遠光燈閃爍地讓我們看不見天上的星星，高大的建築，霓虹燈五光十色，商店裡低音炮刺激著耳膜，撞擊著心跳。味蕾卻找不到那熟悉的滋味了。超市裡冰冷的油條軟塌塌的，毫無精神地靠在玻璃櫃裡，豆漿裝在塑膠袋裡貼著「豆漿」的標籤和價格，卻喝不出黃豆的味兒。海蠣餅總是找不到海蠣的身影，外殼堅硬，吃起來澀澀的油膩膩的。如今的夏日，即使長假，也不願意遠遊甚至出門。總是以驕陽似火為由，宅在電腦前，敲動鍵盤，在聲聲按鍵聲中，耗盡光陰，竟也毫不心痛。

木屋在日新月異的城市建設中格格不入，「咿咿呀呀」的樓梯，不結實的瓦片，最終轟然倒下。我童年的記憶也戛然而止。「啪」門

重重地關上，我再也進不去了。猛然發現是自己長大了，時間已經奪走我的童年，奪走了曾經的美好，任憑撒嬌哭泣，已徒勞……

正如那歌聲中「走吧，走吧，人總該學著自己長大」，我長大了，福州這個城市也「長大」了。

我被關在門外，依舊懷念這旋轉木馬的奇幻美妙……

天井

福建師範大學文學院本科 2010 級　張曉雲

　　童年記憶中，印象最深刻的就是老家古厝裡的天井。老家的古厝有兩層，這麼矮矮的兩層樓裡有許多房間，每間的面積都不大，裡面住的可是我們家族的大部分人。說起我們家族，那可是一個大家族。不知什麼原因，我的曾祖父先後娶了三個妻子，到我們這一代，家裡人自然也就多了。兩層高的瓦房，我們一群孩子唯一的較大的活動空間就是天井了。

　　清早，長輩們開始忙活，趕著去地裡幹農活。孩子們也很早起來，為的是聚在天井的那塊空地裡，開始一天的嬉戲玩耍。晴天的時候，孩子們玩的遊戲可多了，老鷹捉小雞、捉迷藏、跳皮筋、彈珠……雨天的時候，孩子們也並未停歇，因為天井的排水不好，一到下雨天，天井裡便淤積了很多水。對於大人們來說，雨水的到來可好可壞，乾旱的季節，一場及時雨便可緩解農旱。若是接連幾天暴雨，大人們便開始發愁了，地裡的農作物該淹死了。而孩子們根本無心於地裡的農作物會怎樣，他們只知道積水的天井就像小池塘，打著赤腳便可以肆無忌憚地玩起水來。

　　其實，天井既是孩子們玩耍的基地，也是三叔公練太極、擺盆景的場地。三叔公是個頗有學問的人，記得他的毛筆字寫得不錯。心血來潮時，他便揮起狼毫，筆走龍蛇，寫完時，還會拿給我們一群孩子看，問我們那些字寫得怎樣。其實我們年紀還小，哪懂得欣賞什麼

書法，每次只會傻傻地笑答：「三叔公的字可好了！」然後三叔公便會心地笑了。我常常想，為什麼每次三叔公不把他的作品拿給有學識的人品評，而拿給我們一群什麼都不懂的小孩子來評論呢？或許，周圍的大人們都忙著幹農活，又有誰有空去理會三叔公的字呢？也許只有我們這群無憂無慮的孩子，才能使三叔公得到些許慰藉吧！

三叔公還在天井裡擺了許多盆景，每個盆景都很有特色。三叔公每天都很早起來，手裡拿著一把大剪刀，慢悠悠地在天井裡晃蕩，不時地剪剪這片葉子、那根樹枝。有些盆景被剪成獅子的模樣，有些被剪成兔子的樣子……他還會很精心地在盆景裡堆砌一些石頭之類的東西，做成山間小路的樣子，遠看像極了。偶爾，他會在某個石頭旁堆一個人的形狀，似乎就是以他自己為原型。我想他一定非常熱愛山林的生活，與世無爭，悠閒自在。頑皮的孩子有時會折騰那些盆景，不是「獅子」少了條尾巴，就是「兔子」少了隻耳朵。但是三叔公並不惱火，他拿起大剪刀，順著被破壞的痕跡給盆景換了個造型。就這樣，天井裡的盆景過段時間就會呈現新的面貌。孩子們很喜歡這些盆景，不僅因為盆景奇異的造型，更因為玩捉迷藏的時候，這些密集的盆景亦是躲藏的好地方。

曾祖父偶爾也會走出房門來欣賞這些盆景，不過他老是拄著拐杖。曾祖父很疼我，後來他老了，病了，甚至只能躺在床上了，我每次跑到他的床前，他都會拿餅乾給我吃。直到現在，我仍記得那餅乾的味道，每次去超市，我總會有意無意地走到放餅乾的貨架，但已經找不到那種餅乾了。

隨著時間的推移，一戶戶人家搬出了天井四周的小房間，搬出了這座瓦房。後來我們家也搬了出來，不過我還是時常跟著爸爸去看

望曾祖父。古厝裡只剩下曾祖父和那些盆景了。又過了一段時間，只有盆景堅定不移地立在天井裡與古厝為伴，曾祖父的床鋪已經空了。

　　如今，回到那座古厝，那些盆景有的已經面目全非了。天井裡也堆滿了灰塵，終究是塵埃落定，人去樓空，唯留下物是人非的悲傷與慨歎。兩層高的瓦房在風雨中飄搖，孩子們的歡笑聲在耳旁迴響，大人們忙碌的身影在眼前閃爍，這一切的一切彷彿就在昨天。也許不久以後，這座瓦房也會被風雨摧毀。那時，童年的記憶或許只能借助殘破不堪的瓦片存活在心裡了。

千古三坊七巷

福建師範大學文學院研究生 陳婷婷

　　天空渺遠，日光將喧囂的街巷洗褪了顏色，到了夜晚，乳白色的月光灑在青石板鋪成的路上，猶如一潑清水。天空是灰色的，雲層也是灰色的，這個沉睡中的小巷還沒有開始甦醒，千家萬戶，還像一幅淡淡的水墨畫，把所有的顏色，全部溶入了這一片灰蒙。

　　漸漸的，天已大亮，人也逐漸開始多了。即便是小巷，也泛著熱火朝天的味道，這也正是人們喜歡這裡的原因。爽快，卻不似北方大漠的粗魯；乾淨，卻不似江南的矯柔。這裡的味道，也和這裡的小吃一樣，不是乾燥的火辣，不是膩滑的甜，而是溫和的辣，清淡的甜，讓人感覺一種新穎的悠閒。

　　桌椅是原色的白木，乾淨簡潔，沒打過漆的原木上紋路清晰，卻讓人無端想起那些有了年頭的紅漆桌子——被滾熱的盤碗燙下不知多少重重疊疊的白圈子，永遠附著一層薄油，一捺下去就是一個指印；銅板子在髒膩的桌面上旋轉著立了起來，成了一枚小小的呼嘯著的銅灰色的影子。飯館裡的佈置古樸而風雅，油燈的光線被竹籠割破，照在桌前、地上，只差一位坐在角落的說書人，讓人恍然間有種置身於古時客棧的錯覺。窄窄的門，窄窄的樓梯，窗戶都很寬大，從窗內看出去，滿城喧寂，皆在眼前。

　　經過一番修舊如舊，兒時記憶中的被油煙薰得漆黑的牆壁都刷

上一層厚厚的白堊，顯得一塵不染，腐朽黴爛的陳木也被嶄新的硬木所替代，粗大的楠木柱梁和雕花鏤空的門窗。這時的三坊七巷像一個家道中落的貴胄名媛，雖然已荊釵布裙多年，當重新著上一襲白綾精繡淺綠折枝蘭花的貂裘，梳起高高的螺髻，在唇上塗抹嫣紅的胭脂膏子時，那漢賦般華麗的笑容、唐詩般傲岸的氣質、宋詞般柔婉的眼神，一瞬間竟仿若當年。與時間一同回歸的，是世人驚豔的目光。但跟那張集數代靈氣、鍾造化神秀的面孔比起來，區區貂裘，也只是俗物而已。唯獨那一雙眼睛，像藏了太多東西，明豔中帶著蒼然的古意，一眼看進去就彷彿陷入了深潭：幾百年的人生，有如水波上光怪陸離的浮影，都倒映在那雙眼裡。那些小販的吆喝聲，石板的紋理，水面的縠紋就是她臉上經由歲月先浸露出的初皺，雖不再明妍，那眉眼卻愈發精緻，是被歲月雕琢、年華鐫刻的精緻。她已懂得了人生的倥傯，掠一掠鬢，該鉛華粉黛上場時還要上場，但洗妝之後，總有一股倦衰後的媚態。衰倦也是一種美，成熟的百姓喜歡那種美，喜歡那種世路經過卻猶有餘溫的倦態，雖然也就耽迷於此，難思振作，但難說這不是一種自處的哲念——這也就是這裡熙攘的人群所共有的一種集體無意識的心態吧。

　　三坊七巷是一卷塵緣未了的浮世繪。你會在這漫漫長卷中看到幾處金碧濃彩的工筆：街巷西邊的「三坊」——衣錦坊、文儒坊、光祿坊，那是士大夫的厚重威嚴，鐫進風骨的沛然文氣。而淡淡的水墨寫意則是市井小民們的顏色：東邊的「七巷」——楊橋巷、郎官巷、安民巷、黃巷、塔巷、宮巷、吉庇巷，那些阡陌閭巷間的閒雜笑談，芸芸眾生的瑣碎悲喜，倒也能勾勒出一種別致的美來。青石街上的木門常常是厚重而細節豐盈的，推開來是「吱呀」一聲，彷彿蒼涼的記憶由沉睡中醒來，慵懶地打了個哈欠，邁進去便有一腳踏空的暈眩。

空氣中隱隱浮動著木樨特有的甜香，隔絕了周圍一切的聲音，無數行人穿梭往來有如無物，讓人覺得在一剎那間，彷彿觸碰到了歷史的脈搏。

紅羅白宣，白雪蒼濤鋪開，龍狼雲毫在握。

紫硯筆舔，濃墨飽蘸，銀毫飛握，一氣呵成。

每每臨近春節，南後街的鋪子裡總會有幾位老人買現寫的春聯，薄薄的金箔散碎妝點，如入塵，雲毫揮灑，灑落新春的祝福。

眼看他蓋新樓，眼看他宴賓客，眼看他樓塌了。

曾經的三坊七巷，既老且衰，凋敗淒涼，猶如死水。它生命中最美好燦爛的時光已經消逝了，那些別人總是提起的關於它的故事，也是那麼遙遠和陌生。而如今的三坊七巷，才剛剛踏進這個熱鬧紛攘的紅塵裡來。它的全身上下都充滿了活力和朝氣，顯得蓬勃、年輕。

只是過去的那個三坊七巷，那些舊時王謝的朱垣紫門，終究是不在了。舞榭歌臺，風流總被雨打風吹去。曾經的金陵王氣、書香墨韻都在歷史的塵沙中湮沒，成為風中飄零的明日黃花。如今的三坊七巷，像是隔了三世的人，站在奈何橋上，恍惚地吸了一口從前生飄來的煙塵。

甜美的果實

福建師範大學文學院研究生　張豫林

水果在什麼時候最甜？往往是它們行將腐爛的時候。

晚間閑來去逛超市，一樓的生鮮區一攤一攤的水果，鋪滿了百來平方米的區域。商家還特別用心，每一攤水果都用明晃晃的白熾燈照著，果皮在光照下映射出鮮亮的光彩，那色澤在直接告訴你這些水果有多麼新鮮。只要看著，你彷彿就能感受到它們生長過程中所領受的陽光雨露，似乎已經嗅到了那撲鼻的清香，嚐到了那甜美的滋味。我想，這種觀感是很多人購買水果的驅動力之一。

挑來挑去決定買芒果。香蕉從春節時候到現在已經吃得太多，香瓜還沒到最好的季節。枇杷的季節是到了，不過以時下先進農業技術培育出來的枇杷，一來大得離譜，有一些頗顯奇形怪狀，二來根據近年的經驗，還未必有校園裡、老民居旁未經打理的樹上結出來的好吃。芒果也有不同種類，海南芒果最大，但是太青，摸起來相當生硬。以表皮顏色判斷水果的成熟度，青的時候大多不好吃，當然，如果你享受那種略帶酸澀的口感，那另當別論。臺灣芒果個頭小一些，但成熟得多，基本都呈現出鮮豔的橙黃色。觸感與顏色也是吻合的，很軟很軟，輕輕一按，能感覺到內裡的果肉凹陷下去，可知熟得有些過了，再稍微放些時候就要開始爛了。水果往往就是這樣，當它們最成熟、最香甜的時候，也就行將腐爛了。

顧及那些最熟的芒果在手中的觸感，最終在臺灣芒果當中挑了幾個表皮上還留有星點綠意的。回到宿舍馬上剝開一個吃了，果然想吃到最甜的果實就不要怕那已經過分柔軟、十足爛熟的手感和口感，這是需要你自己做一番取捨的。還未完全褪去青色的果實甜味固然有，但是不夠濃，而吃芒果吃的就是那濃郁的香甜。

還有一種以通體金黃為成熟表現的水果——楊桃。與楊桃的機緣始於我的母校，福州一中。在東街的老校區中，有許多棵楊桃樹，原本對這種天生異相的水果並不熟悉，偶爾擺在面前的時候，也提不起多少興趣。某天牽車經過楊桃樹下，一顆成熟的楊桃落了下來，撿起來略一端詳，還是完好的，於是洗洗乾淨，吃了起來。嚐到的是一種出人意料的清甜，不同於芒果，楊桃就算熟透了，滋味也仍是清甜的，而且汁水很足，每一口咬下去都溢出來。對於我這樣成長於城市的孩子，這從自然中獲取的美味可以成為一種有著特殊意義的體驗。所以從那以後，不僅每年楊桃成熟的時節，我都在樹下尋覓合適的果實——楊桃樹的枝丫大多高過我們徒手可以觸及的範圍，所以有時候要搖落果實，有時甚至直接就找那些新近掉落、沒怎麼腐壞的。所以直至現在，即便我不常買水果，看到攤上有楊桃，也會挑上幾顆，而且一定要通體黃透的，甚至邊緣已經顯出些許焦黃也可以，只要買回去別放太久，盡快吃掉就好。成熟到極致，行將腐爛的水果，往往才是最甜的。

其實細想想，不僅是水果，人生亦是如此，我們時時處處能見到這樣的規律在運行著。人生的各個階段，無論長短，在發展至一個頂峰的時候，往往也就醞釀著頹敗的開始。而那些青澀的時節，固然也會令人無限懷念，而且，沒有腐敗之虞，但畢竟是看不見盛景的。

　　我們在人生中會埋頭於學業，追逐著愛情，經營著事業，只要功夫用對了、用夠了，總會達到目標。當我們大小有了成就，站在一段發展軌跡頂端的時候，首先心中就湧起成就感，繼而周圍的人也會讚許你，羨慕你。這一切是自然的，也是正當的。但是當我們盡情享受著自己的勝利果實的時候，會否注意到下滑的通道也已經開啟，如果你鬆點勁，再鬆點勁，可能順梯而下的過程也就開始了。現在我對前人創造「勝利果實」這麼一個詞的用意有了更多一層的理解，不僅是因為這「果實」值得盡情享受，有可能被攫取，還因為這果實是可能腐敗的。

　　而且這果實越是碩大，享受到它的人越是眾多，它內裡腐爛的趨勢也越難被發覺。大唐的開元盛世、大清的康乾盛世，興盛的程度確有不同，但走過的軌跡總體是相同的，一言以蔽之，盛極而衰。當大唐王朝站上世界的巔峰時，它映射出的絢爛光彩讓世界都為之矚目，真正可稱是萬國來朝，長安這個當時世界的中心遍佈著懷抱仰慕之情而來的異國人，我們也毫不吝惜地同友鄰分享這似乎永享不盡的甜美果實。然而就在此時，無人察覺的腐爛趨勢在潛滋暗長，直到安祿山這隻蛀蟲咬下了重重的一口，這個碩大無朋的果實便以迅雷之勢從內裡崩裂開來，再也無法回復往昔的光鮮、甜美。

　　大清王朝腐敗的徵兆似乎顯露得比較早，也比較容易察覺，縱然在當時發現的人不算多。它從結果後，不久就被栽培者裹在堅固的果殼裡，並且這果殼越來越厚，越來越堅實，甚至到了不透水分、空氣的地步。終於，這個懸掛在東方，雖不及大唐但同樣碩大無朋的果實被一隻從西方伸過來的有力的手一捏，就裂開了，露出了早已腐敗的瓤子。這些瓤子雖已腐敗，但一如爛熟的芒果和楊桃，分量和滋味都仍是值得一嚐的，於是那些從西方伸來的手便不斷挖，想把剩下那

點還能吞下去的東西都掏走，雖然說他們從未做到過。

　　其實我們的老祖先在兩千多年前就揭示了這樣的道理，《周易》中乾卦第一就寫道：「九五，飛龍在天，利見大人。上九，亢龍，有悔。」這就是告訴我們，不管是人還是事物，發展到了鼎盛，接下去的往往就是衰敗了。既然千百年來在人類社會中不斷應驗著，在自然界更是億萬年運行不輟，那麼盛極而衰，也就是無可避免的規律。不同的是，水果年年都會掛上枝頭，生長至成熟，掉落，腐爛，周而復始。人生的很多階段是不可能經歷多次的，有些事情就像王朝衰落一樣，一旦搞砸了，是不可能重來一次的。不過，人相比水果也有著顯而易見的優勢，那就是人擁有思想，有預計和反思的能力。如果能在計畫一個階段的發展，或者習慣性的反思中，考慮到盛極而衰的趨勢，那麼也就有可能規避了。不過，放大到人生的整個歷程來考慮，鼎盛的年歲過後，衰朽或早或晚還是要到來。屆時，我們大約也只能將之作為既成事實和生命的自然規律接受下來了。腐爛固然令人惋惜，但曾有過豐碩、甜蜜的時光，已經是生命鮮活華美的印證。沒有永不腐敗的果實，我們可以做的就是挑選自己鍾愛的味道，盡情品嚐，並牢牢印在舌根、腦海。

我

福建師範大學文學院本科 2010 級 張燕萍

作為長女，我的成長離不開這樣一句話，「你得為你弟弟妹妹做表率」。這句話嚴重困擾著我的童年、少年時期，當然，現在依舊。我們相信，我們總是有些地方，是你怎麼努力都做不到，也做不好的。他們相信，你是神，你什麼都做得到，方方面面，事無巨細。所以，有爭吵，有不解，有矛盾。我試圖去反抗，我的人生，為什麼需要承擔這些額外的東西？年少輕狂，曾對著做飯的母親怒叱：「你以為我願意那麼早出來？你以為我願意嗎。」那時候覺得，他們憑著自己的喜好，結婚，有了我，讓我第一個來到人世。我只是那麼湊巧，不幸地出現在那個時間。我為什麼得為這份湊巧攬下如此之大的帳單。在哀怨的同時，往昔自己做的每一件事都變色變形。讀好書是為了父母，為了做表率；乖乖聽話是為了父母，為了做表率。將這一切都推給父母，推給巧合。他們在外面奔波勞累，遭遇種種喜怒哀樂，我全然不知。我關心的是，今天有我喜歡的燜排骨，有衣有鞋，享受較好的教育，週六日可以和朋友去玩去消費。我看見的只有我自己。待到叛逆期，就更加自我，排斥所有加在我身上的外在，美其名曰，我要自由，實際上只是以自由為藉口，拒絕不喜歡的東西，害怕責任，一味索取。

我不曾想過，每個人的誕生都是一個奇蹟。父母都是奇蹟的創造者。我以前踮腳都看不到冰箱上的物件，現在隨意瞥下，都一覽無

餘，刻著身高的廁所門下方有些腐蝕破洞，嶄新的家具一件件淘汰，我這才發現，真的有時間的痕跡。在父母的庇佑下，時間似乎是凝結的。這簡直是奇蹟。我不去熱愛、不去歌頌，也就罷了，竟然還如此苛求。

奇蹟需要代價。

他們用自己的老去換來我們的成長。你想抗議，想拒絕，想說不，可是，你看見他的雙鬢為你斑白，看見他殷切的目光，看見他的身上竟然有衰弱的影子，怎麼忍心說出口。這份不忍心，我把它稱為「責任」。想要無拘無束的生活，是癡人說夢。只要你活著，你總是離不開形形色色的責任、道德、法律、情感。

不可否認，外面的世界對我極具誘惑，我也想說走就走，背著一個包，帶著夢想，遠行。很美好的夢。也就想想。

如果遠行，我會做好功課，訂了車票，找了住所，約上志同道合的人（尚未嘗試獨行），一切 OK 後才出行。這樣一來似乎少了許多樂趣，勝在安全，對自己負責。當然，這是我這類膽小的人偶然大膽的行為，在有些人眼中，這種出行算不得旅遊，頂多是去陌生的地方過熟悉的生活，感受不到生活的刺激。

我要的從來都不是刺激。長久生活在一個地方，熟悉到麻木，喪失對它的敏感，花開自它開，花落自它落，覺得那份美是常態，也就不值去讚美去感受。只有到另一個陌生的城市，接觸不同的人，不同的風景，我才能明白，原來，我的家鄉那麼美好，那般獨特。在去年從蘇州到杭州的高速公路上，靜謐得看不見頭的路，呼呼的風聲將白日的熱血吹冷，我看見遠處的那些建築顯出模糊的影子，微弱的燈

光。白牆黑瓦的蘇州風格建築在那時候，也不過爾爾，還不如我家統一規劃的社區。即將到的是杭州，曾經做夢都想來的地方，我開始想回家，迫切。

被誘惑很容易，拒絕很難。當夢醒，想到自己家庭，再難，也得拒絕。

沒有任性的資格。總有人需要為任性買單，我不想增加父母的包袱。因為，我的任性帶來的可能是 1×3 的後果。雖然他們有時候只注意到我的吃穿，雖然他們用「愛」的名義強求我做了許多我不甘願的事情，雖然他們試圖把我打造成他們所想要的，雖然他們獨裁霸權。無論有多少雖然，都沒法抹去他們的恩德。法律上沒規定，良心要求我這樣。

我從來就是一個不善於表達感情的人。特別是愛、悲傷這類非常私人的情感。我吝惜到只允許自己在獨處的時候咀嚼，也不願當著人面，為了符合社會道德準則，遵循世界潮流，大聲說愛，大聲哭泣。在第一次送母親花的時候，一朵康乃馨。進了門偷偷藏在身後，還沒做好心理準備就發現母親躺在沙發上看電視，匆匆走到她面前，腆著臉，急急說了句「母親節快樂」就逃回房間，紅了臉。如果那時候大膽說句，「老媽我愛你」，「你辛苦了」這類，再親一口，抱一下，效果當然好過我傻不愣登丟了朵花給沒回神的母親。但是，我由衷喜歡那時候的我。

布

福建師範大學文學院本科 2011 級　徐盼

我想，每天都是一條線；

我想，每天紡織一條線；

我想，日復一日的積累；

我想，我的一生就是一塊布。

人生就是一臺織布機，每天，我們都是在不斷地紡織自己的生命；每天，無論是有價值的走，還是渾渾噩噩的過，都是在前進；每天，所走過的歷程都是在自己的機子上不斷地添加線；每天，都是這樣重複著往前推。

悠遊世間，沒有人可以保證自己的紡織可以避免錯誤的發生，錯了就拆了，又是一次新的開始，然而，對於生命而言的線，推上去了，就無法更改。二十四小時，完成了一天，推上去了一條線，以後一切就成了定局。昨天的線，在零點來臨的時候就已經固定。線不停地積累，直到最後這塊布展開之時，呈現的是怎樣，人生就是如何吧。

也許，人生就是由每天的線相連而成；也許，現在自己少了個一直堅持的線頭；也許，沒有方向以後的線是雜糅混亂的……可是，想要梳理之時，卻總是無奈地發現只是越扯越亂。

未來是未知的，沒有誰知道最後出來的是綢緞還是破布。

　　一塊破布，最後還有回收的價值，但是，倘若將人生作為一次藝術的紡織，卻永遠沒有回收的可能，成為什麼都是取決於自己的選擇。想要織出一塊華美的布，就需要不斷地積累那些精緻的金線，搜尋金線，其實就是建立自己的信仰和理想，於是，才開始了人生，才開始有了材料讓你的布紡出各式各樣美輪美奐的圖案。

　　找一個燈塔，讓心有一個方向有一個歸宿，不迷茫，不感傷，也許真的應該尋一個信仰作為心靈的指引，最後為自己找一個安頓。有了一個開始的線頭，就開始了一生的紡織；開始慢慢地推進梭子；開始慢慢地穿梭；開始慢慢地尋找安頓。

　　生命中總有那麼多的美麗隨風飄散，漸漸地，風過之處，留下的痕跡是什麼？

　　也許只有將心安頓了，那些絲絲縷縷飄浮的線才能有條理地順著展開，才不會在風吹過之後遺失了心，不會在穿梭之中弄髒了心。只有為心找到了信仰，找到了燈塔，找到了那個潔淨的安頓天堂之後，才能開始有條不紊的紡織。

　　找一個對的方向，找一個正確的線頭，然後開始慢慢地靜靜地踏踏實實地進行自己的紡織。

　　有了那些連貫的力量，那些連接在一起的線，那些至真、至善、至美紡織出的生命之布，飽含著聖潔的意義，展開之後定是塊華美的綢緞。

　　於是，我開始繼續努力，努力不讓線斷線糅。只為，人生不是一塊破布。

柔軟時光的香氛

福建師範大學文學院本科 2011 級 潘悅婷

不知道這是我離開臺灣交換生活的多少天，但是每每提到那段一三九天的異鄉學習生活，對我而言，都像是朱比特的賜予，帶有一種柔軟的意味，能夠剝開現實硬殼的帶有綿密氣息的柔軟。

像是普魯斯特筆下的小瑪德萊納蛋糕讓他突然回憶起了貢佈雷一樣。臺灣的時光亦是帶有柔軟的香氛的，即使因為時間的久遠讓某些記憶好似形銷，但是所有的聲音，氣味，形態都附著在時光的柔帶上綿延生長，時光囊看似封印卻仍然把所有氣息瀰漫在塵土中，種種介質連接著過去的回憶和遺憾，現在的期待和成長，構築成整座關於回憶的巨塔，串起所有的人和事，綿延繚繞。

臺灣的交換生活從一開始就既熟悉又陌生，從朱天文、朱天心、侯孝賢的筆下和鏡頭中瞭解過的臺灣；從田馥甄、五月天、周杰倫的聲音中瞭解過的臺灣，伴隨著我充分的臆想和渴望都捏成了先行的印象。所以臺灣之行時常會讓我感到似曾相識的交叉感，就像《記憶的永恆》（達利）用時鐘的柔軟來表達記憶的綿延和交替，我對臺灣的感覺也就在印象和現實中不斷地構建起來。

回憶臺北熟悉的生活，常帶有柔軟的香氛，甚至連腦海中浮現的空氣的味道，都可以把思緒拽回到凱達格蘭大道的紅綠燈旁。我的交換學校是臺北市立大學，原臺北市立教育大學，小巧玲瓏獨坐風水寶地。出宿舍偏門右轉是 7-11，前面有小小的操場，晚上和室友姐姐跑步，校園對面是便衣的憲兵，再左轉是中正紀念堂的捷運站，往

前走是南昌路，豆味行、意麵館、南瓜飯、鳳凰城，不僅僅擁有食物的香氣，更多的是和朋友特有的笑容和語言，彷彿擁有自己獨特密碼一般。後門右轉就是臺北市最好的女子中學，北一女。第一次知道北一女是在《一一》（2000年）的這部電影裡面，綠色的棉質襯衫外套，黑色的素雅短裙，墨綠色的布袋，紅色毛筆寫著北一女三個大字。時隔這麼多年，北一女的校服和書包，依舊是那個樣子，從來都沒有變過。剛到臺北就在馬路上看到了北一女的學生，和以前在膠片電影裡面的場景一樣，不帶浮躁，訴說歷史洗淨的鉛華。左轉是二二八公園，往前走二十分鐘是北車新光三越和京站，等臺灣的好朋友從NET、麵包店、大戶屋下班去夜市一起吃牛排、雞排、水果、青蛙撞奶、鹽酥雞、大腸包小腸、dazzling、twelve cupcak、跳舞香水、咖啡弄、米朗琪，一起複習聊天，整理好報告作業，週末就怒衝從南到北結交各地的好朋友。

一個人在異鄉生活中重新打造自己的朋友圈並非易事。剛到臺灣的日子，臺灣的同學們還是很羞澀也很安適，不想著主動去接納。我完全可以理解，打破自己固有的疆域不是一件易事，所以要更努力地擁抱他們。更不易的是，在交朋友的最初，就知道終有一天會別離，而這種別離並不是放一個寒假這麼簡單，是不知何時再能聚首。近於離別之日，更是感到一種不可名狀的恐懼感，五味雜陳。

和老師們的相處更是與往昔不同。每每和老師們相處，都像找到了摯友，總會有最貼切、最合適的話，走進心的最裡面，澄澈起來。感念張曉生老師、許琇禎老師、楊文惠老師……臨走之前，跟楊文惠老師第二次討論交換的生活，又提到了關鍵詞——脈絡。正如我們所經歷的所有，都是由脈絡形成的，沒有例外。所以交換就是一種對自我脈絡的審視，對他人脈絡的理解，每一個人都是背著自己的世界的，所有的行為也是事出有因，有自己的邏輯規則的。同樣的，我

們會看到每個人的成長都有傷疤，所以不要放任不管，一定要回頭去醫治它，才可以成為那種自己希望成為的人，而不是那種帶著殺氣的歐巴桑。

而脈絡，除了人本身，還有臺灣和大陸。交換的意義在於對臺灣的脈絡的理解，也更讓臺灣瞭解大陸的脈絡。城池的脈絡藏在每一個細節中，構成了每一座城的不同。每個文化都有它的內涵，是長久的日積月累和偶寫情緒構成的。瞭解對方的脈絡，交流的目的不正是在於這裡嗎？每個族群都有身分認同的追尋的過程，臺灣亦是。「流落」在城市的原住民有著身分認同的遺失，第二代第三代眷村和榮民的孩子也有著身分認同的遺失。有的人去追尋了，在勇敢直面這份追尋，哪怕是一秒鐘的追尋都會覺得，那些滿含著的情感快要溢出來一般，不能自己。在去松山文化創意園區的時候，和阿美族的臺師大畢業的美術生姐姐一見如故，聊了很多，瘦瘦小小的美麗的阿美族姐姐卻有著很強大的力量，愛著自己的文化，並著手去保護它，愛著自己的家庭，去用力支撐它。我明白，微笑是所有族群最大的力量，更是人與人之間最柔軟的記憶，也是每個脈絡之間融合起來最有效的辦法。

在臺灣的一三九天裡，臺北這座城池始終以源源不斷的活力吸引著我，越發覺得音樂、舞蹈、戲劇繪畫、文創是臺北的城市靈魂。臺北以慢步調的充盈散發出獨特的味道吸引全世界的人，來認識自己的生長脈絡，理解他人的處世之道。

《少年臺灣》是我來臺灣看的第一部戲劇。

「臺灣是浪漫的，可能由於島嶼，海和風，在這其中浸染和感受。所以與生俱來的，就有一種浪漫的感覺吧。今晚三個小時的演出，演員們的用心表演使人覺得很棒。舞臺很小，但是空間和時間被無限放大了。少年的故事連接起一個個小鎮，從鹿港、九份、集集，

那些旅遊中熟悉的名字是少年故事發生的地方。劇本突破我想像的脈絡，讓我有很多的共鳴，可是他們也許並不知道，大陸的少年也會有一樣的共鳴！戰爭，殺戮，迷惘。兩岸的情感的交融，其實再躲避，也是躲避不掉的。」

「無數的少年從唐山而來，從各個地方而來，有的甚至沒有登上這片島嶼就死去了，但他們有著共同的墓誌銘『萬善同歸』，這一刻，那些已經被遺忘的死去的少年們，彷彿就活過來了，他們笑著，迎著陽光，這麼多年後，他們至少有了一個共同的符號。無論如何，千千萬萬的少年都在奔走，少年精神不死，少年臺灣！」

這是當時寫下來的話，當然激蕩著很多熱血的成分，看到最後的昇華部分，眼淚就刷的流下來了，因為那些渡海不成的少年，那些只有一個活命的少年，彷彿在召喚著什麼。那些從大陸來的少年，背負了很多歷史的東西，他們自己並不知。到了現在，我仍然覺得這種裂痕，在某種意義上，依然充滿了傷痛而無法言說。從劇院裡出來的時候，前排的有個女生已經哭倒在邊上女生的懷裡，燈亮了，所有的觀眾的臉上都呈現出來，一些不好意思的情緒和還未平復的心情，我不知道那個女生的家裡又是有什麼樣的故事，但是可以肯定的是，一定有一根弦在沉睡了很多年之後被觸動，而這種感情的觸動，是沒有鴻溝的。

一定沒有。

音樂劇中最令我印象深刻的是少年鹿港，而我最喜歡的臺灣小鎮亦是鹿港。

第一次認識鹿港，是來臺灣之前做功課的時候，知道了彰化邊上有個古老的小鎮，叫鹿港；第二次認識鹿港，是臺中的交換生，她和我說千萬不要去鹿港，太無聊了；第三次認識鹿港，是我看《少年臺灣》。荷蘭人當時攻進這片繁茂的土地，帶有一種征討的優勢，文

明的自信，讓一個部落打著另外一個部落，用槍作為交換不費一絲一毫。除了可以狩獵鹿，在高傲的荷蘭人眼中，還有一群面如黃土、體格瘦削的當地人可以被剝削。他們殺戮，他們反抗，他們殺戮，他們反抗，最終這片土地還是叫作了鹿港。在劇院的表現形式當中，年輕的男女，不停的拉扯自己的形體，白色的衣服，素白的衣服。前後的跌倒，翻騰，急速的聲音，急速的重複那些戰爭的字眼、反抗的字眼，用著驚恐的聲音，女中音、女低音、男中音、男高音的重重疊疊，重重疊疊。於是第三次的認識，變得那麼的鮮活；第四次，認識鹿港，是真正觸摸鹿港，這也是我最難忘的經歷了。

　　和學校的歷史地理系一起做的異地教學，踏上鹿港的土地，已經到了傍晚。傍晚的鹿港，開始出現我從沒有見過的火燒雲，像火一樣刺刺刺的燒著，我想起了少年臺灣之中的鹿港。那些戰爭和那些暴虐，如今在媽祖的庇佑下，全部都安安靜靜的睡著了。住在鹿港最高的建築香客大樓上，往下望去的時候，滿眼都是鹿港低矮的居民小屋和小屋上照路的燈光，熒白的光、青色的光、黃澄澄的光，柔亮的光下都是歲月痕跡。晚些時候在地的文化工作者帶我們一行人去了天后宮、龍山寺，走鹿港彎彎曲曲的小巷子和數不盡的廟宇。每一塊磚頭都有自己的故事，有自己的規矩，龐大而交錯的存在著，通人性，也懂人情。鹿港的作息時間很規律，早起早歸，六、七點店鋪都已經打烊。鹿港的少年，晚上也靜靜坐在每一個寺廟前面，聽著神靈的細語。沒有用過交杯的我，第一次在沒有人的天后宮，和臺北的同學一起感受神靈的對話，覺得非常的可愛和安詳。香火燃燒的聲音和縈繞於樑的味道伴隨著媽祖保佑的細語催人入眠。

　　每一種體驗都是一座氣味博物館的收藏品，凝結著自己獨特的印記，絲毫不會因為時間形銷滅跡。臺灣的交換生活對我而言，是博物館中的鎮館之寶，不僅僅是記憶的承載，更是理解和成長的開端。

沿著時光的柔帶，漸漸融入了這座城市的脈絡，聆聽每一塊石板的聲音，體味每一盞燈下的故事，感受每一個人的靈魂。

感念每一種體驗的溫柔對待，感念每一段時光的柔軟香氛。

詩歌

Poetry

像風一樣的少年

福建師範大學文學院本科 2007 級　蘭欽

你是像風一樣的少年
偷偷掠過我的心尖
你是掛在我心尖上的照相機
以少年的姿態
灰白的
照下風一樣朦朧
飄著
淡淡清香的背影

東風微啟，柳絮斜飛
彤彤撅唇
吻盡春帷淒清
吻落涔涔銀河
是在
搖曳的柔風裡沐浴
撫平點點焦躁敏感的魂

可知道
你一縷孤升背影
是我滿滿的期盼
浣紗垂首拒絕一切鮮活光亮
黑色六月恍若戰神
冷峻而挺拔
莊嚴低述：理智！理智

悸動的心啊
千萬記住
死火山下才是你早春的歸宿

暮春西行，酷暑北移
掛在我心尖上的照相機
無奈般悄悄頓足
猶如一墩淺淺的葬花的墳
埋葬漸行漸遠的背影
埋葬像風一樣的少年
可是
我渴望抓住的
卻是
道盡懵懂青春的尾巴

雪人

福建師範大學文學院本科 2008 級　陳雁明

雪
落得悄無聲息
一點一點
壘成了我的雪人

我與它
並肩站立
不言語
等待著日出
在蒼白的曠野中
顯得如此渺小
直到太陽勾勒
我們的影子

不知何時
一滴淚落在手心
很輕
卻滴進我沉重的心

雪人哭了
我為它拭淚
透過淚水
卻望見了
早已頹塌的城牆
漸漸陷落的都市
和被渾水浸漫的靈魂

望見了淚水中
蜷縮在雪人影子後
偷偷哭泣的自己

雪落得悄無聲息
唯有我能聽見

迷

福建師範大學文學院研究生 林山

親愛的你能否騰出手來幫我個忙？

先把這本小說的硬封皮卸下來，

然後調動你千分之一的智慧，

把它糊成長方體盒狀，

就像一口棺材。

很好！

等我鑽進去，

你在外面把盒口封上。

閉上你的烏鴉嘴！誰要死了？

只不過我在另一個世界裡看見了自己！

我要趕赴那裡開始一段奇遇！

喂喂喂！可別封死啊！

一會兒還出來！

文學院

福建師範大學文學院本科 2008 級　潘夢秋

揉揉眼睛
從做得滿頭迷霧天昏地暗的
由白紙和黑字滙成的題海中
猛一抬頭
就稀裡糊塗頭昏腦漲地拖著
一箱的疲憊
誤入文學深處
爭渡爭渡
怎奈我想嘔吐

講臺上
一個本著濃縮就是精華的中
年男子
操著一口自汶川地震後打開
電視就能聽到的四川話
高歌一曲貌似〈你是我的陽
光〉的英文歌
然後劈裡啪啦地開始拍詩歌
的馬屁

講臺下
一群視覺、聽覺、嗅覺遭受
三重刺激
大腦嚴重短路的寶貝珍珠們
樂呵呵地很有陽光氣息地傻
笑著
跳進四川滾滾東流的口水裡
在鼓浪嶼浪來浪去

浪來浪去
浪到了另一間囚室
一個和泰山同根生的男人
囚住大西洋全部的海水
毫不留情地把鼓浪嶼的寶貝
珍珠們
齊刷刷推進冰冷刺骨的水中
254 艘人造鐵達尼號
艱難地駛向海明威的「冰
山」

小船撼大山可笑不自量
瞬間皮開肉綻頭破血流
為什麼船的眼裡常含淚水
因為它對小說恨得深沉

終於熬到了星期五
一個綠箭和白箭失散多年的
兄弟—黃鍵
給那些支離破碎的船兒
安上一台遙控器
然後大口一張颳來一陣颶風
船兒轉眼進化成神舟 254 號
在散文的天空東闖西撞
闖了月亮撞了星星

這是一個普通的夜晚

福建師範大學文學院本科 2007 級　祝瑞娟

這是一個普通的夜晚
從美髮屋旋轉出門的瞬間上
帝變平民
她看到滿大街的頭髮也都打
上了捲兒
他力挺的球隊不知第幾次落
敗又第幾次冠冕
覆在碎玻璃和賁張血液裡的
啤酒閃著魅惑光
有人早早地脫了鞋躺到床上
為接送同昨天如出一轍的
明天
有人套上第一雙高跟鞋體悟
著上岸後的人魚公主
聽不同姿態的人叫她
「小姐？」「小姐！」「小姐。」
「小姐……」

這是一個普通的夜晚
午夜電臺的主持腔調一成
不變
音色換了又換
有人憎恨自己為什麼要那麼
愛對方
有人左右逢源，對著機器訴
衷腸
從冬天的哈爾濱回到南方的
女人
在春天的被窩裡凍得打牙戰
獨身主義者守候在每週一次
的相親節目前
笑靨如謎一般亂顫
陽光下睿智無比的人一次次
重撥空號
為在世活人所稱道的人抄著
《道德經》求原諒

這是一個普通的夜晚
有人被偷了手機
那一串串數位和已存的、
未發送的資訊
在淺睡中重組發動暴亂
有人無理的淚水變毒素
有禮地逆流回眼眶
有人說完「我瘋了」
留下三聲笑繞樑
有人寫著酸腐的文字
思念落實不到對象
連幹壞事的時候神也恍

子夜的靈魂不設防
有人失眠，有人熟睡，還有
人偷偷打盹
有人新生，有人重生，還有
人盛大死亡
輪廻流轉，一切秩序井然
這真的是一個普通的夜晚

詩五首

福建師範大學文學院研究生　陳棽

我們

你說你手上還有半個夏天

當我們身處兩地，煙霧迷茫

我朗讀過去的日子並把它們掛在牆上

你飲盡門外的爬山虎

織成未來的夢

請在耶誕節那天，把夏天寄給我

成為我的創可貼

讓那些無聲的磁帶清洗這些日子的顫音

你來吧

我不會放你走

穿越

回到過去
做完那年沒寫完的作業
用針線縫補
漏了風的時光
這樣就能上一個好大學了吧

但是你看著這一列列的青春在鐵軌上安然穿行
少年們打球時的汗水少女們潔白的短襪
像玻璃上的霧
被擦去

如果用青春來交換，你願意做一隻流浪貓
還是
西裝領結

穿越遺憾穿越期待穿越懊惱穿越眼淚穿越年輕的奔跑
把那首葡萄甜味的詩歌毀掉

把我裝進你的包
把我和餅乾屑裝進你的包
從這裡偷渡到唐朝

再過一千輩子
我們也註定只是平凡人
教書早讀批改作業買房還貸買車旅遊養父母兒子和狗

吟詩作畫居於陋室高唱長狹歸來乎

把一輩子賣給你好不好
哪怕流傳萬世
我們也不當唐明皇和楊貴妃

你是你的小老百姓
我是我的老老闆娘

少年人

五年前，你已經很帥了
那時我還穿著少女背心
頭髮短短的

半天的時間，已經有三個優秀的女性
向你求偶

而你說你將終身流浪

那時的海風很藍，流星繫成手銬
鎖住我
讓草叢裡照見你我的螢火蟲
在沙灘上埋下願望

你就像煙花裡的一株水仙
亭亭玉立
在一季一季的遺忘中
亙古長存

我找到了你的出處

親愛的
讓我研究研究你吧

就像研究一首詩
讀一讀每一行和高高低低的平仄
稀釋一下你的濃度

先寫個文獻綜述吧
看看你在歷代歷時歷年當中
是個傳說還是什麼

我找到你的出處
你踏著星辰的暗道
在後現代主義中自我解體
瘋狂是你的教父
你把鑽戒點燃

所以你愛我

蒼霞

福建師範大學文學院研究生　康宗明

我的心驀地一沉
所有歌聲
停步於月的背後
你的臉上流著一條亙古的河
我的詩意仍然半遮琵琶
萬千思緒紛紛倒下
雲霞深深
我抱著月亮不知歸處
當西天的牧羊人
和群山漸行漸遠
記憶拙劣地模仿我的過去
而陷於重圍
我才站在你的眼眸裡
燦若
蒼霞

月光四重奏

福建師範大學文學院研究生　薛昭曦

一

在月光中
我願意是獻祭的羔羊
我願意是雙目失明的流浪
詩人
我願意是路旁的狗尾巴草
我願意是屍骨未寒的鬼火
只要讓我像螢火蟲一樣
帶回一盞光亮

二

你說你要以月光為路
趟過大河湍急的流水
找到遺失在人類記憶裡
通往月亮的道路
你在山峰的弧線上
像一棵孤獨的樹

三

他從來就是一個符號
背著光明走來或者
朝著光明走去
有誰能夠記得他
在燈火裡在月光下
蛙聲和寒星一樣稀落

四

歷史會怎樣書寫我們
如果今夜的月光
只是寧靜
像一位老婦人的一生
如果今夜的月光
只有寧靜
如這條蜿蜒的鄉村小徑

英雄的自白

福建師範大學文學院研究生　官蘊華

誕下的那一刻

我就知曉使命

我是追逐「時間」的世家

挽留「時間」是每一生的宿命

不被允許疲倦

直到倒下

奔跑

成為永恆的姿勢

我被傳唱為癡情的英雄

和父輩們一樣

但永不會流傳的

它存在於我將死的頭顱裡

那裡埋葬了一份甜蜜的愛情

我曾傾倒於「停留」的柔波裡

曾經我（們）可以追上「時間」

完成我（們）的使命

若不是為了「停留」而停留

逃吧，溫柔

福建師範大學文學院本科 2012 級 陳爍

別念我的酒窩，深深淺淺
別記我的瞳孔，恩恩怨怨
如若不說再見
何須在寒窯中淡泊千年

吻著我的秀髮，你的雙唇
伴著我的身影，你的青春
如若不說再見
何須在泡沫中飄搖一生

恩賜我最美麗的回憶
你是慷慨的戀人
那綿綿的畫面
那癡癡的諾言
許願我初生的愛情延年

成就我最脆弱的心靈
你是無情的戀人
難以置信的狠心
料不到的決絕
打碎我朦朧的期盼至幻滅

而你何曾見過
天幕下的彼岸花開得濃烈
那情，像我的臉
抵在你的唇間

你又何曾思索
受遺棄的火柴也嚮往新生
企求陽光的注入
渴望黑暗封存

473

撿拾起謊言的老照片
分明記錄點滴歡顏
沉甸甸的偽思念

在滿塵埃的縫隙攀援
永遠留在你心底的
抹不去的風景線

逃吧，溫柔
赤裸裸燒毀從前
逃吧，溫柔
從此再無明戀暗戀

一株不開花的木棉

福建師範大學文學院本科 2012 級　辜玢玢

序

塵埃
挽著金線般纖弱的莖層層
附著
回聲
攀在地獄般料峭的岩壁上
死死附著

一

沒有前奏的開始
像嫁接不開花的木棉
捱不過冷的冬

你兀然如蹦出的嫩的苗
睜開眼時已是暖暖的
炭一樣漆黑的夜

歡場顛覆晝與夜
晝如遊蕩於空際的雲
頻頻擦身而過卻
握不住誰的手托不住誰的淚
夜如細細包裹的榴槤
腐臭中露著芬芳
默許相通的人自覺擁抱爛醉

二

你倚著木棉常在看蜿蜒纏綿
的枝椏
直挺挺地刺向蒼白扭曲的天
風無意戲弄卻漾起圈圈漣漪
像
撩起少女的長裙那般撓癢少
女的心

沉默是乾枯遺棄的枯井
回聲的沉寂被矮墩的樹樁
暈圈循環

悲傷是搬不動的大海
淺藏的心情被跋涉的浪
帶走漂流

三

你像蒸汽
於我的疆場中昇華不見

你見過木棉流淚嗎
那禿禿的幹枝厚的樹皮
曾無聲滲漏著他的淚

那一株嫁接的木棉
癡癡等待了幾宿的輪迴
遺忘了花開的季節

不開花的木棉
原來你也在這裡

雨

福建師範大學文學院本科 2010 級　曾少青

傘不可靠
親吻從小腿裸露的皮膚開始
闖進樹與大地的私語時間
路燈醉人
遠望一瞬模糊的暖意
暈出花的白布鞋
煽動牆根掙扎的新意
密謀一場偉大的革命
情感豐沛的風
玩弄線條分明的行人
更添褶皺的倒影
腳步聲飛濺

到處是支離破碎的月光
心事層層疊疊
蕩在眉間的幾縷煩惱
雜亂無章的挑釁
有聲更似無聲

地面的故事不完整

文化生活叢書‧詩文叢刊 1301022

鏡子的背面

策　　　畫	鄭家建　李建華	
主　　　編	余岱宗　應貴勇　何君	
責任編輯	吳家嘉	

發 行 人	陳滿銘
總 經 理	梁錦興
總 編 輯	陳滿銘
副總編輯	張晏瑞
編 輯 所	萬卷樓圖書股份有限公司
排　　版	菩薩蠻數位文化有限公司
印　　刷	百通科技股份有限公司
封面設計	菩薩蠻數位文化有限公司

發　　　行	萬卷樓圖書股份有限公司
	臺北市羅斯福路二段 41 號 6 樓之 3
	電話 (02)23216565
	傳真 (02)23218698
	電郵 SERVICE@WANJUAN.COM.TW
大陸經銷	廈門外圖臺灣書店有限公司
	電郵 JKB188@188.COM

ISBN 978-957-739-926-7

2015 年 4 月初版

定價：新臺幣 560 元

如何購買本書：

1. 劃撥購書，請透過以下郵政劃撥帳號：
   帳號：15624015
   戶名：萬卷樓圖書股份有限公司
2. 轉帳購書，請透過以下帳戶
   合作金庫銀行 古亭分行
   戶名：萬卷樓圖書股份有限公司
   帳號：0877717092596
3. 網路購書，請透過萬卷樓網站
   網址 WWW.WANJUAN.COM.TW

大量購書，請直接聯繫我們，將有專人為
您服務。客服：(02)23216565 分機 10

如有缺頁、破損或裝訂錯誤，請寄回更換

版權所有‧翻印必究

國家圖書館出版品預行編目資料

鏡子的背面 / 鄭家建, 李建華策畫.
 -- 初版. -- 臺北市 : 萬卷樓, 2015.03
　面；　公分
ISBN 978-957-739-926-7(平裝)

830.86　　　　　　　　　104002389